AUFERSTANDEN
AUS DER DUNKELHEIT

 Er presste den Mund an mein Ohr. »Du bist weich geworden, Eve.«

Oh, ich würde ihm zeigen, wie weich ich sein konnte. Ich ließ mich so tief fallen, wie seine Arme es erlaubten, und trat mit dem Bein aus, um ihn aus dem Gleichgewicht zu bringen. Dann rammte ich meinen Kopf gegen sein Brustbein, sodass er nach hinten taumelte. Allerdings ging er nicht zu Boden. Er stolperte kurz und umfasste meine Taille, um mich erneut an sich zu ziehen.

Seine Arme fühlten sich wie Zementblöcke an, als er mich festhielt, doch meine Hände lagen genau da, wo ich sie haben wollte, nämlich an seinen Hüften. Ich entwendete ihm ein Messer, als er sich vorbeugte, um meinen Hals zu küssen.

»Enttäuschend«, murmelte er. »Es hat den Anschein, als hättest du dich schon lange nicht mehr in der Kampfkunst geübt.«

»Tatsächlich?« Ich presste die Klinge fest genug gegen die Innenseite seines Oberschenkels, damit er sie durch den dünnen Stoff seiner Hose spüren konnte. Mit nur einem Handgriff konnte ich dafür sorgen, dass er mindestens eine Stunde lang Blut pissen würde.

Er grinste an meiner empfindsamen Haut. »Vorsicht, Liebes. Du willst doch mein bestes Stück nicht beschädigen.«

»Willst du wetten?«

»Habt ihr beide genug geflirtet?«, ertönte eine tiefe Stimme. In der Tür stand ein dürrer blonder Dämon mit einem verärgerten Ausdruck im Gesicht.

Xai leckte über meinen Hals bis hinauf zu meinem Ohr und knabberte an meinem Ohrläppchen. »Evangeline, das ist Tax. Er wird uns helfen.«

Ich ließ ihn die scharfe Klinge auf seiner Haut spüren, als ich damit ein Loch in seine Designerhose schnitt. Es war zu schade, dass Silber ihn nicht auf dieselbe Weise verletzen konnte wie einen Dämon. »Du scheinst nicht verstanden zu haben, dass ich allein arbeite.«

»Du bist nie allein, Liebes«, flüsterte er.

Seine Worte verblüfften mich so sehr, dass sich mir der Kopf drehte. Ich brauchte eine Sekunde, um zu begreifen, dass er sich tatsächlich gedreht hatte, denn Xai hatte mich herumgewirbelt, mich mit dem Rücken gegen den Tresen gepresst und meine Hände gepackt. Er drückte einmal mein Handgelenk und ich ließ das Messer fallen.

Scheiße!

Vor Wut trat ich nach ihm, doch er blockierte meine Tritte und klemmte meine Beine mit seinen starken Schenkeln ein. Ich starrte ihn mit finsterem Blick an. »Ich hasse dich.«

»Ich weiß.« Er strich mit seinem Mund über den meinen und zog den Kopf zurück, als ich versuchte, ihn zu beißen.

DIE TOCHTER UND DER TOD

USA-Today-Bestseller-Autorin

LEXI C. FOSS

Titelbild entworfen von: Covers by Juan

Fotografie: R+M Photography

Models: Josie Fox & Michael Scanlon

Herausgegeben von: Ninja Newt Publishing, LLC

eBook:

ISBN: 978-1-954183-86-5

Taschenbuch:

ISBN: 978-1-954183-87-2

Besuchen Sie Lexi im Netz!

www.lexicfoss.com

www.facebook.com/LexiCFoss

twitter.com/LexiCFoss

www.instagram.com/LexiCFoss

E-Mail: lexicfoss@gmail.com

Für Allison, Louise, Melissa & Tracey: Ihr habt dafür gesorgt, dass ich den Verstand nicht verloren habe, als ich eine bestimmte Figur am liebsten getötet hätte. Er dankt euch ebenfalls (denn ohne euch wäre er wahrscheinlich längst tot).

DIE TOCHTER UND DER TOD

AUFERSTANDEN AUS DER DUNKELHEIT
BUCH EINS

Die Tochter und der Tod

Ein preisgekrönter paranormaler Liebesroman mit einer Attentäterin im Ruhestand und ihrem ehemaligen Geliebten in den Hauptrollen, sowie ihrer Vorliebe, mit Messern zu spielen.

Eine Leiche.
Eine verschwundene Tochter.
Eine silberne Klinge.

Alle Hinweise führen zu der gleichen Person: mir.

Ich heiße Evangeline und ich bin ein gefallener Engel, der mit der Unterwelt nichts mehr zu tun haben will. Doch das Edikt eines teuflischen Gebieters zwingt mich dazu, zu dem Mann und dem Leben zurückzukehren, das ich hinter mir gelassen habe.

Mir bleiben sieben Tage, um meine Unschuld zu beweisen.

Wer auch immer mir eine Falle gestellt hat, wird sterben.

»Die Tochter und der Tod« ist ein unabhängiger paranormaler Liebesroman mit dunklen Elementen, Dämonen, Engeln, einem sadistischen Alphamann, Blut und einer Menge Leichen. Was soll ich sagen? Eve liebt ihre Messer und Xai schaut ihr gern beim Spielen zu.

EIN RATSCHLAG VON EVE

Das Konzept der Zeit ist relativ. Ich weiß, dass das rätselhaft klingt, aber lassen Sie mich ausreden. Innerhalb der Dimensionen des Himmels, der Erde und der Hölle verläuft die Zeit unterschiedlich. Ja, sie alle sind real. Und nein, ich werde nicht näher auf sie eingehen. Ich will nur über die Zeit sprechen.

Ein Jahr auf der Erde kommt etwa einem Tag im Himmel gleich. Und ein Jahr in der Hölle entspricht einem einzigen Tag auf Erden. Es ist überwältigend, nicht wahr?

Ich denke, wir können jetzt beginnen.
E

EVES GLOSSAR

DIESE AUSDRÜCKE KÖNNTEN HILFREICH SEIN ...

Engel: Wichtigtuerische unsterbliche Wesen, die viel zu gut sind, um auf Erden zu wandeln.

Erzengel: Mächtige Engel, die ganz oben in der himmlischen Hierarchie stehen.

Dunkler Engel: Einer Definition unwürdig.

Dämon: Unsterbliche Wesen ohne Moral, die die Erde beherrschen wollen.

Gefallener Engel: Ich selbst.

Genesiden: Eine Fraktion der Nephilim, die glaubt, die Menschheit beschützen zu können. Ihre Arroganz haben sie ohne Zweifel ihren himmlischen Genen zu verdanken.

Nephilim: Sie werden gezeugt, wenn Engel sich auf der Erde mit Sterblichen paaren. Zumindest lautet so die Theorie.

Eves Dämonisches Wörterbuch

Erzdämon: Auch genannt die Prinzen der Hölle. Sie sind Dämonen, die ganz oben in der dämonischen Hierarchie stehen und entsprechen oder übertreffen in der Rangordnung einen Erzengel.

Zyklop: Riesige, einäugige Monster, die aufgrund ihrer Zerstörungswut von der Erde verbannt wurden.

Dargarianer: Seltene Verwandlungskünstler, die Feuer spucken und ihre Gehirne tatsächlich zum Denken benutzen. Man sollte sie nicht auf die leichte Schulter nehmen.

Dämonische Lords: Eine Klasse arroganter Dämonen, die angeblich die Anführer ihrer Rasse sind und ihre eigenen Regionen sowohl auf der Erde als auch in der Hölle regieren. Untereinander hassen sie sich.

Ghul: Dämonen mit einer Vorliebe für totes menschliches Fleisch; sehr hilfreich beim Beseitigen von Leichen.

Wächter: Dämonische Leibwächter, die andere ihrem Willen unterwerfen können. Sie sind allerdings nicht die schärfsten Klingen in der Waffensammlung.

Inkubus: Männliche dämonische Sexgötter, die auf Menschen eine tödliche Wirkung haben können, doch zumindest sterben diese glücklich.

Ōrdinātum: Ist im Grunde nur ein ausgefallener Titel, doch er ist Teil der dämonischen Hierarchie und wird demjenigen verliehen, der für einen Dämonischen Lord eine bestimmte Region seines Territoriums beaufsichtigt.

Orsiniteufel: Teuflische kleine Dämonen, die sich gern unsichtbar machen und sich an andere anschleichen. Wenn man sie richtig motiviert, geben sie hervorragende Spione ab.

Pestilenzdämon: Angsteinflößende menschlich aussehende Dämonen mit der Fähigkeit, Plagen heraufzubeschwören. Aus diesem Grund wurden sie auch von der Erde verbannt.

Portalhüter: Wesen, die die Fähigkeit besitzen, sich zwischen den Dimensionen hin- und herzubewegen. Sie sind der Grund dafür, dass Dämonen die Erde besiedeln.

Königliche Wächter: Eine Gruppe von elitären Dämonen, die dem Schutz der Prinzen der Hölle dienen. Sie sollten unter allen Umständen vermieden werden.

Schrubber: Dämonen, die die Erinnerungen der Menschen auslöschen oder verändern können. Ansonsten sind sie unnütze und weinerliche Wesen.

Schleicher: Schleimige schlangenartige Dämonen, die ein lähmendes Gift ejakulieren und es lieben, ihre Opfer abzulecken. Wenn man einem von ihnen begegnet, sollte man sie, ohne zu zögern, umbringen.

Sukkubus: Weibliche dämonische Sexgöttinnen, die die feuchten Träume eines jeden Mannes verkörpern, wobei sie jedoch eine tödliche Wirkung auf sie haben können.

Fährtensucher: Kleine Helfer, die dämonische Auren aufspüren können und daher äußerst nützlich sind.

EINS

ZWEI DÄMONEN KOMMEN IN EINE KNEIPE, ACH ZUR HÖLLE DAMIT

»Eve, ich brauche schon wieder deine Hilfe mit einer Leiche.«

Ich warf einen Blick auf die Uhr und runzelte die Stirn. »Es ist gerade erst einundzwanzig Uhr.«

»Ja, mein Rendezvous hat schneller geendet als erwartet.«

Ganz offensichtlich.

Verdammt.

Ich würde die Kneipe frühestens in einer Stunde schließen können. Sheriff Montgomery trank gerade das zweite seiner üblichen vier Getränke, Billy hielt sich noch immer aufrecht und Betsy war mit ihrem erbärmlichen Ehemann gerade erst eingetroffen.

Es schien ein typischer Donnerstagabend in Violet's Bar zu werden, und das schloss den Anruf mit ein, den ich gerade von meiner besten Freundin erhalten hatte.

Rosie sah aus, als würde sie jeden Moment vom Barhocker fallen, daher schob ich ihr ein Glas Wasser vor die Nase, während ich mein Handy zwischen Ohr und Schulter eingeklemmt hatte.

»Ich werde um etwa dreiundzwanzig Uhr zu Hause sein.«

»Hm, wirklich? Aber er beginnt bereits zu müffeln«, wimmerte Gwen. »Und er läuft auf deinem Teppich aus.«

»Teppich? Von welchem Teppich redest du?« Und warum zum Teufel würde sie eine Leiche darin einwickeln, wenn wir für genau diesen Zweck Plastikplanen in der Garage aufbewahrten? Schließlich war dies nicht ihre erste Verabredung, die schiefgelaufen war.

»Es ist doch nur ein Teppich«, murmelte sie.

»Moment mal …« Ich wandte mich zur hinteren Wand um und senkte die Stimme. »Redest du etwa von meinem Orientteppich?«

»Welchen Teppich sollte ich denn sonst meinen?«

»Gwen!«, blaffte ich. »Der ist antik!«

»Was hätte ich denn tun sollen? Du weißt, wie sehr ich es hasse, Flecke auf den Möbeln zu hinterlassen.«

»Dann hättest du ihn vielleicht nicht im Wohnzimmer vögeln sollen«, brachte ich zwischen zusammengebissenen Zähnen hervor. »Das ist neutrales Territorium, Gwen. Schon vergessen?« Wahrscheinlich hatte sie wirklich nicht mehr daran gedacht. Die Frau war ein verdammter Sukkubus. Sie hatte immer nur eines im Kopf, wenn sie einen Mann mit nach Hause brachte.

»Wir haben uns wohl von dem Moment mitreißen lassen und uns nicht bremsen können«, sagte sie mit stockender Stimme.

»Offensichtlich«, murmelte ich. *Schließlich ist er tot.*

Ich kniff mir in den Nasenrücken und schloss die Augen.

Sie ist deine beste Freundin.

Sie ist noch ein relativ junger Sukkubus.

Du wirst gar nichts erreichen, wenn du sie anschreist.

Doch sie hatte ihre letzte Eroberung in meinem

2

Orientteppich aus Seide begraben. »Wir werden uns ausgiebig unterhalten müssen, wenn ich zurück nach Hause komme.«

Sie ließ missmutig die Zunge schnalzen. »Wie du meinst, aber was soll ich in der Zwischenzeit mit ihm anstellen?«

»Ruf Kevin an.« In dieser Situation wäre er am nützlichsten.

»Den Ghul? Igitt. Nein danke.«

Natürlich schreckte meine zimperliche Mitbewohnerin davor zurück, den menschenfressenden Dämon zu bemühen. »Also schön, ich werde ihn nach der Arbeit anrufen. Bis später.« Ich beendete das Gespräch, bevor sie etwas erwidern und sich darüber beschweren konnte, dass ich einen Ghul auf einen Mitternachtssnack zu uns nach Hause einladen würde.

Sie musste die Leiche ausgerechnet in meinem verdammten Teppich einrollen. Hätte ihr nichts Besseres einfallen können? Meine Güte.

Ich nahm das mittlerweile leere Glas des Sheriffs und schenkte ihm nach, bevor ich mich dem Pärchen am anderen Ende des Tresens widmete. In der Kneipe saßen die üblichen Gäste, die alle auf einen Schlummertrunk nach der Arbeit vorbeischauten. Nun, bis auf Ray, er war der stadtbekannte Trunkenbold. Er hatte zwar keinen Job, doch er schaffte es immer irgendwie, seine Getränke zu bezahlen. Ich tauschte seine leere Bierflasche gegen eine frische und lächelte. *Sterbliche vertragen wirklich keinen Alkohol.*

»Wie geht es dir, Violet?«, fragte Betsy, als ich auf sie zuging. Die blonde Sexbombe war viel zu hübsch für ihren alten, übergewichtigen Ehemann, der ständig andere Frauen beäugte. Im Moment hatte er seinen stieren Blick auf mein Dekolleté gerichtet. Ich hätte gute Lust, ihm eines Tages ein Messer in den Rachen zu stecken und ihn zu zwingen, zu schlucken. Doch nicht heute Abend. Betsy verehrte den alten Scheißkerl. Ich würde damit warten, bis sie ihn verlassen hatte.

»Könnte nicht besser sein«, antwortete ich, während ich mich daranmachte, ihren üblichen Rum und Cola zu mixen. »Und du?«

»Alles beim Alten«, sagte sie gedehnt. »Gehst du am Wochenende zu dem Country-Festival in Nashville?«

Ha. Dazu würde es erst kommen, wenn ein Dämonischer Lord sein Territorium an einen Orsiniteufel überschreibt.

Natürlich konnte ich das nicht laut aussprechen, ohne alle in der Kneipe zu beleidigen.

Ich öffnete gerade den Mund, um etwas zu erwidern, doch ich brachte keinen Ton heraus, als mir ein elektrisierender Schauer über den Rücken lief. Oh nein. Nicht heute Abend.

Dämonen.

Mindestens drei.

Meine Nasenflügel bebten. Ein Mensch wäre nicht in der Lage, sie zu riechen oder die subtile Veränderung in der Luft wahrzunehmen, die mit ihrer Anwesenheit einherging, doch ich konnte sie spüren.

Ich stellte Betsys Getränk viel zu energisch auf dem Tresen ab und starrte auf die Tür. Die unmenschlichen Störenfriede hatten sich wirklich die falsche Kneipe für ihr Spielchen ausgesucht, denn ich würde ihnen eine gehörige Lektion erteilen.

Drei.

Zwei.

Ping.

Sheriff Montgomery warf einen Blick über seine Schulter und verzog die Lippen zu einem Grinsen. Einige der anderen taten es ihm gleich und hatten in typischer Manier der Südstaaten ein Lächeln im Gesicht, doch der

Mann, der in die Kneipe schlenderte, erwiderte die Geste nicht. Stattdessen hatte er seine Augen starr auf mich gerichtet.

Scheiße.

Er war kein Dämon, sondern etwas viel Schlimmeres.

Er war die von oben bis unten in Schwarz gekleidete Sünde.

Und er sah verdammt gut aus. Er sah immer gut aus.

»Gin auf Eis.« Seine tiefe Baritonstimme rief eine Flut unwillkommener Erinnerungen und Empfindungen in mir wach. Und sie alle konzentrierten sich auf die Stelle zwischen meinen Schenkeln. Ich kannte diesen Körper nur zu gut, erinnerte mich an jede schlanke, muskulöse Wölbung und wusste, wozu er fähig war. *Lust und Schmerz.*

In der Kneipe war es auf einmal still geworden, so wie immer, wenn ein Fremder sie betrat. Dies war nur eine kleine Stammkneipe für eine Handvoll Leute, die es nicht gewohnt waren, Gäste von außerhalb zu begrüßen. Und Xai zeichnete sich durch seinen maßgeschneiderten Anzug zweifellos als ein Fremder aus. Durch das leicht zerzauste pechschwarze Haar, die dunklen Augen und sonnengebräunte Haut hob er sich deutlich von den anderen ab. Sein ungewöhnlicher Akzent und seine imposante Gestik verliehen seiner Erscheinung noch den letzten Schliff. Er stach aus jeder Menge heraus, egal wo er sich befand.

Ich blickte über seine Schulter in Richtung Tür, als zwei seiner Gefährten eintraten. Sie trugen ebenfalls Anzüge, die für diese Art Etablissement viel zu kostspielig waren. Sie schlenderten an die Theke und bauten sich zu beiden Seiten von Xai auf.

Wächter. Ich lächelte. *Im Grunde nur bessere dämonische Leibwächter.* Der Engel glaubte offenbar, dass er bei diesem

Besuch Schutz brauchte. Zumindest mangelte es ihm nicht an Intelligenz.

»Die beiden nehmen dasselbe«, fügte er in dem für ihn typischen tiefen, sinnlichen Murmeln hinzu, als er sich neben dem Sheriff auf den Barhocker setzte.

»Kein Problem«, antwortete ich, schon allein, weil ich spüren konnte, dass meine Gäste langsam argwöhnisch wurden. Sie konnten zwar die dämonischen Auren der Neuankömmlinge nicht wahrnehmen, doch die drei Männer strahlten zweifellos Gefahr aus. Allen voran Xai.

Ich wählte eine minderwertige Sorte Gin, weil ich wusste, dass sie ihm zuwider sein würde, und schenkte ihnen wie bestellt drei Gläser ein.

»Interessant«, sagte Xai, als ich ihnen die Getränke über den Tresen hinweg zuschob. Er meinte damit nicht den billigen Alkohol, sondern bezog sich vielmehr auf die Tatsache, dass ich überhaupt bereit war, ihn und seine Begleiter zu bedienen. Letztere beäugten ihr Glas mit Widerwillen, da das Getränk ganz offensichtlich unter ihrer Würde war. Höchstwahrscheinlich konnten sie es kaum erwarten, den Ball endlich ins Rollen zu bringen, doch sie würden ohne die Erlaubnis ihres Herrn nichts unternehmen, und Xai liebte es, ein Spiel in die Länge zu ziehen.

Ich lehnte mich gegen den Tresen hinter mir und wartete darauf, dass er den ersten Schritt machte. Er ließ seinen verruchten Blick beifällig über mein rotes Halternecktop und meine Jeans wandern, wobei er meinen Körper unverhohlen nach Messern absuchte. Er würde sie weder sehen noch anderweitig wahrnehmen können und er war sich dessen bewusst, doch das hielt ihn nicht davon ab, mich zu beäugen.

»Du siehst anders aus«, bemerkte er. »Hast du dein Haar aufgehellt?«

Ich schnaubte. Seit unserem Fall auf die Erde vor Tausenden von Jahren hatte sich weder an seinem noch an meinem Erscheinungsbild etwas geändert. Ich würde mit der blassen Haut, den blauen Augen und dem aschblonden Haar immer das Licht sein, das sich von seinem Dunkel abhob, und das wusste er.

»Wahrscheinlich siehst du nur den goldenen Heiligenschein über meinem Kopf«, erwiderte ich mit ausdrucksloser Stimme.

»Kennst du den Typen, Violet?«, warf Sheriff Montgomery ein.

»Violet«, wiederholte Xai und verzog die Lippen zu einem Lächeln. »Hm …« Er sah mich mit einem Ausdruck in den Augen an, der vermuten ließ, dass er sich gerade vorstellte, wie ich wohl in violetter Unterwäsche aussehen würde. »Wie passend.«

Ich wandte den Blick nicht von dem finsteren Engel ab, als ich antwortete: »Ja, wir kennen uns.«

»Das ist ein wenig untertrieben, nicht wahr?« Xai wandte sich dem Sheriff zu und ich konnte an seinen herabgezogenen Mundwinkeln erkennen, dass er kurz davor stand, etwas zu sagen, das verheerende Folgen haben würde und sie danach wahrscheinlich ein paar menschliche Leichen würden beseitigen müssen. Er hatte schon immer Gefallen an einem ordentlichen Blutbad gefunden. Genau das war das Problem mit Unsterblichen unseres Alters. Die meisten von ihnen hatten im Laufe der Jahrtausende ihre Menschlichkeit eingebüßt.

Aber es gab immer noch einige von uns, denen es nicht egal war.

Zumindest nicht ganz.

Ich stieß einen verärgerten Seufzer aus. Wenn ich nicht eingriff, würde hier gleich die Hölle losbrechen und ich musste mich heute Abend bereits um die Beseitigung einer

Leiche kümmern. Wenn ich auch noch eine blutverschmierte Kneipe säubern müsste, würde es eine lange Nacht werden.

Verdammt.

Xai würde mich wahrscheinlich für einen Weichling halten, doch es war die einzig praktische Lösung.

Ihr sterbliches Leben war doch ohnehin so kurz.

»Also schön, Leute, es wird Zeit für euch, nach Hause zu gehen«, sagte ich, bevor Xai eine Szene machen konnte. Da meine Gäste immer noch die Fremdlinge bestaunten, musste ich meine Stimme nicht erheben, um gehört zu werden. Allerdings beäugten mich einige von ihnen, als wären mir gerade zwei Köpfe gewachsen. »Im Ernst, die Kneipe ist geschlossen, aber eure Getränke gehen aufs Haus.« *Denn ich werde dem Mann in dem teuren Anzug die Rechnung schicken.*

Xai schmunzelte. »Wie reizend.«

»Ja, es ist wahrlich eine Schwäche, ein Herz zu haben.« Bei meinen Worten erstarb das Lächeln auf seinem attraktiven Gesicht. In diesen sternenlosen Augen spiegelten sich Erinnerungen wider, die besser in Vergessenheit geraten wären, und sie zeugten von einem Schmerz, den keiner von uns je würde lindern können.

Xai schnippte mit den Fingern. »Sofort.«

»Verschwindet«, fügten seine Wächter hinzu. Das Wort hallte durch den Raum und zwang die Sterblichen zum Handeln. Diese verdammten Dämonen konnten andere ihrem Willen unterwerfen. In bestimmten Situationen erwiesen sie sich zwar als nützlich, doch im Moment war ihre Fähigkeit völlig unangebracht.

»Das war nicht nötig«, murmelte ich.

Xai stellte seinen Drink, den er bisher nicht angerührt hatte, beiseite, als könnte er den Anblick nicht länger ertragen. »Draußen wartet ein Schrubber auf sie. Sie werden sich an nichts erinnern und nur noch wissen, dass sie heute einen schönen Abend hatten.«

Ich musste mich zusammenreißen, um ihn nicht mit offenem Mund anzustarren.

Er hat einen Schrubberdämon mitgebracht? Das erklärte, warum ich draußen noch eine weitere dämonische Präsenz wahrgenommen hatte. *Aber aus welchem Grund?*

Die Tatsache, dass er einen Dämon mitgebracht hatte, der darauf spezialisiert war, menschliche Erinnerungen zu verändern, verriet mir, dass er nicht hier war, um jemandem Schaden zuzufügen. Doch so wie ich Xai kannte, war ihm das egal. Er erachtete unseresgleichen als überlegene Wesen und hatte keinerlei Probleme damit, Gott zu spielen.

»Sieh mich nicht so überrascht an, Liebes«, sagte er mit gedämpfter Stimme, während er mich wie immer direkt durchschaute. »Ich bin nicht immer zum Blutvergießen aufgelegt.«

»Das wage ich zu bezweifeln«, entgegnete ich mit ausdrucksloser Stimme.

Er zuckte nur mit der Schulter, als wollte er mir recht geben.

Ich beobachtete, wie meine Gäste zur Tür hinausgingen. Ich konnte förmlich vor mir sehen, wie sie sich im Geiste eine logische Erklärung dafür zurechtlegten, dass sie plötzlich den Drang verspürten, nach Hause zu gehen. Sterbliche ignorierten ihre Instinkte gern und zogen es vor, Geschichten zu erfinden, um übernatürliche Ereignisse zu erklären. Es war der Grund dafür, warum die Hölle in dieser Dimension eine Zufluchtsstätte gefunden hatte.

»Da wir jetzt allein sind …«, sagte Xai und legte die Fingerspitzen aufeinander, wobei er seine langen, eleganten Hände auf der Theke abstützte, »wie wäre es, wenn du dich deiner Messer entledigst?«

Diese Frage war leicht zu beantworten. »Nein.«

Er schnalzte mit der Zunge, was seine Art war, Belustigung zum Ausdruck zu bringen. »Willst du etwa, dass ich sie mir hole?«

Ich schenkte ihm ein süßliches Lächeln. »Willst du etwa, dass ich dich umbringe?«

Auf seinem Gesicht breitete sich ein erwartungsvolles Grinsen aus. »Bei unserem letzten Kampf hast du am Ende nackt unter mir gelegen«, sagte er mit einem Seufzen. »Ich habe den Moment sehr genossen und hätte nichts dagegen, ihn zu wiederholen. Allerdings ist da noch die Nachricht von Lord Zebulon, die wir zuerst besprechen müssen. Er will dich sehen.«

Ich hätte wissen sollen, dass das der Grund für seinen Besuch war. Xai tat alles nur für Zeb.

»Wann?«, fragte ich.

»Am Sonntag.« Xai zog einen Umschlag aus der Tasche seines Jacketts. »Ich glaube, dass alles, was du wissen musst, hier drinsteht.«

Ich nahm den Umschlag nicht entgegen. »Was will er von mir?«

»Er will sich mit dir unterhalten.«

»Worüber?«

»Das soll er dir selbst erzählen.«

Die Antwort war typisch für Xai. Er wusste genau, was Zeb von mir wollte, doch er würde es mir nicht verraten. Dabei hatte seine Weigerung weder etwas mit Moralvorstellungen noch mit Loyalität gegenüber seinem Dämonischen Lord zu tun. Er wollte mich einfach nur ärgern, und das konnte er besser als die meisten anderen.

Ich verdrehte die Augen, nahm den Umschlag entgegen und öffnete ihn. Darin befanden sich ein

Flugticket und weitere Reiseunterlagen. »Miami«, sagte ich, als ich das Reiseziel sah. Ich schaute Xai mit einem zynischen Gesichtsausdruck an. »Es gibt eine tolle Erfindung, die nennt sich Telefon. Vielleicht hast du schon einmal davon gehört?«

»Vielleicht wollte ich dich sehen«, entgegnete er, wobei er die Lippen langsam zu einem sinnlichen Lächeln verzog.

»Ich meine damit Zeb, der will, dass ich in weniger als drei Tagen nach Miami fliege, und nicht deinen überraschenden Besuch.« Bei genauerer Überlegung hätte er ebenfalls zum Telefon greifen und mir das Ticket per E-Mail schicken können.

»Es handelt sich um eine dringende Angelegenheit.«

»Bezüglich?«

»Netter Versuch«, erwiderte Xai, als er aufstand. Die Wächter sahen darin die Erlaubnis zu gehen, was sie auch sofort taten. »Ich werde dich vom Flughafen abholen. Und da es sich um ein geschäftliches Treffen handelt, solltest du nicht vergessen, dich angemessen zu kleiden.« Er warf mir einen vielsagenden Blick zu, mit dem er mir zu verstehen gab, dass mein jetziges Outfit gänzlich unpassend wäre. Er wollte gerade zur Tür gehen, denn er hatte seinen Auftrag offensichtlich ausgeführt.

»Du hast etwas vergessen«, sagte ich zu ihm, als er mir den Rücken zuwandte.

Er warf einen Blick über die Schulter und hatte dabei ein gefährlich verführerisches Funkeln in den Augen. »Oh, ich habe unseren Kampf nicht vergessen, Evangeline. Natürlich habe ich vor, mit unserer Auseinandersetzung fortzufahren, sobald du in Miami gelandet bist.«

»Ich habe nicht von meinen Messern gesprochen«, entgegnete ich trocken. »Ich hatte mich auf ein winziges Detail bezogen, das man auch ›Einverständnis‹ nennt.

Vielleicht habe ich an diesem Wochenende schon etwas vor.« Ich hatte zwar nichts geplant, doch das war nicht der Punkt. Ich beugte mich nicht einfach jedermanns Befehlen, und das schloss die des Dämonischen Lords von Nordamerika mit ein. Wenn er mich persönlich sprechen wollte, dann konnte er mich anrufen, um mich um ein Treffen hier in Nashville zu bitten.

Xai lächelte. »Ich habe nicht den geringsten Zweifel, dass du pünktlich eintreffen wirst.«

»Und warum nicht?«

»Weil du neugierig bist, Evangeline«, sagte er, als er sich wieder der Tür zuwandte.

Damit hatte er verdammt recht. Zeb hatte mich bisher noch nie zu sich gebeten. Selbst als ich noch für ihn gearbeitet hatte, hatte er mir immer nur eine Nachricht mit einem Auftrag per Eilboten zukommen lassen, woraufhin ich den Job entweder annahm oder ablehnte. Doch es war gelinde gesagt verdächtig, dass er Xai hierhergeschickt hatte, um durch ihn meine Anwesenheit in Miami zu erbeten. Zeb war bekannt dafür, dass er die Südstaaten hasste. Sie lagen viel zu nahe an dem angrenzenden Territorium, welches Valentino, der Dämonische Lord von Südamerika, innehatte.

Diese Vorladung hatte sicher nichts mit einem Job zu tun.

Zum einen war ich längst pensioniert.

Und zum anderen würde er nie in der Nähe eines Dämonischen Lords einen Mord in Auftrag geben.

Also handelt es sich um eine persönliche Angelegenheit.

Verdammt.

Demnach hatte ich heute tatsächlich eine lange Nacht vor mir, denn ich musste all meine Schäfchen ins Trockene bringen. Eine persönliche Unterredung mit einem

Dämonischen Lord hatte bisher noch für niemanden gut geendet.

»Ach, und bevor ich es vergesse«, fügte Xai wie beiläufig hinzu, »das mit deinem Orientteppich tut mir leid. Ich kann mir vorstellen, dass es nicht einfach sein wird, ihn zu ersetzen.«

Bereits zum zweiten Mal heute Abend musste ich gegen den Drang ankämpfen, ihn mit offenem Mund anzustarren. Offenbar war er vor seinen dämonischen Gefolgsleuten eingetroffen und hatte absichtlich mein Telefongespräch mit Gwen belauscht. Ich konnte ihn nicht wie die Dämonen wahrnehmen. Himmlische Auren unterschieden sich von denen der Unterwelt.

Doch das beunruhigte mich nicht, denn ich konnte damit umgehen, dass er mir nachspionierte. Allerdings verriet mir seine vorgeblich beiläufige Bemerkung viel mehr über die derzeitige Situation und erinnerte mich daran, dass er etwas in der Hand hatte, womit er mich erpressen könnte.

Er weiß darüber Bescheid, dass Gwen dazu neigt, die Kontrolle zu verlieren …

Ich verschränkte die Arme vor der Brust, um nicht nach meinen Messern zu greifen. So wie ich Xai kannte, hatte er genau das mit seinen Worten beabsichtigt. Er liebte einen guten Kampf und wir wussten beide, dass ich für ihn der würdigste Gegner war.

»Es ist nicht gerade eine attraktive Eigenschaft, jemanden zu belauschen, Xai.«

»Sicher, genauso wenig wie diese weiche Seite, die du neuerdings zur Schau stellst.« Sein hämischer Tonfall zerrte an meinen ohnehin schon strapazierten Nerven. Dann grinste er und ich hielt den Atem an.

Böse.

Grausam.

Und schlichtweg gemein.

Ich wusste jetzt schon, dass er mich mit seinen nächsten Worten treffen würde.

»Es wäre doch eine Schande, wenn Lord Zebulon erfährt, wie wenig sich Guinevere unter Kontrolle hat. Ich nehme an, dass er sie umgehend zurück in die Hölle schicken würde, um sie weiter zu unterrichten, und wir wissen beide, was das bedeutet.«

Seine dunklen Iriden blitzten auf, als die Drohung mir den Magen umdrehte. Ich wusste genau, was er mir mit seinen Worten zu verstehen geben wollte. *Komme am Sonntag nach Miami oder ich werde Zeb von Gwen erzählen.*

»Wenn du das tust, werde ich dich töten«, schwor ich.

Er wusste, dass meine beste Freundin meine einzige Schwäche war, und er benutzte sie gegen mich.

Genau deshalb hasste ich ihn.

Und es war der Grund, warum ich ihn einst geliebt hatte. Er wusste besser als jeder andere, wie er sein Spiel mit mir treiben konnte, und über all die Jahre hinweg hatte sich diese Bindung zwischen uns noch verstärkt.

»Mach dir keine Sorgen, Evangeline. Dein Geheimnis ist bei mir sicher.« Der Mistkerl hatte die Frechheit, mir zuzuzwinkern. »Hab einen schönen Abend, Liebling. Ich freue mich schon darauf, dich am Sonntag einer Leibesvisitation zu unterziehen.«

ZWEI

NOCH ZU ERLEDIGEN: BESUCH IM KREMATORIUM UND BEIM SILBERSCHMIED

»Du hättest ihn nicht gleich verbrennen müssen«, murmelte Gwen, die ihre schlanken Arme um ihren Oberkörper geschlungen hatte. »Ich meine, die Sterblichen haben so etwas wie chemische Reinigungen.«

»Und wie soll ich die Flecke erklären?« Von dem Gestank ganz zu schweigen. Sie hatte die Leiche wie einen Burrito in meinen Orientteppich eingewickelt und ihn dann im Wohnzimmer liegen lassen. Selbst Kevin hatte würgen müssen und er liebte diesen Mist normalerweise.

»Ich weiß auch nicht. Vielleicht hättest du sagen können, dass ein Tier darauf gestorben ist?«, schlug sie vor, wobei sie ihre niedliche Stupsnase krauszog.

»Dafür ist es jetzt zu spät.« Es hätte ohnehin nicht funktioniert. Handgewebte Seide war weder für eine Tiefenreinigung geschaffen, noch war sie dazu gedacht, Leichen zu verpacken. »Denke beim nächsten Mal an die Plastikplanen, Gwen. Ich will so etwas nicht noch einmal tun müssen.«

»Ich hatte auch nicht gerade Spaß dabei«, murmelte sie verstört. Ihre himmelblauen Augen waren ein wenig dunkler als gewöhnlich und in ihnen schimmerten Tränen, während ihre füllige Unterlippe bebte. Die meisten Sukkuben töteten nur während des Geschlechtsakts, wenn sie es wirklich wollten, doch Gwen konnte scheinbar nicht anders. Sie ließ sich jedes Mal von dem Moment mitreißen und nährte sich ein wenig zu sehr. Wenn sie erst einmal bemerkte, was sie angestellt hatte, war es bereits zu spät.

Ich schlang einen Arm um ihre schmächtige Schulter und zog sie an mich. »Du wirst es schon noch lernen.«

»Das sagst du jedes Mal, Eve. Und du hast immer unrecht.«

»Dann solltest du vielleicht Zanes Angebot annehmen.« Der Inkubus hatte vorgeschlagen, sie in der Kunst des Nährens zu unterweisen, indem er mit ihr und einem Mann eine Ménage-à-trois vollzog. Bisher hatte sie immer abgelehnt, was vor allem daran lag, dass sie insgeheim in den überaus attraktiven Mann verliebt war. Er schien sich dieser Tatsache jedoch nicht im Geringsten bewusst zu sein, außerdem würde eine Beziehung zwischen ihnen ohnehin niemals funktionieren. Sie mussten sich beide beim Geschlechtsakt nähren und sie waren nicht in der Lage, das Blut des anderen zu trinken.

»Ich weiß, dass du es nicht gern hörst«, fuhr ich fort, »aber du solltest es wirklich in Betracht ziehen, bevor dir jemand auf die Schliche kommt.« Dämonen waren in dieser Region strengen Regeln unterworfen, was die Zahl der getöteten Menschen anging, und Gwen hatte ihre Quote bereits weit überschritten. Wenn Zeb davon Wind bekäme, würde er sie nach Hause schicken und ich würde sie nie wiedersehen.

Das war auch der Grund für Xais Abschiedsworte gewesen. Ich bezweifelte nicht, dass er seine unverhohlene Drohung wahr machen würde, wenn ich am

Sonntagmorgen nicht in dieses Flugzeug stieg. Und dann wäre meine Mitbewohnerin wirklich in Gefahr.

Ultimaten und rätselhafte Spielchen.

Oh, ich würde auf jeden Fall zu dem Termin erscheinen. Und wenn ich dadurch nur die Gelegenheit haben würde, den Scheißkerl aufs Neue mit meinen Messern vertraut zu machen. Rot hatte ihm schon immer gut gestanden.

Gwen schniefte. »Ich weiß nicht, was im Moment schlimmer wäre. Sean war so nett, Eve. Er hat es nicht verdient, auf diese Weise zu sterben.«

Sein ekstatischer Gesichtsausdruck ließ darauf schließen, dass es ihn nicht allzu sehr gestört hatte, doch ich behielt den Gedanken für mich.

Sie zwirbelte eine Strähne ihres langen, fast pechschwarzen Haares um einen Finger und biss sich auf die Unterlippe, die immer noch bebte. »Mein Herz verkraftet das einfach nicht mehr«, gestand sie. »Er ist schon der vierte diesen Monat.«

Ich nickte, sagte jedoch nichts. Außer einer Bestätigung hatte ich nichts hinzuzufügen.

Gwen seufzte und richtete den Blick gen Himmel, als hätten meine Vorfahren all die Antworten auf ihre Fragen. Dann schüttelte sie den Kopf. »Ach, du hast recht. Ich darf nicht so selbstsüchtig sein und sollte mit Zane sprechen. Er wird mich nicht noch mehr verletzen können, als ich es im Moment bin.«

Das war nur zum Teil wahr. Ich hatte den Eindruck, dass Zane ihr durchaus schaden könnte, wenn sie es zulassen würde, doch sie hatte das Herz am rechten Fleck.

»Du hast einen guten Charakter, Gwen.« Ein Dämon mit einem Gewissen war eine Seltenheit. Wahrscheinlich war dies der Grund dafür, dass sie über die Jahre zu meiner besten Freundin geworden war. Ich hoffte, dass sie sich niemals ändern würde, doch ich wusste auch, dass die Wahrscheinlichkeit durchaus bestand. Die meisten Unsterblichen änderten sich irgendwann.

»Das stimmt nicht«, erwiderte sie, »aber ich tue mein Bestes.«

»Und das ist alles, was zählt.« Ich umarmte sie noch einmal und wandte mich dem Ausgang des Krematoriums zu. Ich hatte sowohl meinen Teppich als auch die Körperteile, die Kevin nicht gewollt hatte, verbrannt und bereits die Überwachungsaufnahmen des Gebäudes manipuliert. Es war Zeit für unseren nächsten Halt auf unserer morgendlichen Tour durch Nashville.

Nach etwa zehn Minuten Fahrt wusste Gwen, was ich vorhatte, und zog die Mundwinkel nach unten. »Warum sind wir auf dem Weg zu unserem Waffenlager?«

»Ich muss nur etwas erledigen«, antwortete ich vage. Gwen war eine der beiden Personen, die von diesem Ort wussten, und weil ich Schwierigkeiten hatte, anderen zu vertrauen, hatte ich ihr von den anderen Orten auch nichts erzählt. Doch diese Waffensammlung überragte die anderen und beinhaltete zudem meinen liebsten Aktivposten: Danny Gleason, auch bekannt als die andere Person, die ich in diesen Ort eingeweiht hatte.

Bis auf einen kostengünstigen grauen Wagen war der Parkplatz leer. Mit dem Gehalt, das ich Gleason zahlte, konnte er sich eigentlich ein besseres Transportmittel leisten. Ich stieg aus meinem wesentlich besseren Geländewagen aus und Gwen folgte mir mit einem Murren. Die Kneipe war nicht der Grund, warum ich mir diesen Lebensstil leisten konnte, sondern meine frühere Karriere. Durch meine jahrtausendelange Beschäftigung als die beste Auftragskillerin auf Erden hatte ich ausgesorgt, und zwar für die Ewigkeit. Es zahlte sich buchstäblich aus, die Tochter des Todes zu sein.

Ich klopfte zweimal an die Tür des Nebeneingangs, hielt kurz inne und klopfte dann noch einmal. Ein verschlafener und leicht verärgerter Gleason begrüßte mich, indem er mir einen für ihn typischen finsteren Blick zuwarf.

»Hallo, schöner Mann«, sagte ich und drückte ihm einen Kuss auf die Wange, wobei seine tiefroten Bartstoppeln meine Lippen kitzelten. So sexy. Sein dichtes kastanienbraunes Haar und muskulöser Körperbau waren auch nicht zu verachten. Gwen wusste, dass sie ihn nicht berühren durfte, daher winkte sie ihm nur kurz zu. Er war der einzige Sterbliche auf Erden, den ich ihr ausdrücklich untersagt hatte, egal, wie sehr es ihr nach ihm gelüstete. Ich brauchte ihn lebend und würde alles Erdenkliche tun, damit sich an seinem Zustand nichts änderte.

»Ich kann nur hoffen, dass du einen guten Grund dafür hast«, brummte er.

»Bin ich etwa nicht Grund genug?«, neckte ich ihn.

Er blickte gen Himmel und verdrehte die Augen, bevor er wieder mich ansah. »Hör auf zu flirten und sag mir, warum ich hier bin.«

»Du bist ein echter Süßholzraspler, Gleason.«

»Es ist drei Uhr morgens, Eve. Wenn du willst, dass ich Süßholz rasple, dann solltest du mich zuerst ficken.«

Ich tätschelte seine kräftige Brust. »Alles zu seiner Zeit, mein Lieber.«

Er schnaubte. »Sicher.«

Wir wussten beide, dass ich nicht mit ihm schlafen konnte. Der Grund dafür war nicht etwa, dass ich ihn nicht attraktiv fand, vielmehr war er für mich unersetzbar.

Dank der Dämonen, die Silber vor Tausenden von Jahren vernichtet hatten, existierte das Element auf der Erde nicht mehr. Sie hatten das Element mit der Ordnungszahl 47 durch eine neue Version ersetzt, die eine wesentlich geringere Gefahr für die Wesen aus der Unterwelt darstellte. Dann hatten sie eine ganze Armee an Schrubbern entfesselt, um die Wahrnehmung der Sterblichen zu verändern. Die Menschen wussten nicht mehr, dass die Substanz überhaupt existiert hatte, und waren so programmiert, dass sie ihre chemischen Eigenschaften nicht einmal in Betracht zogen. Und das alles nur, weil reines Silber einen Dämon töten konnte.

Aus diesem Grund war Gleason so wertvoll für mich, denn er hatte es trotz der mentalen Blockaden geschafft, das kostbare Metall zu reproduzieren. Dabei war es hilfreich, dass ich ihm das Ausgangsmaterial in Form einer alten Klinge zur Verfügung gestellt hatte.

»Hast du meine Spielzeuge?« Nachdem Xai gegangen war, hatte ich Gleason eine Liste mit den Dingen geschickt, die ich aus dem Tresor brauchte.

»Ja.« Er ging voraus in sein Labor. »Dir ist doch klar, dass du einen Schlüssel besitzt, nicht wahr? Du brauchst mich nicht, um das Zeug zu holen.«

»Aber mit wem sollte ich sonst flirten?« Es war nicht gelogen, doch es war auch nicht unbedingt die Wahrheit. Nachdem ich die Ware begutachtet hatte, würde ich ihm sagen, warum seine Anwesenheit vonnöten war. Er würde nicht erfreut darüber sein.

Er schüttelte den Kopf und ging weiter.

Gwen bewunderte seinen Hintern mit einem verführerischen Lächeln, woraufhin ich ihr einen warnenden Blick zuwarf. Sie zuckte nur mit den Schultern, als wollte sie sagen: *Diese Jeans steht ihm wirklich gut.* Sie hatte damit nicht unrecht, doch mein Herz schien nur für einen gewissen großen, dunklen und gut aussehenden Engel in einem schwarzen Anzug zu schlagen. Nach mehr als zweitausend Jahren fühlte ich mich immer noch zu ihm hingezogen. Unglaublich.

Gleason blieb vor einem Tisch stehen und verschränkte die Arme. Dabei spannte sich sein graues T-Shirt über seine Brust, woraufhin der Sukkubus neben mir hörbar nach Luft schnappte. Vielleicht rührte ihre Reaktion auch von den silbernen Gegenständen her, die auf der hölzernen Tischplatte ausgebreitet waren. Ich nahm das Objekt zur Hand, das direkt vor mir lag.

Reines Silber war zu weich, um daraus solide Waffen zu formen, doch schon eine winzige Menge, die mit einem härteren Metall verschmolzen war, reichte aus, um einen Dämon zu töten. Die Haarstäbchen in meiner Hand waren genau das, was ich brauchte. Ich drehte meine blonden Strähnen mit einer Hand zusammen und steckte sie mit den Stäbchen fest, um ihr Gewicht zu testen. Die scharfen, spitzen Enden ruhten perfekt an meinem Nacken.

»Sehr schön«, sagte ich und griff als Nächstes nach den Schuhen. Sie hatten die richtige Größe und Passform und einen spitzen, silberdurchwirkten Absatz. Als Nächstes nahm ich die Halskette und passende Ohrringe, die sich alle durch scharfe Kanten an den richtigen Stellen auszeichneten. Zuletzt griff ich nach dem Satz handgefertigter Messer, in deren Griff ein E geschnitzt war. Ich strich ehrfürchtig darüber, als ich Gleasons ungeduldigem Blick begegnete. »Gerade habe ich mich noch ein Stück mehr in dich verliebt.«

Meine Worte belustigten ihn nicht. »Sind wir hier fertig?«

»Noch nicht ganz.« Ich nahm die Klingen vom Tisch und wappnete mich für eine verbale Schlacht, bei der ich auf der einen Seite und Gwen und Gleason auf der anderen stehen würden. »Xai hat mich heute Abend aufgesucht.«

»Wie bitte?« Und damit ging das Geschrei los, das ich

von Gwen erwartet hatte. »Wir waren die letzten vier Stunden zusammen unterwegs und du erwähnst das erst jetzt?«

»Wir mussten uns schließlich zuerst um ein paar andere Probleme kümmern.«

Sie schnaubte. »Oh, ich bitte dich. Wir haben es jede Woche mit einer Leiche zu tun, aber eine Begegnung mit Xai ist alles andere als gewöhnlich.« Sie verengte die Augen und ich konnte förmlich sehen, worüber sie nachdachte. »Hast du ihn gevögelt?«

Natürlich würde sie danach fragen. »Nein, sein Besuch war rein geschäftlicher Natur. Zeb will mich sehen.«

Gwen stand der Mund offen, während Gleason erbleichte. Er wusste von dem Dämonischen Lord, weil ich ihn vor Jahren gewarnt hatte, dass es ihn das Leben kosten könnte, wenn er für mich arbeitete. Der überaus intelligente Chemieprofessor war jedoch zu beeindruckt von dem »neuen Metall« gewesen und hatte sich die Gelegenheit nicht entgehen lassen wollen, darüber hinaus war er viel zu fasziniert von der Unterwelt. Ich hatte ihm alles erzählt, denn ich hatte es für einen fairen Handel für weitere Silberprodukte gehalten. Die meisten, die ich selbst besaß, waren mehrere Jahrhunderte alt und angelaufen. Es tat dem Effekt zwar keinen Abbruch, doch das Aussehen und die Haptik hatten darunter gelitten.

»Warum?«, wollte er wissen, wobei seine Verdrießlichkeit von zuvor Besorgnis gewichen war.

»Er wollte es mir nicht sagen.« Aus diesem Grund hatte ich so kurzfristig dieses Treffen einberufen. »Aber ich fliege am Sonntag nach Miami.«

»Den Teufel wirst du tun«, blaffte Gwen. »Als du Xai das letzte Mal besucht hast, hat er …« Sie verstummte, als sie sich an den Sterblichen im Raum erinnerte. »Nun, du weißt, was er getan hat.«

Natürlich wusste ich es. Nur zu gut. »Ich kann mit Xai umgehen.«

Sie verriet mir mit einem Blick, dass sie mir nicht glaubte. Es war nur fair.

»Wie auch immer, es besteht die Möglichkeit, dass Zeb von unserer Abmachung weiß«, sagte ich, womit ich wieder zum eigentlichen Thema kam. »Es ist zwar unwahrscheinlich, aber er hält sich nicht an unser Protokoll und irgendetwas fühlt sich nicht richtig an.« Ich konnte zwar nicht genau sagen, was es war, doch meine Instinkte meldeten sich warnend zu Wort. In Miami erwartete mich sicher nichts Gutes.

»Aber du willst trotzdem gehen«, murmelte Gwen.

»Ja.« Jetzt kam der Teil, den ich nur ungern aussprach, aber ich musste es ihr sagen. Sie verdiente es zu wissen. »Xai hat unser heutiges Gespräch über den Teppich belauscht.« Ihre rosigen Wangen erblassten, als ihr die Bedeutung meiner Worte bewusst wurde. »Es reicht nicht aus, um ein unmittelbares Problem darzustellen, doch falls er Zeb davon erzählt, könnte er sein Interesse wecken.« Und genau das würde er tun, wenn ich mich am Sonntag nicht blicken ließe. Dann würden wir es nicht nur mit einem verärgerten, sondern auch mit einem neugierigen Zeb zu tun haben. Und Nashville würde es nur schwer verkraften, wenn ein Dämonischer Lord mit seinem Gefolge hier einträfe.

»Falls?« Gwen klang sowohl ungläubig als auch nervös. »Du meinst wohl eher, ›wenn‹ er es ihm erzählt.«

Ich schürzte die Lippen. »Vielleicht, aber es ist wahrscheinlicher, dass Xai den Mund hält, wenn ich am Sonntag zu dem Treffen erscheine.« Er liebte es, mich zu verärgern, doch er überschritt nie eine Grenze und tat etwas, was ich ihm nicht verzeihen konnte. Er musste wissen, dass er damit zu weit gehen würde. »Außerdem hat er nicht genügend Beweise in der Hand. Wir haben die Leiche entsorgt und sonst hat niemand etwas mitbekommen. Dennoch wäre es mir lieber, wenn Xai Zeb keinen Grund liefern würde, dich im Auge zu behalten.«

»Was denkst du, will er von dir?«, fragte Gleason, der eher neugierig als verängstigt wirkte. »Denn ich bin mir sicher, dass ich jetzt nicht hier stehen würde, wenn er von mir wüsste.«

Ich schüttelte den Kopf. »Zeb ist ein Meister der Manipulation, der es liebt, eine gute Partie Schach zu spielen. Die Tatsache, dass du noch am Leben bist, ist vielleicht nur vorübergehend, deshalb will ich, dass du in Urlaub fährst.«

Er setzte wieder einen finsteren Blick auf. »Wir befinden uns mitten im Sommersemester, Eve.«

»Dann hast du ja Glück, dass du Lehrassistenten hast, Professor Gleason.«

Meine Antwort schien ihn nicht sonderlich zu beeindrucken. »Und wohin soll ich fahren?«

»Nach Europa.« Der Dämonische Lord dieser Region verabscheute Zeb. Es würde Monate dauern, bis die beiden zu einer Einigung gekommen wären, und bis dahin wäre Gleason längst an einem anderen Ort. »Es ist nur eine Vorsichtsmaßnahme«, fügte ich hinzu. Ich bezweifelte, dass das Treffen etwas mit meinem Silberschmied zu tun hatte, vor allem, weil ich mein Bestes getan hatte, um ihn vor allen anderen geheim zu halten. Wenn Zeb mein Geheimnis entdeckt hätte, wäre ich eher beeindruckt als besorgt gewesen.

»Wahrscheinlich will er nur, dass du einen Job für ihn erledigst«, murmelte Gwen, deren Besorgnis einer Nachdenklichkeit gewichen war. »Und Xai hat nur eine Ausrede gesucht, um dich zu sehen.« Sie verlieh ihren

Worten Nachdruck, indem sie die Augen verdrehte. »Dieses Arschloch.«

»Höchstwahrscheinlich, doch sie wissen beide, dass ich meinen Job an den Nagel gehängt habe.« Allerdings hatte das keinen von beiden interessiert.

»Richtig, und jetzt wollen sie dich umstimmen. Vor allem Xai.«

»Wenn mich jemand zwingen will, meinem Ruhestand Lebewohl zu sagen, dann Zeb.« Er genoss eine gute Verhandlung und liebte es, seinen Gegner zu verwirren, was eine Erklärung dafür sein könnte, warum er Xai in meine Kneipe geschickt hatte.

»Oder vielleicht«, fuhr Gwen mit einem spekulativen Tonfall fort, »geht es gar nicht um einen Job.« Sie runzelte die Stirn. »Du hast doch nicht irgendetwas getan, um ihn zu verärgern, oder?«

»Zumindest nicht in letzter Zeit.« Mir fielen über ein Dutzend Dinge ein, die ich allein in den vergangenen zehn Jahren angestellt hatte, doch nichts davon war drastisch genug, um eine Bestrafung zu rechtfertigen. Wenigstens bezweifelte ich das, denn Zeb mochte mich viel zu sehr.

»Diese Antwort ist nicht sehr überzeugend«, erwiderte sie. »Was ist mit Lord Valentino? Miami liegt in der Nähe seines Territoriums. Vielleicht hat er durch Lord Zebulon um ein Treffen gebeten?«

»Ich habe diesen arroganten Scheißkerl seit mehr als fünfzig Jahren nicht gesehen, daher bezweifle ich auch das. Außerdem würde Zeb mich nie an ihn ausliefern.« Er hasste Valentino noch mehr als ich und würde niemals einem Handel zustimmen.

Gwen seufzte. »Dann weiß ich auch nicht.«

»Ich genauso wenig.« Aber wie Xai vorausgesagt hatte, war ich neugierig. Warum Miami und warum Sonntag?

»So wie ich das sehe, hat Zeb mir eine Reise nach Miami

finanziert. Da kann ich den Miniurlaub auf seine Kosten genauso gut genießen.« Zugunsten von Gwen und Gleason bemühte ich mich um einen unbekümmerten Tonfall. Dieser Trip würde alles andere als vergnüglich werden, doch das mussten die beiden nicht wissen. Ich wollte auf keinen Fall, dass sie sich Sorgen um mich machten. Ich konnte gut auf mich selbst aufpassen.

Meine Strategie schien zu funktionieren, denn Gwen verzog die Lippen zu einem Lächeln. »Natürlich. Weil du es nötig hast, dass jemand dir den Urlaub bezahlt.«

»Dort gibt es einen Strand. Ich wäre eine Närrin, wenn ich das Angebot ablehnen würde.«

Und du bist eine Närrin, wenn du gehst, schien sie mit ihrem Blick sagen zu wollen.

Dem konnte ich nicht widersprechen.

Seit dem Tag meines Falls schien dies ein allgemeines Thema zu sein, was Xai anging. Die Liebe war dafür verantwortlich, dass man manchmal verrückte Dinge tat, und diese Reise würde keine Ausnahme sein.

DREI

DÄMONEN GEHEN NICHT AUF
WASSER, SIE SCHWEBEN

»DIE SICHERHEITSKONTROLLE am Flughafen ist immer noch beschissen«, sagte ich zu Gwen, als ich in Miami durch die Gepäckausgabe in Richtung Ausgang unterwegs war. »Offenbar sind sie immer noch nicht in der Lage, über die Stereotypen hinauszublicken.«

Als ich in Nashville durch den Metalldetektor gegangen war, hatte er laut gepiept. Die Beamtin hatte einen Blick auf meinen violetten Bikini, die fast durchsichtige Bluse und den kurzen Jeansrock geworfen und geschmunzelt. Daraufhin hatte sie mir lediglich einen angenehmen Flug gewünscht und mich nicht allzu gründlich abgetastet. Sie hatte fälschlicherweise angenommen, dass eine Frau mit meinem Modebewusstsein keine Bedrohung für die Gesellschaft darstellte. Es war eine Fehleinschätzung epischen Ausmaßes, denn ich könnte nicht tödlicher sein, selbst wenn ich es versuchte.

»Vielleicht solltest du einen Job bei der STA in Betracht ziehen«, schlug Gwen mit vollem Mund vor. Offenbar hatte ich sie gerade bei einem späten Mittagessen

27

gestört, als ich anrief. »Und sei es auch nur, um ein wenig Spaß beim Fälschen der nötigen Bewerbungsunterlagen zu haben.«

»Es heißt TSA, wie in Transportation Security Administration, und der Job würde mich zu Tode langweilen.« Den ganzen Tag Gepäck durchsuchen und Leute nach Waffen abtasten? Wie langweilig. Es sei denn, ich könnte die Waffen behalten. Diesen Bedingungen würde ich natürlich zustimmen.

»Stimmt«, pflichtete sie mir bei. »Und? Hast du schon ein Zeichen von groß, dunkel und tot gesehen?«

Ich begann, meine Bluse aufzuknöpfen, während ich weiterging. »Noch nicht.« Ein paar Männer blickten in meine Richtung, als ich mein Hemd öffnete und mein Bikinioberteil entblößte.

»Grüße den Mistkerl von mir, wenn du ihn siehst«, sagte Gwen mit zuckersüßer Stimme.

»Soll ich ihm einen Tritt in die Leistengegend oder eine Ohrfeige verpassen?«

»Natürlich beides. Und packe seine Eier und drehe sie einmal für mich.« Sie schlürfte lautstark durch einen Strohhalm und löste ihre Lippen dann mit einem Poppen. »Was ist das für ein raschelndes Geräusch?«

»Ich jongliere mit dem Telefon, während ich meine Bluse in die Tasche stopfe.« Xai hatte mich angewiesen, mich professionell zu kleiden, weshalb ich mich für Strandkleidung entschieden hatte. Ich zog den Reißverschluss des Rucksacks zu und schlang ihn mir über die Schulter.

»Du entblößt dich am Flughafen?«

»Ja.« Sehr zur Belustigung des Sicherheitspersonals, das an den Türen postiert war. »Es ist Juli, es ist heiß und ich muss an meiner Bräune arbeiten.«

Sie schnaubte. »Ich sag's dir nur ungern, Eve, aber du wirst nicht braun.«

»Selbst Engel dürfen träumen, Gwen.«

»Sicher.« Sie klang amüsiert.

Ich entdeckte Xai direkt am Ausgang. Er lehnte an einem eleganten schwarzen Wagen und hatte seine langen Beine vor sich ausgestreckt und an den Knöcheln gekreuzt. Er hatte die Hände lässig in die Taschen seiner schwarzen Anzugshose gesteckt und sein dichtes Haar war dank der warmen Brise in Miami leicht zerzaust. Die Ärmel seines weißen Hemdes waren bis zu den Ellbogen hochgekrempelt und der oberste Knopf war geöffnet. Es gewährte mir einen Blick auf seine gebräunte Haut und auf den sexy, muskulösen Mann darunter.

Mein Blut geriet in Wallung, als ich mich an seine Berührungen erinnerte, als er auf mir lag und mich als sein Eigentum beanspruchte ... Und als er mich wie ein Stück Dreck weggeworfen hatte ...

Eines Tages würde ich aufhören, so auf ihn zu reagieren, doch nicht heute.

Ich räusperte mich. »Ich habe groß, dunkel und tot gefunden.«

Xai ließ den Blick von meinem violetten Bikinioberteil zu meinem Gesicht wandern, als er meine Beschreibung hörte. Dann schossen seine Augenbrauen in die Höhe, als er Gwens Antwort vernahm. »Gut. Vergiss nicht, seinen Eiern meine Nachricht zu überbringen.«

»Natürlich nicht«, antwortete ich. »Mach keine Dummheiten, während ich weg bin.«

»Das sollte ich wohl eher dir sagen«, murrte sie. »Ruf mich an, wenn das Treffen vorbei ist.«

»Wird gemacht.« Ich beendete das Gespräch und verstaute das Handy in meiner Handtasche.

Xai musterte mich, während er sich überlegte, welchen Punkt er zuerst ansprechen sollte. Er entschied sich für den, den die meisten Männer zuerst wählen würden. »Und was bitte schön, hat der Sukkubus zu meinen Eiern zu sagen?«

»Hat dich eigentlich noch nie jemand darauf hingewiesen, dass das Belauschen von Telefongesprächen unhöflich ist?« Ich wusste, dass er nicht anders konnte. Unser Gehör war nicht unbedingt menschlich.

Er schenkte mir ein Lächeln. »Nur weil du dich entschieden hast, deine natürlichen Talente zu ignorieren, heißt das noch lange nicht, dass ich es ebenfalls tun muss.«

»Wenn du so weiterredest, werde ich besagte Talente nicht länger ignorieren«, entgegnete ich und erwiderte sein Lächeln.

»Sehr witzig.« Er nahm mir den Koffer ab und verstaute ihn im Kofferraum. »Groß, dunkel und tot?«

»Das ist Gwens neuer Spitzname für dich«, erwiderte ich, während ich mich neben ihn auf den Lederschalensitz gleiten ließ. »Und um deine Frage zu beantworten, sie wollte, dass ich dir einen Tritt in die Leistengegend versetze und dann deine Eier packe und sie drehe.«

Xais Belustigung war spürbar, als wir die Ankunftszone verließen. »Nun«, murmelte er, nachdem er einen Moment lang über meine Worte nachgedacht hatte, »ich weiß ihren Enthusiasmus zu schätzen.«

»Ich werde es ihr ausrichten.«

»Bitte tu das«, sagte er. »Und weise sie außerdem darauf hin, dass ich ihre Ratschläge zu deinem Outfit zwar zu schätzen weiß, deine Kleidung jedoch nicht ganz dem geschäftlich-professionellen Standard entspricht, auf dem ich bei unserem letzten Treffen bestanden habe.«

»Ach? Verlangst du etwa von mir, dass ich mich umziehe?«, fragte ich und forderte ihn im Stillen heraus, es zu versuchen.

»Mm, leider haben wir keine Zeit für derartige Vergnügungen.«

»Das scheint dich zu enttäuschen.«

»Wohl kaum, Liebes. Ich bin mir sicher, ich werde später einen Grund finden, dich auszuziehen. Aber zuerst sollten wir über dein Treffen mit Lord Zebulon sprechen.«

»Wirst du mir sagen, warum ich hier bin?«

Xai hatte plötzlich einen grüblerischen Ausdruck im Gesicht, bei der sich mir der Magen umdrehte. Dieser Blick gefiel mir ganz und gar nicht. Er setzte nur selten eine derart finstere Miene auf, doch wenn er es tat, nahmen unsere Gespräche nie ein gutes Ende.

»Du wirst dein Silber im Wagen zurücklassen müssen.« Offensichtlich wollte er meine vorherige Frage nicht beantworten. Also schön. Er musste mir nicht verraten, warum Zeb mich sehen wollte, doch er war verrückt, wenn er glaubte, dass ich einem Dämonischen Lord unbewaffnet gegenübertreten würde.

»Ganz ausgeschlossen.«

Seine Hände verkrampften sich um das Lenkrad, wobei er seine entblößten Unterarme anspannte. »Das ist kein Spiel, Evangeline. Wenn du eine Waffe zu dem Treffen mitnimmst, wird das ernste Konsequenzen haben.«

Ich musterte sein makelloses Profil. »Ich habe immer Waffen in Zebs Nähe getragen.«

»Lord Zebulon«, korrigierte er mich. »Und dieses Mal wirst du es sein lassen.«

»Was zur Hölle geht hier vor, Xai?«

Er rieb sich über die Augen und schüttelte den Kopf. »Ich kann es dir nicht sagen, Eve. Erweise Lord Zebulon heute einfach etwas Respekt. Es wird dir nur zugutekommen.«

Mir lag eine sarkastische Bemerkung auf der Zunge,

doch meine Intuition hielt mich davon ab, sie auszusprechen. Xai war ein Meister im Lügen. Er konnte eine Frau in Sekundenschnelle überreden, sich ihrer Kleider zu entledigen, oder einen Feind mit ein paar überzeugenden Worten in die Knie zwingen. Doch sowohl sein Tonfall als auch seine Körpersprache verrieten mir, dass er jetzt die Wahrheit sagte.

Irgendetwas stimmte nicht.

Und zwar ganz und gar nicht.

Ich zupfte meinen Rock zurecht und dachte über seine Bitte nach, während wir schweigend weiterfuhren. Es war ausgeschlossen, dass ich Zeb mit leeren Händen gegenübertreten würde, doch ich könnte durchaus versuchen, ihm Respekt entgegenzubringen. Und vielleicht würde ich sogar ein T-Shirt aus meinem Koffer holen.

Der Dämonische Lord verärgerte mich nur selten, und die meiste Zeit über mochte ich den Mann sogar. Er hatte einen sardonischen Sinn für Humor, den ich respektierte, ganz zu schweigen von seinen Fähigkeiten im Schachspiel. Ich mochte Herausforderungen, und er war zweifellos eine.

Nach etwa zwanzig Minuten verließ Xai die Schnellstraße und fuhr in Richtung Strand. Ich zählte die Palmen beim Vorbeifahren und bewunderte das kristallklare Wasser. Als er in einen Jachthafen einbog, meldete sich die Auftragskillerin in mir zu Wort. Auf einem Boot konnte man seine Beute hervorragend isolieren und dann ohne Weiteres die Überreste entsorgen. Es reichte schon aus, wenn man sich nur einen Kilometer von der Küste entfernte.

Ich würde ganz sicher nicht all meine Waffen im Wagen lassen.

Xai stellte den Motor ab und stieg wortlos aus, wobei seine Mimik ausdruckslos und seine Körpersprache unleserlich blieb. Das allein sagte mir, was ich von diesem Treffen zu erwarten hatte. Wenn es sich um einen einfachen Job handeln würde, hätte er es mir gesagt und unser spielerisches Geplänkel fortgesetzt.

Er öffnete mir die Tür und stützte seinen Ellbogen auf dem Wagendach ab, um mich am Aussteigen zu hindern. »Bitte.« Mehr sagte er nicht.

Als ich dieses einzelne Wort hörte, zog ich die Augenbrauen in die Höhe. Bettelte Xai mich etwa an? Auf keinen Fall. Das war ganz ausgeschlossen. So etwas würde er niemals tun. Ich wusste genau, was er wollte. Er bat mich um meine Messer, die er mir normalerweise problemlos in einem erotischen Handgemenge entwenden würde. Doch nicht dieses Mal.

Ich presste eine Hand auf seinen muskulösen Bauch, um ihn zurückzudrängen, während ich aus dem Wagen stieg. Meine Flipflops gaben auf dem Beton ein klatschendes Geräusch von sich und erinnerten mich daran, dass ich meine neuen hochhackigen Schuhe im Rucksack gelassen hatte. Aber das war kein Grund zur Sorge, schließlich hatte ich immer noch meine Haarstäbchen.

Er starrte auf mich herab, während sein Ellbogen immer noch auf dem Wagendach ruhte und ich die Wärme seines Körpers spüren konnte. Trotz der hohen Luftfeuchtigkeit sandte mir seine Nähe einen Schauer über den Rücken. Mir stieg dieser besondere würzige Duft in die Nase, der ganz und gar nach Xai roch. Er brachte mein Innerstes zum Schmelzen und ließ mein Herz höherschlagen. Er hatte jedes Mal diese Wirkung auf mich, selbst wenn ich ihn hasste.

»Ich habe keine Ahnung, was hier vor sich geht«, gestand ich, »aber wir wissen beide, dass ich nicht kampflos aufgeben werde.«

Ich zog die Messer aus den Scheiden an meinen Oberschenkeln und reichte sie ihm. Es waren insgesamt drei Klingen. Ich behielt das scharfe Silberkreuz an meinem Hals und die Gegenstände, mit denen ich mein Haar hochgesteckt hatte. Er ließ seinen wissenden Blick darüber schweifen, doch er verlangte nicht von mir, sie ihm auszuhändigen. Er steckte einfach nur meine Waffen in die Tasche und presste seine Stirn gegen meine.

Er sagte nichts.

Und warnte mich auch nicht.

Ich spürte nur seine sanfte Berührung und fragte mich unwillkürlich, was zum Teufel in ihn gefahren war. Xai wartete nicht mit wohlmeinenden Gesten auf. Das lag ihm nicht im Blut.

»Lass uns gehen«, murmelte er. Er ließ seine Hand auf mein Kreuz gleiten und schob mich vorwärts. Ich schloss die Beifahrertür mit einem Fußtritt und versuchte, das brennende Gefühl seiner Haut auf der meinen zu ignorieren. Es fühlte sich viel zu richtig an.

Dies war der Moment, in dem ein vernünftiger Mensch wahrscheinlich versuchen würde, die Flucht zu ergreifen. Nein, nicht ganz. Die meisten Menschen wären nicht einmal bis zu diesem Punkt gekommen. Aber ich schreckte weder vor einer Herausforderung zurück, noch war ich der Typ, der weglief. Ich ging meine Probleme immer direkt an, denn ich kannte keinen anderen Weg.

Ich ging leichten und entschlossenen Schrittes weiter und hielt mich auch dann noch aufrecht, als mir ein ungutes Gefühl in den Nacken kroch. Wir waren von mindestens einem Dutzend Dämonen umgeben, während einige ihrer Auren bedrohlicher waren als andere. Meine Nasenflügel bebten, als mir der beißende Geruch in die Nase stieg, der mir ihre Anwesenheit bestätigte. Ein Mensch würde nur einen leichten Anflug von Schwefel wahrnehmen, doch meine empfindliche Nase traf der Gestank mit der Wucht eines Güterzugs. *So viele Dämonen.*

Xai spannte die Hand an, als er mich in Richtung eines Stegs schob, der zu einer prächtigen Jacht führte. Ich beäugte interessiert deren Schönheit. Die elegante Einrichtung, der frische Anstrich, der neue Fußboden und das unlackierte Holz ließen darauf schließen, dass sie erst kürzlich gekauft worden war.

»Unterwelt 6«, sagte ich, als ich den Namen auf dem Bug las. »Wie originell.«

Der dunkle Engel sagte zwar nichts, doch er verzog die Lippen zu einem kaum merklichen Lächeln. Offensichtlich war ich nicht die Einzige, die den Namen belustigend fand.

Er führte mich aufs Deck und dann eine Treppe hinunter in einen luxuriösen Empfangsbereich mit einer voll ausgestatteten Bar. Der Flur weiter hinten führte wahrscheinlich zu einem oder zwei Schlafzimmern, oder sie befanden sich auf der Ebene darüber. Ich bezweifelte, dass eine Führung auf dem nachmittäglichen Programm stand, doch die hatte ich gar nicht nötig. Allein in diesem Raum konnte ich bereits drei Fluchtwege ausmachen, falls ich einen brauchen sollte.

Xai stellte sich hinter die Bar und nahm eine Flasche Whisky aus dem obersten Regal. Dann stellte er zwei Gläser auf den Tresen und goss in jedes einen ordentlichen Schluck Alkohol, bevor er mir eines davon zuschob. Ich nahm den Drink entgegen und kippte die Flüssigkeit in einem Zug hinunter, wobei ich das Brennen in meinem Rachen genoss. Er tat es mir gleich und schenkte sich gerade ein weiteres Glas ein, als zwei Wächter in den Raum schlenderten.

»Ich habe sie konfisziert«, sagte Xai zur Begrüßung. Ich nahm an, er meinte die Messer, denn die Dämonen entspannten sich sofort. Es war interessant, dass er meine anderen Accessoires nicht erwähnte. Die Dämonen wären in der Lage, sie zu spüren, doch es war gut möglich, dass sie annahmen, lediglich Rückstände oder die Nähe der Waffen im Wagen wahrzunehmen.

Die beiden behäbigen Dämonen bauten sich jeweils neben einem Ausgang auf und verschränkten ihre dicken Arme vor der Brust, während sie mich nicht aus den Augen ließen. Ihre abwehrende Haltung forderte mich geradezu heraus, einen Fluchtversuch zu unternehmen. Ich unterdrückte ein Schmunzeln. Zwei hirnlose Schläger wie diese würde ich im Schlaf lahmlegen. Doch die Dargarianer draußen bereiteten mir schon mehr Sorgen. Die feuerspeienden Gestaltwandler waren nicht nur schnell, sondern auch intelligent und eine sehr seltene Dämonenrasse. Ich konnte sie zwar nicht spüren, doch ich wusste, dass sie da waren. Zeb ging ohne seine Lieblingsschoßhündchen nirgendwo hin.

»Hallo, Evangeline.« Zebs sanfte Stimme hallte durch den Raum, als er aus dem Nichts erschien. Es hatte fast den Eindruck, als hätten meine Gedanken ihn heraufbeschworen.

Ich bemühte mich um einen gelangweilten Gesichtsausdruck, während er seine Macht zur Schau stellte. Die Gabe des Teleportierens war zwar selten, doch er war nicht der einzige Dämon, der diese Fähigkeit besaß. »Lord Zebulon«, begrüßte ich ihn, vor allem, weil ich sehen wollte, wie er reagieren würde, und um Xai zu provozieren. Es funktionierte. Beide Männer zogen überrascht die Augenbrauen in die Höhe, als sie die förmliche Anrede hörten. »Siehst du, ich weiß, wie man sich zu benehmen hat. Wie wäre es jetzt, wenn du dich revanchierst und mir sagst, warum zum Teufel ich hier bin.«

Xai zuckte bei meinen unverblümten Worten sichtlich

zusammen, während Zeb belustigt die Lippen verzog. Sein frisch gebügeltes weißes Hemd hob sich deutlich von seiner dunklen Haut ab und verlieh ihm ein engelhaftes Aussehen, wobei ich allerdings wusste, dass ich mich nicht davon täuschen lassen sollte. Er verschränkte die Hände hinter dem Rücken und schlenderte auf mich zu.

»So direkt wie immer«, murmelte er, als er sich dicht vor mir aufbaute. »Das hat mir schon immer an dir gefallen.«

Ich reagierte nicht auf seine Nähe, denn ich wusste, dass er mich damit nur provozieren wollte. Die Zurschaustellung von Macht war nichts Neues, ebenso wenig wie das gefährliche Funkeln in seinen braunen Augen. Er neigte seinen kahlen Kopf und ließ seinen wissenden Blick an mir auf- und abgleiten. Ich ließ meine Arme zu beiden Seiten meines Körpers hängen und blieb mit gespreizten Beinen und entspannten Schultern stehen. Trotz seines Einschüchterungsversuchs fühlte ich mich nicht bedroht. Wenn er mit mir tanzen wollte, dann würde ich meine Haltung ändern, doch im Moment blieb ich ruhig stehen, wobei sich die Bar und Xai hinter mir und Zeb vor mir befanden.

»Du hattest recht, Xai«, murmelte er.

»Das habe ich meistens«, antwortete er lässig.

Dann streckte Zeb mir die Hand entgegen und ich beäugte den vertrauten Gegenstand, der in seiner Handfläche lag. »Ich glaube, das gehört dir.«

Mir stand der Mund offen. Nicht nur, weil er das Ding festhielt, ohne mit der Wimper zu zucken, es war noch dazu von oben bis unten mit Blut befleckt. Und zwar mit Dämonenblut.

»Was geht hier vor sich?«, wollte ich wissen, während Verwirrung und Schock mich durchzuckten. Zeb hielt eines meiner Originalmesser in der Hand. Es war antik und meine Initialen waren in eine Ecke eingraviert. Das Metall war obendrein nicht angelaufen. Seine Handfläche war von roten Striemen durchzogen, denn seine Haut reagierte auf den mit Silber überzogenen Griff. Dennoch hielt er die Klinge, als wäre sie ein gewöhnlicher Gebrauchsgegenstand.

»Wo hast du es gefunden?«, fragte ich neugierig.

Xai nahm seinen Platz neben Zeb ein. Er diente seit dem Tag meines Falls als rechte Hand des Dämonischen Lords, was bedeutete, dass sie beide sehr alt waren. Sie starrten mich beide mit einem unergründlichen Ausdruck in den Augen an, der mir einen Schauer über den Rücken jagte. Ich fasste es als gutes Zeichen auf, dass die Jacht immer noch angedockt blieb, doch die Zurschaustellung ihrer Solidarität rief in mir eine Unruhe hervor. Das tat sie immer.

»Es wurde in der Nähe eines Aschehaufens gefunden«, erklärte Xai mit tiefer und gleichmäßiger Stimme. Es bedeutete, dass sie meine Klinge in der Nähe der Leiche eines Dämons gefunden hatten, denn genau das konnte Silber bewirken. Es verbrannte dämonische Wesen von innen heraus, wenn man es ihnen ins Herz stieß. Es ähnelte einem Krematoriumsofen für Menschen, nur ohne den ganzen Aufwand. Unterweltliche Tatorte waren immer einfacher zu säubern.

»Okay.« Sie hatten also mein Messer an einem fragwürdigen Ort gefunden. »Und wen soll ich angeblich getötet haben?« Denn das musste hinter der ganzen Sache stecken. Sobald sie mir den Namen genannt hatten, konnte ich ihre Anschuldigung widerlegen und mich wieder auf den Weg nach Hause machen.

Die beiden Männer musterten mich weiter auf gespenstische Weise, doch Xai brach letztendlich das Schweigen. »Das Blut auf dem Messer ist Kalidas.«

Mein Herz setzte einen Schlag aus.

Vielleicht würde ich mich doch nicht so schnell auf den Heimweg machen.

Denn das war kein gewöhnlicher Name. Er gehörte Zebs einzigem Kind. Seiner Tochter.

Oh scheiße.

VIER

WARNUNG: AUFTRAGSKILLER SIND KEINE GUTEN SPIELGEFÄHRTEN

DER VERRAT WAR wie ein Schlag in die Magengrube. Xai hatte mich hierhergebracht und hatte die ganze Zeit über gewusst, dass ich des Mordes an der Tochter eines Dämonischen Lords beschuldigt werden würde. Und dabei hatte er nicht einmal daran gedacht, mich zu warnen. Vielmehr schien es ihm egal zu sein.

Dieser Scheißkerl.

Es hätte mich nicht überraschen sollen, doch das tat es. Es tat verdammt weh. Er wusste genau, was geschehen würde, wenn Zeb mich für schuldig befand. Ich würde bestraft werden – allerdings nicht mit dem Tod. Etwas weitaus Schlimmeres würde auf mich warten, weil ich nicht sterben konnte. Doch ich war in der Lage, Schmerzen zu spüren, unerträgliche, nicht enden wollende Schmerzen. Und Xai hatte mich diesem Schicksal ausgesetzt, ohne mit der Wimper zu zucken.

Mein Herz schmerzte, als ich von einem Hassgefühl ergriffen wurde. Xai hatte mir immer wehgetan. Immer. Und dieses Mal war keine Ausnahme. Wann würde ich endlich lernen, ihm nicht zu vertrauen? Und ihn nicht zu lieben?

Ich sah ihm direkt in die Augen und gewährte ihm einen kurzen Einblick in das, was er angerichtet hatte. Wie immer kümmerte es ihn jedoch nicht, was ich an seinem stoischen Blick deutlich erkennen konnte.

In diesem Augenblick zerbrach meine Seele noch ein Stück mehr und ein winziges, unbedeutendes Fragment löste sich, welches ich nie wiedersehen würde. Es gesellte sich zu den anderen, die er zuvor zerstört hatte. In Momenten wie diesen fragte ich mich, ob ich jemals wieder heil sein würde und ob ich überhaupt noch genügend Energie aufbringen würde, es zu versuchen.

Ich schloss die Augen. Als ich sie wieder öffnete, achtete ich darauf, dass mein Blick genauso gefühlskalt war wie der von Xai, als ich mich wieder dem viel zu gelassenen Dämonischen Lord zuwandte. Bisher hatte er noch keinen Versuch unternommen, mich zu bestrafen, da er offenbar wusste, was ich ihm sagen wollte. Ich würde die Worte dennoch laut aussprechen müssen.

»Ich habe Kalida zwar nicht sonderlich gemocht«, sagte ich, wobei das eine Untertreibung war, »aber ich habe sie nicht getötet. Und selbst wenn ich es getan hätte, wäre ich nicht so leichtsinnig gewesen, eine Waffe mit meinen Initialen am Tatort zu hinterlassen. Ganz zu schweigen davon, dass meine Klingen alle in viel besserem Zustand sind als diese. Du musst nur in Xais Taschen nachsehen. Außerdem …«

»Das reicht.« In seinen Worten schwang eine machtvolle Energie mit, wobei Zeb sich als das Oberhaupt im Raum behauptete. Seine Aura umhüllte mich und drohte mich zu ersticken, während er meine Unterwerfung verlangte, doch ich rührte mich nicht von der Stelle. Auf keinen Fall würde ich mich vor ihm verbeugen, nicht einmal aus einem Grund wie diesem. Allerdings konnte ich den Mund halten und ich neigte den Kopf zum Zeichen des Respekts, bevor ich ihm in die Augen blickte.

Wir starrten einander eine gefühlte Ewigkeit an und ich wusste, dass er gerade über mein Schicksal entschied. Wenn er mich für schuldig befand, dann würde ich mich wehren. Es spielte keine Rolle, dass sie in der Überzahl waren, ich würde mich nicht für ein Verbrechen bestrafen lassen, das ich nicht begangen hatte, selbst wenn die Beweise eindeutig gegen mich sprachen.

Xai steckte die Hände in die Taschen. »Wenn du mich fragst, glaube ich nicht, dass Eve schuldig ist.« Ich sah ihn weder an, noch wusste ich seinen Vertrauensbeweis zu würdigen. Wenn er mich wirklich für unschuldig hielt, dann hätte er mich warnen müssen. Doch er hatte es nicht getan.

»Ja, das hast du bereits erwähnt«, antwortete Zeb mit einem feurigen Ausdruck in den Augen. Seine Wut schlug sich in seiner Stimme nieder, als er hinzufügte: »Ich habe dieses Treffen nur gestattet, weil du von ihrer Unschuld überzeugt bist und weil ich mich nicht daran erinnern kann, dass Eve jemals einen derart groben Fehler begangen hat. Obwohl der Ruhestand sie möglicherweise verweichlicht haben könnte.«

»*Sie* steht genau hier und ist gern bereit, deine Theorie hinsichtlich meines Ruhestands zu widerlegen«, sagte ich. Ich hätte mich wirklich über einen Grund gefreut, um gegen Xai zu kämpfen. Ich hatte gute Lust, ihm ein Messer in den Bauch zu rammen, es zu verdrehen und dann wieder herauszureißen, während ich ihm tief in die Augen blickte, um den Schmerz darin erkennen zu können. Vielleicht würde er dann verstehen, wie ich mich jeden Tag seinetwegen fühlte.

»Ja, genau das will ich tun. Ich will deine Fähigkeiten

auf die Probe stellen.« Zeb warf Xai einen Blick zu und ich wollte gerade die Lippen zu einem Lächeln verziehen, als er fortfuhr: »Du hast vorgeschlagen, dass ich ihr eine Woche Zeit gebe, um den Schuldigen zu finden. Ich bin damit einverstanden, doch sollte sie mit leeren Händen zurückkommen, habe ich keine andere Wahl, als Vergeltung zu üben.«

Xai neigte zustimmend den Kopf. »Gewiss.«

»Du wirst mit ihr zusammenarbeiten«, fügte Zeb hinzu. »Und sollte sie unter deiner Aufsicht verschwinden, wird die Strafe, die ihr droht, auf dich zurückfallen, einschließlich der Dinge, die ich sonst noch vorhabe.«

Ich hätte von Xai Widerworte erwartet, doch mein arroganter Ex-Freund zuckte nur mit den Schultern. »Das sollte kein Problem sein.« Natürlich war es für ihn kein Problem. Er ging davon aus, dass ich ihm nicht entkommen konnte. Diese Annahme würde ihm eines Tages zum Verhängnis werden. Aber nicht in dieser Woche, denn ich hatte nicht die Absicht wegzulaufen.

Jemand hatte mir eine Falle gestellt und dieser Jemand würde dafür mit dem Leben bezahlen. Er würde einen schmerzhaften Tod erleiden.

»Dann lasse ich euch beide besser allein, damit ihr anfangen könnt.« Zeb wandte sich endlich wieder mir zu und ließ seinen hypnotisierenden Blick über meinen spärlich bekleideten Körper wandern. »Es ist schön, dich wiederzusehen, meine Liebe. Viel Glück.« In seiner Stimme lag ein Anflug von Wärme, was vermuten ließ, dass er die Worte ernst gemeint hatte. Kurz darauf verschwand er in einem Strudel von Energie, der meine Haut zum Prickeln brachte und mir einen heißen Schauer über den Rücken jagte. Zeb hatte sich nicht einfach nur teleportiert, sondern hatte gerade diese Dimension verlassen und war in die Hölle gereist. Für gewöhnlich benötigte man dafür einen Portalhüter.

»Er hat an Stärke gewonnen«, flüsterte ich an niemand Bestimmten gerichtet. Wie war das möglich?

»Während deiner Abwesenheit hat sich viele verändert, Liebes.« Xai streckte eine Hand nach mir aus, doch ich wich vor ihm zurück.

»Lass das.«

Er verzog die Lippen zu einem herausfordernden Lächeln. »Du weißt, dass mich das nur noch mehr reizt.«

Das wusste ich durchaus, denn Wut hatte auf mich dieselbe Wirkung. Niemand war in der Lage, mich so zu bekämpfen wie Xai. Er parierte jede meiner Bewegungen, bis er eine Schwachstelle fand, die er ausnutzen konnte. Und jedes Mal, wenn er es geschafft hatte, mich in die Enge zu treiben, gab ich nach. Jedes verdammte Mal.

Ich ballte die Hände zu Fäusten. »Du hättest mich warnen können.«

Meine Worte schienen ihn nicht sonderlich zu rühren. »Zeb musste deine Reaktion sehen, um zu glauben, dass du unschuldig bist, Eve. Besonders in dieser Situation.«

Ich hätte fast gelacht. »Das ist also die Rechtfertigung dafür, dass du mich in eine Lage manövriert hast, die mein Todesurteil nach sich ziehen könnte? Und du denkst, Zeb hätte mir andernfalls nicht geglaubt?« Ich schüttelte den Kopf. »Du bist ein Arschloch.«

Er zog ruckartig die Augenbrauen in die Höhe. »Das ist wahr. Aber das ist weder neu, noch hat sich daran etwas geändert. Dennoch habe ich dich nur im Dunkeln gelassen, um dich zu beschützen. Deine Reaktion hat dir heute das Leben gerettet, und das war nur möglich, weil ich dir nicht im Vorfeld von Kalida erzählt habe.«

Ich schnaubte. »Das ist doch Schwachsinn. Wenn du es mir verraten hättest, hätte ich Zeb gegenübertreten und ihm klipp und klar sagen können, dass ich es nicht getan habe. Der Tatort war eindeutig inszeniert, und wir beide wissen, dass ich nicht so lebensmüde bin, seine Tochter umzubringen.«

»Hast du eigentlich eine Vorstellung davon, was ich tun musste, um ihn davon abzuhalten, dich auf der Stelle zu töten?«, konterte Xai. Sein Tonfall war harscher als zuvor und längst nicht mehr so gelassen, als er sich dicht vor mir aufbaute. »Sein einziges Kind wurde gerade ermordet und alle Indizien deuten auf dich als die Täterin hin.«

»Was verdammt praktisch ist, findest du nicht auch?«

»Das ist richtig, aber Lord Zebulon lässt sich momentan nicht gerade von Vernunft leiten. Er befindet sich momentan aus einem bestimmten Grund in der Hölle, denn er hat Spaß daran, untergeordnete Dämonen zu foltern. Er ist verletzt und muss seiner Wut freien Lauf lassen. Bis vor vier Tagen hatte er noch dich im Visier, doch dank mir hat sich das geändert.« Er schlang eine Hand um meinen Nacken und zwang mich, ihm in seine glühenden Augen zu sehen.

»Ich habe dich nicht gewarnt, weil er deinen Schock und deine Empörung sehen musste. Wärst du einfach hier hereinspaziert und hättest alles abgestritten, hätte er die Geduld verloren. Du darfst nicht vergessen, wie gut ich ihn kenne, Evangeline. Ich habe es nur getan, um dich zu beschützen, so wie ich es immer getan habe.«

»So wie du es immer getan hast«, wiederholte ich. »Na sicher.«

»Du bringst mich noch zur Weißglut«, knurrte er.

»Und du bist unausstehlich«, entgegnete ich mit zusammengekniffenen Augen. »Ich werde unter gar keinen Umständen an diesem Fall mit dir zusammenarbeiten. Gib mir einfach die Informationen, die dir zur Verfügung stehen, und ich kümmere mich um den Rest.«

Ich konnte an seinem Blick erkennen, wie sehr er mich mit seinem Mund dominieren wollte, aber er hielt sich zurück. Wahrscheinlich wusste er, dass ich ihn erstechen würde. Seine Erklärung war stichhaltig, doch ich hatte jahrhundertelang unter ihm gelitten und konnte ihm deshalb nicht einfach vergeben. Genauso wenig wollte ich anerkennen, dass er mich heute wohl wirklich vor schlimmen Schmerzen bewahrt hatte. Was auch immer er tat, er tat es nicht um meinetwillen, sondern nur für sich selbst. Er war das selbstsüchtigste Wesen, das ich je getroffen hatte, und es war ausgeschlossen, dass er sich während der letzten zehn Jahre geändert hatte.

Ich konnte seinen Atem auf meinen Lippen spüren, als er lachte. »Oh, Liebling, du darfst nicht vergessen, dass nicht nur dein Leben auf dem Spiel steht, sondern auch meines. Falls du verschwindest, wird Lord Zebulon mich an deiner statt bestrafen.«

»Willst du mich dadurch etwa ermutigen, mit dir zusammenzuarbeiten? Denn ich muss ehrlich sagen, dass die Vorstellung allein in mir den Wunsch weckt, mich aus dem Staub zu machen.«

Xai festigte den Griff um meinen Nacken und biss mir in die Unterlippe. Der metallische Geschmack von Blut rann in meinen Mund und spornte mich an. Ich stieß ihn von mir, doch er wirbelte mich herum und zog mich mit dem Rücken an seine Brust, bevor er den Mund an mein Ohr presste. »Du bist weich geworden, Eve.«

Oh, ich würde ihm zeigen, wie weich ich sein konnte. Ich ließ mich so tief fallen, wie seine Arme es erlaubten, und trat mit dem Bein aus, um ihn aus dem Gleichgewicht zu bringen. Dann rammte ich meinen Kopf gegen sein Brustbein, sodass er nach hinten taumelte. Allerdings ging er nicht zu Boden. Er stolperte kurz und umfasste meine Taille, um mich erneut an sich zu ziehen.

Seine Arme fühlten sich wie Zementblöcke an, als er mich festhielt, doch meine Hände lagen genau da, wo ich sie haben wollte, nämlich an seinen Hüften. Ich entwendete ihm ein Messer, als er sich vorbeugte, um meinen Hals zu küssen.

»Enttäuschend«, murmelte er. »Es hat den Anschein, als hättest du dich schon lange nicht mehr in der Kampfkunst geübt.«

»Tatsächlich?« Ich presste die Klinge fest genug gegen die Innenseite seines Oberschenkels, damit er sie durch den dünnen Stoff seiner Hose spüren konnte. Mit nur einem Handgriff konnte ich dafür sorgen, dass er mindestens eine Stunde lang Blut pissen würde.

Er grinste an meiner empfindsamen Haut. »Vorsicht, Liebes. Du willst doch mein bestes Stück nicht beschädigen.«

»Willst du wetten?«

»Habt ihr beide genug geflirtet?«, ertönte eine tiefe Stimme. In der Tür stand ein dürrer blonder Dämon mit einem verärgerten Ausdruck im Gesicht.

Xai leckte über meinen Hals bis hinauf zu meinem Ohr und knabberte an meinem Ohrläppchen. »Evangeline, das ist Tax. Er wird uns helfen.«

Ich ließ ihn die scharfe Klinge auf seiner Haut spüren, als ich damit ein Loch in seine Designerhose schnitt. Es war zu schade, dass Silber ihn nicht auf dieselbe Weise verletzen konnte wie einen Dämon. »Du scheinst nicht verstanden zu haben, dass ich allein arbeite.«

»Du bist nie allein, Liebes«, flüsterte er.

Seine Worte verblüfften mich so sehr, dass sich mir der Kopf drehte. Ich brauchte eine Sekunde, um zu begreifen, dass er sich tatsächlich gedreht hatte, denn Xai hatte mich herumgewirbelt, mich mit dem Rücken gegen den Tresen gepresst und meine Hände gepackt. Er drückte einmal mein Handgelenk und ich ließ das Messer fallen.

Scheiße!

Vor Wut trat ich nach ihm, doch er blockierte meine Tritte und klemmte meine Beine mit seinen starken Schenkeln ein. Ich starrte ihn mit finsterem Blick an. »Ich hasse dich.«

»Ich weiß.« Er strich mit seinem Mund über den meinen und zog den Kopf zurück, als ich versuchte, ihn zu beißen. Als ich den Blutfleck auf seinen Lippen sah, spannte ich unwillkürlich die Schenkel an. Es brachte mein Blut in Wallung, wenn ich auf diese Weise gegen ihn kämpfte, und die Erektion, die ich an meinem Bauch spürte, machte die Situation nicht besser. »Du wirst dieser Sache nicht allein auf den Grund gehen. Wenn du dich weiterhin bei jeder Gelegenheit gegen mich wehrst, werden wir dich nie entlasten können. Entweder arbeitest du also mit mir zusammen oder wir beide enden im feurigen Schlund der Hölle. Du hast die Wahl.«

Wir beide? Ich war mir ziemlich sicher, dass nur ich dort enden würde.

»Wir haben immer gut zusammengearbeitet«, erinnerte er mich, wobei seine Stimme weicher wurde und fast so klang wie die, die er im Schlafzimmer benutzte. Sie war schmeichelnd, verführerisch und täuschend lieblich. Mein Gott, ich liebte und hasste diesen Tonfall zugleich. Ich begann, mich zu winden, doch er hielt mich fest und starrte mir direkt in die Augen. »Ich werde nirgendwohin gehen, Evangeline. Du kannst dich entweder damit abfinden oder anfangen, dich auszuziehen. Wie schon gesagt, du hast die Wahl.«

Er strich mit der Zunge über meine Unterlippe und über die bereits verheilende Wunde, die er mir vor wenigen Minuten zugefügt hatte. Dann ließ er sie in meinen Mund gleiten, um ihn sanft zu erforschen. Whisky, Minze und ein Geschmack, der ganz und gar typisch für Xai war, reizten meine Sinne und zwangen meinen Körper dazu, sich ihm zu unterwerfen. Ich sehnte mich mehr nach ihm als nach der Luft zum Atmen, und egal wie sehr ich dagegen ankämpfte, ich würde mich immer zu ihm hingezogen fühlen.

Ein Räuspern erinnerte mich daran, dass wir nicht allein waren. Allerdings wurden wir nicht nur von Tax beobachtet, denn mit uns befanden sich noch zwei Wächter im Raum. Ersterer wirkte verärgert, während Letztere ein wenig übersteigertes Interesse an dem Geschehen zeigten, was die Stimmung schlagartig zunichtemachte.

Xai ließ meine Hände los und bückte sich, um das Messer aufzuheben, mit dem ich ihm die Hose aufgeschlitzt hatte. Er streckte es mir entgegen, was ich als eine Art Friedensangebot auffasste. *Arbeite mit mir zusammen.*

Verdammt. Ich hatte wohl keine Wahl. Sieben Tage glichen für einen Unsterblichen nur einem Augenblick. Ich konnte jede Hilfe gebrauchen, vor allem, da ich seit meinem Ruhestand nicht mehr auf dem Laufenden war, was die politischen Begebenheiten der Dämonen anging. Und obwohl ich meine eigenen Feinde alle benennen konnte, war meine Liste im Fall von Zeb und Kalida lückenhaft. Und wer könnte mich besser damit vertraut machen als Xai?

»Ich nehme an, du weißt, wo wir anfangen müssen?«, fragte ich, als ich den Gegenstand in seiner Hand entgegennahm.

Sein umwerfendes Grinsen ließ auch den letzten Rest meiner Entschlossenheit dahinschmelzen. Es gab Schlimmeres, als eine Woche lang in dieses hübsche

Gesicht blicken zu müssen. »Oh, ich weiß sogar noch viel mehr. Ich habe bereits eine Spur.«

Mir stockte der Atem. Wie bitte? Das bedeutete, dass er auf eigene Faust mit den Ermittlungen begonnen hatte. Nur warum? Um meine Unschuld zu beweisen? Nein. Das würde nicht zu ihm passen. Er tat alles nur um seiner selbst willen. Aber Kalida war ihm egal, es sei denn, ihre Beziehung hatte sich in den letzten Jahren geändert. Waren sie in meiner Abwesenheit zu einem Liebespaar geworden? Bei dem Gedanken wurde mir übel.

Xai, der mit Kalida ins Bett geht ... Ich wollte nicht, dass sich diese Vorstellung in meinem Kopf festsetzte.

»Komm schon«, murmelte er, legte einen Arm um meine verspannten Schultern und zog mich vom Tresen weg. »Ich werde dir auf der Fahrt alles erzählen. Tax wird uns folgen.«

»Ja, denn genau das tun wir Fährtensucher«, murmelte der Mann. Seinem abfälligen Tonfall und der Tatsache, dass er uns genau zur richtigen Zeit unterbrochen hatte, war es zu verdanken, dass ich ihn bereits mochte. Seiner Bemerkung entnahm ich, dass er ein dämonischer Fährtensucher war, was bedeutete, dass er uns nützlich sein würde, was Xai bereits angedeutet hatte.

Ich seufzte. *Also schön.* Bei dieser Mission würden wir zusammenarbeiten, doch das bedeutete nicht, dass wir Partner waren. Auftragskiller waren aus einem bestimmten Grund Einzelgänger; wir waren einfach keine Teamplayer. Aber wir wussten, wie man das Spiel mitspielte, um an Informationen zu gelangen, und genau das würde ich tun. Zumindest fürs Erste.

Ich zog meine anderen Messer aus Xais Taschen heraus und steckte sie in ihre Scheiden, während wir nach draußen gingen. Er gab vor, es nicht zu bemerken, doch sein Grinsen verriet mir, dass er meine flinken Hände gespürt hatte.

Es schien ein weiteres Friedensangebot zu sein, dass er mir gestattete, mir meine Klingen wiederzubeschaffen. Ich zeigte meinen guten Willen, indem ich seinen Arm um meine Schultern nicht von mir stieß. Zumindest redete ich mir ein, dass ich die Berührung aus diesem Grund erlaubte.

Ich würde die kommende Woche nur mit Vernunft überstehen, denn sobald ich irgendwelche Emotionen zuließe, wäre ich erledigt und Xai würde mich zweifellos einmal mehr vernichten.

Genau wie in der Nacht meines Falls.

FÜNF

WHISKY AUF EIS MIT EINER PRISE
VERWIRRUNG BITTE

Scott Streator.

Ein siebenunddreißigjähriger Mann mit einer charmanten Persönlichkeit und einem Lächeln, das alle Blicke auf sich zog. Mit seinen blonden Haaren, den haselnussbraunen Augen und dem durchtrainierten Körperbau war er für den Strand wie geschaffen. Ich blätterte die Akte noch einmal durch, bevor ich sie auf den Tisch legte.

»Deine beste Spur ist ein Mensch?«, fragte ich ungläubig. Kalida war zwar nie besonders geschickt oder stark gewesen, doch mit einem Sterblichen wäre sie ohne Weiteres fertiggeworden.

Xai leerte sein Whiskyglas und signalisierte der Barkeeperin des Hotels mit einem Nicken. »Ich behaupte nicht, dass er sie tatsächlich getötet hat, aber ich vermute, dass er etwas Nützliches wissen könnte.« Er setzte eine gelangweilte Miene auf, als die vollbusige Frau seiner Aufforderung nachkam und zu unserem Tisch schlenderte. »Noch einen Drink bitte.«

»Noch einen Whisky oder darf es etwas anderes sein?«,

fragte sie mit einem sinnlichen Tonfall, der förmlich nach Sex schrie.

Er ließ den Blick auf ihr üppiges Dekolleté wandern, bevor er langsam den Kopf hob und ihre Lippen betrachtete. »Noch einen Whisky, meine Liebe.«

»Kommt sofort.« Sie ging mit einem auffälligen Hüftschwung davon, den Xai bewunderte.

Ich verdrehte die Augen. »Das Mädchen würde keine zehn Minuten mit dir im Bett überleben.« Er mochte zwar Interesse heucheln, aber ich kannte seinen Geschmack, und diese Rothaarige hatte nur Kurven und kein Flair aufzuweisen. Xai bevorzugte eine Frau, die es im Schlafzimmer mit ihm aufnehmen konnte – und manchmal sogar gewann.

»Mm, ich würde sie in weniger als fünf Minuten zerbrechen«, murmelte er. »Wobei ich sie allerdings nie in mein Bett einladen würde.«

»Dann solltest du sie besser sanft vom Haken lassen, denn ich glaube, sie erwartet heute Abend ein ordentliches Trinkgeld.«

Obwohl er ihre eindeutigen Vorzüge begutachtet hatte, wirkte er nicht im Geringsten beeindruckt. »Ich weiß eine selbstbewusste Frau zu schätzen, eine blinde jedoch nicht. Sie muss wissen, dass kein vernünftiger Mann sich für sie entschciden würde, wenn er jemanden wie dich als Begleiterin hat.«

»Versuchst du etwa, mir mit einem lässigen Spruch zu schmeicheln?«, neckte ich ihn und versuchte, die plötzlich düstere Stimmung etwas aufzuhellen. Denn wir konnten beide etwas Auflockerung gebrauchen. »Das kannst du doch besser.«

»Das war kein Spruch, Evangeline, sondern die Wahrheit.« Dabei lag in seiner Stimme nicht einmal ein Anflug von Humor. Das tat er immer. Er sprach aus, was er dachte, ohne auch nur zu ahnen, welche Wirkung seine Worte auf mich hatten.

Das Problem war nicht, dass wir uns zueinander hingezogen fühlten. Wir hatten einander schon immer begehrt und würden es wohl auch immer tun, doch während Xai nur meinen Körper wollte, interessierte er sich nicht für mein Herz, und genau daran scheiterten wir. Ich wollte mehr, doch seine egoistische Natur ließ es nicht zu. Das hatte er mir immer wieder bewiesen, dennoch sehnte sich mein Körper nach ihm, obwohl er schon ein Leben lang ein falsches Spiel mit mir trieb. Eine Berührung reichte aus und ich gab nach. Jedes verdammte Mal.

»Du lebst immer noch nur in der Vergangenheit«, flüsterte er.

»Und ich verdamme stets meine Zukunft«, antwortete ich leise.

Seine Pupillen weiteten sich und in seinen Augen lag eine Emotion, die die Luft zwischen uns zu versengen drohte. »Eines Tages wirst du es verstehen.«

»Das sagst du schon seit Jahrhunderten.«

»Ja, und trotzdem bist du geblendet von dem, was du glauben willst, jedoch nicht zu sehen vermagst.« Er legte eine Hand an meinen Nacken und hielt mich fest, um mich zum Schweigen zu bringen, als ich gerade etwas erwidern wollte. Der Tisch zwischen uns schien plötzlich unendlich klein zu sein, als er sich dicht zu mir vorbeugte.

»Xai …«

»Ssschhh.« Er strich mit den Lippen über die meinen, als die Kellnerin zurückkam. Er würdigte sie keines Blickes, sondern küsste mich auf seine so trügerisch sanfte Art. Ich wollte die Geste nicht erwidern, doch mein Mund bewegte sich wie von selbst, und gerade als ich ihn öffnete, um seine Zunge willkommen zu heißen, zog er den Kopf zurück.

»War das sanft genug, Liebes?«, fragte er an meinen Lippen, wobei er mich mit seinen dunklen Augen fixierte. »Oder wäre es dir lieber, wenn ich weniger subtil vorgehe?«

»Bitte nicht«, sagte Tax, während er sich einen Stuhl heranzog. Er war kurz nach uns eingetroffen, aber ohne eine Erklärung gleich wieder verschwunden. Laut Xai waren unsere Zimmer noch nicht fertig, daher hatten wir uns spontan an der Bar getroffen.

Xai löste seine Hand von meinem Nacken und griff nach seinem Glas, um einen Schluck zu trinken. »Ist er hier?«, fragte er in gelangweiltem Tonfall. Da die rothaarige Bedienung sich aus dem Staub gemacht hatte, vermutete ich, sie hatte verstanden, dass Xai nicht an ihr interessiert war. Armes Mädchen. Zumindest wurde sie nicht zitternd zurückgelassen, nachdem er sie seiner Wärme beraubt hatte. Dieser Scheißkerl.

»Zimmer 2517«, antwortete Tax. Der dünne Dämon beäugte interessiert die teure Einrichtung der Bar. »Wenigstens beweist er bei der Wahl des Hotels einen guten Geschmack.«

»Ich vermute, dass ihr mit ›er‹ unsere menschliche Spur meint?« Ich nahm die Akte noch einmal zur Hand, um die Notizen zu seiner Tätigkeit zu lesen. Er war ein aalglatter Krimineller mit Verbindungen zum Drogenhandel in Miami und einer Neigung, Frauen zu verletzen. Er besaß keinen festen Wohnsitz, da er es offenbar vorzog, von Hotel zu Hotel zu ziehen, je nachdem, wie es die Branche von ihm verlangte.

Er war genau der Typ Mann, der früher zu meinen Aufträgen gezählt hätte, doch er war nicht das, was ich in diesem Fall erwartet hätte.

Ich legte die Papiere zurück auf den Tisch und ließ zu, dass sich meine Unsicherheit in meiner Stimme

LEXI C. FOSS

niederschlug, als ich das Wort ergriff. »Ich verstehe immer noch nicht, was er mit Kalida zu tun haben soll.«

»Sie waren ein Liebespaar, Schätzchen. Allerdings ist mir schleierhaft, was sie in ihm gesehen hat.«

»Du klingst deshalb ein wenig verärgert, Xai.«

»Wohl kaum«, erwiderte er und schnaubte. »Ich hatte nur geglaubt, dass eine Frau ihrer Herkunft höhere Ansprüche hat.«

Ja, denn ein Dämonischer Lord erzog seine Tochter sicher mit bestimmten Werten, was ihre zukünftigen Beziehungen anging. Ganz sicher.

»Woher weißt du überhaupt, dass sie ein Liebespaar waren?« Auf sämtlichen Überwachungsbildern war lediglich Streator mit seinen Geschäftspartnern zu sehen. Kalida war jedoch auf keinem von ihnen abgebildet.

»Tax«, antwortete er nur.

»Ich habe ihr Blut zu ihm zurückverfolgt«, erklärte der Fährtensucher.

»War er eine ihrer menschschlichen Nahrungsquellen?«, wollte ich wissen, wobei ich mich auf Kalidas Bedürfnis bezog, sich wie Gwen während des Geschlechtsakts zu nähren. Obwohl Zeb ihr Vater war, hatte sie die genetische Veranlagung ihrer Mutter geerbt, die ein Sukkubus war. Die dämonische Fortpflanzung war bestenfalls unberechenbar.

Xai schwenkte die Flüssigkeit in seinem Glas. »Ich kann mir keinen anderen Grund für ihre Beziehung vorstellen.«

»Es wäre möglich.« Tax runzelte die Stirn. »Er stinkt nach Dämon, und damit meine ich nicht nur Kalida.«

»Interessant«, sagte Xai nachdenklich. »Er wird noch ein paar Tage hierbleiben und hat für morgen ein Treffen mit Geschäftspartnern am Schwimmbecken geplant. Hast du Lust, dich ein wenig zu sonnen, Liebling?«

56

»Du bist doch derjenige, der andere gern belauscht, Xai. Vielleicht solltest du an deiner Bräune arbeiten, während ich Streators Zimmer durchsuche.«

»Ich werde mir sein Zimmer ansehen«, warf Tax ein. »Ich möchte mich mit den verschiedenen Dämonenauren vertraut machen, die ihn und seine Männer umgeben. Soweit ich wahrnehmen konnte, ist Kalida nicht die Einzige, die in seinem Bett gelandet ist.«

Ich zog die Augenbrauen in die Höhe. »Ein Mann, der in der Lage ist, mehrere Dämonen zu verführen? Sind seine Vorfahren etwa Inkuben?« Ich warf einen Blick auf sein Foto und rümpfte die Nase. »Nein, dafür sieht er eindeutig nicht gut genug aus.«

»Du stimmst also mit meiner Einschätzung überein, dass er eine interessante Spur ist?«

Ich begegnete Xais belustigtem Blick. »Ich bin beeindruckter als noch vor zehn Minuten, aber ich bin nicht davon überzeugt, dass er etwas mit ihrem Tod zu tun hat. Es scheint viel wahrscheinlicher, dass einer von Zebs Feinden dafür verantwortlich ist, und zwar jemand, der sich entweder meine Bestrafung wünscht oder mir eine Falle stellen wollte.«

Der Täter war ganz offensichtlich lebensmüde, denn ich nahm es nicht auf die leichte Schulter, auf so schlampige Art und Weise des Mordes beschuldigt zu werden. Als Auftragskillerin, ob ich nun im Ruhestand war oder nicht, achtete ich immer genaustens darauf, einen sauberen Tatort zu hinterlassen. Eine degradierte, blutige Klinge am Tatort zurückzulassen, setzte dem Ganzen die Krone auf. Als könnte ich jemals so unvorsichtig sein.

»Wir brauchen außerdem eine Liste von Kalidas Konkurrenten«, fuhr ich fort. »Insbesondere diejenigen, die nicht damit einverstanden waren, dass Zeb seine Tochter zum Ōrdinātum dieser Region ernannt hat.«

Diese Bezeichnung war typischerweise hochrangigen Dämonen mit einem Hang zur Macht vorbehalten, aber Zeb hatte die Befugnis, nach Belieben die Leiter seiner Gebiete zu ernennen. Seine Tochter hatte sich gewünscht, die Südstaaten zu führen, und er hatte ihr die begehrte Rolle zugewiesen.

Xai bestätigte meine Worte mit einem Nicken. »Wir werden heute Abend eine Liste mit wahrscheinlichen Kandidaten zusammentragen und gegebenenfalls Nachforschungen anstellen. In der Zwischenzeit würde ich gern mehr über den Sterblichen mit den Verbindungen zur Unterwelt erfahren. Irgendetwas sagt mir, dass auch Lord Zebulon von ihm fasziniert sein würde.«

Mir entging die unterschwellige Bedeutung seiner Worte nicht. *Falls wir scheitern, hätten wir damit einen Trumpf in der Hand.* Wenn wir Zeb einen weiteren Fall präsentierten, würde er uns vielleicht mehr Zeit geben. Es war riskant, doch wenn jemand wusste, wie man seine Karten richtig ausspielte, dann war es der dunkle Engel, der mir gegenübersaß.

»Ich werde Sonnenschutzmittel brauchen.« Nicht, um einen Sonnenbrand zu verhindern, sondern für etwas völlig anderes. »Um den Bikini habe ich mich bereits gekümmert.«

Xai ließ den Blick auf meine Brüste wandern, die dank der Kleiderordnung in der Bar von meiner durchsichtigen Bluse bedeckt waren. »Ich kann es kaum erwarten, das Unterteil zu sehen.«

Ich schenkte ihm ein Grinsen. Er kannte mich einfach zu gut. »Ich bin sicher, dass es dir gefallen wird.«

»In der Tat«, murmelte er, als sein Handy klingelte. »Wahrscheinlich ist unser Zimmer fertig.«

Mein Grinsen erstarb. Es gefiel mir nicht, dass er in der

Einzahl gesprochen hatte. »Du meinst wohl ›unsere Zimmer‹.«

Er lächelte nur.

»Xai, ich werde mir auf keinen Fall ein Zimmer mit dir teilen.«

»Würdest du es vorziehen, bei Tax zu schlafen?«

»Das kommt gar nicht infrage«, warf der Fährtensucher mit ausdrucksloser Stimme ein. »Meine Haut steht bereits in Flammen, nur weil ich mich in der Nähe ihres Silbers befinde. Ich werde ganz sicher nicht daneben schlafen.«

Nun ja, zumindest hatte er weniger eine Abneigung gegen mich, als vielmehr gegen meine Vorliebe für Spielzeuge aus Metall. »Ich will mein eigenes Zimmer.«

Es gab Zeiten, da könnte ich schwören, dass Xai Luzifer mehr ähnelte als seinem Vater, und dies war einer dieser Momente. Seine Augen funkelten bedrohlich, während er diesen wunderbaren Mund zu einem verheerend attraktiven Lächeln verzog.

»Möglicherweise ist dir Lord Zebulons Warnung entgangen, aber ich bin derjenige, der dafür büßen wird, falls du verschwindest. Lass mich also eines klarstellen, Evangeline. Ich kann die Drohung nicht einfach ignorieren, dass ich statt deiner bestraft werden soll, denn wir wissen beide, wie sehr du es genießen würdest, mich brennen zu sehen. Deshalb werden wir uns ein Zimmer teilen, sei es auch nur, um sicherzustellen, dass du keinen Fluchtversuch unternimmst.«

Meine Hände zuckten, denn ich hatte gute Lust, einen scharfen Gegenstand nach ihm zu werfen.

»Ich hasse dich.« Vor allem, weil er recht hatte.

Die Versuchung, seine Worte in die Tat umzusetzen – zu verschwinden und ihn schmoren zu lassen –, reizte mich mehr, als ich zugeben wollte. Dennoch zerbrach ein Teil von mir, wenn ich daran dachte, dass er meinetwegen leiden würde. Aber wir wussten beide, dass er es mehr als verdient hatte, meinetwegen Schmerzen zu empfinden, denn nur dank ihm und seiner manipulativen Spielchen saß ich in dieser gottverlassenen Dimension fest. Und er war weder dafür bestraft worden, noch hatte er je auch nur einen Anflug von Reue gezeigt.

»Ja, Liebling, dieser Gesichtsausdruck ist der Grund dafür, dass ich ein sehr genaues Auge auf dich haben werde, wobei mir das natürlich nichts ausmacht.« Er warf einen bewundernden Blick auf meine Brüste, woraufhin sich mein Wunsch, ihn zu verletzen, nur noch steigerte.

»Wenn du mich anrührst, wirst du es bereuen.« Es war eine leere Drohung, denn wir wussten beide, dass es uns nur noch mehr aufreizte, wenn wir miteinander kämpften. Verdammte Hormone.

»Das tue ich immer, Evangeline.« Mit diesen Worten stand er auf und schlenderte zum Empfangsbereich hinüber.

Ich hätte mich am liebsten aus dem Staub gemacht, doch der verdammte Fährtensucher neben mir hätte für meine Rückkehr gesorgt. Er ist hier, um zu helfen. Von wegen. Oh, er könnte im Fall Streator nützlich sein, doch jetzt bekam seine Anwesenheit eine ganz neue Bedeutung.

»Er hat dich angeheuert, um Gwen aufzuspüren, falls ich weglaufe.« Ich formulierte es nicht als Frage, sondern als Feststellung. Er wäre nicht in der Lage, meine himmlische Aura zu verfolgen, doch er hätte keine Probleme damit, meine dämonische beste Freundin ausfindig zu machen. Und Xai wusste, ich würde nicht zulassen, dass sie für meine Sünden bestraft wird.

Gerissener Scheißkerl.

»Es ist nichts Persönliches«, erwiderte Tax mit einem Achselzucken. Er winkte die Rothaarige von der Bar zu sich, um einen Drink zu bestellen. Diesmal flirtete sie deutlich weniger und würdigte mich keines Blickes. Wahrscheinlich war es besser so, denn mein Gesichtsausdruck hätte sie sicher erschreckt.

Ich war wütend und verletzt. Ich verstand Xais Wunsch, nach Zebs Drohung auf mich aufzupassen, aber seine Verwicklung in diesen Fall machte mich stutzig. Er hatte offensichtlich nichts mit Kalidas Verschwinden zu tun, und doch schien sein Vorgesetzter darauf zu bestehen, dass wir zusammenarbeiten. Warum? War es die Strafe dafür, dass er bei dem Dämonischen Lord eine Lanze für mich gebrochen hatte? Oder gab es einen anderen Grund?

Zeb hatte etwas davon erwähnt, dass er Xais Gefühle zu diesem Thema bereits kannte, was darauf hindeutete, dass sie schon vor meiner Ankunft darüber gesprochen hatten. Hatte er sich für mich eingesetzt und diesen Sieben-Tage-Deal ausgehandelt? Es schien so untypisch für ihn zu sein, und doch waren wir hier, in einem teuren Hotel in Miami Beach. Warum zum Teufel sollte er sich überhaupt die Mühe machen? Außer Schmerzen hatte er in dieser Situation nichts zu gewinnen.

Nach zweitausend Jahren verstand ich den Engel, für den ich gefallen war, immer noch nicht. Seine verworrenen Argumente bereiteten mir Kopfzerbrechen, und sein unverbesserliches Verhalten ließ einiges zu wünschen übrig. Doch dann tat er etwas, was mich dazu veranlasste, alles, was ich über ihn zu wissen glaubte, neu zu bewerten. Und als hätte ich nicht schon alle Hände mit diesem Fall zu tun, musste Xai mir noch eine weitere Frage auftischen, über die ich nachgrübeln konnte.

Warum hilft er mir?

SECHS

MÄNNER HABEN STETS VERTRAUEN ZU EINER BLONDINE IN EINEM TANGA

Xai stellte einmal mehr seinen überheblichen Charakter unter Beweis, indem er uns auf einem der obersten Stockwerke des Hotels eine Suite gebucht hatte. Sie verfügte über drei Schlafzimmer mit angeschlossenen Badezimmern, eine Küche, einen Wohnbereich und ein Esszimmer, das groß genug war, um zehn Personen zu beherbergen. Vielleicht war es ein weiteres Friedensangebot oder nur die Gewohnheit an ein luxuriöses Leben – höchstwahrscheinlich ein bisschen von beidem.

Nachdem ich den ganzen Abend über eine Liste von Verdächtigen zusammengestellt hatte, schlief ich im großen Schlafzimmer ein, während Xai in einem der anderen Zimmer nächtigte. Als ich am nächsten Morgen aufwachte, fand ich ein Frühstück, einen Stapel Papiere und eine Notiz auf dem übergroßen Esstisch vor.

Wir treffen uns gegen Mittag am Schwimmbecken. – X

Den Aufzeichnungen nach zu urteilen, die wir über Streator gelesen hatten, hätte er um diese Zeit gerade eine Besprechung und es wäre ein idealer Zeitpunkt, um in meinem knappen violetten Bikini in den Schwimmbadbereich zu schlendern. Ich aß einen Bissen Toast und Eier, die er für mich hinterlassen und zweifellos beim Zimmerservice bestellt hatte, dann sah ich mir die Akte an, die unter der Notiz lag.

»Heilige Scheiße …« Ich hatte angenommen, dass er zur selben Zeit wie ich schlafen gegangen war, doch der Bericht, den er über all unsere Verdächtigen zusammengestellt hatte, ließ etwas anderes vermuten. Er hatte bereits ein Drittel der Namen auf der Liste ausgeschlossen, da sie sich zur Tatzeit an einem anderen Ort aufgehalten hatten. Er hatte all diese Informationen unmöglich im Internet finden können, was bedeutete, dass er bei jemandem einen Gefallen eingefordert hatte. Wahrscheinlich handelte es sich dabei um einen weiteren Fährtensucher oder um jemanden mit technischen Fähigkeiten. Falls ich einen Beweis gebraucht hatte, dass er den Fall tatsächlich ernst nahm, so hatte er ihn auf dem Tisch liegen gelassen, damit ich ihn lesen konnte. Allerdings verriet mir das immer noch nicht, warum er mir half.

Ich verputzte den letzten Bissen meines Frühstücks, bevor ich den frisch gepressten Orangensaft trank. Er schmeckte himmlisch und war zweifellos eine meiner liebsten Köstlichkeiten, die Florida zu bieten hatte, dicht gefolgt vom Strand und den Palmen.

Ein Blick auf die Uhr verriet mir, dass mir gerade noch genügend Zeit blieb, um Gwen anzurufen, bevor ich zum Schwimmbecken hinunterging.

»Dann hat er dich also angeheuert, um einen Fall zu bearbeiten?«, fragte sie, nachdem ich ihr die gestrigen Ereignisse zusammenfassend geschildert hatte. Ich hatte dabei ein paar wichtige Punkte ausgelassen, da ich nicht wollte, dass sie sich Sorgen machte.

»Ja, er braucht meine Hilfe, um etwas herauszufinden. In etwa einer Woche sollten wir damit fertig sein.« Und falls nicht, dann würde ich sie in ein paar Jahren, Jahrzehnten oder vielleicht Jahrhunderten wiedersehen.

Dämonen war es nicht gestattet, die Grenzen ohne Erlaubnis zu überschreiten, doch ich hielt mich nicht an ihre Regeln. Die Dämonischen Lords der meisten anderen Territorien respektierten mich genug, um mir die Einreise zu gewähren, ohne mir Fragen zu stellen. Und da sie mit anderen ihres Formats nicht gerade zimperlich umgingen, würde ich mir keine Sorgen darum machen müssen, an Zeb ausgeliefert zu werden. Es wäre zwar der letzte Ausweg, doch ich weigerte mich, für ein Verbrechen bestraft zu werden, welches ich nicht begangen hatte.

»Sicher. Ein undurchsichtiger Auftrag in Miami, der dich eine Woche lang beschäftigen wird und bei dem du mit Xai zusammenarbeitest – zumindest nehme ich das an –, und du scheinst deshalb nicht einmal verärgert zu sein.« Ich zog eine Grimasse, als ich Gwens Zusammenfassung hörte. »Dir ist doch hoffentlich klar, dass ich dich besser kenne, als dir das abzunehmen. Was ist also wirklich los, Eve?«

Ich nahm die hübsche kleine Badetasche, die ich im Geschenkeladen des Hotels gekauft hatte, und schlang sie mir über die Schulter. Darin befanden sich ein pinkfarbenes Handtuch und Sonnenschutzmittel. Meine Messer würde ich heute nicht brauchen. Falls ich tatsächlich eine Waffe benötigen sollte, würde ich mir eine basteln. Selbst der einfachste Gegenstand konnte in ein tödliches Werkzeug verwandelt werden, wenn man ihn richtig benutzte.

»Gwen, du weißt, dass ich dich liebe«, sagte ich, als ich auf den Eingangsbereich der Suite zuging. Es war fast

Mittag. »Aber du musst mir vertrauen, in Ordnung? Ich habe alles im Griff.«

Als sie nichts erwiderte, sah ich sie im Geiste deutlich vor mir, wie sie mit verengten Augen und gespitzten Lippen starr dasaß. Sei mochte es nicht, im Dunkeln gelassen zu werden, und mir war es zuwider, ihr nichts zu verraten, doch wenn ich sie in die Angelegenheit einweihte, würde das die Dinge nur verkomplizieren. Wenn Zeb glaubte, er könnte sie als Druckmittel gegen mich benutzten, würde er das tun, und ich weigerte mich, sie in eine solche Lage zu bringen.

»Bitte«, fügte ich hinzu und legte meine Hand auf den Türknauf im marmornen Flur des Hotelzimmers. Dieser Ort strotzte nur so vor Eleganz und Charme und hatte Xai zweifellos eine stattliche Summe gekostet. Natürlich kümmerte ihn das nicht. Sein Vermögen kam dem meinen gleich.

Am anderen Ende der Leitung schnalzte Gwen abschätzig mit der Zunge. »Also schön«, sagte sie gedehnt. »Aber wenn ich herausfinde, dass das alles nur ein Trick war, um dich dazu zu bringen, eine Woche allein mit Xai in einem schicken Hotel zu verbringen, dann ist die Hölle los.«

Ich verdrehte die Augen. »Völlig ausgeschlossen.«

»Sicher.«

Ich beschloss, den Spieß umzudrehen, denn ich konnte dieses Spielchen ebenso gut spielen wie sie. »Wie läuft das Training mit Zane?«, fragte ich, als ich den Flur in Richtung Aufzug entlangging, wobei ich nichts weiter trug als ein Paar silberfarbene Stilettos und ein durchsichtiges schwarzes Oberteil, unter dem mein violetter Bikini zu sehen war.

»Witzig«, murmelte sie. »Sehr witzig.«

»Solange du mir wegen Xai in den Ohren liegst, kann ich dir wegen Zane das Leben schwer machen.«

»Natürlich, aber nur einer von den beiden kann uns in den Wahnsinn treiben, nicht wahr?«

Gutes Argument. »Ich werde den Verstand nicht verlieren, versprochen.«

»Gut, denn ich will dich nicht noch einmal verlieren.«

Die Erinnerung an das letzte Mal, als Xai mich betrogen hatte, jagte mir einen Schauer über den Rücken. Er hatte mich in der Hölle zurückgelassen. Buchstäblich. Hätte ich damals nicht einen Portalhüter gefunden, hätte ich unerträgliche Schmerzen erlitten. Ob sie nun gefallen waren oder nicht, Engel waren nicht dafür geschaffen, sich über einen längeren Zeitraum in der Unterwelt aufzuhalten.

»Du wirst mich nicht verlieren, Gwen.« Weil ich ihm nie wieder auf diese Weise vertrauen würde. Ich drückte den Aufzugknopf ein wenig fester als nötig. »Ich muss jetzt Schluss machen.«

»Pass auf dich auf und melde dich bald wieder«, sagte sie, wobei ihr Argwohn von zuvor einem aufrichtigen Unterton wich. »Du fehlst mir.«

»Du fehlst mir auch.« Wir verabschiedeten uns voneinander, bevor ich auflegte und zur Hauptebene des Hotels hinunterfuhr. Als ich mit einem unbedarften Gesichtsausdruck in Richtung Schwimmbecken ging, drehten sich die Köpfe mehrerer Gäste in meine Richtung. Ich hatte die Rolle der unschuldigen Schönheit schon vor langer Zeit perfektioniert, mittels der ich mit verlegenem Blick und leicht geröteten Wangen männliche Verehrer anlockte.

Ich drückte mein Handy ans Ohr und gab vor, in ein Gespräch vertieft zu sein, als ich den Poolbereich betrat. Meine Zielperson stand auf der gegenüberliegenden Seite an einem hohen Tisch mit zwei weiteren Männern, die ebenfalls Polohemden und Cargohosen trugen. Alle drei genossen einen Nachmittagsdrink, doch ihre ernsten Gesichtsausdrücke deuteten darauf hin, dass ihr Gesprächsthema alles andere als unbeschwert war.

Rund um die Terrasse waren vier Leibwächter stationiert, die sich allesamt von dem Rest der Gäste abhoben, doch ich vermutete, dass Streator es so wollte. Xai hingegen entspannte sich im Whirlpool, wobei er seine muskulösen Arme über den Rand drapiert hatte und den Anschein erweckte, als wäre er der Besitzer dieses Etablissements. Er wirkte wie ein selbstbewusster Mann, der auf ein sexuelles Abenteuer hoffte, und die drei Frauen, die mit ihm im Wasser saßen, schienen ihm liebend gern dabei behilflich zu sein.

Ich ignorierte ihn, als ich an ihm vorbeischlenderte, doch ich spürte, wie er mit seinem Blick meinen Hintern liebkoste. Er hatte gesagt, dass er das Bikiniunterteil sehen wollte, und jetzt gab mein durchsichtiges Oberteil den Blick auf den violetten Tanga darunter frei. Den mochte er am liebsten.

»Soll das ein Scherz sein?«, fragte ich meine imaginäre Freundin durchs Handy. »Was soll ich jetzt tun?« Ich hielt kurz inne, als ich direkt vor Streators Tisch stehen blieb. »Es ist mir egal, was Billy gesagt hat. Ich kann einfach nicht glauben, dass ihr mich im Stich lasst!« Ich tippte mit dem Fuß auf den Boden und stemmte eine Hand in die Hüfte. »Und was soll ich jetzt tun?«, wiederholte ich. »Soll ich etwa allein rumhängen?« Ich schnappte mit gespieltem Unglauben nach Luft. »Ihr wisst doch, wie gefährlich das ist!«

Streator und seine Männer beäugten mich mittlerweile interessiert. Perfekt.

»Also schön. Das will ich auch hoffen.« Ich beendete

energisch das Gespräch und murmelte leise: »So ein Mist.« Dann täuschte ich ein Schaudern vor, bevor ich meine Tasche neben den Geschäftsleuten auf einen Stuhl warf. »Dann werde ich einfach das Beste daraus machen«, murmelte ich vor mich hin, während ich vorgab, die Männer nicht zu bemerken. »Jetzt soll ich die ganze Woche lang allein am Strand rumhängen. Unglaublich.«

Ich zog mein Oberteil über den Kopf und faltete es ordentlich zusammen, bevor ich es beiseitelegte, wobei ich den Männern einen Blick auf meinen spärlich bekleideten Körper gewährte. Die Schnüre meines Bikinis kitzelten meinen Rücken und meine Oberschenkel, als eine leichte Brise über den Poolbereich wehte. Mein blonder Pferdeschwanz flatterte ein wenig im Wind und rundete das verführerische Bild ab, das mein Publikum zum Schweigen gebracht zu haben schien.

»Nun, so ein Mist aber auch«, sagte ich, als ich nach der Sonnencreme griff. »Hm …« Ich tupfte ein wenig auf meine Arme und Beine, beugte mich absichtlich im rechten Winkel vor, um Aufmerksamkeit zu erregen, und rieb mich langsam ein. Ich konnte Xais Belustigung von der anderen Seite des Schwimmbeckens förmlich spüren. Ich nahm ihn immer wahr, auch wenn ich es nicht wollte. Der nächste Teil würde ihm nicht gefallen, aber es gab keine andere Möglichkeit.

Nachdem ich meinen flachen Bauch und mein Dekolleté eingecremt hatte, versuchte ich, meinen Rücken zu erreichen.

»Und das ist der Grund, warum ein Mädchen nicht allein nach Miami reist«, brummte ich vor mich hin, als ich seufzend aufgab. Ich ließ den Blick schüchtern umherschweifen, während ich versuchte, jemanden zu finden, der mir helfen könnte. Als ich die drei Männer hinter mir entdeckte, brachte ich meine Wangen zum

Erröten und gab einen quietschenden Laut von mir. »Es tut mir so leid! Ich habe mich in Ihre Angelegenheiten eingemischt, ohne es zu wollen. Wollen Sie, dass ich mich woanders hinlege?«

Streators Blick aus seinen haselnussbraunen Augen tanzte anerkennend über meinen Körper, während er seinen Kumpanen beifällig etwas zu murmelte. Ich verzog die Lippen zu einem verlegenen Lächeln, während ich mir vorstellte, wie ich ihm eine Klinge in sein schwarzes Herz trieb.

»Sie dürfen gern bleiben, Schätzchen.« In seiner Akte war er als Charmeur beschrieben worden, und die Art, wie er mich jetzt angrinste, bestätigte diese Bezeichnung. Er war souverän, selbstbewusst und mächtig. Zu schade, dass ich Männer wie ihn zum Frühstück verspeiste.

Ich legte mir eine Hand auf die Brust und seufzte erleichtert. »Oh, vielen Dank. Ich kann Ihnen gar nicht sagen, wie viel mir das bedeutet. Diese Reise entwickelt sich überhaupt nicht so, wie ich es geplant hatte.« Ich ließ meine Augen ein wenig feucht werden, um meiner Frustration Nachdruck zu verleihen. Diese verdammten Freunde, die nicht wie erwartet erschienen waren. »Ich verspreche, dass ich Sie nicht stören werde.«

Ich war im Begriff, mich abzuwenden, biss mir dann auf die Unterlippe und warf einen Blick zurück. Daraufhin schüttelte ich leicht den Kopf, als hätte ich mich gegen etwas entschieden, und gab vor, mich wieder zum Gehen zu wenden, als Streator den Köder schluckte.

»Brauchen Sie Hilfe dabei?«, fragte er und deutete mit einem Blick auf die Sonnencreme.

»Oh, ich kann doch unmöglich …« Ich schluckte und senkte den Blick zu Boden, bevor ich mit einem Augenaufschlag zu ihm aufblickte. »Äh.« Ich biss mir noch einmal auf die Unterlippe. »Würden Sie mir den Rücken eincremen? Ich habe es versucht, aber äh …« Ich verstummte, als er einen Schritt auf mich zutrat und mir eine Hand entgegenstreckte.

»Sicher, Schätzchen.« Er schenkte mir ein geübtes Grinsen, als ich ihm die Sonnencreme reichte.

»Sie sind ein Schatz, Süßer. Danke.« Ich zog meinen Pferdeschwanz über meine Schulter und präsentierte ihm meinen Rücken. Er ließ seine warme Hand über meine Haut gleiten und ging dabei viel sanfter vor, als ich es erwartet hatte. Ich täuschte ein wohliges Schaudern vor. Dabei war es zwar hilfreich, dass er nicht schlecht aussah, doch ich wusste, was unter der Fassade lauerte, und dieses Wissen dämpfte jegliche Gefühle, die ich ihm gegenüber hätte haben können. Ich stellte mir vor, dass Xai es war, der die Sonnencreme auftrug, was dazu führte, dass die Luft energiegeladen knisterte, als Streator seine Finger über meinen Tanga gleiten ließ.

»Wie heißen Sie?«, wollte er wissen, als er mit der Hand tiefer wanderte, um über meinen Hintern zu streichen.

Als er die Lotion fertig einmassiert hatte, drehte ich mich zu ihm um, woraufhin seine Hand auf meiner Hüfte landete. »Violet O'Hara«, hauchte ich. Ich ließ meine Wimpern flattern, als hätte er mir mit seiner Berührung ein Gefühl von Geborgenheit vermittelt. »Und Sie?«

»Scott Streator.« Ein erregter Ausdruck hatte seine haselnussbraunen Augen zu einem tiefen Grün verdunkelt.

»Freut mich, Sie kennenzulernen, Scott.« Ich fuhr mir mit der Zunge über die Lippen. »Danke, dass Sie mir, äh, mit meinem Rücken geholfen haben.«

»Gern geschehen.« Er reichte mir die Lotion und trat einen Schritt zurück. Dann winkte er mit einer ähnlichen Geste wie Xai gestern Abend einen Kellner herbei. »Setzen Sie ihre Drinks auf meine Rechnung«, sagte er, als ein junger Mann in langen Badeshorts und einem Polohemd auf ihn zukam.

»Natürlich, Sir.« Er blickte mich mit seinen grauen Augen an. »Was hätten Sie gern?«

»Oh.« Ich legte eine Hand mit gespielter Überraschung an meine Brust. »Wie großzügig von Ihnen. Das ist wirklich nicht nötig …«

»Ich bestehe darauf«, erwiderte Streator, wobei er seinen Charme sprechen ließ. »Betrachten Sie es als meine Art, Ihnen den Urlaub zu verschönern.«

Ich ließ meine Wangen erröten, als ich ihm ein Lächeln schenkte. »Ich nehme Ihr Angebot an, aber nur, wenn sie mir irgendwann auf einen Drink Gesellschaft leisten.« Ich biss mir mit einem verlegenen Ausdruck auf die Unterlippe, als stellte ich meine eigene Kühnheit infrage. Es hatte den gewünschten Effekt.

»Ich werde Sie sicher beim Wort nehmen, Miss O'Hara.« Er wandte sich wieder seinen belustigten Kollegen zu und warf dem Mann zu seiner Linken einen Blick zu, mit dem er auszudrücken schien: *Ich werde heute einen vergnüglichen Abend verbringen.* Zu schade, dass sich unsere Definitionen von Spaß deutlich unterschieden.

Ich erwischte den Kellner dabei, wie er auf mein Dekolleté starrte, und gab vor, es nicht zu bemerken. »Können Sie mir einen Manhattan bringen? Ich habe neulich einen probiert und der war unglaublich gut.« Ich warf den Kopf zurück, als wollte ich dem Himmel dafür danken, dass er so einen wunderbaren Drink geschaffen hatte. Eigentlich sollte ich zu Boden blicken, denn die Erfindung des Alkohols war der Hölle zu verdanken.

Er hob ruckartig den Blick und sah mir in die Augen, wobei eine echte Röte seine Wangen färbte. Wenn ich ihn mit meinem Bikini derart in Verlegenheit brachte, dann musste er sich wirklich einen neuen Job suchen, denn überall auf der Terrasse liefen ähnlich gekleidete Frauen umher. Meine himmlische Abstammung verschaffte mir einen leichten Vorteil gegenüber den anderen, aber mir waren zuvor durchaus eine Handvoll Sexbomben aufgefallen.

»Äh.« Der Junge räusperte sich. »Ja, einen Manhattan können wir machen.«

»Danke, Süßer.« Ich schenkte ihm ein Lächeln und entspannte mich im Liegestuhl. Streator und seine Männer hatten die Unterhaltung amüsiert beäugt. Ich musste innerlich lächeln, als ich den Ausdruck auf ihren Gesichtern betrachtete. Sie sahen in mir eine liebenswerte und harmlose Frau. Genau wie ich es geplant hatte.

Das Spiel kann beginnen, Jungs.

SIEBEN

GEFALLENER ENGEL HIN ODER HER, ALLE MÄNNER SIND BESITZERGREIFENDE WESEN

FÜNF STARKE MANHATTANS hatten mich in einen vorgetäuschten Schlaf gelullt. Ich lag auf dem Bauch und hatte die Arme über den Kopf gestreckt, wobei mein Hintern voll entblößt war. Ich hatte den Mund leicht geöffnet, um den Eindruck zu erwecken, dass ich betrunken vor mich hin schlummerte, während ich Streator und seine Kollegen belauschte.

Sie hatten die Liegestühle hinter mir eingenommen, was wohl nicht zum ursprünglichen Plan des Treffens gehört hatte. Streator hatte den Platz vorgeschlagen, da sie auf diese Weise die Umgebung bewundern konnten, während sie über das Geschäftliche sprachen. Es war nur zu dumm, dass besagte Umgebung ihn immer wieder von den wichtigen Dingen abzulenken schien.

»Sie ist verdammt noch mal perfekt«, murmelte er, als er wieder vom Thema abkam. Offenbar zeigte mein Bikini Wirkung.

»Glaubst du, sie ist noch Jungfrau?«, fragte George. Es war nicht sein richtiger Name, sondern ein Spitzname, den ich ihm gegeben hatte. Mit seiner Glatze, der tiefen

Stimme und dem stämmigen Körperbau schien George angemessen zu sein. Den größeren Mann zu seiner Linken, der volle dunkle Locken hatte, hatte ich Calvin genannt. Die Bezeichnungen waren um einiges kürzer als Geschäftspartner Dumpfbacke Nummer eins und Geschäftspartner Dumpfbacke Nummer zwei.

»Mit so einem Körper? Ich bezweifle es, aber sie ist definitiv unerfahren. Sie hat eindeutig keine Ahnung, wie sie ihre Vorzüge am besten einsetzen soll.«

Oh, wenn du wüsstest, Streator. Ich hoffte, dass Xai es ebenfalls gehört hatte, denn er würde es ebenso genießen wie ich.

»Zu schade. Sie wäre ein Vermögen wert.« Georges Antwort ließ mich aufhorchen. *Ein Vermögen?* »Zum Teufel, mit so einem Körper wäre es vielen Bietern egal.«

»Du hast meine Gedanken gelesen. Und obendrein ist sie allein.« Es schien, als hätte ich die richtige Karte ausgespielt, als ich vorgegeben hatte, von meinen Freundinnen versetzt worden zu sein, doch nicht so, wie ich es erwartet hatte. Ich hatte nur eine Ausrede gebraucht, um in der Nähe der Männer zu sitzen und ihre Unterhaltung belauschen zu können. Nun hatte es den Anschein, als hätte Streator andere Pläne. In seiner Akte stand nichts von Prostitution oder Menschenhandel, aber es passte zu seinem kriminellen Profil und seiner Neigung, Frauen wehzutun. Er entwickelte sich zu einem Menschen, den ich liebend gern umbringen würde.

»Soll ich ein paar Nachforschungen über sie anstellen, nur um sicherzugehen, dass es keine Probleme geben wird, wenn sie verschwindet?« In Calvins Stimme schwang ein gelangweilter Tonfall mit, der darauf hindeutete, dass die Männer häufig diese Art von Gespräch führten. Und das bestätigte meinen Verdacht, dass sie Menschenhandel betrieben.

Das alles hatte weder etwas mit dem Mord an Kalida noch mit dem Versuch, mir etwas anzuhängen, zu tun, aber Streator hatte offiziell mein Interesse geweckt. Sobald ich herausgefunden hatte, wer mir die Schuld für den Mord in die Schuhe schieben wollte, würde ich diesen Fall kostenlos übernehmen. Ich würde der Menschheit ein Geschenk machen, wenn ich diese Dimension von einem so widerwärtigen Arschloch befreien würde.

»Ja, ich würde liebend gern mehr über sie erfahren und morgen Abend werde ich der Frage auf den Grund gehen, ob sie noch Jungfrau ist.« Er war so zuversichtlich. Streator hatte zweifellos vor, mit Hilfe von Alkohol herauszufinden, wie tugendhaft ich wirklich war. Das könnte lustig werden. »Ich würde mich schon heute Abend darum kümmern, doch die eingehende Lieferung hat Vorrang. Ich werde das Mädchen als eine Belohnung für meine gute Arbeit betrachten.«

Aha, womit wir wieder beim eigentlichen Gegenstand dieses Treffens wären. Sie hatten den Container mit der Lieferung einige Male angesprochen und eine Ankunftszeit genannt, doch weiter hatten sie das Thema nicht ausgeführt. Obwohl sie mich als harmlos einstuften, waren sie nicht so auskunftsfreudig, wie ich es mir gewünscht hätte. Aus diesem Grund täuschte ich vor, meinen Rausch auszuschlafen.

»Mein Kontakt sagte mir, dass er planmäßig eintreffen wird, also sollte die Übergabe reibungslos verlaufen«, fuhr Streator fort. »Wir werden Wachen aufstellen, um uns nicht mit denselben Problemen wie im letzten Monat herumschlagen zu müssen, doch das zusätzliche Metall sollte sie im Zaum halten.«

»Wie viele Lieferungen erwarten wir noch?« Der zögerliche Unterton in Georges Stimme machte mich neugierig. Was waren das nur für Geschäfte, die ihn so nervös machten? Auf keinen Fall ging es hierbei um Frauen, wenn man seinem früheren Tonfall Glauben schenken konnte. Und um Drogen konnte es sich genauso wenig handeln. Vielleicht um Waffen?

Streator nippte kurz an seinem Getränk, dann antwortete er: »Geier sagte, es sind mindestens drei weitere.«

Der vertraute Name jagte mir einen Schauer über den Rücken. Ich war schon zu lange am Leben, um an Zufälle zu glauben. Der Nachname germanischen Ursprungs war nicht unbedingt unbeliebt und durchaus weitläufig, doch ein gewisser ehemaliger Dämonischer Lord hatte ihn ebenfalls benutzt. Und zwar derselbe, den Zeb entthront hatte, als er dieses Gebiet übernommen und Geier zurück in die Unterwelt geschickt hatte.

Ich hatte mich geirrt. Dieser Mann stand sehr wahrscheinlich mit Kalida in Verbindung oder er war derjenige, der Zebs ältesten Feind zu seiner Tochter geführt hatte.

Das Trio setzte seine Unterhaltung fort, bei der es hauptsächlich um die Logistik der Übergabe, den zeitlichen Ablauf und die Aufgabenverteilung für den Abend ging. Ich erfuhr den allgemeinen Standort der Lieferung, aber nicht die Containernummer. Nachdem ich eine Stunde lang vorgetäuscht hatte, friedlich zu schlummern, gähnte ich mit einem kleinen Miauen, von dem ich wusste, dass die Männerwelt es mochte, und rollte mich auf den Rücken, um mich zu strecken. Ich musste mich mit Xai in Verbindung setzen. Sein unmenschliches Gehör hatte es ihm wahrscheinlich erlaubt, einen Großteil des Gesprächs zu belauschen, aber ich hatte jedes Wort mitgehört.

Streator warf mir einen erregten Blick zu, als ich zu ihm aufsah. Ich blinzelte, als versuchte ich, mich daran zu erinnern, wie ich neben dem Schwimmbecken gelandet war, dann setzte ich mich ruckartig auf, um Überraschung vorzutäuschen.

»Oh mein Gott.« Ich bedeckte den Mund mit einer Hand und kicherte. »Wie spät ist es? Ich glaube, ich bin eingeschlafen.«

Xais umwerfende Gestalt erregte meine Aufmerksamkeit, als er sich an den Rand des Schwimmbeckens stellte. Er hatte es sich zuvor auf einem ähnlichen Stuhl wie dem meinen bequem gemacht und an seiner Bräune gearbeitet. Seine schwarze Badehose saß tief auf seinen Hüften und entblößte das V seiner Bauchmuskeln. Und Gwen fragte sich, warum ich ihm nicht widerstehen konnte. Er hatte den Körper eines Wikingers und den Teint eines Spartaners. Zum Anbeißen.

Als er bemerkte, dass ich ihn anstarrte, zwinkerte er mir zu. *Du bist nicht die Einzige, die in Badekleidung eine gute Figur macht, Liebling,* schien er mir sagen zu wollen.

Ich unterdrückte ein Grinsen und konzentrierte mich wieder auf meine Zielperson. Xai hatte mich nur für ein paar Sekunden abgelenkt und er stand außer Sichtweite des Trios neben mir, sodass niemand bemerkt hatte, dass ich ihn angestarrt hatte. Es gereichte mir außerdem zum Vorteil, da meine Wangen jetzt auf natürliche Weise gerötet waren. Sie würden annehmen, dass meine Verlegenheit die Ursache war, während in Wirklichkeit mein Körper auf das perfekte männliche Exemplar auf der anderen Seite des Schwimmbeckens reagiert hatte.

Streator warf einen Blick auf die Uhr, um meine Frage zu beantworten. »Es ist kurz nach halb fünf.«

Meine Augen weiteten sich. »Ach du meine Güte. Ich habe die ganze Zeit über geschlafen?« Ich schüttelte den Kopf. »Sie halten mich sicher für eine furchtbare Langweilerin.«

»Wohl kaum, Schätzchen. Sie sind bezaubernd.«

Sagen Sie das zu allen Mädchen, die Sie verkaufen wollen? Ich biss mir auf die Unterlippe, vor allem, um den Gedanken nicht laut auszusprechen. »Sie sind ein Schatz«, murmelte ich, während ich mich wieder streckte. Sein Blick fiel auf meine Brüste und dann auf meine Hüften, als ich mich vom Stuhl rollte und auf meine wackeligen Füße stellte. Alkohol hatte keinerlei Wirkung auf mich, doch das wussten sie nicht. Ich gab vor, ein wenig ins Taumeln zu geraten, und kicherte wieder. »Ich brauche definitiv etwas zu essen. Können Sie mir etwas empfehlen?«

»An der Poolbar gibt es gute Burger«, antwortete George, der zum ersten Mal mit mir sprach.

Ich rümpfte die Nase. »Oh, das klingt fettig.« Und absolut köstlich, aber für meine Tarnung unangemessen. »Hm, ich frage mich, ob ich drinnen einen schönen Salat oder ein Sandwich bekommen kann.« Ich zog mir mein Oberteil über den Kopf, was die Männer offenbar enttäuschte. »Werden wir uns in dieser Woche noch einmal über den Weg laufen?«

»Auf jeden Fall«, antwortete Streator. »Morgen Abend.«

Ich zog die Augenbrauen in die Höhe. »Morgen Abend?«, wiederholte ich.

»Um tanzen zu gehen und etwas zu trinken.« Er strahlte eine Selbstsicherheit aus, die ich normalerweise sexy fand. Ich mochte Männer, die wussten, was sie wollten, und es sich, ohne zu zögern, holten. Zu schade, dass dieser Mann eine Vorliebe dafür hatte, anderen Schaden zuzufügen. »Wir treffen uns um zwanzig Uhr in der Eingangshalle. Ziehen Sie sich ein Kleid an.«

Ich gab vor, darüber nachzudenken. »Ich tanze durchaus gern ...«

»Und ich habe Ihnen einen Drink versprochen«, fügte

er hinzu und bezog sich dabei auf meine Bitte von vorhin, irgendwann gemeinsam etwas trinken zu gehen, als Bezahlung dafür, dass er meine Manhattans auf seine Rechnung gesetzt hatte.

»Um zwanzig Uhr.« Ich verzog die Lippen zu einem Lächeln, als ich meine Tasche nahm und meine hochhackigen Schuhe anzog. »Ich freue mich schon darauf.«

»Gut.« Er schenkte mir ein Lächeln, bei dem die meisten Frauen ins Schwärmen geraten würden. »Bis morgen, Miss O'Hara.«

»Bis dann«, erwiderte ich und wäre beinahe über meine eigenen Füße gestolpert, als ich davonging. Sein darauffolgendes Glucksen war Musik in meinen Ohren. Ein wahrer Gentleman hätte dafür gesorgt, dass die betrunkene, allein reisende Frau sicher in ihre Suite gelangte, doch Streator verlieh lediglich seiner Belustigung Ausdruck. Ich vermutete, dass er mich morgen Abend mit reichlich Manhattans traktieren würde, vorausgesetzt, ich erschien zu unserem Rendezvous.

Sobald ich außer Sichtweite war, straffte ich die Schultern und ging normal weiter. Es bestand die Möglichkeit, dass er die Sicherheitsvideos überprüfen könnte, aber ich bezweifelte, dass er so weit gehen würde. Ich hatte ihm den Namen meiner derzeitigen Tarnung genannt. Wenn Calvin ihn überprüfte, würde er herausfinden, dass Violet O'Hara ihr Studium an der Vanderbilt-Universität abgebrochen hatte, um die Kneipe ihres kürzlich verstorbenen Onkels weiterzuführen, der das Etablissement zufällig nach ihr benannt hatte. Sie hatte keine weiteren lebenden Familienangehörigen und ein Bankkonto, das viel zu wünschen übrig ließ. Mit anderen Worten: Sie war die perfekte Beute.

Ich benutzte meine Schlüsselkarte, um in die Suite zu

gelangen, und warf meine Tasche auf die Anrichte in der Küche.

»Hast du gehört, was er über Geier gesagt hat?«, fragte ich, als Xai nur mit einem Handtuch bekleidet um die Ecke kam. In seinen dunklen Haaren glitzerten Wassertropfen, was darauf schließen ließ, dass er gerade geduscht hatte. Bei dem Anblick beschleunigte sich mein Herzschlag, während sich mein Verstand weiterhin auf die Arbeit konzentrierte.

»Es kann unmöglich ein Zufall sein«, fügte ich hinzu.

Er sagte nichts, sondern kam auf mich zu und fixierte mich mit seinen dunklen Augen. Ich trat einen Schritt zurück und stieß gegen die Anrichte, als er sich dicht vor mir aufbaute.

»Xai ...«

Er verwob die Finger in meinem Pferdeschwanz und zog meinen Kopf in einem von ihm bevorzugten Winkel zurück.

Oh scheiße ... Ich kannte diesen Blick. Dieser Blick hatte noch nie etwas Gutes verheißen.

Ich presste die Hände gegen seine nackte Brust, doch er presste sich an mich und nahm meinen Mund mit besitzergreifender Leidenschaft. Er begehrte mit der Zunge Einlass und als ich versuchte, mich dagegen zu wehren, biss er mir so fest auf die Unterlippe, dass ich blutete. Als ich daraufhin nach Luft schnappte, schob er die Zunge in meinen Mund und entfesselte sein Verlangen in einem Kuss, der mir den Atem raubte.

Meine Knie drohten nachzugeben. Er fickte meinen Mund auf die gleiche Weise wie meinen Körper und erinnerte mich mit ein paar kräftigen Stößen mit seiner Zunge daran, wer wir füreinander waren. Wie immer schmolz ich dahin, während die Erregung von meinem Körper Besitz ergriff.

Mein Gott, wie hatte ich das vermisst.

Ich hatte *ihn* vermisst.

Ich hasste es. Liebte es. Und sehnte mich danach.

Ich schlang die Arme um seinen Hals, um ihn näher an mich zu ziehen, und er erwiderte die Geste, indem er meine Hüfte packte und mich an seinen stahlharten Körper zog. Während er weiter meinen Mund verschlang, festigte er den Griff um mein Haar, bis es schmerzte, woraufhin ich ihn kratzte.

Sadistischer Mistkerl und seine dunklen Begierden.

Er grinste an meinen Lippen. »Mm, tu das noch einmal.«

Ich versuchte stattdessen, ihm einen Stoß mit dem Knie zu verpassen, doch er drehte mich um, sodass ich mit dem Gesicht zur Anrichte stand. Er schmiegte seine Brust an meinen Rücken und strich mit den Zähnen über meinen Nacken, während er einen Arm um meine Taille schlang, um mich festzuhalten.

»Das hatte ich nicht erwartet«, murmelte er, während er seine Erektion an meinen Hintern presste. Mir entfuhr ein Wimmern, das sowohl Ausdruck meiner Begierde war, als auch die Schmerzen bekundete, die er mir zufügte, als er an meinen Haaren zog und meinen Kopf nach hinten und zur Seite zwang. Er bedeckte wieder meinen Mund mit dem seinen, wobei sein Kuss diesmal als Bestrafung gedacht war.

Ich versuchte, mich aus seinem Griff zu winden, doch er hielt mich mit der Leichtigkeit eines stärkeren Mannes fest, der seinen Gegner nur allzu gut kannte.

Es gab nur wenige, die mich auf diese Weise beherrschen konnten, und mir war es zuwider, dass ich die Zurschaustellung seiner Dominanz liebte.

Ich hatte ihn nur einige wenige Male besiegt und ich vermutete, dass er es aus reiner Belustigung zugelassen hatte. Ich trat hinter mir aus, um ihn aus dem Gleichgewicht zu bringen, doch er überwältigte mich und beugte mich über die Anrichte.

Die Marmoroberfläche fühlte sich kühl an meinem Bauch und meiner Brust an. Ich wollte mich mit beiden Händen abdrücken, doch Xai packte meine Handgelenke und drehte mir die Arme auf den Rücken. Mir lief ein Schauer über den Rücken, als er meine beiden Hände mit einer Hand festhielt.

Er schob sich zwischen meine Schenkel und fixierte mich so in der schwächsten aller Positionen. »Du solltest wirklich an deiner Kampftechnik arbeiten, Liebes.«

»Gib mir ein Messer und ich versuche es noch einmal.«

Er ließ die Hand an meinem Oberschenkel hinaufgleiten und schob sie unter den durchsichtigen Stoff meines Oberteils, bis er an meiner Pofalte innehielt. »Die Idee mit der Sonnencreme war schlau, aber du hättest damit beinahe unsere einzige Spur ruiniert.«

Ich warf ihm einen finsteren Blick über die Schulter zu. »Wie bitte?«

Er grinste. »Oh, du warst perfekt, Liebes. Sogar zu perfekt.«

Er ließ die Hand zu dem Bund meines Tangas gleiten, bevor er liebevoll die nackte Haut darunter streichelte. »Als er dich hier berührt hat, hätte ich ihn am liebsten umgebracht, nur weil er glaubte, ein Recht darauf zu haben.«

Die Besessenheit in seinem Tonfall ließ mein Innerstes erbeben. Einzig und allein Xai hatte die Fähigkeit, mir eine derartige Reaktion zu entlocken.

Ich würde niemals einem anderen Mann erlauben, mich auf eine solche Weise zu beanspruchen, denn mein Herz gehörte nur einem Mann, selbst wenn er es eigentlich gar nicht wollte. Aber in Momenten wie diesem fragte ich mich, ob das wirklich stimmte. Ich verstand die Grenzen zwischen Lust und Liebe, aber unsere Beziehung ging weit über etwas Benennbares hinaus.

Wir gehörten auf eine Art zueinander, die nur wenige Menschen je erlebt hatten. Unsere Bindung war buchstäblich nicht von dieser Dimension.

Er strich mit dem Daumen über meine Hüfte und gab ein anerkennendes Murmeln von sich.

»Du machst mich fertig, Evangeline.« In seiner Stimme lag eine Leidenschaft, die meine Sinne streichelte, während sich eine Gänsehaut auf meinen Armen ausbreitete. Er beugte sich über mich und presste seine heiß glühende Brust and meinen Rücken, wobei er an meinem Ohrläppchen knabberte. »Jedes verdammte Mal.«

Ich erzitterte unter ihm. Dies war der Xai, dem ich nicht widerstehen konnte. Mein erster Liebhaber, der Engel, für den ich gefallen war, der Mann, den ich mehr wollte als eine heilige Bestimmung.

Ich hatte alles für ihn aufgegeben, einschließlich meines Daseinszwecks, nur um immer wieder von ihm getäuscht zu werden.

Jedes Mal wenn er mich davon überzeugte, dass sich die Dinge ändern könnten und er endlich seine Menschlichkeit gefunden hatte, zerfiel alles wieder. Die Scharade, die Gefühle, mein Herz – alles zerbrach und er ließ mich allein zurück, um die Scherben aufzusammeln, bis er wieder von Neuem beginnen würde.

Ungesunde Beziehung beschrieb es nicht einmal ansatzweise.

Wenn ich nur einen Weg finden könnte, dieses verdammte, ewige Band zwischen uns zu durchtrennen. Mein einziger Trost war das Wissen darum, dass er es ebenfalls fühlte und trotz all seiner Bemühungen immer wieder zu mir zurückkehrte, weil er einfach nicht anders konnte.

Als er spürte, dass meine Stimmung sich geändert hatte, stieß er ein Seufzen aus. »Du hast es selbst nach über zweitausend Jahren immer noch nicht verstanden.« Er presste die Schläfe für einen kurzen Moment an die meine und stieß sich dann von mir ab.

»Vielleicht solltest du es mir erklären«, schlug ich verbittert vor. »Oh nein, nicht doch, dieser Ausweg wäre ja viel zu einfach.«

Mir lief ein kalter Schauer über den Rücken, als seine Körperwärme einem kühlen Lufthauch wich. Ich stieß mich von der Anrichte ab und fand schnell meine Balance wieder, bevor ich mich umdrehte, um ihn anzusehen.

Der Sturm, der sich in seinem ebenholzfarbenen Blick zusammenbraute, strafte seine geduldige Miene Lügen. »Du sagtest, Streator habe Geier, den ehemaligen Dämonischen Lord, erwähnt. In welchem Zusammenhang?«

Ich unterdrückte ein Knurren.

Jetzt, nachdem er mich gegen die Anrichte gedrückt und seinen Besitz beansprucht hatte, wollte er über das Geschäftliche reden. Und wie üblich führte er nicht weiter aus, wie ich sein Verhalten angeblich falsch eingeschätzt hatte.

Also schön.

Dann würden wir uns eben auf den Job konzentrieren, und sei es auch nur, um den Mord an Kalida aufzuklären, damit ich zu meinem Leben ohne Xai zurückkehren konnte. Dann würde ich warten, bis er das nächste Mal einfach auftauchen und alles zunichtemachen würde.

»Er hat von ihm als Geschäftspartner gesprochen. Hast du etwa nicht zugehört?«

»Nicht sonderlich gut«, murmelte er. »Ich habe mir selbst nicht zugetraut, ihm noch näher zu kommen.«

Natürlich. Weil er Streator ermorden wollte. Verdammter besitzergreifender, herzzerreißender Engel.

Ich schob meine wütenden Gedanken beiseite und wiederholte die relevanten Einzelheiten der Unterhaltung. Während ich sprach, verschränkte Xai die Arme vor der Brust und hörte mir zu, ohne mich zu unterbrechen.

»Ich will zuerst duschen und etwas essen, danach werden wir zum Containerhafen fahren, weil ich sehen will, mit welchen Gütern er handelt. Hoffentlich wird sich dabei herausstellen, ob ich morgen immer noch mit ihm tanzen und etwas trinken gehen muss.« Bei meinen letzten Worten zuckte ich innerlich zusammen. Es würde sich als eine Herausforderung erweisen, den Abend in Streators Gesellschaft zu verbringen, ohne ihn umzubringen.

»Ich werde Tax über unsere Pläne informieren«, sagte er nur, bevor er sich abwandte. Sein handtuchbedeckter Hintern verhöhnte mich förmlich, als er davonging. Ob er mich nun frustrierte oder nicht, mein Körper wollte ihn immer noch. Unbedingt.

Xai war der einzige Mann, der mich wirklich befriedigen konnte. Es war egal, mit wem ich ins Bett ging; die Männer entsprachen nie meinen Erwartungen. Er hatte es nie zugegeben, aber ich wusste, dass er dasselbe für mich empfand. Daher rührte auch die nie enden wollende sexuelle Spannung zwischen uns.

Nun, zumindest würden wir heute Abend durch etwas anderes abgelenkt sein. Wir genossen beide Sex an ausgefallenen Orten, aber es gab nichts, was auch nur im Entferntesten verlockend an einem Containerhafen war.

Es ist Zeit, dass wir uns an die Arbeit machen.

ACHT

SELBST DER SOHN DES CHAOS HAT HIER UND DA EINEN ERNSTEN MOMENT

Ich war von Orsiniteufeln umringt. Sie waren hinterhältige Scheißkerle, deren einzige Loyalität ihren Bankkonten galt.

Sie verschwanden immer wieder aufs Neue und tauchten dann wie kleine aufgeregte Lakaien, die auf ihre Befehle warteten, wieder auf. Ich drehte eine silberne Klinge herausfordernd zwischen meinen Fingern und wartete nur darauf, dass sie einen Versuch unternahmen, mich zu berauben. Keiner von ihnen schien jedoch auf mein tödliches Angebot eingehen zu wollen. Ich konnte mir kaum vorstellen warum.

Tax trat mit einem Bein aus, um einen von ihnen zu Fall zu bringen, als das kleinwüchsige, pummelige Wesen vor ihm auftauchte. Der Fährtensucher war im Vorteil, da er die Fähigkeit besaß, Auren wahrzunehmen.

Der untersetzte Teufel sprang mit einem verärgerten Schnauben auf die Füße, wobei er die humanoiden Züge zu einer finsteren und skurril wirkenden Grimasse verzog.

»Tut mir leid, ich habe dich nicht gesehen«, sagte Tax

mit tonloser Stimme. Der Fährtensucher wuchs mir langsam ans Herz.

Xai sprang von einem Container herunter und landete geschickt auf seinen gestiefelten Füßen. Seine schwarze Jeans und das dunkle Hemd betonten seine geschmeidige Gestalt. Der Mann glich einem Gott, wenn er die für ihn typischen Anzüge trug, doch das legere Outfit verlieh ihm eine fast menschliche Ausstrahlung. Nur sein Gesicht verriet ihn. Kein Mensch, der bei vollem Verstand war, könnte seine himmlischen Gesichtszüge mit denen eines Menschen verwechseln.

Er hatte die Orte ausgekundschaftet, die ich für unsere Mission vorgeschlagen hatte, weil er meinem Urteilsvermögen nicht traute. Ich befand mich zwar im Ruhestand, doch ich war immer noch in der Lage, eine Aufklärungsmission durchzuführen.

Ich zog eine Augenbraue in die Höhe und wartete darauf, dass er die Worte aussprach, die ich von ihm erwartete.

»Es scheint, als hättest du dir einige deiner natürlichen Talente bewahrt, Evangeline.« Okay, das hatte ich nicht erwartet. »Vielleicht gibt es noch Hoffnung für dich.«

Ich warf den Dolch nach ihm, doch er fing ihn geschickt mit einer Hand auf, bevor er sein kaltes Herz durchbohren konnte.

»Es ist nur gut, dass du Schwarz trägst, Xai.« Ich hatte die Klinge heftig genug geworfen, um sicherzugehen, dass sie sich beim Aufprall in ihr Ziel schneidet, was nun an seiner blutenden Handfläche deutlich zu erkennen war. Statt mir den Dolch zurückzugeben, festigte er den Griff um die Klinge und zuckte nicht einmal mit der Wimper, als die scharfen Kanten in seine Haut schnitten.

Blut tropfte von seiner Hand, während er mir direkt in

die Augen starrte. »Zumindest hast du dir einige deiner tödlichen Vorlieben bewahrt.«

»Ich bin immer noch Azraels Tochter.« Der Tod lag mir im Blut, und zwar buchstäblich.

»In der Tat.« Er warf den Dolch zurück, doch statt auf mein Herz zu zielen, visierte er meine Oberschenkelarterie an. Arschloch.

Ich fing ihn am Griff auf und wischte das Blut an meiner schwarzen Jeans ab, bevor ich den Dolch in die Scheide an meinem Unterarm steckte. Xai blickte mich mit einem Ausdruck unverhohlener Erregung an. Dies war unsere Version des Vorspiels, die wir beide meisterlich beherrschten.

»Der Container, auf den Streator es abgesehen hat, befindet sich auf der gegenüberliegenden Seite des Industriegebiets«, sagte Xai, womit er wieder beim Geschäftlichen war. »Tax, ich möchte, dass du am Eingang die Auren unserer Zielpersonen und ihres Gefolges liest. Gib uns über Funk Bescheid, falls du glaubst, dass etwas nicht stimmt.«

Der Fährtensucher nickte einmal mit gelangweilter Miene. Offenbar ließ er sich nicht so leicht aus der Ruhe bringen.

»Nick«, fuhr Xai fort, wobei er sich an den größten der Orsiniteufel wandte, was allerdings nicht viel zu sagen hatte. Ich überragte den Mann mit meiner Größe von einem Meter siebzig immer noch um mindestens fünfzehn Zentimeter. »Du und deine teuflischen Freunde, ihr könnt in der Nähe des Piers Stellung beziehen. Ihr dürft nichts weiter tun, als das Geschehen zu beobachten. Wenn ihr irgendetwas unternehmt, untersteht ihr nicht länger meinem Schutz. Habe ich mich klar ausgedrückt?«

Die kleinen Lakaien wippten energisch mit dem Kopf, doch das hatte im Grunde nichts zu bedeuten. Wenn sie aus der Reihe tanzen wollten, dann würden sie das tun, und zwar auf eigene Gefahr. Denn weder Xai noch ich würden ihnen helfen, wenn sie beim Klauen erwischt würden.

Die drei huschten auf ihren kurzen, stämmigen Beinen davon, während sie wie ein Rudel Hyänen miteinander schnatterten. Sie eigneten sich dank ihrer Fähigkeiten durchaus als Spione, jedoch legten sie die geistige Reife eines fünfjährigen Sterblichen an den Tag.

»Ich hoffe, du bezahlst sie nicht zu gut.« Ich bezweifelte, dass wir etwas Nützliches von ihnen erfahren würden.

Er zuckte nur mit einer Schulter. Wie den meisten Unsterblichen unseres Alters bedeutete Geld ihm nur wenig. »Komm mit. Ich möchte dir etwas zeigen.«

Er griff nach der oberen Kante des Containers, um sich mit der Anmut eines Erzengels daran hochzuziehen. Das Blut, das aus seiner Handfläche triefte, beschrieb einen Pfad nach oben, als er den nächsten erklomm, doch er schien es nicht zu bemerken. Bei jeder Bewegung spannten sich seine sehnigen Muskeln an und ich blieb einen Moment stehen und starrte ihm nur gebannt hinterher. Sein strammer Hintern sah fantastisch in dieser Jeans aus. Und Gwen wunderte sich, warum ich mich so selten mit Männern verabredete. Ein Sterblicher könnte niemals mit ihm mithalten.

Ich schüttelte den Kopf und folgte ihm schließlich. Sowohl meine Springerstiefel als auch die Jeans und das langärmelige Hemd waren neu. Als ich meinen Koffer gepackt hatte, hatte ich nicht erwartet, derart zweckmäßige Kleidung zu benötigen. Schließlich befanden wir uns in Miami. Ich hatte Shorts, Badeanzüge, Oberteile, Sommerkleider, hochhackige Schuhe und Flipflops mitgebracht.

Ich hatte Xais Missmut förmlich spüren können, als ich erwähnt hatte, dass ich einen Zwischenstopp im Einkaufszentrum einlegen wollte. Zum Glück für ihn hasste ich es, einkaufen zu gehen, andernfalls hätte ich ihn ein wenig länger schmoren lassen. Stattdessen war ich durch den Laden geeilt und hatte mir nur das Nötigste geschnappt, um mich dann im Wagen umzuziehen. Letzteres hatte er ein wenig zu sehr genossen, obwohl ich ihm befohlen hatte, sich auf die Straße zu konzentrieren.

Er sprang von einem Container zum nächsten, wobei ihn seine langen Beine weiter trugen als meine.

Als er begann, einen noch höheren Containerstapel zu erklimmen, stieß ich einen Seufzer aus. Der Engel hatte schon immer eine Schwäche für schwindelerregende Höhen gehabt. Allerdings teilte ich seine Vorliebe nicht. Ich verspürte einen Stich im Herzen, als ich ihm folgte. Der Himmel erinnerte mich immer an zu Hause und an ein früheres Leben, das mittlerweile nur noch in meinen Träumen existierte.

Ich zog mich an einem weiteren Container hinauf und wäre fast gegen Xais Rücken geprallt. Er war nahe der Kante stehen geblieben. Er hatte die Hände in die Hüften gestemmt, das Gesicht nach oben geneigt und die Augen geschlossen. Wir befanden uns mindestens fünfzehn Stockwerke in der Luft und damit auf derselben Höhe wie die obersten Decks der Kreuzfahrtschiffe, die am Passagierhafen nebenan angelegt hatten.

»Was wolltest du mir hier oben zeigen?« Der fragliche Container war aus dieser Höhe kaum mehr zu erkennen und wir befanden uns alles andere als in der Nähe des Eingangs. »Dieser Ort bietet weder einen taktischen Vorteil, noch ist es eine geeignete Stelle für einen Scharfschützen.«

Ich hatte nicht gerade eine Vorliebe für Gewehre, doch

ich wusste sie zu benutzen. Dank meiner genetischen Beschaffenheit wohnte mir die Fähigkeit inne, mit Waffen aller Art umzugehen und auch den harmlosesten Gegenstand in etwas Tödliches zu verwandeln. Doch selbst mir würde es von diesem Standort aus schwerfallen, einen sauberen Schuss abzufeuern.

»Kannst du es nicht fühlen?«, flüsterte er, wobei sein Gesichtsausdruck entspannter als sonst schien.

Mein Magen verkrampfte sich, als eine warme Brise meinen Pferdeschwanz zerzauste. Die vertraute Liebkosung ließ mich bis in meine Seele hinein erbeben. Meine Schulterblätter spannten sich instinktiv an und erinnerten mich an das Gewicht, das sie vor so langer Zeit getragen hatten. Fast konnte ich den Wind unter meinen Federn fühlen. Ich fasste mir an die Brust, um den aufkeimenden Schmerz zu bedecken, doch es war vergebens. Es tat so weh, hier oben unter dem dunkler werdenden Himmel zu stehen, während ich diesen fehlenden Teil meines Wesens deutlich spüren konnte.

Ich hätte Xai am liebsten über die Kante gestoßen, um ihn dabei zu beobachten, wie er in die Tiefe fiel. Die Symbolik wäre durchaus angemessen gewesen.

»Du denkst, ich will dich quälen«, flüsterte er, wobei er die Augen immer noch geschlossen hatte. »Aber das stimmt nicht. Ich vermisse es genauso sehr wie du.«

»Hast du mich deshalb hierhergebracht? Um mich zu bemitleiden?« Ich konnte den verbitterten Tonfall in meiner Stimme nicht unterdrücken, doch all das war reine Zeitverschwendung. Wir hatten wichtigere Dinge zu tun, als um eine Vergangenheit zu trauern, die wir nicht ungeschehen machen konnten.

»Nein, Evangeline.« Schließlich wandte er sich mir zu und durchbohrte mich fast mit seinem feurigen Blick. »Ich habe dich hierhergebracht, weil mich die warme Luft an zu Hause erinnert und mir für ein paar Sekunden einen Moment des Friedens beschert hat. Ich dachte, du würdest ihn ebenfalls erleben wollen.«

»Ich kann nicht gerade behaupten, dass ich hier oben Frieden fühle.« Meine leise Stimme klang gebrochen, doch ich konnte nichts daran ändern. Er musste doch wissen, was er mir antat.

»Das liegt daran, dass du dich weigerst, dein Schicksal zu akzeptieren.« Er schlang die unverletzte Hand um meinen Nacken und zog mich an sich. Ich griff nach seinen Hüften, um ihn von mir zu stoßen, doch er schlang den anderen Arm um meine Taille und hielt mich fest. »Solange du die Vergangenheit nicht loslässt, wirst du dich niemals der Zukunft stellen können.«

»Rätselhaft wie immer, Xai.«

»Und du bist starrköpfig wie immer, Evangeline.« Bei den Worten strich er mit den Lippen über die meinen. »Wenn ich dir deine Flügel zurückgeben könnte, dann würde ich es tun. Aber ich kann es nicht.« Bevor ich etwas erwidern konnte, brachte er mich mit seinem Mund zum Schweigen.

Heilige Scheiße, war das etwa eine Art Entschuldigung? Nein. Xai entschuldigte sich nie. Er war zu selbstsüchtig, um das Konzept von Reue zu verstehen. Dennoch schwang Bedauern in seiner Stimme mit, was er offenbar auch mit seinem Kuss auszudrücken versuchte. Seine dominante Seite wich einer sanfteren Version seiner selbst, mit der ich nicht umzugehen wusste. In seiner Umarmung lag eine Ehrfurcht, die ich nicht verstand. Ich fühlte mich geschätzt. Es war ein Gefühl, das ich in seiner Gegenwart noch nie zuvor erlebt hatte.

Wer ist dieser rätselhafte Mann und was hat er mit der grausamen Version von Xai angestellt? Es hatte damit begonnen, dass er meine Gäste neulich abends in der Kneipe am

Leben gelassen hatte, was ihm ganz und gar nicht ähnlichsah. Daraufhin hatte er sich im Grunde freiwillig gemeldet, um mir bei dieser Mission zu helfen, und jetzt das. Die besitzergreifende Haltung zuvor war typisch für Xai, doch diese zärtliche Seite von ihm brachte mich völlig aus dem Gleichgewicht. Er verzichtete darauf, den Kuss mit seiner Zunge zu vertiefen, sondern strich nur sanft mit dem Mund über den meinen, als wollte er sich das Gefühl meiner Lippen ins Gedächtnis einbrennen.

Es war verdammt erregend und so ganz anders als alles, was er je mit mir angestellt hatte. War es etwa eine neue Taktik? Hatte er einen anderen Weg gefunden, mir zu schaden? Oder … hatte sich etwas geändert? Der gefährliche Gedanke ließ mich erschaudern. Sobald ich beginnen würde, es zu glauben, würde er mich vernichten. So wie er es bisher jedes Mal getan hatte.

Er drückte meinen Nacken mit gerade genügend Kraft, um mir zu verstehen zu geben, dass er meine widersprüchlichen Gefühle wahrgenommen hatte. Keiner von uns beiden besaß die Fähigkeit, Gedanken zu lesen, aber unsere außerweltliche Bindung gewährte uns ein einzigartiges Verständnis füreinander. In Momenten wie diesem konnte ich schwören, dass seine Intuition die meine übertraf.

»Es ist so weit.« Er gab mir einen Kuss auf die Nase, bevor er sich von mir löste. Es war eine weitere Geste, die mich nur verwirrte.

»Was zum Teufel ist in dich gefahren? Warum benimmst du dich so?«

Ein Biss oder ein Klaps auf meinen Hintern wären eher sein Stil gewesen.

Diese Liebkosung sah ihm ganz und gar nicht ähnlich.

Ich zog das Arschloch Xai seiner zärtlichen Seite vor. Mit Ersterem wusste ich umzugehen, indem ich ihn hasste, und damit konnte ich leben. Dieses neue seltsame Verhalten brachte mich jedoch völlig aus dem Konzept. Ich könnte Gefallen an diesem neuen Xai finden, und das machte mir Angst.

»Ich habe einen neuen Einblick gewonnen«, antwortete er vage.

»Einen Einblick worin?«

»Darin, wie das Leben ohne dich wäre, Evangeline.« In seiner Stimme lag ein Anflug von Verzweiflung, doch er verschwand gleich wieder, als er hinzufügte: »Und jetzt gib dein Bestes, um mitzuhalten.«

Mit diesen Worten trat er einen Schritt zurück von der Kante der Plattform.

NEUN

ES GIBT DINGE, DIE STINKEN
SCHLIMMER ALS TOTER FISCH

Ich spürte das kühle Metall durch den dünnen Stoff meines Hemdes, als ich mich in Position rollte. Wenn ich Streators Gespräch richtig mit gehört hatte, dann befand sich der Treffpunkt etwa fünfzehn Meter entfernt von uns. Falls ich mich geirrt hatte, würde Tax es uns über Funk mitteilen und ich würde mir einen neuen Beobachtungsposten suchen. Doch für den Moment war dieser Standort perfekt. Leider ließ die Deckenbeleuchtung zu wünschen übrig. Offensichtlich hatten die Planer des Containerhafens sie bei der Platzierung der Pfosten nicht berücksichtigt.

»Mm«, murmelte Xai, als er sich neben mir auf den Bauch fallen ließ. »Dein Anblick ruft alle möglichen Erinnerungen in mir wach.« An seinem sanften Tonfall erkannte ich, auf welche Momente aus unserer Vergangenheit er anspielte. »Gib es zu, Liebes, ein Teil von dir vermisst es doch sicher.«

Ich stützte mich auf dem Ellbogen ab und betrachtete ihn.

Ein schlanker, muskulöser Mann, der in Schwarz gehüllt war.

Er war mein Kryptonit, meine Schwäche.

Vermisste ich es? Allerdings.

Bereute ich es, dieses Leben hinter mir gelassen zu haben? Nein. Nun, vielleicht ein bisschen.

Mit Gwen zusammenzuleben und eine Kneipe zu führen hatte seine positiven Momente, aber im Großen und Ganzen war es ein langweiliges Dasein. Ich hatte gedacht, dass ich dadurch eine Bestimmung finden könnte, und damals hatte ich mich nach einer Veränderung gesehnt. Aber das normale Leben war zu eintönig. Ich vermisste den Rausch und das Adrenalin, das mir bei einer Mission durch den Körper schoss. Vor allem vermisste ich meinen Geliebten und die Art, wie er mein Blut in Wallung brachte.

Durch Xai fühlte ich mich lebendig, niemand sonst hatte je ein so intensives Gefühl in mir hervorrufen können. Doch dieses Gefühl brachte unausweichlich auch Schmerzen mit sich. Für jede wunderbare Empfindung rief er eine ebenso unangenehme hervor und ließ mich jedes Mal als einen zerrütteten Haufen Elend zurück. Eigentlich sollte man meinen, dass zweitausend Jahre in dieser Dimension all meine Emotionen und menschlichen Züge abgetötet hätten, doch das Zusammensein mit Xai hatte den gegenteiligen Effekt auf mich gehabt. Er brachte eine Seite von mir zum Vorschein, der die Dinge nicht gleichgültig waren, und ich liebte und hasste ihn gleichermaßen dafür.

Er streckte die Hand aus, um mit dem Daumen über meine Unterlippe zu streichen, wobei er die Bewegung mit seinem hypnotisierenden Blick verfolgte. »Ich habe dich auch vermisst, Eve. Mehr als du ahnst.«

»Ich habe nicht gesagt, dass ich dich vermisst habe.«

»Das musstest du auch nicht. Deine Augen haben es mir verraten.«

»Du siehst, was du sehen willst, Xai.« Das war gelogen. Ich konnte meine Gefühle vor allen anderen verbergen, aber nie vor ihm. Er hatte mich schon immer durchschaut, egal wie sehr ich mich dagegen gewehrt hatte.

»Da hast du recht«, stimmte er zu. »Aber es ist trotzdem wahr.«

Diese neue, sanfte Seite an ihm würde mich noch umbringen. Ich konnte zwar nicht wirklich sterben und die Waffe, die mich töten konnte, existierte in dieser Dimension nicht, doch es gab schlimmere Schicksale als den Tod. Zum Beispiel eine Ewigkeit mit einer gebrochenen Seele zu leben. Ich nahm an, dass Xai es am Ende genau darauf abgesehen hatte. Er wollte mich endgültig zerstören, nur um dann sagen zu können, dass er es getan hatte. Er liebte eine Herausforderung, und genau das war ich. Ich war die Beute, die ihm jedes Mal entkam.

»Äh, Leute?«, drang Tax' Stimme durch den Ohrhörer. »Streator ist gerade eingetroffen und ich kann spüren, dass sich drei Wächter in seinem Konvoi befinden.«

Xai warf mir einen scharfen Blick zu, bevor er sich dem Eingang zuwandte. Ich rollte mich auf den Bauch, wobei mein Arm den seinen berührte, während ich seinem Blick folgte.

»Bist du sicher?«, fragte ich.

»Es könnten auch vier sein. Irgendetwas stimmt hier ganz und gar nicht.« Offenbar verspürte Tax das Bedürfnis, das Offensichtliche auszusprechen. »Aber sie kommen auf euch zu.«

Wächter konnten dämonische Auren nicht auf die gleiche Weise wahrnehmen wie ein Fährtensucher, aber sie hatten ein Gespür für ihre Umgebung. Selbst die kleinste Veränderung der Atmosphäre würde sie alarmieren, und wenn sie eine Störung durch Tax oder die Orsiniteufel spürten, würden sie besonders wachsam sein. Dabei machte ich mir weniger Sorgen um Ersteren als um Letztere.

Xai stützte das Kinn auf seine Hände und ich folgte seinem Beispiel. Solange wir ruhig blieben, würden wir unseren Standort vor den anderen verbergen können. Und selbst wenn sie uns fänden, mit ein paar Wächtern würden wir allemal fertigwerden.

»In deiner Akte über ihn wurde die dämonische Gefolgschaft nicht erwähnt, darin ist nur seine Verbindung zu Kalida aufgeführt«, sagte ich. Tax hatte jedoch erwähnt, bei Streator noch weitere Auren wahrgenommen zu haben. Vielleicht waren es die der Wächter gewesen.

»Weil ich es nicht wusste. Meine Erkenntnisse über ihn reichten aus, um mein Interesse zu wecken, daher hatte ich den Vorschlag gemacht, ihn näher zu untersuchen.«

»Es war ein guter Vorschlag.«

Seine Mundwinkel zuckten belustigt, als er mein Zugeständnis hörte, doch er konzentrierte sich weiterhin voll und ganz auf die Mission. »Es geht los.«

Ein Konvoi von schwarzen Geländewagen näherte sich dem Container. »Das sind ziemlich viele Geländewägen.«

»Dreizehn«, bestätigte Tax über Funk.

»Er ist unmöglich wegen einer Ladung Waffen hier.« Für ein paar Waffen oder gar Drogen würde er nicht so viel Platz brauchen. »Ich wette, in dem Container befinden sich Mädchen.« Ich konnte den angewiderten Ton in meiner Stimme nicht unterdrücken. Für Monster wie Streator gab es einen besonderen Platz in der Hölle. Ich hatte vor, ihn genau dorthin zu schicken, nachdem ich ihn aufgeschlitzt hatte. Ich würde dafür sorgen, dass sein Tod langsam und zielgerichtet wäre.

»Ganz ruhig, Liebes«, murmelte Xai. »Fürs Erste brauchen wir ihn lebend.«

Er hatte ohne Zweifel das tödliche Verlangen in meinen Augen gelesen, denn wenn ich den Drang verspürte, jemanden umzubringen, nahmen meine blauen Iriden einen dunklen saphirfarbenen Ton an. Diese Eigenschaft hatte ich von meinem Vater geerbt.

»Er gehört mir«, sagte ich nur, wobei ich über die silberne Klinge an meinem Handgelenk strich. Die Geste befriedigte meinen Instinkt, Gerechtigkeit auszuüben. Ein Mann mit Streators Vorgeschichte sprach mich auf eine Weise an, wie es nur wenige Sterbliche vermochten. Die meisten meiner Zielpersonen waren Dämonen, und selbst dann ermordete ich nur diejenigen, die meine Version der Bestrafung verdient hatten.

»Einverstanden«, antwortete Xai leise, als einer der Wagen neben unserem Container parkte. Alle anderen blieben in einer Reihe hinter dem ersten Geländewagen stehen und bildeten eine lange schwarze Schlange.

Sie waren so auffällig wie ein bunter Hund, schienen sich darüber jedoch keinerlei Gedanken zu machen, was mir verriet, dass sie entweder die Hafenbehörde bestochen oder Kontakte hatten, die auf deren Gehaltsliste standen. Wie dem auch sei, sie sorgten sich augenscheinlich nicht darum, heute Abend entdeckt zu werden. Unser Team hatte weiter unten an der Straße geparkt, war über den Zaun geklettert und hatte sich entlang der Grundstücksgrenze versteckt. Darüber hinaus hatte Xai für alle Fälle jemanden angeheuert, der das Videoüberwachungssystem gestört hatte. Ganz offensichtlich war es eine unnötige Vorsichtsmaßnahme unsererseits gewesen.

Streator stieg aus dem Wagen, der unserem Container am nächsten war, und wurde sofort von zwei Männern in maßgeschneiderten Anzügen flankiert. Beide waren sterblich und für einen Sommerabend in Miami viel zu schick angezogen. Meine Jeans und mein Hemd klebten nach all dem Laufen und Klettern an meiner Haut. Für mich war es nicht so irritierend, wie es wahrscheinlich für einen Sterblichen gewesen wäre, doch das lag vor allem daran, dass es einige Momente in meinem langen Leben gegeben hatte, in denen ich mich wesentlich unwohler gefühlt hatte.

Xai zeigte mit einem Kopfnicken auf den zweiten Wagen in der Schlange, als ein Wächter ausstieg, der seine pummeligen Arme vor der Brust verschränkte. Kurz darauf gesellten sich zwei weitere Männer zu ihm, die sich ebenfalls durch stämmige Muskeln und wenig Hirn auszeichneten. Sie reagierten auf Gefahr, mehr brachten sie nicht zustande.

»Aufmachen«, forderte Streator.

Zu meiner Überraschung setzten sich die Wächter in Bewegung und taten, wie geheißen. Es kostete mich einiges an Überwindung, um den Mund zu halten und sie weiterhin einfach nur zu beobachten.

Als sie schließlich die Türen öffneten und den Inhalt des Containers preisgaben, musste ich viermal so viel Energie aufbringen, um nicht laut loszuschreien. Ich packte Xais Arm, damit er sich nicht in Bewegung setzte, aber vielleicht tat ich es auch, um mich selbst zu beruhigen. Ich war mir nicht sicher. Er hatte die Muskeln angespannt, als wollte er sich jeden Moment auf sie stürzen, und mir erging es nicht anders.

Denn in dem Container befanden sich keine Mädchen.

Sondern Dämonen.

Und zwar aller möglicher Gattungen.

Ich beobachtete entsetzt, wie eine schlangenartige Kreatur mit zwei Köpfen zuerst herausglitt. Sie stank förmlich nach Unterwelt, mehr noch als der durchschnittliche Dämon. Ich zuckte verwirrt mit der Nase. Wie war es möglich, dass ich diesen Gestank nicht wahrgenommen hatte? Xai schien sich dasselbe zu fragen, denn er legte die Stirn noch tiefer in Falten. Wir hätten es beide riechen müssen.

Als Nächstes schritt ein Riese aus dem Container. Ein Zyklop. Sie waren brutale Dämonen, die die Welt vor ein paar Jahrtausenden verwüstet hatten. Sie standen auf der »Verbotsliste«, die Zeb überaus ernst nahm. Nur Dämonen mit menschlichen Zügen waren in dieser Dimension erlaubt, und keine dieser Gestalten passte ins Schema.

Die Atmosphäre verdichtete sich, als die Unterwelt weitere ihrer berüchtigten Monster auf den Beton unter uns spuckte. Meine Augen tränten von dem überwältigenden Gestank, während die Sterblichen unter uns völlig unbeeindruckt zu sein schienen. Ich vermutete, dass mein himmlisches Genmaterial auf die bedrohlichen Wesen reagierte und als eine Art Warnsystem fungierte. Xai litt offenbar genauso wie ich und kämpfte dagegen an, indem er durch den Mund atmete.

Als ein besonders grässlich aussehender Kerl herauskam, drehte sich mir der Magen um. Aus seinen Fingern quoll eine Art grüne Flüssigkeit, die auf den Asphalt tropfte und dabei ein zischendes Geräusch von sich gab. Ich schnappte unwillkürlich nach Luft, als die Erkenntnis mich mitten ins Herz traf. Xai sah mich mit einem entsetzten Ausdruck in den Augen an.

Ein Pestilenzdämon.

Was zum Teufel wollte Streator mit einem Wesen, das eine tödliche Plage herbeiführen konnte? Er wies zwar humanoide Züge auf, dennoch war es seiner Spezies streng verboten, diese Dimension zu betreten. Ein Niesen würde genügen, und er würde Millionen von Menschen einfach auslöschen.

Bei diesen Regeln ging es weniger um die Erhaltung der Menschheit, sondern eher um das Vermeiden eines Krieges. Die Engel gestatteten den Wesen der Unterwelt, sich auf der Erde niederzulassen, solange ihre Population nicht überhandnahm, sie nicht aus der Reihe tanzten und im Verborgenen blieben. Und hier kamen die Dämonischen Lords ins Spiel. Sie regierten ihre jeweiligen Territorien, ernannten Ōrdinātums, um bestimmte Regionen innerhalb ihres Herrschaftsgebiets zu überwachen, und hielten die dämonische Bevölkerung in Schach.

Das, was gerade unter uns vor sich ging, brach alle Gesetze.

Mir drehte sich der Kopf, als weitere Höllenwesen aus dem Container schlenderten. Jedes von ihnen wurde von einem Wächter zu einem Geländewagen eskortiert, in den sie sich widerstandslos hineinzwängten. Streator beobachtete das Geschehen mit einem gelangweilten Ausdruck im Gesicht, während er die Hände lässig in die Taschen seiner Cargohose gesteckt hatte.

Ganz offensichtlich war dies nicht die erste Lieferung. Wo versteckten sich also all diese grässlichen Kreaturen? Zu welchem Zweck waren sie hier? Ganz sicher streiften sie nicht durch die Straßen von Miami.

»Das ist der letzte«, drang eine Stimme aus dem Inneren des Containers, nachdem noch eine Handvoll scheinbar auf der Erde erlaubter Dämonen ausgestiegen war. Ich vermutete jedoch, dass sie nicht wirklich auf der Liste der willkommenen Wesen standen, da sie mit diesem widerwärtigen Haufen von Abscheulichkeiten eingetroffen waren.

»Zur gleichen Zeit in zwei Wochen?«, fragte Streator.

»Ja«, bestätigte der Mann, der weiterhin nicht zu sehen war. Dann wurde die Tür von innen geschlossen. Ich runzelte die Stirn. Die Stimme gehörte entweder zu einem Portalhüter oder zu jemandem, der mit Hilfe eines solchen gekommen war. Das würde den plötzlichen Gestank erklären. Wenigstens waren meine Sinne noch intakt, doch auf gewisse Weise wünschte ich mir, dass sie versagt hätten.

Das verheißt nichts Gutes, gab ich Xai mit einem Blick zu verstehen.

Er antwortete mit einem kaum merklichen Nicken. *Ich weiß.*

»Lasst uns gehen.« Streator klatschte in die Hände, als könnte er alle dadurch anspornen, sich schneller zu bewegen. Die Wächter versuchten, den Zyklopen in einen Geländewagen zu zwängen. Sein vier Meter fünfzehn großer Körper wollte jedoch nicht gehorchen. Er blinzelte verärgert mit dem großen Auge und grunzte trotzig wie ein Kleinkind. Ich hätte gelacht, wenn die Situation nicht so furchtbar gewesen wäre.

Ein lauter Knall ließ mich aufschrecken. Ich wandte ruckartig den Kopf nach links, wo die Sterblichen standen. Es hatte geklungen wie eine Peitsche, die auf den Beton knallte, doch Streator hatte immer noch die Hände in den Hosentaschen vergraben. Hatte er etwa eine Art Mechanismus in der Hand, der ein Hochfrequenzsignal von sich gab, welches nur für die Ohren unsterblicher Wesen hörbar war?

Als es wieder ertönte, zuckte ich zusammen. Xai schien ebenso verunsichert zu sein, aber nicht annähernd so verwirrt wie die Dämonen unter uns. Ein Wimmern drang durch den Ohrhörer und verriet mir, dass die Orsiniteufel genauso wenig erfreut darüber waren. Eine Anspannung lag in der Luft, als die Wächter die Störung offenbar bemerkt hatten und sich umsahen.

Ich hielt den Atem an und wartete. Wenn sie die kleinen Teufel entdeckten, würde unsere Tarnung auffliegen. Ich hätte Streator zwar liebend gern an Ort und Stelle getötet, doch wir brauchten ihn lebend, und zwar mehr als zuvor. Denn ich hatte eine Menge Fragen an ihn und er würde sie mir beantworten.

Der Zyklop schaffte es schließlich, sich in den Wagen zu bugsieren, worauf ein Teil der Anspannung verflog, die unten herrschte. Ich krallte mich in Xais Arm, den ich die ganze Zeit über nicht losgelassen hatte, als Streator und seine Männer wieder in ihre Fahrzeuge stiegen. Das Aufheulen der Motoren hatte noch nie so wunderbar in meinen Ohren geklungen und dann fuhren sie in der gleichen Reihenfolge davon, in der sie gekommen waren.

Ich stieß den Atem aus, den ich angehalten hatte, als auch der letzte Wagen verschwunden war.

Scheiße.

Was zum Teufel ist gerade passiert?

Ich hatte eine Containerladung voller Menschen erwartet und nicht die Hölle, die ihre schlimmsten Kreaturen auf der Erde auswirft. Alle Engel, selbst die gefallenen, waren dem Guten zugewandt und es schaffte ein Ungleichgewicht, wenn wir mit so viel Bösartigkeit auf einmal konfrontiert wurden. Aus diesem Grund kamen wir in der Unterwelt auch kaum zurecht.

Selbst diese kleine Menge hatte mich völlig verunsichert.

Die Hölle kommt näher. Viel zu nahe.

Mit den meisten Dämonen wurde ich im Schlaf fertig, doch diese Wesen waren der Inbegriff des Bösen und hatten in dieser Dimension nichts verloren. Es sei denn, jemand wollte einen Krieg anzetteln. *Schon wieder.*

Aus einem Impuls heraus schmiegte ich mich an Xai. Ich atmete seinen würzigen Duft ein, der mir dabei half, den beißenden Gestank zu vertreiben, der meine Sinne vernebelt hatte. Er sagte nichts und zog mich einfach nur in seine Arme, während ich mich langsam wieder fasste.

Die Vertrautheit seiner Berührung beruhigte meine Seele und lullte mich in einen Zustand des Friedens, den ich nach der Horrorshow, die wir gerade erlebt hatten, so verzweifelt suchte. Er brauchte den Halt fast so dringend wie ich. Ich konnte das Unbehagen in seinen angespannten Gliedern spüren und hörte es in seinem zittrigen Atem, der mein Haar zerzauste, als er meinen Kopf küsste. Er umklammerte mich fester, als müsste er sich selbst daran erinnern, dass ich noch hier war.

»Sie sind weg«, sagte Tax über Funk. »Sind sonst alle in Ordnung?«

Das Geplapper der Orsiniteufel drang durch die Ohrhörer, als sie alle gleichzeitig das Wort ergriffen. Ich riss den Knopf aus dem Ohr und schmiegte mich noch fester an Xais Brust. Ich war noch nicht bereit, mich wieder von ihm zu lösen. Er strich mir sanft über den Rücken, während er mir Kraft und Trost gab.

»Wir sind hier.« Seine ausdruckslose Stimme stand im Kontrast zu der Art, wie er mich im Arm hielt. Er strich mit den Lippen über meine Stirn, um sich bei mir zu entschuldigen, dass er den innigen Moment unterbrochen hatte, doch er hatte unserem Team antworten müssen. Im Stillen dankte ich ihm dafür, dass er die Aufgabe übernommen hatte.

Xai neigte meinen Kopf zurück und gab mir einen sanften Kuss auf den Mund. Ausnahmsweise begrüßte ich die zärtliche Geste, denn genau das brauchte ich im Moment, und wie immer wusste er es. Er liebkoste meine Wange, bevor er mich noch einmal küsste und diesmal etwas leidenschaftlicher war. Ich stieß einen Seufzer aus, als er mit der Zunge in meinen Mund eindrang.

Der Geschmack nach Whisky, Pfefferminze und etwas, das ganz und gar Xai war, durchbrach auch die letzten Fesseln, mit denen die Unterwelt meine Psyche gefangen hielt, und brachte mich wieder in die Gegenwart zurück. Ich krallte mich in sein Hemd und hielt mich an ihm fest, als ich mich bei ihm revanchierte und mich ihm ganz und gar hingab, damit auch er sich wieder erden konnte. Als wir uns schließlich voneinander lösten, keuchten wir beide voller Lust und Verwirrung.

Ich blinzelte zum Himmel hinauf und betrachtete den Halbmond, dann stieß ich ein Lachen aus, das eine Mischung aus Hysterie und Erleichterung zum Ausdruck brachte. Der Kuss war eine seltsame Art, auf eine derart bizarre Situation zu reagieren. Doch sie passte ganz und gar zu uns.

Mir wurde klar, dass diese Reaktion dem Schock zu verdanken war. Diese schrecklichen Kreaturen dabei zu beobachten, wie sie in diese Dimension eindrangen, die zu beschützen ich als meine Pflicht ansah, hatte in meinem tiefsten Inneren eine Angst ausgelöst, die nur Xai beruhigen konnte. Und ich hatte mich revanchiert und die seine gelindert, ob er es nun zugeben wollte oder nicht.

Wir blickten einander in die Augen, in denen sich unser gegenseitiges Mitgefühl widerspiegelte. Er stand zuerst auf und streckte mir eine Hand entgegen, um mir auf die Beine zu helfen. Normalerweise hätte ich die Geste verspottet, doch an diesem Abend war nichts normal. Längst nicht mehr.

»Wir müssen uns mit Lord Zebulon treffen, und zwar sofort.« Ich wusste nicht, ob er die Worte an mich oder über Funk an Tax gerichtet hatte, doch ich nahm an, dass der Befehl dem Fährtensucher galt. Meine Vermutung wurde bestätigt, als er hinzufügte: »Gut.« Dann strich er mit dem Daumen über meinen Wangenknochen, meinen

Hals entlang und bis hinunter zu meiner Hand, die er leicht drückte. »Bist du bereit?«, fragte er mit sanfter Stimme. Die Frage war an mich gerichtet.

Ich räusperte mich und schluckte all die Emotionen hinunter, die in mir brodelten. Ich hatte mich einen Moment meinen Gefühlen hingegeben, doch jetzt war es an der Zeit, mich zusammenzureißen. Denn was als ein schrecklicher Auftrag begonnen hatte, hatte sich gerade zu etwas Furchtbarem gesteigert, und ich würde einen kühlen Kopf brauchen, um es durchzustehen. Und vielleicht einen Hauch von Sarkasmus.

»Du meinst, ob ich bereit bin, einem Dämonischen Lord mitzuteilen, dass in seinem Territorium buchstäblich die Hölle losgebrochen ist?« Ich gab vor, darüber nachzudenken. »Sicher. Warum nicht?«

ZEHN

WARUM NUR SIND MESSER SO SEXY?

»ILLEGALE DÄMONEN, die durch ein nicht autorisiertes Portal reisen«, murmelte Zeb, während er mit den Händen auf dem Rücken durch die Hotelsuite schritt. Er trug eine helle Hose und ein himmelblaues Polohemd, das man eigentlich auf einem Golfplatz erwarten würde. Es war ein angemessenes Outfit, um sich problemlos unter die Menschen in Miami zu mischen. »Und ihr glaubt, dass er etwas mit dem Mord an meiner Tochter zu tun hat?«

»Ja«, antwortete Xai. Er hatte sich neben dem Stuhl, auf dem ich saß, an die Wand gelehnt und die Beine an den Knöcheln überkreuzt. Seine lässige Haltung strafte die angespannte Stimmung im Raum Lügen und seine nächsten Worte machten die Sache nicht besser. »Es ist eine perfekte Ablenkung. Während du trauerst und nach Rache dürstest, erschafft dein wahrer Feind sich eine Armee. Und wenn sie Evangeline darüber hinaus den Mord an deiner Tochter in die Schuhe schieben können, verlierst du eine deiner stärksten Spielfiguren auf dem Schachbrett.«

Als ich das unverhohlene Kompliment hörte, wurde

mir warm ums Herz. Ich kannte meinen Wert in diesem Territorium, doch es war schön zu hören, dass Xai es ebenfalls anerkannte. Die beiden dargarianischen Leibwächter in der Küche stießen ein Schnauben aus, als sie die Worte vernahmen. Vielleicht hatten sie sich auch nur an einem Feuerball verschluckt. Ich konnte in ihren Augen sehen, dass sie den Drang unterdrückten, Feuer zu speien, während sie den Wohnbereich nach dem Silber absuchten, das sie zweifellos an mir wahrnahmen. Wenn sie sich entschieden, uns hier drinnen einzuheizen, hätten wir ein Problem, doch vor allem würde ich zwei Dolche in ihrer Brust hinterlassen.

Zeb kratzte sich nachdenklich am Kinn. »An dieser Einschätzung ist durchaus etwas dran«, gab er zu. »Als ich die Nachricht gehört habe, wollte ich sofort jemanden bestrafen, doch dann bist du letzte Woche ohne sie zurückgekommen, was mich abgelenkt hat.«

Xai zuckte mit den Schultern. »Niemand ist zu Schaden gekommen.«

Ein Ausdruck des Zweifels huschte über das Gesicht des Dämonischen Lords. »Du willst wohl meine Kreativität beleidigen.«

»Ich war nicht sonderlich beeindruckt, das ist wahr.«

»Willst du etwa, dass ich es noch einmal versuche?«

Der dunkle Engel zuckte wieder mit den Schultern. »Wenn du meinst, dass es nötig ist.«

Zeb setzte eine belustigte Miene auf. »Möglicherweise.«

Ich blickte zwischen den beiden Männern hin und her. Offensichtlich war mir etwas entgangen, doch ich hatte nicht vor, sie danach zu fragen. Sie beide liebten Rätsel und ich war gerade nicht in der Stimmung, eines zu lösen.

»Können wir uns wieder aufs Wesentliche konzentrieren, Jungs? Hier läuft ein Pestilenzdämon frei herum und ich kann es kaum erwarten, ihm ein Messer ins Herz zu stoßen.«

Die Dargarianer in der Küche kniffen die feurigen Augen zu dünnen Schlitzen zusammen, als sie den bedrohlichen Tonfall in meiner Stimme hörten. Ich hauchte ihnen einen Kuss zu. *Kommt und spielt mit mir. Traut euch nur.* Mein Blut sehnte sich mehr nach Rache als nach Sauerstoff. Es war ein Nebeneffekt des Schrecks, den wir vor drei Stunden bezeugt hatten. Ich hatte den Drang, etwas zu töten, und zwar vorzugsweise einen Dämon.

»Ruhig, Liebes«, murmelte Xai. »Sie könnten noch nützlich sein.«

Das blieb abzuwarten. Ich zog es vor, mich nicht auf gefährliche Kreaturen zu verlassen, was auch ein Grund für meine unbeständige Beziehung zu Xai war. Er war das bedrohlichste Wesen im Raum, was in Anbetracht der gegenwärtigen Gesellschaft einiges zu sagen hatte.

»Ihr glaubt also, dass Geier dahintersteckt?«, fragte Zeb, wobei er die Bemerkung über seine Leibwächter einfach ignorierte.

»Streator hat den Namen vorhin erwähnt. Ich habe bisher noch keinen Beweis dafür, dass es sich bei dem Namen um denselben Geier handelt, den wir alle verachten, aber du weißt ja, was ich von Zufällen halte.« Ich hatte schon zu lange gelebt, um an Zufälle zu glauben. »Offenbar will jemand seinen alten Job wiederhaben.«

»Oder er will Schlimmeres anrichten.« Xai sprach die Worte leise aus, was seiner Spekulation eine unheilvolle Note verlieh. »Es würde dem Ziel eines Dämonischen Lords entgegenlaufen, einen Pestilenzdämon in das Territorium einzuschleusen, welches er beherrschen will. Die Lords haben die Aufgabe, das Gleichgewicht zu bewahren, und das erfordert eine angemessene

Verwaltung. Einige Kreaturen lassen sich jedoch nicht beherrschen.«

Mir lief ein Schauer über den Rücken, als er die Wesen erwähnte, die heute Nacht aus der Hölle entfesselt worden waren. Sie alle waren Kreaturen, die niemals auf die Stimme der Vernunft hören würden. Ihr Aufenthalt auf der Erde verursachte eine Störung, die in allen Dimensionen zu spüren sein würde. Wenn sich das Machtverhältnis dadurch zu stark verschob, wäre der Himmel gezwungen einzugreifen, und dann würden die Sterblichen die wahre Bedeutung des Wortes *Apokalypse* erleben.

Xai legte eine Hand auf meine Schulter. Es war nur eine kleine Geste, die jedoch meine kühle Haut wärmte und direkt in mein Herz drang. Mir war es zuwider, wie gut er mich kannte, und doch liebte ich die Tatsache, dass er mich mit einer einfachen Berührung beruhigen konnte. Die widersprüchlichen Gefühle riefen in mir erneut den Wunsch hervor, auf etwas einzustechen. Wie zum Beispiel die beiden schwelenden Dämonen in der Küche.

»Was hast du vor?«, wollte Zeb wissen. »Ich nehme an, dass das der Grund für dieses Treffen um zwei Uhr nachts ist.«

»Evangeline hat morgen eine Verabredung mit dem Mann. Ich schlage vor, dass sie sie wahrnimmt und versucht, weitere Informationen zu sammeln.«

»Du meinst den Mann, von dem Kalida sich genährt hat?« Natürlich würde Zeb es auf diese Weise formulieren. Die Menschen waren den Dämonen unterlegen und hatten in ihren Augen etwa denselben Stellenwert wie ein Huhn für einen Sterblichen.

»Ja, er hat sie heute am Schwimmbecken eingeladen.« Bei der Bemerkung festigte Xai den Griff an meiner Schulter kaum merklich, als wollte er sich daran erinnern, dass ich und nicht Streator neben ihm saß. Er hatte noch nie Gefallen an Missionen gefunden, bei denen ich andere Männer verführen musste.

»Eigentlich hat er mich weniger eingeladen, sondern mehr von mir verlangt, dass ich mich mit ihm treffe«, korrigierte ich ihn.

»Glaubst du, dass der Sterbliche die Fähigkeit hat, andere seinem Willen zu unterwerfen?«, fragte Zeb neugierig. »Das würde erklären, warum er in der Lage ist, seine Vorgesetzten zu befehligen.«

»Falls er über diese Gabe verfügt, habe ich sie an ihm nicht wahrnehmen können, als wir uns getroffen haben.« Streator besaß einen gewissen Charme, den ich jedoch seinem übersteigerten Selbstbewusstsein zuschrieb. Manchen Männern war diese Eigenschaft in die Wiege gelegt worden und er schien mir einer von diesen Männern zu sein.

»Ein Dämon, der sich menschlichen Befehlen beugt. Was ist nur aus dieser Welt geworden?«, fragte Zeb nachdenklich. »Wie dem auch sei, Xai, dein Vorschlag ist nicht ganz ausgereift. Warum nehmen wir ihn nicht gleich mit und verlangen Antworten? Eve kann doch sicher Informationen aus ihm herauspressen.«

Der Gedanke brachte mich zum Grinsen. Zuweilen hatte der Dämonische Lord tatsächlich gute Ideen, doch Xai machte dem wunderbaren Plan einen Strich durch die Rechnung, indem er den Kopf schüttelte.

»Nein. Wenn wir ihn uns jetzt schnappen, werden wir wahrscheinlich nur die Antworten bekommen, die er liefern kann. Dadurch werden wir die Verbindung zu seinem Vorgesetzten verlieren, der womöglich Geier ist.«

»Wie soll uns eine Verabredung mit ihm zu seinem Chef führen?«, wollte ich wissen. Es wäre weitaus klüger, ihn gezielt mit einem Messer zu bearbeiten, um ein paar

Antworten aus ihm herauszuschneiden. Es hatte keinen Sinn, mich von diesem Arschloch noch einmal anfassen zu lassen.

Xai schüttelte schon wieder seinen verdammten Kopf. »Nach allem, was du mir erzählt hast, ist er an dir als Ware interessiert, um dich für illegale Machenschaften zu missbrauchen. Würde uns das nicht vielleicht einen Zugang zu seinen Geschäften und potenziellen Partnern verschaffen?«

Oh, verdammt. Ich konnte sehen, worauf er hinauswollte. »Du willst mich als Köder benutzen.«

Er grinste. »Komm schon, Liebling. Das wird dir zweifellos die Gelegenheit geben, einige deiner kostbaren Sterblichen von einem schrecklichen Mann zu befreien. Und sobald wir die Antworten haben, die wir brauchen, kannst du ihn gern auf jede erdenkliche Weise töten.«

Hm. Xai wusste, wie er mich um den kleinen Finger wickeln konnte. *Verdammter Süßholzraspler.* »Du willst also, dass ich die Jungfrauenkarte ausspiele.« Denn das faszinierte Streator und garantierte mir einen Zutritt in seine Version der Unterwelt.

»Du glaubst also, dass seine Geschäfte mit dem Menschenhandel etwas mit dem zu tun haben, was ihr heute Abend beobachtet habt«, schlussfolgerte Zeb, der immer noch im Zimmer auf und ab ging. »Und du würdest diese Theorie gern auf die Probe stellen. Und wenn du dich irrst?«

»Dann sperre ich ihn für dreißig Minuten mit Evangeline in ein Zimmer, wo sie ihn in ihre Vorliebe für Messerspielchen einweihen kann.« Er klang gelangweilt, doch in seinen dunklen Augen lag ein Ausdruck der Zuneigung, als er die letzten Worte aussprach.

Ich war voll und ganz mit diesem Ausweichplan einverstanden. »Ja, bitte.«

Zeb hielt inne, während er weiterhin den Blick auf den dunklen Engel neben mir gerichtet hatte. »Ich nehme an, du willst noch mehr Zeit?«

Xai zuckte mit den Schultern. »Das wird nicht nötig sein. Uns bleiben noch sechs Tage.«

Aha. Die Frist für meine Bestrafung. Ich hätte gern noch ein paar zusätzliche Monate oder Jahre gehabt, doch ich hatte in dieser Angelegenheit offenbar kein Stimmrecht. Immerhin ging es ja nur um mein Leben. Als ich die Erleichterung in Zebs Gesicht sah, unterdrückte ich jedoch eine sarkastische Bemerkung.

Dämonen hatten eine seltsame Auffassung von Rache. Für sie spielte es keine Rolle, an wem sie Vergeltung übten, solange jemand büßen musste. Also würde ich diejenige sein, die in der Hölle schmorte, selbst wenn Zeb von meiner Unschuld überzeugt wäre.

Die politischen Gefüge der Unterwelt verwirrten meinen Verstand. Ich bevorzugte die himmlische Gerechtigkeit.

»Ausgezeichnet«, murmelte Zeb. »Haltet mich auf dem Laufenden.«

Als sich der Dämon in Luft auflöste, stieg mir wie zuvor auf der Jacht der beißende Geruch von Schwefel in die Nase. Diesmal wurde er allerdings von seinen dargarianischen Leibwächtern begleitet.

Ich sprang auf die Füße, während Xai teilnahmslos neben mir stehen blieb. Bis auf den höllischen Gestank war unsere Hotelsuite leer. Tax und die Orsiniteufel hatten nicht an unserem Treffen teilgenommen, hauptsächlich, da sie sich ohne formelle Einladung nicht in Gegenwart eines Dämonischen Lords aufhalten durften. Eine weitere Regel aus der Politik der Dämonen, die mich momentan jedoch nicht interessierte.

Zeb hatte ein Portal geschaffen, das nicht nur ihn

selbst, sondern auch seine Lakaien teleportierte. Xais Gesichtsausdruck verriet mir, dass ihn die Tatsache nicht schockierte. Und das bedeutete, dass er daran gewöhnt war.

»Oh, das solltest du mir wirklich erklären, und zwar schnell.« Denn dies war selbst für einen Dämonischen Lord eine gewaltige Machtdemonstration gewesen. »Dazu sollte er eigentlich nicht in der Lage sein.«

»Ich habe bereits erwähnt, dass sich die Zeiten geändert haben, Evangeline.«

»Lass die geheimnisvollen Sprüche, Xai. Wie hat Zeb das angestellt?«

»Offensichtlich ist er noch mächtiger geworden.«

»Was du nicht sagst.« Ich verdrehte die Augen, als ich seine vage Antwort hörte. »Benimm dich nicht wie ein Arschloch und sag mir, was zum Teufel hier los ist.«

Er warf mir einen tadelnden Blick zu, mit dem er mir verriet, dass er den herrischen Tonfall in meiner Stimme nicht zu schätzen wusste und kein Interesse daran hatte, meiner Aufforderung nachzukommen. Er stieß sich von der Wand ab und ging ohne ein weiteres Wort in Richtung seines Schlafzimmers. Es war typisch Xai. Und ich hatte wirklich genug von seinem Verhalten.

Adrenalin rauschte durch meine Adern und brachte mein Blut in Wallung.

Ich hasste es, wenn er mir mit Schweigen begegnete. Normalerweise konnte ich es ignorieren, aber nicht nachdem Zeb gerade seine unnatürliche Macht zur Schau gestellt hatte. Nach allem, was wir heute gesehen hatten, konnte ich es nicht auf die leichte Schulter nehmen. Und Xai durfte mir die Information nicht einfach verweigern. Ein solcher Machtzuwachs deutete entweder auf ein Ungleichgewicht oder auf eine mögliche Beförderung in der Unterwelt hin.

»Xai.« Mit dem warnenden Unterton in meiner Stimme wollte ich ihn auffordern, mich nicht zu ignorieren, doch er tat es trotzdem. Er ging zielgerichtet weiter, als ich ihm in den Flur folgte.

Na schön. Dann würde ich seine Aufmerksamkeit eben auf andere Weise erregen.

Ich ließ ein Messer in meine Hand gleiten, als ich mich duckte, um ihm die Beine unter den Füßen wegzuziehen, doch er kam mir zuvor, indem er einen Satz machte. Er trat aus und verfehlte mein Gesicht nur um Haaresbreite, als ich zurücksprang und mich dann auf ihn stürzte.

All die aufgestaute Frustration, Angst und Wut der letzten Tage brach mit einem Mal über mich herein und ich drückte sie auf die einzige Weise aus, die ich kannte. Ich kämpfte.

Xai konterte jeden meiner Schläge und Tritte und erinnerte mich daran, wie flink seine Bewegungen waren. Mir entfuhr ein Knurren, als er die Arme um meine Taille schlang und mich unnachgiebig festhielt. Ich verabscheute es, derart gefesselt zu werden, und das wusste er. Er wollte mich daran erinnern, dass er die Macht besaß, mich in jede beliebige Lage zu versetzen.

»Bist du jetzt fertig?«, fragte er, ohne auch nur den Anflug von Erschöpfung. *Arschloch.*

Ich trat ihm mit Wucht auf seinen gestiefelten Fuß, wodurch ich ihm einen Fluch entlockte. Ein weiterer Tritt gegen sein Schienbein zwang ihn dazu, mich loszulassen, denn er wusste, dass ich ihm als Nächstes gegen das Knie treten würde. Ich wirbelte herum und schlitzte dabei sein Hemd auf Bauchhöhe auf.

Er warf einen leicht verärgerten Blick auf den Riss. »Jetzt schuldest du mir zusätzlich zu der Hose, die du mir gestern entwendet hast, auch noch ein Hemd.«

»Schreib es mir auf die Rechnung.«

»Oh, das werde ich.« Er zog sich das Hemd über den Kopf und entblößte somit jeden Zentimeter seines golden schimmernden Oberkörpers. Er spannte die Muskeln an, als er das Kleidungsstück zu Boden warf und dann die Hände an seinen Gürtel legte. »Zugegebenermaßen habe ich dir heute Abend ein Workout versprochen.« Er löste die Schnalle und zog den schwarzen Ledergurt durch die Schlaufen seiner Jeans.

Bei dem Anblick war mein Mund wie ausgetrocknet. »Das hatte ich dabei aber nicht im Sinn.«

Er zuckte nur mit den Schultern, als wollte er sagen: *Pech gehabt,* und peitschte mit dem Gürtel nach mir. Ich packte das Ende und riss ihm den Gurt aus der Hand, bevor er noch einen Versuch unternehmen konnte, mich damit zu treffen.

Allerdings hatte er genau das gewollt.

Während ich mit der behelfsmäßigen Waffe abgelenkt war, trat er einen Schritt auf mich zu, schlang seine muskulösen Arme um mich und warf mich aufs Bett. Ich versuchte, die Schwungkraft zu nutzen, um mich weiter zu rollen, doch er war viel zu schnell. Er packte meinen Knöchel und im nächsten Moment lag ich unter seinem warmen und schweren Körper. Er umfasste meine beiden Handgelenke mit einer Hand und hielt sie über meinem Kopf fest, während er mich mit den Schenkeln auf die Matratze drückte.

»Mm«, murmelte er. »Fühlst du dich schon besser?«

Ja. »Frag mich noch einmal, wenn ich dir ein Messer ins Herz gerammt habe.«

Er schüttelte missbilligend den Kopf. »Also wirklich, Evangeline …« Er ließ seine freie Hand an meiner Taille hinunter zum Saum meines Hemdes und dann hinauf zu dem Dolch an meinen Rippen gleiten. »Wie willst du mich denn ohne deine Messer erstechen?« Er warf die Klinge wie beiläufig zu Boden, bevor er die Hand vorn in meine Jeans schob, um eine zweite Klinge herauszuziehen.

Ich wand mich unter ihm und entlockte ihm damit ein belustigtes Glucksen, das an genau den richtigen Stellen meines Körpers vibrierte. Meine Fähigkeiten hatten tatsächlich nachgelassen, seit ich im Ruhestand war, und er bewies es mir, indem er mich mit Leichtigkeit in Schach hielt. Verdammt.

Er knöpfte meine Jeans auf, zog den Reißverschluss hinunter und hob sie gerade so weit an, dass er seine Hand hineinschieben konnte. Statt jedoch mein schwarzes Spitzenhöschen zu ertasten, ließ er die Hand auf die Innenseite meines Oberschenkels gleiten, um langsam zwei weitere Waffen hervorzuziehen, die er kurzerhand zu Boden warf.

Auf meinen Armen breitete sich eine Gänsehaut aus. Ich hasste es, wenn er schwieg, doch dieses Spielchen? Oh, dieses Spiel liebte ich, auch wenn es seine Art war, mich zu dominieren.

»Wie viele noch?«, fragte er leise.

Ich antwortete ihm, indem ich vergeblich versuchte, ihn von mir zu stoßen. Er schwebte zwar nur über meinen Hüften, doch mit den Schenkeln drückte er meine Beine auf die Matratze, während er mit seinen kräftigen Fingern meine Handgelenke festhielt.

Darüber hinaus war er übernatürlich stark. Alle Engel besaßen außergewöhnliche Kraft, doch Xai war der Sohn zweier Erzengel, was ihn in der himmlischen Hierarchie über mich stellte. Ich würde ihn nie besiegen können, selbst wenn ich in Topform war. Er gehörte zu den wenigen Auserwählten, die diese Fähigkeit besaßen, und aus diesem Grund faszinierte es mich, von ihm dominiert zu werden.

Ich erbebte unter ihm, während ich die

Zurschaustellung seiner Macht sowohl liebte als auch verabscheute.

Er packte meine Hüften und drückte an einer empfindlichen Stelle zu, sodass ich mein Becken unwillkürlich anhob und gegen seine Erektion stieß. Ich wollte mich zurück auf die Matratze fallen lassen, doch er legte eine Hand auf meinen Rücken und zog das letzte Messer hervor, das an meiner Wirbelsäule ruhte. Statt es zu dem Haufen auf dem Boden zu werfen, ließ er die Spitze entlang meiner Rippen bis hinauf zu meiner Kehle gleiten und presste die Klinge gegen meine Haut. Er übte dabei gerade so viel Druck aus, dass es kribbelte, jedoch nicht blutete.

»Oh, ich liebe es, wenn du so unter mir liegst, Evangeline. Ich habe es schrecklich vermisst.« Er entspannte seinen Unterkörper und drückte seinen harten Schwanz gegen die empfindsame Stelle zwischen meinen Schenkeln.

Ich biss mir auf die Unterlippe, um ein Stöhnen zu unterdrücken. Er war nicht der Einzige, der es vermisst hatte. Er fühlte sich so schwer und so richtig auf mir an. Vor Verlangen geriet mein Blut in Wallung und alles schien plötzlich wie in Zeitlupe abzulaufen. Ich spürte jede Bewegung, jedes Pochen und Zittern und genoss die Ruhe des Augenblicks.

Xai hatte schon immer diese Wirkung auf mich gehabt. Ein paar Berührungen und Liebkosungen genügten, um mich innerlich und äußerlich dahinschmelzen zu lassen, bis ich gefügig unter ihm lag.

Die spitze Klinge an meinem Hals verstärkte das Gefühl sogar. Statt verängstigt zu sein oder Bedrohung zu empfinden, fühlte ich mich sicher und beschützt. Es war eine widersinnige Reaktion, da er wie ein Raubtier über mir schwebte, aber ich kannte Xai. Er war ein Scheißkerl, der mich immer wieder verraten hatte, doch er hatte mir noch nie körperlich wehgetan. Es war gut möglich, dass er mich bluten lassen würde, doch nicht, um mir Schmerzen zuzufügen. Jede einzelne Handlung war dazu gedacht, mir Vergnügen zu bereiten, und mein Körper liebte ihn dafür.

Er strich mit den Lippen über die meinen und küsste mich zaghaft, bevor er die Klinge über mein Schlüsselbein und dann in einem gezielten Winkel weiter nach unten gleiten ließ, um den Stoff meines Hemdes zu zerschneiden. Er führte die Bewegung so geschickt aus, dass ich nur keuchend unter ihm lag, während er mich vom Brustbein bis zum Bauchnabel entblößte. Ich wusste, dass meine Klingen scharf waren, aber er schnitt durch die Baumwolle, als wäre sie aus Butter, und das war nur möglich, wenn man genau das richtige Maß an Druck und Präzision einsetzte. Und er bewerkstelligte es, ohne meine Haut zu verletzen.

»Jetzt sind wir quitt, was das Hemd angeht, Liebes«, flüsterte er an meinem Mund.

»Xai …«

»Ssschhh, ich weiß.« Auf diese Worte ließ er einen Kuss folgen, der mich von innen heraus verbrannte und mich unter ihm erbeben ließ. Es war schon viel zu lange her, dass ich ihn auf diese Weise gespürt hatte. Ich war süchtig nach ihm und wenn er nicht bei mir war, schien in meinem Leben immer etwas zu fehlen. Hass und Liebe vermengten sich in meinem Herzen und durchströmten meinen Körper mit einem Strudel von Emotionen.

Ich wollte ihn ficken, ihn töten und für immer mit ihm zusammen sein.

Die Gefühle waren so widersprüchlich und überwältigend, und ich brachte sie alle mit meinem Mund zum Ausdruck. Unsere Zungen lieferten sich einen erbitterten Kampf um die Kontrolle. Ich wollte meine

Finger in seinen Haaren verweben, ihn von mir ziehen und ihn gleichzeitig an mich drücken.

Ich wurde von Verwirrung gepackt.

Von Hitze.

Leidenschaft.

Und Erinnerungen.

In meiner Vergangenheit gab es so viele Momente, in denen ich mich hatte gehen lassen, nur um verbrannt zu werden.

»Meine liebe Evangeline. Warum sollte ich jemals für immer mit dir zusammen sein wollen?«

»Ich habe dich nie gewählt, Liebling. Und ich werde dich nie wählen.«

»Die Liebe ist ein so naives Konzept. Wann wirst du aufhören, sie von mir zu erwarten?«

»Viel Spaß in der Hölle, mein Schatz.«

»Wann wirst du es endlich lernen, Evangeline? Ich will dich nicht. Ich habe dich nie gewollt.«

Ich verspürte einen Stich im Herzen, als ich an all die grausamen Worte dachte, doch mein Rücken schmerzte noch mehr. Wie immer in diesen Momenten weinte die empfindsame Stelle zwischen meinen Schulterblättern über den Verlust meines wertvollsten Gutes.

Meine Flügel.

Ich sehnte mich danach, wieder zu fliegen …

Zu spüren, wie der Wind durch meine Federn rauscht.

Und zu leben.

Xai zog sich mit einem gequälten Keuchen zurück und erschauderte über mir. Ich hatte nicht vorgehabt, ihm meinen Schmerz zu offenbaren, doch er hatte ihn offensichtlich gespürt. Das hatten wir unserer außergewöhnlichen Verbindung zu verdanken, die keiner von uns beiden verstand, die uns jedoch immer wieder zueinander führte. Er bekämpfte sie immer wieder mit jeder Faser seines Wesens und schwor, dass sie nicht existierte.

»Evangeline«, flüsterte er heiser. Er warf das Messer zu Boden und legte die Hand an meine Wange. Als er mit dem Daumen unter meinem Auge entlangstrich, zersprang mein bereits zerschmettertes Herz noch ein Stück mehr, während meine Erinnerungen verrücktspielten. Dies war der Moment, in dem er sich normalerweise über meine Gefühle lustig machte und mich tadelte, weil ich zusehends menschlicher wurde. Doch statt wie erwartet etwas Herablassendes zu tun oder zu sagen, zog er mich an sich und küsste meine feuchten Augenlider, bevor er die Stirn an die meine presste.

Er ließ meine Handgelenke los, umfasste mein Gesicht mit beiden Händen und hielt mich ehrfurchtsvoll fest. Ich erschauderte unter ihm, als die tröstende Geste meine Mauern durchdrang und meine Seele liebkoste.

Warum tut er das?

»Ich kann nicht.« Er klang so gebrochen und ganz und gar nicht wie der Xai, den ich kannte. »Ich habe alles versucht, doch was ich auch tue, du bleibst bei mir. Du machst mich fertig, Evangeline.«

Ich erstarrte unter ihm. »Wovon sprichst du?«

Er schüttelte nur den Kopf. »Unsere Zeit ist noch nicht gekommen.« Mit einem Seufzen stützte er sich auf den Ellbogen ab und zog den Kopf zurück, um mich anzusehen. »Hast du dich in letzter Zeit unwohl gefühlt? Hattest du den Eindruck, dass du aus dem Gleichgewicht gerätst und dir schwindelig wird?«

Sein abrupter Themenwechsel überraschte mich so sehr, dass ich nicht anders konnte, als die Wahrheit zu sagen. »In deiner Nähe fühle ich mich immer so.« Ich hatte nicht sarkastisch klingen wollen, aber wahrscheinlich hatte er meine Worte als spöttisch aufgefasst.

»Hast du die Machtverschiebung nicht gespürt?«, fragte er. »Ich meine die, die von der Unterwelt ausgeht. Hat sie keine Wirkung auf dich?«

»Ich …« *Machtverschiebung?* »Ich weiß wirklich nicht, wovon du sprichst.«

Er zog die Mundwinkel nach unten. »Du spürst es wirklich nicht?«

»Natürlich habe ich vorhin etwas gespürt.«

»Aber davor hast du nichts wahrgenommen?« Die Ernsthaftigkeit in seiner Stimme brachte mich zum Nachdenken. Ganz offensichtlich war das Thema von großer Bedeutung für ihn. Nachdem ich eine Minute lang überlegt hatte, schüttelte ich jedoch den Kopf.

»Abgesehen von heute Abend und den beiden Malen, als Zeb sein eigenes Portal erschaffen hatte, habe ich nichts gespürt. Aber bis auf Gwen verbringe ich nicht viel Zeit mit Dämonen.«

Es war nicht die Antwort, die er sich erhofft hatte, das konnte ich deutlich an seinem durchdringenden Blick erkennen.

»Etwas ist im Verzug«, flüsterte er. »Ich weiß nicht, was es ist, aber ich fühle es mit jeder Faser meines Wesens. Als näherte sich eine unheilvolle Wolke des Untergangs.« Die Wortwahl war für seine Verhältnisse ziemlich ausgefallen, was mir verriet, wie ernst es ihm war. »Lord Zebulons wachsende Stärke ist eine neue Entwicklung und er ist nicht der Einzige, der Anzeichen neuer Fähigkeiten aufweist.«

»Du meinst die anderen Dämonischen Lords?«, vermutete ich.

Er nickte. »Wie erwartet weiden sich einige mehr daran als andere. Doch es kommt noch etwas anderes auf uns zu.«

Ich nahm an, dass er als Sohn des Chaos das

Ungleichgewicht noch vor den anderen wahrnehmen konnte, da er ein Gespür für dunkle Energien hatte.

»Ich spüre nichts«, flüsterte ich. Der Tod rief täglich nach mir, ob es nun ein kranker Sterblicher war oder eine Seele, die nach Rache dürstete, doch diese Gefühle waren ein Teil meiner Natur. »Ich kann rein gar nichts wahrnehmen.«

Er nickte wieder, diesmal noch langsamer und bedächtiger. »Ich muss dir noch etwas erzählen.« Diese gesprächige Seite von Xai war neu, doch ich hinterfragte sie nicht.

»Okay …«, sagte ich ermutigend, als er nicht weiter darauf einging.

»Lord Zebulon …« Er hielt inne, als fiele es ihm schwer, die Worte auszusprechen. »Evangeline, jemand hat ihm eine heilige Klinge gegeben.«

»Eine heilige …« Ich verstummte, als der Schreck von meinem Herzen Besitz ergriff.

»Ja, und er bewahrt sie in der Unterwelt auf.« Das bedeutete, dass jemand sie stehlen könnte. Eine verdammte Seele würde von solch einem seltenen Artefakt förmlich angezogen werden, ganz zu schweigen von der Macht, die es in sich barg.

Mir fehlten die Worte.

Ich fühlte nichts.

Nichts, außer Entsetzen.

Denn eine heilige Klinge war tödlich … Jedoch nicht für Dämonen, sondern für Wesen himmlischer Abstammung.

So wie wir.

ELF

SELBST EIN ENGEL WIE ICH
BRAUCHT HIN UND WIEDER ETWAS
ERLEICHTERUNG

Xais Geständnis verfolgte mich bis in meine Albträume. In einem von ihnen vollzog Zeb eine Strafe, die sich viel zu tödlich anfühlte. Als ich mit einem stummen Schrei erwachte, zog Xai mich in die Arme und küsste mich wieder in den Schlaf.

Es war die seltsamste Nacht, die ich je in seinem Bett verbracht hatte, und das nicht zuletzt, weil wir beide bekleidet waren. Ich hatte mein zerfetztes Oberteil gegen eines seiner Hemden getauscht, meine Jeans ausgezogen und war neben Xai, der Boxershorts trug, eingeschlafen.

Wir verbrachten den Nachmittag damit, uns Streators illegale Geschäfte genauer anzusehen. Die ursprüngliche Akte bot einen vorläufigen Überblick, dem einige ziemlich wichtige Details fehlten, wie zum Beispiel seine Machenschaften bezüglich des Menschen- und Dämonenhandels.

Xai benutzte einen seiner einflussreicheren Decknamen, um eine exklusive Sklavenauktion ausfindig zu machen, die mit unserem Verdächtigen in Verbindung stand. Streator war zwar nicht der Besitzer, aber er nahm häufig an den Feierlichkeiten und »Spendenaktionen« teil. Nach dem Gespräch zu urteilen, das ich gestern mit gehört hatte, hatte das Arschloch vor, aus mir eine dieser Spenden zu machen. Ich hatte meine Zweifel, dass seine Vorliebe für den Frauenhandel mit dem zu tun hatte, was wir letzte Nacht beobachtet hatten, doch es gab nur eine Möglichkeit, um sicher zu sein. Aus diesem Grund ging ich heute zu meiner Verabredung.

Ich schlüpfte in meine Stilettos mit den silbernen Absätzen und schlenderte ins Wohnzimmer, in dem Xai auf mich wartete.

Als er mich sah, nahm sein Gesicht einen beifälligen Ausdruck an. »Du hast das violette angezogen.«

Ich machte einen übertriebenen Knicks, bevor ich spielerisch über das silberne Kreuz strich, das an meinem Dekolleté prangte. »Es schien mir angemessen für Miss O'Hara zu sein.«

»Hm, und trägst du auch ein passendes Höschen?« Sein feuriger Blick brannte auf meiner Haut, als er ihn über meine nackten Beine schweifen ließ. Das violette Kleid reichte mir bis zur Mitte der Oberschenkel und war perfekt, um darin zu tanzen.

Ich grinste. »Wer sagt, dass ich eines trage?« Ich hatte ihn nur necken wollen, doch er fasste meine Worte als Einladung auf. Er legte die Hände an meine Hüften und drücke mich gegen die Wand im Flur. Ich presste meine Hände an seine kräftige Brust und wollte ihn von mir stoßen, doch stattdessen krallte ich mich in sein Hemd. In seinen sündhaft engen Jeans und einem schwarzen Hemd, das bis zu den Ellbogen hochgekrempelt war, sah er aus wie der dunkle Engel meiner Träume. Ich würde dieses Anblicks nie müde werden.

Mein Kleid raffte sich, als er ein Bein zwischen meine Schenkel schob und damit nach oben glitt, um es gegen

meine empfindsamste Stelle zu pressen. Der raue Stoff
fühlte sich wunderbar an meinem seidenbedeckten
Venushügel an, besonders als er sich kaum merklich
bewegte, um zu testen, ob ich tatsächlich Unterwäsche
trug. Wenn ich nackt wäre, würde er es spüren.

»Luder«, knurrte er.

Ich hielt mich an ihm fest, als er begann, seinen
muskulösen Oberschenkel noch fester über meine
Lustperle zu reiben. Nach jahrtausendelanger Übung
wusste er genau, welcher Winkel mich am meisten
erregte. Mein Gott, es fühlte sich so gut an. Besonders
nach dem Vorspiel von letzter Nacht. Auch unsere
Nachforschungen am Nachmittag hatten die lustvolle
Spannung zwischen uns kaum dämpfen können, doch wir
hatten beide beschlossen, sie zu ignorieren. Zumindest bis
jetzt.

»Ist es schwarz oder violett?«, flüsterte er an meinem
leicht geöffneten Mund.

»Schwarz«, brachte ich kaum hörbar hervor.

»Das ist nicht unbedingt jungfräulich, Liebes.«

»Ich habe es nicht für Streator angezogen.« Es bestand
die Möglichkeit, dass er versuchen würde, einen Blick auf
die Ware zu werfen, doch bevor das geschah, würde ich
ihm einen Stiletto ins Auge rammen.

»Mm, dann bin ich mit der Wahl einverstanden.« Er
bedeckte meinen Mund mit dem seinen und gab mir einen
strafenden Kuss, der mich daran erinnern sollte, welchen
Platz er in meinem Leben einnahm.

Meine Seele weinte, als mich die Vertrautheit der Geste
überwältigte und mein Körper sich seinem Willen beugte.
Als er mich hochhob, schlang ich die Beine um seine Taille
und schrie auf, als er seine perfekte Männlichkeit gegen
meinen heißen Unterleib presste. Seinetwegen würde ich
noch zu spät zu meiner Verabredung kommen, doch das

war mir egal. Vor allem, solange er mich auf diese Weise berührte.

Xai forderte die Kontrolle über mein Wesen und ich übergab sie ihm bereitwillig. Es gab keine andere Möglichkeit. Er besaß einen Teil von mir, den kein anderer jemals erreichen würde, und mir gehörte ein Teil von ihm, was er jedoch niemals zugeben würde.

Mit der Zunge erforschte er meinen Mund, um sich jeden Winkel ins Gedächtnis einzubrennen, mich zu schmecken und sich zu erinnern … Ich erwiderte den Kuss und schwelgte in der Vertrautheit, die unweigerlich zwischen uns bestand. Als er sein Bein mit noch mehr Druck gegen meinen Unterleib schob, zuckte ich zusammen. Eine Flut von Wärme durchströmte mich.

Mein Körper wusste, was er wollte, denn er hatte gelernt, selbst auf die kleinsten Bewegungen zu reagieren. Ich legte eine Hand an seinen Nacken und fuhr mit den Fingern durch sein dichtes, dunkles Haar, um mich festzuhalten, als er seine Hüften wieder gegen mein Becken stieß. Er bewegte sich in einem Rhythmus und mit einer Geschicklichkeit, die bis tief in mein Innerstes drangen und mein Lustempfinden hervorlockten wie den Gesang einer Sirene.

»Xai …« Ich spürte, wie sich mein Unterleib anspannte, doch ich brauchte noch mehr.

Er reizte mich, bis ich kurz vor dem Höhepunkt stand, doch ohne den richtigen Druck …

Oh …

Er ließ seine Hand unter mein Kleid und auf mein Höschen gleiten und schob sie hinein.

Ja …

Ich stöhnte auf, als er mit dem Daumen über meine Spalte strich und dann an genau der Stelle landete, an der ich ihn brauchte.

»Dein Höschen ist ganz nass, Liebling«, murmelte er. »Genauso wie es mir gefällt.«

Er nahm meine Unterlippe in den Mund und saugte kräftig daran, während er meine Klitoris geschickt massierte. Mit jedem Streicheln trieb er mich näher an den Abgrund, vernebelte meinen Verstand vor Verlangen und zwang mich, alles außer ihm zu vergessen. Ich liebte diese Momente.

»Mit jeder Bewegung wirst du dich heute Abend daran erinnern, wer dir zuletzt Lust beschert hat und worauf du dich später freuen kannst.« Er küsste mich leidenschaftlich und schob die Zunge tief in meinen Mund, während er mit zwei Fingern in mich eindrang. Es war stürmisch, heiß und so typisch für Xai. Ich bebte am ganzen Körper, während ich mich nach den Worten sehnte, die ich zu meiner Erlösung brauchte. Ich kannte Xai. Wenn ich ohne seine Zustimmung begann, über den Abgrund zu fallen, würde er sich sofort zurückziehen, und ich wollte unbedingt, dass er weitermachte.

Mir entfuhr ein begieriges Wimmern.

»Genau das wollte ich hören, Liebes.« Er verzog die Lippen zu einem Grinsen an meinem Mund, während er mit dem Daumen Druck auf meine Klitoris ausübte. »Komm für mich, Eve. Sofort.«

Verdammt.

Ich konnte mich dem Befehl nicht widersetzen. Eine Schockwelle erfasste meine Wirbelsäule und sandte Schauer der Erregung durch meinen Körper. Er schluckte meinen Lustschrei, während er weiter meine Klitoris massierte.

»Mm«, murmelte er beifällig. »Wage es nicht, das Höschen zu wechseln.« Er ließ den elastischen Bund gegen meine Haut schnalzen, um seinen Worten Nachdruck zu verleihen. »Ich will es dir später mit den Zähnen ausziehen.«

Ich zitterte, als ich die Verheißung in seinen Worten hörte, während die Nachbeben des Orgasmus meinen Körper erfassten.

»Okay.« Das Wort der Zustimmung kam mir wie von selbst über die Lippen. Mein benebelter Verstand war nicht in der Lage, über die Wellen der Ekstase, die immer noch durch meinen Unterleib wogten, hinauszudenken. So war es immer mit ihm. Explosiv und süchtig machend.

Ich ließ den Kopf gegen die Wand hinter mir fallen, als die letzten Wogen der Ekstase verebbten. Xai hatte seine Hand nicht von mir gelöst. Er hatte die Finger tief in meinem Inneren vergraben, während er mit dem Daumen weiterhin meine überempfindliche Klitoris reizte.

»Xai …« Der Name klang flehend und begierig zugleich aus meinem Mund. »Ich werde mich noch verspäten.« Wahrscheinlich war ich längst zu spät.

»Ich weiß.« Er gab mir einen Kuss auf die Wange, bevor er die Lippen an mein Ohr presste. »Und die hübsche Röte in deinem Gesicht wird ihm den Grund dafür verraten.«

Ich musste schlucken. »Das ist nicht besonders hilfreich, wenn ich die keusche Jungfrau spielen will.«

»Selbst Jungfrauen masturbieren, Liebling. Er wird denken, du hast es seinetwegen getan, doch du kennst die Wahrheit.« Er schob die Finger tief in mich hinein, um sie dann wieder hinauszuziehen und abzulecken, während er mir dabei in die Augen starrte. »Und ich ebenfalls.«

Diese drei Worte jagten mir einen wohligen Schauer über den Rücken. »Du markierst wohl dein Revier, Xai?«, fragte ich heiser.

»Dein Körper kennt seinen Meister bereits«, antwortete er, wobei sich sein Blick vor Erregung verdunkelte. »Doch dein Verstand muss hin und wieder daran erinnert werden.« Er legte die Hände an meine Hüften, um mir beim Aufstehen zu helfen und mein Kleid glatt zu streichen.

»Du musst dich schon etwas mehr ins Zeug legen, um meinen Verstand auszutricksen.«

Seine Pupillen weiteten sich, als er die Herausforderung hörte. »Oh, Liebes, wir wissen doch beide, dass das gerade eben noch nicht einmal ein Aufwärmtraining war.«

Ich spannte unwillkürlich die Schenkel an, als ich mich daran erinnerte, wozu er fähig war.

Er hatte recht.

Dieser Orgasmus verblasste im Vergleich zu der Lust, die seine Berührung für gewöhnlich in mir hervorrief.

Ich wollte mehr. So viel mehr. Und ich wusste, er wollte es auch. Dennoch strich er sein Hemd glatt, zupfte seine Hose zurecht und zeigte in Richtung Flur, statt mir zu befehlen, vor ihm auf die Knie zu gehen. Für gewöhnlich verlangte er immer eine Gegenleistung. Ich widersetzte mich nicht, denn Xai bescherte mir immer zuerst mehrere Orgasmen, während seine eigene Lust nicht zu kurz kam. Im Moment schien er seine eigene Befriedigung jedoch hintanzustellen.

Ein neues Spiel.

Es gefiel mir.

Ich schlang eine Hand um seinen Nacken und zog ihn zu mir, um ihm einen Kuss zu geben, mit dem ich zwar meine Dankbarkeit ausdrückte, ihn aber gleichzeitig mit einer schrofferen Note unterlegte. Er diente sowohl als ein Versprechen als auch eine Drohung.

Nicht nur er konnte dieses besitzergreifende Spielchen spielen. Er gehörte mir genauso wie ich ihm, und ich wollte ihn mit meinem Mund daran erinnern. Mit der

Zunge brandmarkte ich die seine, während ich die Fingernägel über seine Kopfhaut gleiten ließ. Als er eine Hand an mein Kreuz legte, um mich gegen seine harte Männlichkeit zu drücken, lächelte ich. »Wenn du es wagst, dasselbe mit einer anderen zu tun, wirst du nie die Oberhand über meinen Verstand gewinnen.«

Er verzog die Lippen zu einem Lächeln. »Mach dir keine Sorgen, Liebes. Mein Körper weiß ebenfalls, wer seine Gefährtin ist.« Er knabberte an meiner Unterlippe, um mich davon abzuhalten, etwas zu erwidern, denn die Antwort verblüffte mich. »Jetzt lass uns gehen. Du musst einen Sterblichen verführen und hoffentlich auch töten.«

»Du Süßholzraspler«, murmelte ich. Er wusste immer genau, was er sagen musste, um mich zu motivieren. Ich strich mit meinem Mund über den seinen, bevor ich den Kopf wieder zurückzog. »Du bringst besser mein Spielzeug mit.« Die Klingen passten nicht sonderlich gut zu meinem kurzen Kleid.

Er grinste. »Aber sicher, Schatz. Du weißt, wie sehr ich es liebe, dich tanzen zu sehen.«

Möge die Show beginnen.

ZWÖLF

ACH, ICH HATTE SCHON SCHLIMMERE VERABREDUNGEN

Streator stand in ein Hemd und eine Cargohose gekleidet in der Mitte der Empfangshalle. Er zog die Blicke mehrerer Frauen auf sich, die an ihm vorbeigingen, und an dem Lächeln in seinem Gesicht konnte ich sehen, dass er sich dessen bewusst war. Dennoch sah er nur mich an, als ich um zwanzig Uhr zehn aus dem Aufzug trat.

»Ach du meine Güte«, sagte ich, als ich mir die Hand an die Brust legte und auf ihn zustürmte. »Ich habe völlig das Zeitgefühl verloren und …« Ich verstummte und biss mir auf die Lippe. Sollte er sich doch denken, was er wollte. »Es tut mir leid, mein Lieber. Können Sie mir verzeihen?«

»Hm«, murmelte er und ließ den Blick beifällig an mir auf und ab schweifen. »Es lässt sich sicher ein Weg finden, wie Sie es wiedergutmachen können.«

Ich sah mit einem unschuldigen Augenaufschlag zu ihm auf. »Und woran haben Sie gedacht?«

»Lassen Sie sich überraschen.« Er warf einen Blick auf meine leeren Hände. »Ich nehme an, wir können gehen?«

»Äh«, murmelte ich kichernd, während ich eine Hand

an meinen Ausschnitt legte. »Ich wollte mich nicht mit einer Handtasche herumärgern, daher benutze ich, äh, meine altbewährte Tasche.« Mein Ausweis, Geld und Hotelzimmerschlüssel befanden sich alle in meinem BH und mein Handy hatte ich absichtlich nicht mitgenommen. Dadurch wirkte ich eher wie eine hilflose und naive Jungfrau.

Er grinste über das ganze Gesicht. »Sie sind bezaubernd, Violet.«

Ich straffte die Schultern und warf ihm einen stolzen Blick zu. »Danke, Schätzchen. Sie sind auch nicht von schlechten Eltern.«

»Wollen wir?« Er streckte mir den Ellbogen entgegen und ich hakte mich bei ihm ein.

»Ja, gern.«

Er bedachte seine Leibwächter mit einem geübten und subtilen Nicken. Die beiden reihten sich in gebührlichem Abstand hinter uns ein, wobei eine andere Frau sie wahrscheinlich nicht einmal bemerkt hätte.

Streator öffnete die Beifahrertür eines schicken schwarzen Sportwagens, der direkt vor dem Eingang der Empfangshalle parkte.

»Oh mein Gott. Ist das Ihr Auto?«, fragte ich und gab vor, gleichermaßen schockiert und begeistert zu sein.

Er schenkte mir ein Grinsen. »Heute schon.«

Wie großspurig. Ich strich mit vorgetäuschter Ehrfurcht über den ledernen Schalensitz. »Wow …«

Es war nicht das schickste Auto auf dem Markt und ich bevorzugte ohnehin den Wagen, der gerade hinter ihm parkte. Xai kam aus dem Hotel geschlendert, ohne einen Blick in unsere Richtung zu werfen, und reichte dem Mann, der aus seinem schnittigen schwarzen Wagen stieg, ein Trinkgeld. Ich verbarg ein Grinsen, als ich mich auf den Beifahrersitz gleiten ließ und im Seitenspiegel beobachtete, wie mein dunkler Engel den Mann vom Parkservice in ein Gespräch verwickelte. Er wollte Zeit schinden, um uns zu unserem Ziel folgen zu können. Keinem der Leibwächter schien etwas aufzufallen, als sie in einen Geländewagen kletterten, der an der Ecke der Auffahrt geparkt war.

»Halten Sie sich fest, Schätzchen«, murmelte Streator, als er den Wagen startete. »Ich werde Ihnen eine unvergessliche Fahrt bereiten.«

Ich hätte mich fast an meiner Zunge verschluckt. Was für ein Spruch. Idiot. Nichtsdestotrotz schnallte ich mich an und umklammerte den Sitz, um mich daran zu hindern, ihn mit einem Haarstäbchen zu erstechen. Er lachte leise, als er glaubte, meine verkrampfte Haltung wäre meiner Nervosität zu verdanken. Wenn er nur wüsste.

Er legte die Hand auf den Schaltknüppel, als er uns gekonnt auf die Straße navigierte. Immerhin hatte er sich für ein Schaltgetriebe entschieden. Nichts ärgerte mich mehr als ein Automatikgetriebe in einem schnellen Wagen. Es war völlig sinnlos.

»Erzählen Sie mir von sich. Was führt Sie nach Miami?«

Oh, gut, Small Talk. Den habe ich am liebsten.

Ich spielte das Spielchen den ganzen Weg bis zu unserem Ziel mit und beantwortete jede Frage, indem ich ihm Informationen lieferte, die er bereits hatte.

Xai hatte ein Zimmer unter meinem Decknamen reserviert, um die Fassade aufrechtzuerhalten und Streator alle Einzelheiten zu liefern, die er für eine erste Überprüfung meiner Person brauchte. Der Sterbliche verfügte sowohl über politische als auch anderweitige Verbindungen, daher hatte ich keinerlei Zweifel, dass er bereits alles über Violet O'Hara wusste. Ein Geschäftsmann mit seiner Vorgeschichte verabredete sich nicht einfach mit einer Frau, ohne zuvor alle nötigen Informationen über sie eingeholt zu haben.

»Oh Mann.« Ich öffnete ehrfurchtsvoll den Mund.

Streator hatte sich für einen der teureren Klubs in Miami entschieden. An der Außenseite befand sich eine beeindruckende Terrasse, von der eine Treppe hinunter zum Strand führte, während sich im edlen und dekadenten Inneren die Gäste aus der gehobenen Gesellschaft scharten.

Pärchen unterhielten sich und tanzten miteinander, stießen mit Kristallgläsern an und genossen die ausgelassene Atmosphäre. In der Menge befanden sich auch mehrere Prominente, was meine Mitbewohnerin überaus begeistert hätte. Gwen liebte Klatschblätter und benutzte sie, um sich über das menschliche Geschehen auf dem Laufenden zu halten, wobei sie dieses Wissen an mich weitergab.

»Sind Sie beeindruckt?« Er streifte mit den Lippen über mein Ohr, als er mich in eine Nische im VIP-Bereich in der Nähe der Bar führte.

Nicht wirklich. »Wie haben Sie uns hier Zutritt verschafft, Süßer?«

Er legte einen Arm um meine Schultern und ließ die Finger über meinen Oberarm gleiten. »Hm, möglicherweise kenne ich ein paar wichtige Leute.«

Ich blinzelte und sah zu ihm auf. »Was tun Sie beruflich?«

Er zuckte mit den Schultern. »Ich bin Unternehmer und habe mich auf den Handel mit exotischen Waren spezialisiert. Es ist nicht besonders interessant.« Er hob die Hand, um einen Kellner herbeizurufen, und bestellte uns eine Runde Martinis. »Sind Sie bereit für den versprochenen Drink?«

Ich grinste. »Das wissen Sie doch.«

Ich ließ den Blick durch den Raum schweifen, während er mich mit weiteren Fragen löcherte. Er quetschte mich über meine Familie, meine Freunde und andere Beziehungen in meinem Leben aus. Es war nicht ungewöhnlich, derartige Fragen bei einer Verabredung zu stellen, doch ich wusste, dass seine Neugierde einen tieferen Grund hatte. Er wollte herausfinden, ob jemand nach mir suchen würde, falls er sich entschied, mich für seine schändlichen Geschäfte zu missbrauchen. Sollte er es doch versuchen.

Als er vorschlug, vom Reden zum Tanzen überzugehen, erklärte ich mich einverstanden, vor allem, weil ich den Klub etwas genauer in Augenschein nehmen wollte. Seine Leibwächter hielten sich außerhalb des VIP-Bereichs auf, während Xai nirgendwo zu sehen war. Dennoch spürte ich, dass er ganz in der Nähe war. Dabei nahm ich ihn jedoch nicht so wahr, wie ich die Anwesenheit eines Dämons fühlen würde. Dieses Empfinden ging viel tiefer.

Streator packte mich an den Hüften und zog mich mitten im Raum an sich, wobei er uns im Rhythmus zur Musik hin- und herwiegte. Er verschwendete keine Zeit damit, unsere Körper miteinander vertraut zu machen und meine Kurven zu erforschen.

Ich dachte daran, wie es wäre, wenn ich ihn ausweiden würde.

Nur gut, dass Xai meine Messer hatte.

Apropos …

Ich hob die Hände über den Kopf, während ich mich im Takt zur Musik wiegte und den Blick erneut durch den Klub schweifen ließ. Immer noch keine Spur von meinem dunklen Engel.

Wo versteckst du dich?

Streator küsste meinen Nacken mit offenem Mund und

knabberte an meinem Ohrläppchen. Ich wand mich und kicherte, woraufhin er die Arme um meine Taille schlang. Ich konnte spüren, wie sehr ihm meine jungfräuliche Scharade gefiel, denn er presste seine Erektion gegen meinen Hintern. Ich schnappte nach Luft, denn genauso würde ein unschuldiges Mädchen reagieren, woraufhin er mich umdrehte, um mich zu küssen.

Er ging in die Vollen.

Sehr gut.

Das Verführungsspiel begann, mich zu langweilen. Ich musste dafür sorgen, dass er die Sache etwas beschleunigte, damit ich mich endlich an die Arbeit machen konnte. Offensichtlich wickelte er seine Geschäfte nicht in diesem Klub ab, weshalb die Anwesenheit seiner Leibwächter unerheblich war. Ich wollte noch mehr über seine illegalen Machenschaften und Geschäftspartner in Erfahrung bringen. Einige ihrer Namen standen in den Akten, aber keine unserer Nachforschungen erklärte die Dämonenparade von letzter Nacht.

Ich musste noch mehr Informationen sammeln. Nicht nur über den Drogen- und Menschenhandel, sondern auch über die Kontaktpersonen in seinem elitären Kreis. Ich hatte gehofft, einige von ihnen hier zu treffen, doch Streator schien heute Abend nur eines im Kopf zu haben.

Seine Zunge in meinem Mund fühlte sich falsch an, aber ich ließ ihn gewähren, während ich den Kuss zaghaft erwiderte. Die Versuchung, zuzubeißen und ihm in die Eier zu treten, kam mir dabei einige Male in den Sinn. Aber ich vermutete, dass er es nicht annähernd so sehr genießen würde wie ich.

Als er die Hände an meinen Beinen entlang hinauf bis unter mein Kleid gleiten ließ, gebot ich ihm Einhalt.

Erstens, igitt.

Zweitens, nur Xai war es erlaubt, dieses Territorium zu betreten.

Drittens, eine Jungfrau würde ein solches Verhalten nicht gutheißen.

Ich riss mich von ihm los und warf ihm einen erschrockenen Blick zu. »Ich … Wir … Aber …«

Er lächelte, weil ich nicht fähig war, einen zusammenhängenden Satz zu bilden, und ließ meine Hände los, um meinen Hintern zu streicheln. »Du stehst wohl nicht auf ein bisschen Exhibitionismus, hm?«, flüsterte er mir ins Ohr.

Ganz sicher nicht mit dir.

»Darum geht es nicht«, erwiderte ich laut, als mir die Hitze in den Nacken stieg. Es erregte mich, ihn mir mit einem Messer im Auge vorzustellen. »Ich … Oh Gott, wie soll ich es nur formulieren?« Ich biss mir auf die Unterlippe und wandte den Blick ab. »Ich … So etwas tue ich einfach nicht!« Ich musste schreien, damit er mich bei all dem Lärm hören konnte.

Ich räusperte mich und gab vor, etwas sagen zu wollen, dann öffnete und schloss ich den Mund, als würde ich die Worte nicht über die Lippen bringen. Er hob mein Kinn an, um mir in die Augen zu blicken, und der Ausdruck, den er in meinem Gesicht sah, schien ihn zu beruhigen. Er führte die Lippen wieder an mein Ohr.

»Sag mir, was los ist, Schätzchen.«

Wow, er war gut. Er ließ seinen Charme spielen und legte gerade genug Fürsorge an den Tag, um eine Frau zu beruhigen. Das gute Aussehen tat sein Übriges. Er musste nicht mit Mädchen handeln, um eine Frau ins Bett zu bekommen, doch ich hatte die Vermutung, dass er die Machtspielchen beim Sex genoss. Und dabei meinte ich nicht die einvernehmliche Art.

»Äh …« Ich räusperte mich wieder und hob meine

Stimme an, damit er mich über diese unerträgliche Musik hinweg hören konnte. »Ich habe dir erzählt, dass meine Eltern nicht mehr leben, aber sie haben mich mit bestimmten Idealen erzogen. Zum Beispiel will ich bis zu meiner Hochzeitsnacht warten, um mit einem Mann zu schlafen.«

Er schnappte nach Luft, was Musik in meinen Ohren war.

Währenddessen konnte ich spüren, wie Xai irgendwo lachte. Ich versuchte, ihn zu finden, während Streator mich von der Tanzfläche manövrierte, aber mein dunkler Engel hatte offensichtlich ein gutes Versteck gefunden.

»Du willst bis zu deiner Hochzeit warten?«, fragte Streator, als wir ein ruhigeres Plätzchen gefunden hatten. Sein neugieriger Tonfall passte nicht zu dem erregten Ausdruck, der in seinen Augen funkelte.

Er hat den Köder geschluckt.

Die Sache war geritzt.

Ich biss mir wieder auf die Unterlippe. »Nun, nein. Ja. Ich weiß nicht so recht. Ich habe noch nie wirklich jemanden gefunden, der in mir den Wunsch geweckt hätte, die Grenzen zu testen.«

Er nickte nachdenklich. »Ich verstehe.«

»Jetzt habe ich dir sicher den Abend verdorben, nicht wahr?«

»Oh, nein, ganz und gar nicht.« Er streichelte mir mit einer tröstenden Geste über den Arm. »Wie wäre es, wenn wir von hier verschwinden, damit wir uns noch ein bisschen unterhalten können?«

Unterhalten. Ja, ich bin sicher, genau das hast du im Sinn.

Dann kann es ja losgehen.

Ich setzte ein verlegenes Lächeln auf. »Ich denke, das würde mir gefallen.«

Er nickte seinen Leibwächtern wieder auf diese subtile

Art zu, bevor er eine Hand an mein Kreuz legte und mich zum Ausgang geleitete. Wir unterhielten uns nicht, während wir auf sein Auto warteten, also spielte ich mit dem Saum meines Kleides.

Ich erwartete fast, dass Xai auftauchen würde, doch er war nirgends zu sehen.

Mein Magen krampfte sich vor Besorgnis zusammen. Es wäre nicht das erste Mal, dass er mich mitten in einer Mission im Stich ließ.

Wo steckst du nur?

Hatte ich mir seine Anwesenheit im Klub nur eingebildet? War es nur eine Zerstreuung gewesen, um mein Herz zu verhöhnen?

Streator öffnete die Beifahrertür und ich stieg in den Wagen.

Die Härchen auf meinem Arm standen zu Berge.

Irgendetwas stimmte nicht.

Meine anfängliche Zuversicht schwand, als meine Verabredung zu mir ins Auto stieg. Der abrupte Stimmungswechsel verunsicherte mich.

Jahrtausende alte Instinkte meldeten sich warnend zu Wort.

Ich hatte mich schon so oft verbrannt, weil ich Xai vertraut hatte, doch dieses Mal war er anders gewesen. War sein Verhalten nur eine List gewesen, um mir ein falsches Gefühl von Sicherheit zu vermitteln? Nur um mich in einem Moment der Not zu hintergehen?

Hatte er mich genauso problemlos überlistet wie Streator Violet überlistet hatte?

Meine Seele schrie auf und wollte es nicht wahrhaben, während mein gebrochenes Herz vor Schmerzen aufbegehrte.

Was hätte er davon, mich bei dieser Mission alleinzulassen?

Streator war ein Mensch. Er verkehrte zwar mit Dämonen, aber er war trotz allem nur ein Sterblicher. Ich brauchte kein Messer, um mit ihm fertigzuwerden.

»Violet«, murmelte er, während er den Wagen gekonnt vom Klub wegsteuerte.

»Hm?« Ich blickte in den Seitenspiegel, um nach Xai Ausschau zu halten.

Ein verdammt dummer Schachzug.

Und zwar einer, der mir in Gegenwart eines Mannes wie Streator nicht hätte unterlaufen sollen.

Der Stich in meinem Nacken traf mich völlig unvorbereitet, und als ich mich umdrehte und seinem eisigen Blick begegnete, war es bereits zu spät. Er hatte mir eine Art Droge injiziert. Mein Körper würde sie zwar schneller abbauen als der eines Menschen, aber sie würde mich trotzdem betäuben.

Verdammt.

Mir war klar, dass es bei einer Droge genau darum ging, aber trotzdem. Verdammt.

»Sch…« Streator besaß die Dreistigkeit, mit einer Hand mein Gesicht zu streicheln, während er mit der anderen den Wagen lenkte. »Genieße den Traum, Schätzchen. Es wird der letzte für eine Weile sein.«

»Du Scheißßßßß…« Verdammt, ich lallte bereits.

Was zum Teufel hatte er mir nur gespritzt?

Er befummelte mich wieder.

Er streichelte über meine Brüste, doch meine Hände waren plötzlich viel zu taub, um ihn von mir zu stoßen. Er betatschte mich weiter und ich hatte den Eindruck, dass er das nicht zum ersten Mal beim Autofahren tat.

»Schade, dass ich dich nicht selbst behalten kann«, murmelte er mit einem fast traurigen Unterton in der Stimme. »Aber du wirst mir ein Vermögen einbringen.«

Mein Knurren glich eher einem Gurgeln, als schwarze Flecke meine Sicht trübten.

Scheiße.

Wenn ich aufwachte, würde jemand sterben. Und dieser jemand würde Streator sein.

Sein Lachen folgte mir in die Dunkelheit hinein, doch ich träumte nicht, zumindest nicht völlig.

Was auch immer er mir verabreicht hatte, es versetzte mich in einen unterbewussten Zustand. Ich hatte nie mit Drogen experimentiert, doch ich vermutete, dass er mich gerade damit vollgepumpt hatte. Wow.

Türen.

So viele verdammte Türen.

Und ich stand in einem strahlend weißen Korridor.

Die perfekte Vorstellung des Himmels. Und auch wieder nicht.

Ich griff nach der Klinke zu meiner Linken und betrat einen Albtraum.

Meine Vergangenheit.

NICHT VERGESSEN: LASS DIE FINGER VON DROGEN

MITTERNACHTSSCHWARZE FLÜGEL BAHNTEN sich nur wenige Zentimeter von mir entfernt einen Weg durch die Wolken. Ich liebte dieses Spiel, obwohl es jedes Mal ein unausweichliches Ende nahm.

Er würde gewinnen.

Er gewann immer.

Aber ich versuchte es trotzdem und schlug mit aller Kraft meine violetten Federn an meinem Rücken, während ich dem Sohn des Chaos hinterherjagte. Sein Lachen verursachte ein Kribbeln auf meiner Haut und sandte einen wohligen Schauer durch meinen Unterleib.

Wir wussten beide, was als Nächstes geschehen würde.

Wir würden eine lange Nacht in den Armen des anderen verbringen und uns bis zum Morgengrauen lieben.

»Schon müde, Liebes?«, neckte Xai.

»Niemals.«

Er tauchte kopfüber durch eine Wolke, doch ich kannte diesen Trick mittlerweile und hielt mich gerade, statt ihm zu folgen. Er packte meine Hüften mit seinen warmen Händen, als er unter mir wieder auftauchte. Er richtete unsere Körper im Flug zueinander aus und führte mich mit seinen stärkeren Flügeln.

»Du hast dazugelernt«, lobte er mich mit seinem Mund an meinem

Lippen. Zur Belohnung gab er mir einen Kuss, der mich schwindeln ließ, oder vielleicht rührte das Gefühl von unseren herumwirbelnden Flügeln.

Xai ließ mich ebenso plötzlich wieder los, wie er mich gepackt hatte, und wirbelte durch eine weitere Wolke nach unten. Diesmal folgte ich ihm mit einem Lachen.

Er warf einen Blick zurück und sah mich mit einem strahlenden Lächeln an. »Hast du Lust, etwas Neues auszuprobieren?«

»Was schwebt dir denn vor?«

»Folge mir«, antwortete er nur.

Und das tat ich.

Weil ich es immer tat.

Mit einem dumpfen Knall landete ich wieder in dem traumähnlichen Flur und sprang auf die Füße. Ich war immer noch von weißen Wänden umgeben. Meine Schuhe gaben ein hallendes Geräusch von sich, als ich auf und ab ging, und als ich stehen blieb, herrschte eine unheimliche Stille. Dieses Psychospielchen war neu. Ich war schon oft bewusstlos geschlagen worden, doch ich hatte mich dabei noch nie so gefühlt wie jetzt. Ich öffnete eine weitere Tür und bereute es sofort.

Ich fiel.

Es brannte.

Scheiße, es tat weh.

Meine Flügel knisterten und meine Federn schrien, als sie zu Asche verbrannten.

Als ich endlich auf dem Boden aufkam, konnte ich mich weder bewegen noch atmen.

Ich rollte mich zu einer Kugel zusammen und schrie und schrie und schrie.

Qualen.

Verwirrung.

Nichts.

Ich wusste, es würde wehtun, aber ich hatte nicht geahnt, dass es mir das Herz aus der Brust reißen würde.

Ich ließ den Blick nach oben zu dem Blätterdach über mir schweifen. Ich konnte nicht einmal den Himmel sehen. Doch das war nicht von Bedeutung, denn ich konnte ohnehin nicht fliegen.

Und dann sah ich ihn. Mein dunkler Engel stand keine drei Meter von mir entfernt und lehnte mit verschränkten Armen an einem Baum. Doch er lächelte nicht wie erwartet, sondern blickte mich mit einem stoischen, fast gelangweilten Ausdruck im Gesicht an.

»Das war ziemlich beeindruckend.« Ich zuckte zusammen, als ich den hämischen Tonfall in seiner Stimme hörte. Hatte er sich den Kopf gestoßen, als er gefallen war? »Du hättest mir nicht hierher folgen sollen, Evangeline.«

Ich runzelte die Stirn. »Das wolltest du doch.« Nachdem wir das letzte Mal miteinander geschlafen hatten, hatte er mich angefleht, einen Weg zu finden, um ihm folgen zu können, und das hatte ich getan.

Er zog die Augenbrauen in die Höhe. »Ich hätte nie erwartet, dass du mir glaubst.« Er drückte sich vom Baum ab. »Nun, ich hoffe, du findest einen Weg zurück nach Hause. Du solltest nicht hier sein.«

Mir stockte der Atem, als er sich abwandte. »Wo willst du hin?«

»Ist das wichtig?«, fragte er, als er mir einen finsteren Blick über die Schulter zuwarf. »Schließlich will ich dich nicht.«

Seine Worte waren schärfer als meine Messer. Sie trafen mich mitten in die Brust und zerfetzten mein Herz.

»Xai …« Aus meinem Mund klang sein Name wie ein gebrochenes Flehen. »Das meinst du nicht ernst. Du kannst es unmöglich ernst meinen.«

Er kniff angewidert die sternenlosen Augen zu dünnen Schlitzen zusammen. »Du glaubst doch nicht etwa, dass ich dich in diesem Zustand will? So gebrochen, zerschlagen und zerschrammt?« Sein Grinsen verletzte mich mehr als meine gebrochenen Flügel. »Oh, du hast es tatsächlich geglaubt.« Er schüttelte missbilligend den Kopf.

»Meine liebe Evangeline. Warum sollte ich jemals für immer mit dir zusammen sein wollen?«

Mir traten Tränen in die Augen, als sich der Korridor um mich herum materialisierte. Ich schlang die Arme um meinen empfindlichen Bauch, um den Würgereiz zu unterdrücken.

Die Erinnerung war viel zu real. Es fühlte sich an, als wäre alles erst gestern geschehen. Der Schmerz, die Angst und die Einsamkeit. Er hatte mich im Wald zurückgelassen, ohne einen Blick zurückzuwerfen. Es verging fast ein Jahrhundert, bis ich ihn wiedersah, und in der Zwischenzeit hatte sich meine Liebe in Hass verwandelt.

Bis er mich wieder in sein Bett gelockt hatte.

Ich wischte mir die Tränen von den Wangen und schüttelte den Kopf.

Welche Drogen mir Streator auch verabreicht hatte, sie hatten mich völlig aus der Bahn geworfen.

Dieser Ort war meine eigene persönliche Hölle.

Ein endloser Korridor voller Schmerzen und Erinnerungen.

»Wach auf«, sagte ich und verpasste mir selbst eine Ohrfeige. Es brannte, doch es geschah nichts und ich war immer noch allein in diesem vernebelten Zustand.

Der Knauf neben mir drehte sich wie von selbst und ich machte einen Satz zurück. Es war ein Fehler, denn die Tür hinter mir war geöffnet worden.

Blut.

Süßer, glückseliger Tod.

Ich lächelte, als der Dämon zu meinen Füßen zu Asche zerfiel. Daran könnte sich ein Mädchen gewöhnen. Als Tochter von Azrael sehnte ich mich nach Vergeltung, strebte sie aber nur selten an. Doch dieses kinderfressende Arschloch hatte sein Schicksal verdient und meine Seele seufzte erleichtert auf, nachdem ich diese Dimension von seiner elenden Existenz befreit hatte.

Hinter mir applaudierte jemand und mir lief ein Schauer über den Rücken. Ich würde diese Aura überall wiedererkennen.

»Xai«, knurrte ich und warf zur Begrüßung eine Klinge über meine Schulter.

Er fing sie geschickt zwischen seinen Fingern auf und bewunderte die Handwerkskunst. »Wunderschön«, murmelte er. »Hast du es selbst gefertigt?«

»Was willst du?«

»Dich«, antwortete er, als er meine Waffe einsteckte. »Oder besser gesagt, ich habe dir einen Vorschlag zu unterbreiten.«

Ich zog die Augenbrauen in die Höhe. Er benahm sich, als wären seit unserer letzten Begegnung nicht mehrere Jahrhunderte vergangen. Typisch. »Nein danke.« Ich bückte mich, um meine silberne Klinge aus der Asche des Dämons zu ziehen, und wandte mich zum Gehen.

»Vielleicht habe ich mich nicht deutlich genug ausgedrückt.« In seiner sanften Stimme schwang ein bedrohlicher Unterton mit, der mich ins Wanken brachte. »Es handelt sich vielmehr um ein Ultimatum.«

»Wie bitte?« Ich wandte mich ihm zu und bedachte ihn mit einem ungläubigen Blick.

»Du hast mich schon verstanden.« Er ließ den Blick auf eine Weise an mir auf- und abgleiten, die ich nur zu gut kannte. Entfernung und Zeit schienen keine Rolle zu spielen. In dem Moment, in dem wir uns in die Augen sahen, war es, als hätte es das Gestern nie gegeben. Aber nicht dieses Mal. Ich weigerte mich, mich noch einmal in sein Bett locken zu lassen.

»Welches Ultimatum?«, fragte ich, während ich die Arme verschränkte, um meine härter werdenden Brustwarzen zu verbergen.

»Lord Tardís verlangt einen Gefallen, und im Gegenzug gewährt er dir Zuflucht in seinem Territorium. Ich fürchte, dass du es nötig haben wirst, nachdem du Lord Slanderins Ōrdinātum abgeschlachtet hast.«

Ich verdrehte die Augen. »Die Politik der Dämonen geht mich nichts an.«

»Oh, aber das tut sie, Schätzchen. Weit mehr, als dir bewusst ist. Diese Dimension wird mittlerweile von der Hölle regiert und wir müssen nach ihren Regeln spielen.«

»Oder was?«, wollte ich wissen. »Werden sie mich nach Hause schicken? Oh, richtig, ich kann ja gar nicht zurückgehen.« Ich hatte es mehrmals versucht und war jedes Mal gescheitert.

»Nein, Evangeline, sie werden dich in die Hölle schicken.« Seine unverblümte Antwort jagte mir einen Schauer über den Rücken. »Und denk nicht daran wegzulaufen. Sie werden mich schicken, um dich ausfindig zu machen, und wir wissen beide, dass ich keine Skrupel haben werde, dich ihnen auszuliefern.«

Ich starrte ihn an. »Das würdest du nicht tun.« Er mochte ein kaltherziges Arschloch sein, aber unsere gemeinsame Vergangenheit bedeutete ihm doch sicher mehr als irgendein lächerlicher Pakt, den er mit den Dämonischen Lords geschlossen hatte.

»Hast du es schon vergessen?«, fragte er. »Ich habe dich nicht gewählt, Liebling. Und ich werde dich nie wählen. Alles wäre so viel einfacher, wenn du das im Gedächtnis behalten könntest.«

Als ich mich daran erinnerte, knallte die Tür zu und ich prallte mit dem Rücken gegen die weiße Wand. Ich sackte schaudernd zusammen, als seine brutalen Worte in meinem Kopf widerhallten.

Warum tat mir mein Unterbewusstsein das an? Als wäre die ursprüngliche Erfahrung nicht schon quälend genug, musste ich jeden einzelnen der Momente, die ich am meisten hasste, noch einmal durchleben.

Das Schicksal war wirklich grausam.

Ich stieß den Atem aus und sprang auf die Füße, bevor ich gegen die Wände meines Gefängnisses hämmerte. Ich schlug solange auf sie ein, bis meine Hände bluteten, doch ich fühlte nichts. Ich versuchte es weiter, doch die Mauern gaben nicht nach und plötzlich öffneten sich alle Türen zugleich.

Die unerträgliche Hitze verbrannte mir die Haut, bevor ich mich in der schlimmsten Erinnerung von allen verlor.

In der Hölle.

Die Zeit verrann hier auf eine andere Weise, die sich völlig falsch anfühlte. Ich konnte nicht so schnell laufen, wie ich wollte, und die gedrungene Atmosphäre brachte meinen Kopf zum Hämmern. Xai gab das Tempo vor und mit jedem Schritt vergrößerte er den Abstand zwischen uns.

»Nicht so schnell«, keuchte ich. Meine Stimme klang seltsam. Das Atmen fiel mir für gewöhnlich nie schwer beim Laufen. Nur eine Nacht im Bett meines dunklen Engels hatte diese Wirkung auf mich, doch das hatten wir hier unten ganz sicher nicht getan.

»Komm schon«, rief er mir über die Schulter hinweg zu. Ich hätte schwören können, dass er seine Schritte beschleunigte.

Ich strengte mich noch mehr an, doch mit jedem Schritt schien ich schwächer zu werden. Mein Blut schien in Flammen zu stehen, während sich ein Gefühl des Grauens in meiner Magengrube ausbreitete.

Dieser Ort lockte den Tod an.

Und zwar meinen.

Violette Flammen züngelten an den Wänden empor, während ich über obsidianverkrustetes Gestein taumelte. Ich hatte keine Ahnung von der Beschaffenheit der Hölle, aber ich wusste, dass wir in diesem Labyrinth von Korridoren nicht sein wollten.

»Wir müssen hier raus«, krächzte ich. »Xai, bitte.«

Sein leises Lachen klang falsch in meinen Ohren. Wie konnte er an einem Ort wie diesem lachen? Ich versuchte, seinen Arm zu packen, um ihn aufzuhalten, doch er wandte sich von mir ab.

»Was ist hier los?« Xai hatte mich hierhergeführt, weil er behauptet hatte, dass die Zielperson, die ich gerade verfolgte, sich in

der Hölle versteckt hielt, und nur er wusste, wo der Dämon sich aufhielt.

Ich hatte ihm vertraut und geglaubt, dass er mich zum richtigen Ort führen würde, weil er mir wieder seine weiche Seite gezeigt hatte. Als er sich jetzt jedoch umdrehte und mich ansah, erkannte ich, dass der unbarmherzige Xai zurückgekehrt war. Und zwar der Xai, der andere mit Vorliebe bestrafte und verletzte.

Mein sadistischer Engel hatte sich gezeigt und wollte mit mir spielen.

»Wann wirst du es endlich lernen, Evangeline?«, fragte er, während er seinen spöttischen Blick an mir auf und ab schweifen ließ. »Ich will dich nicht. Ich habe dich nie gewollt. Vielleicht wirst du mich jetzt ein für alle Mal in Ruhe lassen und dahin zurückkehren, wo du hergekommen bist.«

Ich starrte den kaltherzigen Mann an, der auf mich herabgrinste. »Tu das nicht. Nicht schon wieder. Es kann alles gut werden zwischen uns, das weißt du.«

Der Scheißkerl lachte nur und schüttelte den Kopf. »Die Liebe ist ein so naives Konzept. Wann wirst du aufhören, sie von mir zu erwarten?«

Ich kniff die Augen zu dünnen Schlitzen zusammen. »Hör auf.«

Ich brachte kein weiteres Wort mehr heraus, als die Erschöpfung von mir Besitz ergriff. Engel waren für diese Dimension nicht geschaffen, unsere Seelen waren zu rein. Xai schien jedoch keinerlei Probleme zu haben. Vielleicht war seine Seele bereits derart befleckt, dass die Unterwelt ihn willkommen hieß. Oder es hatte etwas mit seiner Blutlinie der Erzengel zu tun. Er hatte sich schon immer an Chaos und Schmerzen erfreut.

Für den Bruchteil einer Sekunde hätte ich schwören können, dass ein Anflug von Besorgnis über sein Gesicht huschte. Doch er verschwand sofort wieder und wich einem Ausdruck der Gleichgültigkeit.

»Genieße die Hölle, Liebling.«

Er setzte sich in Bewegung und legte ein Tempo vor, bei dem meine erschöpften Beine nicht mithalten konnten. Ich unternahm dennoch den Versuch, ihm nachzulaufen.

»Xai!« Mein Schrei war kaum mehr als ein heiseres Flüstern. Jeder Teil meines Körpers schien unter den Strapazen dieser Umgebung zusammenzubrechen. Es würde mich zwar nicht umbringen, aber ich würde gelähmt sein und furchtbare Qualen durchleiden. Bis in alle Ewigkeit.

Er konnte mich nicht einfach hierlassen.

Nicht so, nicht nach allem, was wir zusammen durchgemacht hatten.

Nach einer gemeinsamen Vergangenheit von zweitausend Jahren.

Es war sicher nur ein weiterer seiner grausamen Tricks.

Ein lustiges Spiel, um zu sehen, wie viel ich ertragen konnte.

Doch nach einer Weile wurde mir klar, dass ich falschlag. Er hatte mich hier zurückgelassen, um mich leiden zu lassen. Allein. In der Dunkelheit. Und umgeben von unaussprechlichen Wesen, die sich daran erfreuen würden, meine Seele zu zerstören.

Trotz der feurigen Atmosphäre lief mir ein kalter Schauer über den Rücken. Schweiß durchtränkte mein Hemd und beschwerte meine Schuhe, als ich verzweifelt versuchte, ihm hinterherzulaufen. Aber er war längst verschwunden.

Ich öffnete den Mund, um ihn zu beschimpfen, doch ich brachte keinen Laut über die Lippen. Die dicke, schwefelhaltige Luft vernebelte meine Lunge und ich sackte an einer brennenden Mauer zusammen. Die Flammen versengten mir die Haut, doch es war mir egal.

Meine Brust schmerzte, als mir bewusst wurde, dass Xai mir einmal mehr das Herz gebrochen und auch den Rest meiner Entschlossenheit zerschlagen hatte. Wenn ich einen Weg finden könnte, um mich von diesem Ort zu befreien, würde ich mich zur Ruhe setzen. Endgültig. Ich wollte nicht mehr als Auftragskillerin für die Hölle arbeiten. Sollten sie sich in Zukunft doch selbst um ihre Dämonenprobleme kümmern. Ich musste zumindest etwas Glück finden, bevor meine Seele völlig zerbrach.

Die Dunkelheit überwältigte kurz meine Sinne, doch ich schaffte *es, einen klaren Gedanken zu fassen, und kroch in eine Nische in der Wand. Ein kurzes Nickerchen würde mir vielleicht helfen, wieder zu Kräften zu kommen. Oder vielleicht würde es mich in einen Zustand der Bewusstlosigkeit versetzen.*

Alles wäre besser als die Qualen, die meine Adern durchfluteten.

»Du gehörst nicht hierher«, sagte jemand über mir.

Ich schnaubte, da er das Offensichtliche ausgesprochen hatte, und versuchte, eine Verteidigungshaltung einzunehmen, doch meine Gliedmaßen weigerten sich. Das Gefühl war noch schlimmer als zu fallen. Ich hatte keine Energie, ich konnte nicht denken, ich war zu nichts fähig.

Ich spürte, wie etwas meinen Arm umklammerte. Es fühlte sich an wie ein heißes Band aus geschmolzenem Stahl. Ich wollte mich wehren, schreien, irgendetwas tun, doch mein Körper war zu schlaff.

Und dann flog ich. Es erinnerte mich jedoch nicht an das Fliegen, das ich kannte, sondern war vielmehr wie eine sonderbare Verschiebung der Elemente, die mir den Magen umdrehte.

Ein Portalhüter.

Mit hellen, smaragdgrünen Augen.

Er brachte mich zur Erde zurück.

Ich riss die Augen auf, als der Traum verschwand. Ich hatte diesen Albtraum so lange verdrängt, dass ich ein wichtiges Detail völlig vergessen hatte. Meine Flucht.

Ich hatte den Portalhüter an jenem Tag nicht gefunden, sondern er hatte mich ausfindig gemacht und auf die Erde zurückgebracht.

Warum?

Ich suchte nach einer weiteren Tür, hinter der ich vielleicht eine Antwort finden könnte, doch dann erstarrte ich.

Der weiße Korridor war verschwunden.

Stattdessen fand ich mich in einer Art Käfig wieder, in dem ich auf einer klumpigen alten Matratze lag. Kalte

Eisenstangen zierten die Wände und darüber lag eine abgehängte Decke mit Rissen.

Mir lief ein eiskalter Schauer über den Rücken. Mein Korridor des Grauens war nichts im Vergleich zu diesem sehr realen Ort.

Hier herrschte eine Atmosphäre des Schreckens und ich war ohne Verstärkung hier eingetroffen. Denn ich hatte keinen Zweifel, worum es bei diesem Ausflug in die Vergangenheit gegangen war. Er erinnerte mich daran, dass Xai immer dann verschwand, wenn ich ihn am meisten brauchte. Ich würde mich im Alleingang aus diesem Schlamassel befreien müssen, genauso wie aus der misslichen Lage, in die ich durch den Mord an Kalida geraten war. Wahrscheinlich hatte mich der Scheißkerl sogar selbst hinters Licht geführt.

Ich ballte die Hände zu Fäusten.

Gerade als ich geglaubt hatte, es hätte sich etwas geändert, ließ Xai mich wieder einmal im Stich.

Und ich konnte mir nur selbst die Schuld daran geben.

Wann würde ich lernen, dass ich ihm nicht vertrauen konnte?

Wahrscheinlich nie.

Mein Herz schlug protestierend, denn darin wohnte immer noch die Hoffnung. Es war ein verräterisches, schmerzendes Gefühl, welches eines Tages meine Seele zerstören würde. Denn ein Teil von mir wollte glauben, dass er mich nicht zum Sterben zurückgelassen hatte, dass er sich endlich geändert hatte und dass er mich tatsächlich liebte.

Tief im Inneren wusste ich, dass er mich liebte, dennoch stieß er mich immer wieder auf brutale Weise von sich. Und ich habe nie den Grund dafür verstanden.

Er hatte darauf bestanden, mir bei diesem Fall behilflich zu sein, und etwas hatte sich geändert. Die

Gefühle zwischen uns waren so echt und aufrichtig gewesen wie schon lange nicht mehr. Meisterlicher Manipulator hin oder her, manche Emotionen konnte man nicht vortäuschen.

Jemand hat ihm eine heilige Klinge gegeben.

In Xais Stimme hatte Angst mitgeschwungen, als er die Worte ausgesprochen hatte. Dabei hatte er sich nicht um sich selbst gesorgt, sondern um mich. Und ich hatte ihm geglaubt.

Allerdings hatte ich ihm auch vertraut, als er mich aufgefordert hatte, zu fallen und ihm in die Hölle zu folgen …

Ich schüttelte den Kopf.

Dies war nicht der richtige Moment, um Xais mögliche Motive abzuwägen. Ich versuchte schon eine Ewigkeit, ihn zu verstehen. Wenn er mir mit all seinen gefühllosen Entscheidungen eines beigebracht hatte, dann, dass ich mich auf mich selbst verlassen musste, und das würde ich jetzt tun.

Ich musste mich nur zuerst aus diesem Gefängnis befreien.

VIERZEHN

ES HAT NOCH NIE JEMANDEN UMGEBRACHT, UM ERLAUBNIS ZU BITTEN. ODER VIELLEICHT DOCH.

Ich gab vor, auf meinem Feldbett zu schlafen, während ich versuchte, die Gerüche und Geräusche um mich herum einzuordnen. Drei Dinge wurden mir schon nach kurzer Zeit klar.

Erstens, ich war nicht allein hier unten.

Zweitens, ich brauchte einen Schlüssel, um zu entkommen.

Und drittens, in der Nähe lauerten Dämonen, und zwar mindestens sechs.

Ein dumpfer Schlag über mir deutete darauf hin, dass Streator mich im Keller eines Nachtklubs eingesperrt hatte. Er hatte mich bekleidet mit meinem Schmuck, silbernen Absätzen und Haarstäbchen zurückgelassen. Es waren zwar nicht meine Lieblingswaffen, doch sie würden hilfreich sein, wenn er oder einer der höllischen Leibwächter hier auftauchte.

Die Anwesenheit unterweltlicher Wesen besänftigte mich ein wenig, denn dadurch wusste ich, dass dieser Plan keine komplette Zeitverschwendung gewesen war. Ich hatte bezweifelt, dass Streators Vorliebe für Sexsklaverei etwas mit der Dämonenlieferung von neulich nachts zu tun hatte, aber es bewies, dass er zumindest ungewöhnliche Verbindungen zur Hölle hatte. Und das war auf jeden Fall eine nähere Untersuchung wert.

Weinen und leises Schluchzen drangen in mein Bewusstsein. Hier unten befanden sich noch sieben weitere Frauen, die alle in ihren eigenen neun Quadratmeter großen Zellen eingesperrt waren. Bei dem Gedanken an ihr Schicksal lief mir ein Schauer über den Rücken. Meine himmlische Seele sehnte sich danach, ihnen Gerechtigkeit widerfahren zu lassen, und ich würde Vergeltung üben, sobald die Zeit dafür reif war.

Ich unterdrückte den Drang, mit den Fingern zu trommeln, während ich wartete. Wenn die Besitzer dieses Drecklochs wüssten, dass ich aus meinem drogenbedingten Koma bereits erwacht war, dann würden sie den Grund dafür herausfinden wollen. Angesichts ihrer Verbindung zu den Schergen der Hölle könnte das zu interessanten Vermutungen führen, die ich lieber vermeiden wollte.

Die dämonischen Auren über mir pulsierten bedrohlich, was mich ahnen ließ, dass es sich dabei um die Art Dämonen handelte, die ich mit Vorliebe tötete. Ich nahm an, dass die meisten von ihnen Wächter waren. Sie wären für einen Sterblichen wie Streator am nützlichsten.

Ich versuchte, ihren Standort im Klub auszumachen, doch dann wurde ich abgelenkt, als ich das Geräusch von sich nähernden Schritten hörte.

Ich machte drei Personen aus, die alle menschlich waren.

Eine Tür am anderen Ende des Raumes schwang auf und sie traten ein.

Ich spähte durch meine Wimpern hindurch, während ich völlig reglos liegen blieb. Die Schatten in der Zelle würden mein Gesicht verbergen, bis sie außerhalb der

Gitterstäbe standen, aber ich konnte ihre Gesichtszüge in der trüben gelben Beleuchtung über mir erkennen. Einige der Frauen drückten sich in die Ecken ihrer Zellen, wobei eine sich abwehrend zu einer Kugel zusammenrollte. Sie war splitternackt und ihre Haut war mit blauen Flecken übersät.

Als der kleinere, muskulöse Mann sie mit einem Grinsen bedachte, wusste ich, wer dafür verantwortlich war.

Arschloch Nummer eins. Er würde zuerst sterben.

Die Männer umgab eine bedrohliche Energie, als sie zielstrebig auf meine Zelle zugingen. Ihre Mienen verrieten mir, dass dies viel zu häufig vorkam und sie ihre Arbeit genossen.

Diese Typen waren die Art von Sterblichen, die ich ermordete, denn sie hatten den Tod verdient.

»Wann soll sie laut Scott aufwachen?« Die kehlige Stimme gehörte Arschloch Nummer eins.

Was auch immer Streator mir verabreicht hatte, sollte mich für eine Zeit lang außer Gefecht setzen. Ich vermutete, dass es zudem ein Narkotikum enthielt, welches dazu gedacht war, mich süchtig zu machen, um mich leichter in Schach halten zu können. Glücklicherweise funktionierte diese Art von Drogen bei meinesgleichen nicht, zumindest nicht auf die gleiche Weise wie bei Menschen.

»In etwa einer Stunde«, antwortete sein fetter Kumpel. Glatze schien mir ein passender Spitzname für den rundlichen, haarlosen Schwachkopf zu sein.

Ich schloss die Augen, als sie sich vor meine Zelle stellten, wobei ich den dritten Mann mit dem traurigen Spitznamen »Ding Nummer drei« bedachte. Er hatte dünnes braunes Haar und eine schlaksige Statur. Nichts an ihm war bemerkenswert.

»Dann sollte uns noch genügend Zeit bleiben«, antwortete Arschloch Nummer eins, während er einen Schlüsselbund hervorzog.

»Diese hier ist tabu«, sagte Ding Nummer drei hastig und verdarb mir damit den Spaß. Ich hatte gehofft, dass sie versuchen würden, mich zu berühren, damit ich ihnen die neuen Spielzeuge, die Gleason mir Anfang der Woche gegeben hatte, zeigen konnte.

»Ja, Streator sagte, sie ist noch Jungfrau«, brummte Glatze. »Ich soll sie zur Untersuchung zu Becks bringen.«

Oh, das klang lustig.

»Es gibt noch andere Möglichkeiten, wie wir sie benutzen können.« Arschloch Nummer eins wollte wirklich zuerst sterben. Ich würde ihm den Wunsch gern erfüllen, sobald er meine verdammte Tür aufgeschlossen hatte.

»Compton sagte, wir dürfen sie nicht anrühren.« Ding Nummer drei schien die Stimme der Vernunft zu sein und so wie es sich anhörte war er auch derjenige, der das Kommando über dieses Trio hatte. Dabei erregte der Name, den er gerade genannt hatte, mein Interesse.

Wer zum Teufel ist Compton? Ich ging im Geiste alle Notizen über Streator durch und kam zu keinem Ergebnis. *Erzählt mir mehr, Jungs.*

Die Tür schwang auf und ich wurde von dem Drang überwältigt, jemandem in den Hintern zu treten. Die Geduld hielt mich jedoch zurück und ich blieb ruhig liegen. Ich musste die Scharade weiterspielen, bis ich all die Informationen gesammelt hatte, die ich bekommen konnte.

Die drei Männer waren nutzlos. Ich brauchte ihren Anführer, wobei ich vermutete, dass es sich dabei um einen Dämon handeln könnte. Anders ließ sich nicht erklären, warum sich die Wesen der Unterwelt in diesem Klub aufhielten. Außerdem könnte es mit der Parade des

Schreckens neulich nachts zusammenhängen. Die Hölle mischte sich nicht unter Menschen, es sei denn, sie hatten einen Nutzen für sie.

Ich spürte, wie eine klamme Hand an meinem Schenkel hinaufglitt und über mein Seidenhöschen strich. Es kostete mich beträchtliche Überwindung, nicht zusammenzuzucken, als der Mann einen Finger über meine Spalte gleiten ließ.

»Mm, ich hoffe, Scott hat unrecht.« Offenbar hatte Arschloch Nummer eins eine Vorliebe für bewusstlose Frauen. Wie charmant. Ich hoffte, dass er auch gern scharfe Gegenstände fickte, denn ich würde ihn gern mit einigen, die ich am Körper trug, bekannt machen.

Ich wurde von dünnen, stockähnlichen Armen in die Luft gehoben. Ich ließ meine Glieder schlaff neben mir herabhängen, obwohl mein Herz mir befahl zu kämpfen. *Geduld.*

Ich ignorierte die anzüglichen Kommentare der Männer und konzentrierte mich auf die Umgebung, als sie mich aus der Zelle trugen.

Wir erklommen keine Treppe, sondern bewegten uns nur durch einen langen Korridor und erreichten einen anderen Teil des Klubs, der der dämonischen Präsenz über mir näher zu sein schien. Die Männer hielten inne, als sie eine Tür aufschlossen. Kurz darauf stieg mir der Geruch von steriler, sauberer Luft in die Nase. Ich nahm eine bessere Beleuchtung, frische Farbe und einen Hauch von Kaffee wahr. Befanden wir uns in einem Bürobereich?

Ich hörte, wie die Tür ins Schloss fiel. Darauf folgte eine Reihe von Pieptönen, als die Männer den Gefängnisbereich sicherten, dann setzten wir uns wieder in Bewegung.

Elf Schritte.

Dann blieben sie stehen.

»Ist sie das?«, fragte eine weibliche Stimme. Auf eine morbide Art klang sie neugierig.

»Ja. Wir brauchen für die Auktion einen Nachweis ihrer Jungfräulichkeit«, erklärte Ding Nummer drei, als er mich kurzerhand auf eine harte Matratze fallen ließ. Der Geruch von Bleiche und Baumwolle überwältigte meine Sinne, ebenso wie der unterschwellige Geruch von frischem Blut und etwas Vertrautem.

Es roch nach Tod.

Jemand hatte vor nicht allzu langer Zeit in diesem Raum diese Dimension verlassen und war in eine andere übergegangen.

Hervorragend. Genau das, was meine Seele jetzt brauchte.

»Ich mache mich an die Arbeit«, sagte die Frau mit einem aufgeregten Unterton in der Stimme.

Ich kannte mich mit Arztbesuchen zwar nicht sonderlich gut aus, da ich sie nicht wirklich nötig hatte, doch ihre Reaktion schien mir nicht normal zu sein. Welcher Arzt freute sich schon auf die intime Untersuchung eines Patienten?

»Danke, Becks. Wir sind oben, falls du uns brauchst.« Der autoritäre Tonfall von Ding Nummer drei bestätigte meinen Verdacht, dass er das Sagen hatte. Vielleicht könnte er mir doch noch von Nutzen sein.

»Ich komme schon klar«, antwortete Becks, während sie meine Handgelenke mit fadenscheinigen Fesseln am Bett befestigte. Ich hätte fast gelacht. Wenn sie glaubte, dass sie mich auf diese Weise festhalten konnte, dann konnte sie sich auf eine Überraschung gefasst machen.

Schlurfende Schritte und das Schließen einer Tür verrieten mir, dass wir endlich allein waren.

Es ist Zeit, mich an die Arbeit zu machen.

Ich hielt still, während Becks meine Beine auf dem

Bett positionierte. Als sie ihre Hände an meine Unterhose legte, öffnete ich die Augen, doch sie war zu sehr auf ihre Arbeit konzentriert, um es zu bemerken. Sie war brünett, hatte cremefarbene Haut und zarte Gesichtszüge, wobei sie die Stirn in Falten gelegt hatte. Sie war keine außergewöhnliche Schönheit, aber sie war auch nicht hässlich.

Während sie versuchte, meine Unterwäsche herunterzuziehen, untersuchte ich die Fesseln an meinen Handgelenken. Sie waren an den Bettpfosten befestigt. Ein Anfängerfehler. Ein kräftiger Ruck, und ich wäre nicht nur frei, sondern würde auch Metallstangen als Waffen zur Verfügung haben. Natürlich durfte man dabei nicht vergessen, dass die vorherigen Patientinnen wohl kaum meine Kraft besessen hatten.

Also gut. Wie wäre es mit einem kleinen Test, um die Party in Gang zu bringen?

Ich schloss die Augen, stieß ein leises Wimmern aus und rührte mich leicht. Becks stieß den Atem aus und fluchte leise vor sich hin: »Verdammt noch mal.« Sie ließ mein schwarzes Seidenhöschen los, das sie mir bis zu den Oberschenkeln hinuntergezogen hatte, und öffnete einen Schrank auf der linken Seite. »Er verabreicht nie die richtige Dosis«, fuhr sie offensichtlich verärgert fort.

»Wa-was …« Ich räusperte mich und schüttelte den Kopf, als wollte ich meine benebelten Sinne klären. »I-ich …« Ich ließ meinen Körper absichtlich erzittern und blinzelte sie an.

Die Ärztin stellte etwas auf dem Tisch ab und ging weiter, ohne mich zu beachten.

»Wer?« Ich täuschte Panik vor, als ich meine Umgebung wahrnahm. »W-wo?«

»Hör auf damit. Es wird dir nichts nützen.« Die Ärztin hielt in ihrer Suche inne und beobachtete mich, während ich vorgab, gegen meine Fesseln anzukämpfen. »So wie es aussieht, bist du ohnehin nicht besonders schlau, nicht wahr? Ich meine, du hast dich von einem Mann wie Scott überlisten lassen.«

Sie schüttelte den Kopf, als hätte sie Mitleid mit mir, doch dann stieß sie ein Lachen aus. Ihre Belustigung sagte mir alles, was ich wissen musste. Dies war keine Frau, die dazu gezwungen wurde, in ihrem Beruf Menschen wehzutun. Doktor Becks fand offensichtlich Gefallen daran.

Ich seufzte. Verdammt. Ich hätte es wissen sollen. Ihre dunkle Seele hatte den Sensenmann in meinem Inneren förmlich angesprochen, als ich sie zum ersten Mal erblickt hatte, genau wie die drei Männer, die mich aus meiner Zelle geholt hatten. Als Azraels Tochter verfügte ich über gewisse tödliche Fähigkeiten, die in Situationen wie dieser zum Tragen kamen. Außerdem hatte ich die himmlische Pflicht, die Unschuldigen zu rächen.

Ich war buchstäblich geboren worden, um zu beschützen und zu töten.

Und die gute alte Becks war die perfekte Zielperson.

Doch zuerst brauchte ich ein paar Antworten.

»Nur einen Moment, ich habe genau das Richtige für dich«, sagte sie. Wenn ich davon ausging, was ich aus meiner Zeit als Auftragskillerin über den Menschenhandel wusste, hatte die Ärztin wahrscheinlich vor, mich mit süchtig machenden Drogen vollzupumpen.

Und tatsächlich hielt mir das Miststück keine Sekunde später ein Fläschchen vor die Nase und wackelte mit den Augenbrauen. Falls ich zuvor noch Zweifel gehabt hatte, waren sie jetzt endgültig verflogen.

Sie widmete sich wieder ihrer Aufgabe und drehte mir den Rücken zu.

Es kann losgehen.

Ich riss die Hände in einem kalkulierten Winkel nach oben und lächelte, als die Scharniere nachgaben. Die Ärztin wirbelte den Kopf herum, als ich gerade die Hände um meine neuen Waffen schloss.

Und dann sprang ich auf sie zu.

Becks' Rücken prallte mit einem dumpfen Schlag gegen die Wand, als ich die Metallstäbe gegen ihren Hals drückte.

»Würden Sie mir bitte die Unterwäsche hochziehen?«, sagte ich. »Sie scheuert an meinen Schenkeln und ich denke, so weit ist unsere Beziehung noch nicht fortgeschritten.«

Sie riss die Augen auf, während sie einen stummen Schrei ausstieß.

Ich schüttelte missbilligend den Kopf.

»Man braucht Sauerstoff, um zu schreien. Als Ärztin verstehen Sie das doch sicher?« Ich hielt inne und überlegte kurz. »Sie sind doch eine richtige Ärztin, nicht wahr?«

Trotz ihrer misslichen Lage verengte sie verärgert die Augen. Das wäre also ein Ja.

»Also gut. Ich werde Sie atmen lassen, wenn Sie mir das Höschen wieder hochziehen, das sie mir auf so unhöfliche Weise ausziehen wollten. Dann werden wir uns von Frau zu Frau unterhalten.« Sie starrte mich nur an, daher übte ich noch ein wenig mehr Druck auf die Metallstange aus. »Das war keine Bitte, Becks. Ziehen Sie mir das Höschen hoch. Und zwar sofort.« Als sie den bedrohlichen Unterton in meiner Stimme hörte, setzte sie sich in Bewegung.

Mit zitternden Fingern griff sie nach dem Gummiband meines Höschens und zog es mit Mühe hinauf. Es war ein seltsames Gefühl, mich von einer anderen Frau ankleiden zu lassen. Es gab viele Unsterbliche, die sowohl mit beiden

Geschlechtern als auch mit ausgefallenen Sexpraktiken experimentierten, doch mich hatte es nie gereizt.

Ich verringerte den Druck auf die Metallstange, damit sie Luft holen konnte, nachdem sie mein Kleid mehr oder weniger zurechtgerückt hatte. »Also, fangen wir mit dem Offensichtlichen an. Für wen arbeiten Sie?«

Sie keuchte und hustete nur.

Ich zog eine Augenbraue in die Höhe. »Tut mir leid, Becks. Das war nicht die Antwort, die ich mir erhofft hatte.«

Ich wollte gerade wieder den Druck auf die Metallstange erhöhen, als sie krächzte: »Einen Moment.« Sie hustete noch einmal. In meiner Eile, sie außer Gefecht zu setzen, hatte ich ihre Luftröhre beschädigt. Xai hatte mich weich genannt, aber im Grunde hatte er damit wohl sagen wollen, dass ich aus der Übung war. Folter war eine Kunst. Eine falsche Bewegung, und das Opfer starb. Bei Streator würde ich später vorsichtiger sein müssen.

»Ich will einen Namen, Doktor. Sie können ihn mit den Lippen formen.«

Fick dich, antwortete sie stattdessen.

»Wie originell.« Sie hätte zumindest etwas kreativer sein können. Ich trat einen Schritt zurück, senkte die Metallstangen ab und schlug ihr mit den Fäusten in die Magengrube, während ich meine Waffen jedoch nicht losließ. Bevor sie vornüberkippen konnte, drückte ich ihr die Stangen wieder gegen den Hals und stieß sie mit dem Rücken gegen die Wand. »Lassen Sie es uns noch einmal versuchen.«

Tränen strömten ihr über die Wangen, als sie von Furcht gepackt wurde.

»Ja. Ich bin stärker, als ich aussehe«, bestätigte ich. »Ein Name, Becks. Es ist doch nicht so schwer. Für wen arbeiten Sie?«

Ich hatte noch nie gern Menschen gequält, selbst wenn ich wusste, dass sie es verdient hatten. Daher schlug ich nicht mit voller Kraft zu, doch es reichte aus, um sie zum Reden zu bringen.

»C-Comp-ton«, brachte sie mit einem Krächzen hervor.

Offenbar lag der Name heute im Trend. »Arbeitet Streator auch für ihn?«

Sie stieß ein gebrochenes Lachen aus und versuchte, den Kopf zu schütteln, woraufhin sie nur wieder husten musste. »S-sie s-ind P-Part-ner, und nicht …« Ein weiterer Hustenanfall ließ sie verstummen.

Ich runzelte die Stirn. In den Notizen stand nichts davon, dass Streator einen Geschäftspartner hatte. Vielleicht waren sie stille Partner?

»Also beschaffen und verkaufen sie gemeinsam Frauen?«, fragte ich.

Sie verzog das Gesicht. »N-nein. C-Compton Auktion. S-Streator f-findet Mädchen.«

Sie wollte damit wohl sagen, dass Streator das Produkt beschaffte und Compton es versteigerte, was genauso verwerflich war.

»Und die Dämonen? Was können Sie mir darüber sagen?«

Der Ausdruck in ihren Augen war Antwort genug. Offenbar glaubte sie, ich hätte den Verstand verloren. Es war eine typisch menschliche Reaktion auf das Unbekannte, was bedeutete, dass sie außer den Informationen über sein beschissenes Hobby nichts Brauchbares über Streator wusste. Doch es musste einen Grund dafür geben, dass die Dämonen an der Sache beteiligt waren. Die Hölle brauchte die Menschen nicht, um einen derart sündhaften Plan auszuführen. Hier war noch etwas anderes im Gange.

»Wer ist Comptons und Streators Vorgesetzter?«
Möglicherweise hatte sie einen Namen gehört, der hilfreich
sein könnte.

Sie schien jedoch nur verwirrt zu sein. »W-wie b-
bitte?«

Das Ganze war eine absolute Zeitverschwendung
gewesen. »Sie haben mir kaum helfen können, Becks, aber
ich werde mich schon zurechtfinden. Trotzdem danke.«

Ich schlug ihr die Stäbe seitlich gegen den Kopf und
tötete sie auf der Stelle. Es war ein schmerzloser Tod und
das einzige Geschenk, das ich einer Frau machen konnte,
die ein solches Schicksal gewählt hatte. Ich atmete tief ein,
als ihre Seele diese Dimension verließ und in die nächste
überging, dann beruhigte ich mich, als mich das Gefühl
überkam, Gerechtigkeit geübt zu haben.

Frieden.

Verständnis.

Rechtschaffenheit.

Es verschaffte mir immer ein Gefühl der Befriedigung,
die Erde vom Bösen zu befreien. Ich hatte es vermisst.

Aufgrund meines Geburtsrechts besaß ich die
Fähigkeit, das Dunkle in anderen zu erkennen. Die
tödliche Seite in mir wollte das Gleichgewicht wahren und
der Menschheit helfen, indem ich die Bösen beseitigte. In
letzter Zeit hatte ich diesen Drang jedoch ignoriert, vor
allem, weil ich mich unbedingt zur Ruhe hatte setzen
wollen. Aber ich hatte auch eine Pause gebraucht.

Ich genoss das Töten zwar nicht, doch ich hatte das
Verlangen, andere zu bestrafen. Manchmal war ich
regelrecht süchtig danach.

Heute würde ich diesem Drang freien Lauf lassen.

Ich schob die Metallstangen aus meinen Handschellen
und machte mich daran, den Schlüssel zu suchen.
Nachdem ich mich von den unmodischen Accessoires

befreit hatte, durchwühlte ich die Schränke nach Skalpellen und anderen brauchbaren Gegenständen.

Meine angeborene Fähigkeit, alles und jeden in eine tödliche Waffe verwandeln zu können, kam mir jetzt zugute, denn der Mann, der mein Silber verwahren sollte, war verschwunden.

Ich verstaute ein paar Gegenstände in meiner Seidenunterwäsche und benutzte etwas medizinisches Klebeband aus dem Schrank, um drei mit Drogen gefüllte Spritzen an meinen Oberschenkeln zu befestigen. Es war schrecklich, an einer Überdosis Heroin zu sterben, doch die Männer in diesem Klub hatten es verdient.

Ich schnappte mir den Schlüsselbund, den ich bei Dr. Becks gefunden hatte, und öffnete die Tür, um auf den Korridor hinauszuspähen.

Wahrscheinlich blieben mir noch etwa zwanzig oder dreißig Minuten, bevor das Trio zurückkommen würde, um nach dem Doktor zu sehen. Es war genügend Zeit, um auf eigene Faust einen Rundgang durch das Gebäude zu unternehmen.

FÜNFZEHN

WENN DIE HÖLLE EINEN NACHTKLUB BESÄSSE, DANN WÜRDE ER ETWA SO ÄHNLICH AUSSEHEN

HIER UNTEN GAB es keine Überwachungskameras.

Die Männer, die hier das Sagen hatten, waren offensichtlich der Meinung, dass ihre Gefangenen weder fliehen noch eine Bedrohung darstellen könnten. Es war eine Fehleinschätzung, die ich sehr bald berichtigen würde.

Ich ging den Flur hinunter, wobei ich den Rücken der Wand zugewandt hatte. Meine Absätze gaben auf dem Betonboden kaum ein Geräusch von sich. Ich hatte die Fähigkeit, mich geräuschlos fortzubewegen, während meiner Zeit als Auftragskillerin gemeistert. Im Moment half mir zudem der dumpfe, eintönige Beat, der von oben durch die Decke drang und alle anderen Geräusche übertönte. Ich nutzte die Bässe zu meinem Vorteil und bewegte mich im Rhythmus zur Musik. Mit jedem Schritt kam ich den Dämonen über mir etwas näher.

Als ich den Lärm hörte, fragte ich mich, wie viel Uhr es war. Streator und ich hatten den Klub kurz vor Mitternacht verlassen und ich war wahrscheinlich eine oder zwei Stunden bewusstlos gewesen, was bedeutete, dass die Party über mir bald zu einem Ende kommen musste. Allerdings widerlegte der ansteigende Geräuschpegel diese Theorie. Ich hätte die Ärztin nach einem Handy oder einer Uhr absuchen sollen, doch dafür war es jetzt zu spät.

Ich kam an zwei leeren Büros vorbei, als ich weiter in Richtung Tür am Ende des Flurs ging. Sie stand einen Spalt breit offen und ich drückte sie zaghaft auf.

Dahinter lag eine Treppe und dem Lärm nach zu urteilen führte sie in den Klub.

Ein lauter Knall aus dem Verließ am anderen Ende des Ganges ließ mich innehalten. Es hatte geklungen, als hätte jemand eine Waffe abgefeuert. Es folgten zwei weitere Schüsse in schneller Folge und ich erstarrte, als ich gerade den Fuß auf die unterste Stufe gesetzt hatte.

Verdammt.

Ich hatte vorgehabt, später zu den Opfern zurückzukehren, doch ich konnte ihre Angst spüren.

Du kennst den Code nicht, um die Tür zu öffnen.

Das hat mich zuvor auch nie aufhalten können.

Es herrschte Stille, als ich die Möglichkeiten abwog.

Ich hatte nur drei Schüsse gehört. Das waren nicht annähernd genug, um alle Frauen zu töten. Wahrscheinlich versuchte eine der Wachen, sie einzuschüchtern. Soweit ich sehen konnte, waren die Mädchen alle gesund und hatten noch nicht lange in ihren Zellen gesessen. So wie ich auch. Es wäre sicher kontraproduktiv, sie vor der Auktion zu verletzen.

Mein Herz schlug wild in meiner Brust, als mich das Bedürfnis nach Rache packte. Die Frauen hatten dieses Schicksal nicht verdient und ich würde dafür sorgen, dass ihren Entführern ein schlimmeres widerfuhr. Und danach würde ich die unschuldigen Mädchen aus ihrem Verließ befreien.

Mit zusammengekniffenen Augen ging ich zielstrebig nach oben.

Der Gestank der Dämonen wurde mit jedem Schritt intensiver und verriet mir, dass ich ihrem Schlupfwinkel immer näher kam. Ich spürte jetzt mindestens acht von ihnen. Als ich die oberste Treppenstufe erreichte, drehte sich mir der Kopf. Die sündhafte Energie war dermaßen stark, dass sie mich an die Hölle erinnerte.

So grausam, durchdringend und unerwartet.

Ich blinzelte, um den Nebel aus meinem Verstand zu vertreiben, doch es war vergebens.

Meine Instinkte meldeten sich zu Wort. Gefahr war im Verzug.

Hier oben lauerte etwas Mächtiges.

Ein Wesen, das Grausamkeit und Schmerz ausstrahlte.

Mich überkam das Gefühl, dass etwas völlig falsch war. Es ähnelte der Empfindung, die ich im Containerhafen verspürt hatte, doch es war noch schlimmer.

Welche Monstrosität sich auch immer in diesem Klub verbarg, sie hatte auf der Erde nichts verloren. Sie strahlte viel zu viele höllische Eigenschaften aus.

Ich muss verdammt noch mal hier raus.

Bevor ich weiter darüber nachdenken konnte, hatte ich mich schon wieder in Bewegung gesetzt und ehe ich michs versah, hatte ich die Tür zum Klub geöffnet. Die Menge bestand hauptsächlich aus Männern, die spärlich bekleidete Frauen umringten, die sich eindeutig nicht aus freien Stücken in dem Raum befanden. Die meisten von ihnen tanzten in Käfigen, während andere den Männern auf den Sofas entlang der hinteren Wand gefällig waren. Ihre ausdruckslosen Blicke verrieten mir, dass sie schon alte Hasen in dem Klub waren, während die Mädchen in den Drahtkäfigen verängstigt dreinblickten.

Ich hatte nichts gegen Dominanz im Bett, doch was

hier geschah, verlieh der Definition von Macht eine ganz neue Dimension. Und es machte mich wütend. Ich wollte diesen Ort bis auf die Grundmauern niederbrennen, während sich die Übeltäter im Inneren befanden.

»Du bist neu«, murmelte eine tiefe Stimme zu meiner Linken. Seine goldenen Manschettenknöpfe, der schicke Anzug und das Kristallglas in seiner Hand zeugten von Wohlstand.

Alle anwesenden Männer prahlten mit Geld.

Die Käufer.

Scheißkerle.

In meinem knappen violetten Kleid und hohen Absätzen wäre es mir unmöglich, mich unbemerkt durch die Menge zu schlängeln. Wenn ich meine Messer bei mir hätte, würde ich mir einen Weg durch die Menge bahnen, indem ich auf dem Weg nach draußen so viele dieser Arschlöcher wie möglich aufschlitzen würde.

Als ich spürte, wie mir jemand eine Hand auf die Schulter legte, reagierte ich instinktiv. Ich packte die dicken Finger und verdrehte sie, bis sie brachen. Der Mann mit den goldenen Manschettenknöpfen sackte zu Boden, wobei ich ihm mit dem Knie einen Stoß ins Gesicht versetzte. Jeder, der seinen Wohlstand benutzte, um sich einen unwilligen Sklaven zu kaufen, hatte es verdient zu leiden.

»Oh, es tut mir leid. Das war unhöflich von mir.« Ich platzierte meinen Fuß in seiner Leistengegend und zögerte nicht, seine Männlichkeit dem Boden näherzubringen. Seine gequälten Schreie waren Musik in meinen Ohren. »Vielleicht überlegst du es dir beim nächsten Mal anders, bevor du eine Frau ohne ihre Erlaubnis berührst.«

Mein Lächeln erstarb jedoch, als mir bewusst wurde, dass ich die Aufmerksamkeit mehrerer Partygäste auf mich gezogen hatte. Großartig. Das konnte ich ganz und gar nicht gebrauchen.

Ich ging rückwärts in den schwefelhaltigen Korridor hinter mir und suchte nach einem anderen Ausweg. Ich konnte nur das Treppenhaus und eine weitere Tür sehen. Dahinter lauerte die schauerliche un-irdische Präsenz.

Ich wurde wieder von dieser überwältigenden Energie der Unterwelt umgeben, die mir den Atem raubte. Ich hatte die Dämonen im Keller gespürt, doch das hier fühlte sich anders an.

Mächtiger.

Tödlicher.

Und so falsch.

»Was zum Teufel ist hier los?« Ein dicker Sterblicher mit einem wütenden Ausdruck im Gesicht betrat hinter mir den dunklen Korridor.

Ich blinzelte ihn an und warf ihm einen unschuldigen Blick zu. »Es tut mir leid, habe ich die Situation etwa falsch eingeschätzt?« Ich neigte den Kopf zur Seite und ignorierte die Galle, die mir in die Kehle stieg. »Hätte ich mich hinlegen und es einfach hinnehmen sollen?«

»Findest du das etwa lustig?« Sein Gesichtsausdruck und Tonfall verrieten mir, dass er mich nicht sonderlich amüsant fand. Wie schade für ihn. »Ich werde dir zeigen, was wir mit lustigen Mädchen anstellen.«

Er stürzte sich auf mich. Er glaubte sicher, mir überlegen zu sein, und unterschätzte völlig meine Fähigkeiten, obwohl er gerade Zeuge geworden war, wie ich seinen Kumpel außer Gefecht gesetzt hatte. Idiot.

Ich riss das Skalpell von meinem Oberschenkel und schnitt ihm in einem kalkulierten Winkel in die Schulter, als er versuchte, mich zu packen.

»Scheiße!«, schrie er, als sein Arm schlaff an seinem Körper hinunterhing.

»Gern geschehen.« Ich durchtrennte auch die Sehne seiner anderen Schulter, sodass er völlig wehrlos war, dann versetzte ich ihm einen Tritt in den Unterleib. Er fiel mit einem dumpfen Knall schreiend auf den Hintern. »Das war nicht sonderlich unterhaltsam.«

Er hatte nach nicht einmal zwanzig Sekunden aufgegeben. Das hätte ich mir denken können. Ich wollte gerade die Klinge an meinem Kleid abwischen, als die Tür am Ende des Ganges aufflog. Der Gestank schlug mir entgegen und brachte mich aus dem Gleichgewicht. Ich ließ die Waffe fallen und stützte mich an der Wand ab, doch es half nicht, die Übelkeit zu vertreiben.

Was zum Teufel ist das nur? Ich hatte schon unzählige Dämonen gejagt und abgeschlachtet, aber sie waren nicht mit dem Schreck zu vergleichen, der sich in diesem Raum befand. Die abscheulichste aller Kreaturen der Hölle. Sie verbrannte buchstäblich das Gute in meinem Inneren.

Schwefel und Feuer …

Ich hätte schwören können, dass ich Flammen roch, doch ich konnte die Quelle nicht ausmachen.

Die Hitze versengte meine Haut und Ekel erfasste meinen Körper. Es dauerte einen Moment, bis ich erkannte, woher der Gestank kam.

Ich blickte in die glühend roten Augen des Dämons, als er mich mit einer Hand an der Kehle packte und mit der anderen über meinen nackten Arm strich. Ich war derart weggetreten gewesen, dass ich nicht bemerkt hatte, dass er sich mir genähert, geschweige denn mich berührt hatte.

»Sch-schmeckt sssssssüß«, zischte er. Er ließ die Zunge schlangenartig zwischen seinen wulstigen Lippen hervorschnellen und mir wurde klar, dass dies eines der Dinger war, welches sich aus dem Container geschlängelt hatte. Scheiße. Ich versuchte, ihm mit dem Knie einen Stoß zwischen die Beine zu versetzen, doch ich trat ins Leere.

Ekelhaft.

Dann eben Plan B.

Ich holte mit dem Arm aus und traf mit der Faust den seinen, doch sein knochenloser Ellbogen gab nach und sprang sofort wieder zurück. Er bestand nur aus Muskeln. Wie eine Schlange. Er hatte keinerlei humanoide Züge, hielt sich jedoch auf Erden auf.

Mein Verstand rebellierte dagegen. So etwas dürfte gar nicht passieren, denn es verstieß gegen alle möglichen Gesetze der Unterwelt.

Das ist jetzt nicht der richtige Zeitpunkt dafür, Eve.

Als er mit seiner viel zu langen Zunge über meine Wange leckte, reagierte ich. Auch Schlangen hatten ein Herz, und ich würde seines finden.

Ich ignorierte die Verwirrung und Hysterie, die in mir aufwallte, griff nach meinen Haarstäbchen und rammte sie ihm mitten in die Brust, bevor ich sie so hart und schnell wie möglich nach unten riss.

Sein markerschütternder Schrei erregte die Aufmerksamkeit all seiner nicht irdischen Freunde. Unter ihnen befand sich ein Wesen, das so böse war, dass mir schlecht wurde.

Ein Pestilenzdämon.

Kein Wunder, dass ich mich krank fühlte.

Mist.

Sechs gegen einen.

Ich konnte sie nicht alle mit einem Paar silbernen Stilettos und zwei Stäbchen außer Gefecht setzen, aber mir blieb keine andere Wahl. Die beiden Wächter griffen gemeinsam an, aber ihre Bewegungen waren vorhersehbar. Ich schaltete einen mit einem gut platzierten Fersentritt und den anderen mit einem Haarstäbchen aus, doch dann stürzten sich die anderen bereits auf mich.

Ein weiteres dieser Schlangenwesen und zwei unbekannte humanoid aussehende Scheißkerle.

Der Pestilenzdämon zog jedoch meine Aufmerksamkeit auf sich, als er eine dicke gelbe Wolke aus irgendetwas in seiner Hand drehte.

Das würde sicher kein gutes Ende nehmen.

Ich rammte die drei mit Heroin gefüllten Spritzen in einen fleischigen Arm, doch es geschah rein gar nichts, was nicht verwunderlich war.

Mir blieben also nur noch meine Halskette, ein Stäbchen und ein einzelner Schuh. Mein Kleid hing in Fetzen an mir herab. Alles geschah so schnell und dauerte nur ein paar Sekunden. Doch ich weigerte mich, kampflos aufzugeben.

Ich wich einem Nebelstrahl des krankheitserregenden Dämons aus und landete auf dem Rücken mit dem Schlangenmenschen auf mir. Er war ausgesprochen wütend. Das andere Schlangenwesen war wohl sein Bruder oder Liebhaber gewesen. Mein Fehler. Er fauchte etwas in einer Sprache, die ich nicht verstand, während die anderen mit ihren Krallen an mir kratzten.

Ich kämpfte unerbittlich vom Boden aus und versuchte aufzustehen, wobei ich es schaffte, einen von ihnen mit meinem letzten Stäbchen auszuschalten.

Meine Haut war von Blut und anderen Unaussprechlichkeiten bedeckt, während der Gestank, der von dem Pestilenzdämon ausging, mir den Atem raubte. Er würde mich nicht töten können, doch er würde mich zweifellos handlungsunfähig machen, was noch schlimmer war als der Tod.

Ich wollte nicht als Gefangene in der Hölle landen.

Auf keinen Fall.

Ich rammte meinen letzten Absatz in den Dämon mit den menschlichen Zügen, während ich weiter mit dem Schlangenwesen auf dem Boden rang. Ich schob ihn gerade von mir, als eine weitere grausige Wolke in meine

Richtung flog. Wer konnte schon ahnen, welche Krankheiten er in diesem Klub entfesselte? Die Männer hatten es zweifellos verdient, doch nicht die Frauen, die hier gefangen gehalten wurden.

Ich stieß die Überreste meines zerfledderten Schuhs von mir und taumelte auf die Füße.

Von hinten schlangen sich zwei kräftige und unnachgiebige Arme um meine Taille. Ich sah nach oben und blickte in ein einziges Auge.

»Das darf doch nicht wahr sein!«, blaffte ich.

Ein verdammter Zyklop.

In diesem Klub.

Viereinhalb Meter groß und eineinhalb Meter breit.

»Wie zum Teufel haben sie dich überhaupt durch die verdammte Tür bekommen?« Ich begann, mich zu winden, doch er war einfach zu stark. Ich hatte nur noch die Halskette bei mir und …

Eine silberne Klinge landete direkt in seiner Pupille, die mit einem lauten Knall explodierte. Das Innere landete auf meinem Kopf, doch dann war ich frei und der Dämon taumelte nach hinten. Ich wischte mir gerade noch rechtzeitig den Schleim aus den Augen, um zu sehen, wie eine weitere Klinge in die Brust des Riesen gerammt wurde.

Ich wirbelte herum und sah die Person, dich ich als Letztes erwartet hätte.

Xai.

Er schaltete im Nu die schlangenartige Kreatur aus, woraufhin der Pestilenzdämon die Flucht ergriff. Ich wollte ihm folgen, doch ich stolperte über meine eigenen Füße und prallte mit Wucht gegen die Wand. Meine Gliedmaßen zitterten vor Anstrengung und ich konnte meine Zehen nicht spüren.

Xai legte plötzlich die Hände an mein Gesicht und

zwang mich, ihm in die Augen zu blicken. Ich schnappte unwillkürlich nach Luft und stieß ein erleichtertes Wimmern aus. Es sah mir gar nicht ähnlich, doch in dieser Situation war es nicht verwunderlich.

Mein Verstand konnte einen Nachtklub voller unmoralischer Menschen begreifen, doch diese frisch eingetroffenen Kreaturen der Hölle waren für mich unfassbar. Ihr Aufenthalt hier barg für sie keinerlei Nutzen, zumindest nicht denselben, den ein sterblicher Mann aus diesem Etablissement ziehen würde.

Ich versuchte, mich auf den letzten Dämon zu stürzen, doch mein Körper weigerte sich.

»Eve.« Die Dringlichkeit in Xais Stimme lenkte meine Aufmerksamkeit wieder auf ihn. Er hatte etwas gesagt, doch ich hatte kein Wort davon mitbekommen. In seinem Blick konnte ich erkennen, wie besorgt er war.

»Ja?« Meine Stimme klang rau und falsch. Ich versuchte, mich zu räuspern, doch es gelang mir nicht.

Xai hob mich hoch und setzte sich in Bewegung, wobei die Lichter über mir abwechselnd dunkler und wieder heller wurden. Ich blinzelte und schmatzte mit meinen tauben Lippen. Aha. Das verhieß nichts Gutes. Endlich warf ich einen Blick auf mein Kleid und sah, was davon übrig war. Es war nicht viel. Doch ein Großteil meiner Haut war mit einem schwarzen Schleim überzogen, der einen Würgereiz in mir auslöste.

»Das Zeug kommt von dem Schleicher«, erklärte Xai. »Er sondert ein lähmendes Gift ab.«

Großartig. Der Kerl hatte sein Gift über meinen ganzen Körper verteilt.

Einen Moment später zuckte ich zusammen, als ich von Sonnenschein geblendet wurde.

»Du brauchst eine Dusche, Liebes. Das ist alles. Und danach werden wir uns unterhalten.«

Ich nickte – oder versuchte es zumindest – und lehnte mich an seine Schulter.

Wir würden uns ganz sicher noch unterhalten.

Zuerst wollte ich wissen, warum er so lange gebraucht hatte, und danach würde ich ihn abküssen.

Denn er hatte mich nicht verlassen.

Zum ersten Mal in unserer beschissenen Existenz hatte er sein Wort gehalten.

Und er hatte mich gerade vor einem unaussprechlichen Schicksal bewahrt.

»Sie sind alle in Sicherheit«, hörte ich eine tiefe Stimme. »Und wohin gehen wir jetzt?«

»Ins Hotel«, antwortete Xai. »Dann will ich, dass du es mit Tax niederbrennst.«

»Ja, Sir.«

Was sollten sie niederbrennen?

Und warum spricht er Xai derart förmlich an?

Ich konnte weder die Augen noch den Mund öffnen.

Verdammtes Dämonengift.

Wie hatte Xai ihn genannt – einen Schleicher? Woher wusste er das? Und warum war er nicht selbst von dem Gift gelähmt worden?

All diese Fragen würde ich ihm stellen, sobald mir mein Mund wieder gehorchte.

SECHZEHN

VIELLEICHT IST XAIS GROSSSPURIGKEIT JA DOCH BERECHTIGT

Ich verspürte den Drang, etwas zu töten.

Vorzugsweise einen Dämon.

Einen mit einer schlängelnden Zunge und einer Vorliebe dafür, Menschen zu besudeln.

Das Gift lähmte mich zwar, doch ich konnte alles spüren. Es war ein ärgerlicher Umstand, der mich Xai ganz und gar auslieferte. Ich wollte gar nicht darüber nachdenken, was geschehen wäre, wenn er nicht aufgetaucht wäre.

Wasser rann über meine Oberschenkel und meinen Bauch, dann fühlte ich Xais warme Hand auf meiner Haut. Er hatte mich nackt in die Badewanne gelegt, ein Handtuch unter meinen Kopf geschoben und sich darangemacht, den Schleim von meinem Oberkörper zu waschen.

Meine Wut mischte sich mit Beschämung.

Wut mischte sich mit innerer Demütigung.

Dieses Ding hatte dafür gesorgt, dass ich völlig hilflos war.

Ich war noch nie so hilflos gewesen.

Und ich hatte auch noch nie Verstärkung gebraucht.

Bis zum heutigen Abend.

Denn diese Wesen aus der Hölle spielten außerhalb meiner Liga. So etwas kam äußerst selten vor, doch bei dem Gedanken drehte sich mir der Magen um, während mein Blut in Wallung geriet. Hätte ich meine richtigen Waffen zur Hand gehabt, hätte ich sie alle mit ein paar gezielten Messerwürfen zur Strecke bringen können.

Aber nein. Ich hatte meine Klingen nicht dabeigehabt und war ihnen obendrein zahlenmäßig unterlegen gewesen.

Das ist doch nur eine Ausrede, dachte ich und stieß im Geiste einen Seufzer aus.

Ich hätte es besser wissen müssen, als mich unvorbereitet in die Schlacht zu stürzen. Aus diesem Grund hatte ich mich von jemand anderem retten lassen müssen. Es zerrte mir an den Nerven und rief eine Vielzahl an Emotionen hervor, die sich Ausdruck verschaffen wollten, doch ich konnte mich verdammt noch mal nicht bewegen.

»Das Gift wird über die Haut aufgenommen«, sagte Xai, während er mit einem Finger von meinem Brustbein bis hinunter zu meinem Bauchnabel fuhr. »Bei einem Sterblichen tritt die Wirkung sofort ein, doch unsere Körper haben eine andere Beschaffenheit, sodass es den Schleicher wesentlich mehr Mühe gekostet hat, dich zu Fall zu bringen. Es würde mich nicht überraschen, wenn er seinen gesamten Giftvorrat über deine Brüste verspritzt hat.«

Er klang wesentlich belustigter, als ich mich fühlte. Mistkerl.

»Stets so starrköpfig.« Er schüttelte missbilligend den Kopf. »Du hättest noch warten sollen, Liebes.«

Als bräuchte ich seine tadelnden Worte. Ich ärgerte

mich schon genug über mich selbst wegen des Schlamassels, den ich angerichtet hatte.

»Das hätten wir.« Er stellte das Wasser ab, ließ jedoch die Hand auf meinem Bauch liegen. »Ich habe das lähmende Gift abgewaschen, aber du brauchst trotzdem eine Dusche. Ich schlage vor, du lässt es langsam angehen.«

Ich versuchte, die Stirn zu runzeln, doch es gelang mir nicht.

Nichts.

Ich fühlte nichts.

Mein Herz schlug schneller, als das Adrenalin durch meine Adern schoss.

Was, wenn …

Moment mal …

Das ist …

Es kribbelte. Zuerst in meinen Fingern und Zehen, dann konnte ich es in meinen Gliedmaßen spüren. Mit einem Seufzen leckte ich mir über die Lippen und klimperte mit den Wimpern.

Endlich.

Xai starrte mich mit seinen schwarzen Augen an, woraufhin sich mein Herzschlag aus einem ganz anderen Grund beschleunigte. Verlangen, Liebe und etwas viel Dunkleres wirbelten in seinen geweiteten Pupillen umher. Ich wusste nicht, ob er mich ficken, mich töten oder die Ewigkeit mit mir verbringen wollte. Vielleicht war es eine Mischung aus allem.

»Ich werde dir beim Aufstehen helfen.« Er wartete nicht auf eine Antwort, sondern packte einfach meine Hüften und hob mich aus der Wanne. Meine Beine zitterten noch, doch mit seiner Hilfe schaffte ich es, aufrecht stehen zu bleiben. »So sehr ich den Kriegerinnen-Look an dir liebe, du musst wirklich duschen.«

Ich warf einen Blick in den Spiegel und sah, dass er

recht hatte. In meinen blonden Haaren klebten Blut und die Überreste von Dämonen, die mir ein zombiehaftes Aussehen verliehen. Es war wirklich nicht sehr attraktiv.

Xai führte mich in die überdimensionale Dusche, in der ich mich gegen die Marmorwand lehnte. Ich verzog das Gesicht, weil ich in seiner Gegenwart Schwäche zeigte. Es war mir zutiefst zuwider, vor allem, wenn das anmutige Raubtier sich vor mir auszog. Er entledigte sich zuerst seines befleckten Hemdes und ließ kurz darauf seine Hose folgen.

Er trug weder Boxershorts noch einen Slip.

Der Mann sah bekleidet schon umwerfend aus, doch nackt glich er einem Gott.

Er war perfekt.

Anbetungswürdig.

Und nicht von dieser Welt.

»Ich liebe es, wenn du mich so ansiehst«, bemerkte er, als er sich zu mir gesellte. »Stütz dich mit den Händen an der Wand ab, Liebes.«

Normalerweise hätte ich ihm in diesem Moment widersprochen, doch ich sagte nichts. Die Wut, die vor ein paar Minuten noch in mir gebrodelt hatte, war Erschöpfung gewichen. Ich wollte ihn nicht bekämpfen. Nicht wegen so einer Sache.

Ich drehte mich um und presste meine Handflächen gegen die kühlen Fliesen. Er ließ seine Finger über meinen Rücken gleiten, als er mir einen Kuss auf die Schulter drückte. Es war eine so zärtliche und unerwartete Geste. Dann stieß er den Atem aus und es hatte den Anschein, als wäre er erleichtert, weil ich mich nachgiebig zeigte. Er schien sogar dankbar zu sein.

Ich hörte das Rieseln des Wassers, als Xai die Temperatur einstellte. Meine Haut sonnte sich in der

Wärme seines nackten Körpers, der mir so nahe war, doch nicht nahe genug, um ihn zu berühren.

Ich hätte mich am liebsten rückwärts in seine Arme fallen lassen, um mich dort auszuruhen. Es war eine verrückte Vorstellung, vor allem, wenn man unsere gemeinsame Vergangenheit bedachte. Dennoch strahlte er eine schützende Energie aus, die direkt zu meiner Seele sprach. Der wichtigste Teil von mir vertraute ihm noch immer, selbst nach allem, was er mir angetan hatte. Und diese Tatsache liebte und hasste ich zugleich.

Ein warmes Gefühl breitete sich auf meiner Kopfhaut aus, als Xai begann, mir das Blut aus den Haaren zu waschen. Er hielt den Duschkopf in einer Hand, während er mit der anderen meine zerzausten Strähnen durchkämmte. Die sinnliche Geste sandte mir einen Schauer über den Rücken.

Xai kümmerte sich nie um mich, zumindest nicht auf diese Weise. Aber mit jedem Handgriff strahlte er eine Zärtlichkeit aus, die ich nicht ignorieren konnte. Er shampoonierte meine Haare und trug dann eine nach Eukalyptus duftende Spülung auf. Danach seifte er jeden Zentimeter meines Körpers ein.

Meine emotionalen Mauern bröckelten mit jeder Berührung.

Ich konnte es nicht länger ertragen.

Er verließ mich und kehrte dann wieder zu mir zurück.

Er hielt mich in Ehren, während er vorgab, mich zu hassen.

Und manchmal liebte er mich sogar.

Mir kullerte eine Träne über die Wange. Und dann noch eine.

Ich wollte ihn verabscheuen, aber diese aufmerksame Seite von ihm durchbrach all meine Abwehrmechanismen. Wäre er ein anderer gewesen, hätte ich ihn schon vor

Jahrhunderten getötet. Aber er hatte mein Herz gestohlen, und egal, wie sehr ich darum kämpfte, es ihm zu entreißen, es gelang mir nicht.

Und jetzt das … Ich wusste nicht, wie ich damit umgehen sollte.

Er drehte mich zu sich um, damit er meine Brüste waschen konnte, und ich blickte durch meine feuchten Wimpern zu ihm auf. Er strich mit den Lippen über meine Wangen und fing meine Tränen mit der Zunge auf. Seine Zärtlichkeit ließ mich erschaudern, während ein grundlegender Teil in mir zerschmetterte, bis ich verletzlich und gebrochen war.

»Du hast mich nicht verlassen«, flüsterte ich.

»Du bist nie allein, Evangeline.« Er flüsterte mir die Worte ins Ohr, als er meine Hüften packte. »Ich bin immer bei dir.«

Ich schüttelte den Kopf an seiner Brust, während ich seine Worte von mir wies: »Lügner.«

Er vergrub die Zähne in meinem Hals und sandte damit einen Schauer durch meinen Unterleib. Er biss gerade fest genug zu, um ein erregendes Gefühl hervorzurufen, ohne mir jedoch Schmerzen zuzufügen.

»Versuche nur, mich noch einmal zu beschuldigen«, forderte er mich auf, während in seinen Worten eine unterschwellige Drohung mitschwang.

»Ich beschuldige dich nicht«, hauchte ich und legte den Kopf in den Nacken, um ihm meinen Hals entgegenzustrecken. »Ich spreche nur eine Tatsache aus.«

Er hob mich hoch und ich schlang instinktiv die Beine um seine Taille. Er presste seinen Schwanz gegen meine feuchte Spalte, als er mich mit einem harten Stoß gegen die Wand drückte. Es war ein gekonnter Schachzug, um mich zu reizen und gleichzeitig zu bestrafen. Meine Klitoris pulsierte an seiner heißen Männlichkeit und flehte ihn förmlich an, sich zu bewegen, während er mich festhielt und mit den Zähnen über die zarte Haut an meiner Kehle glitt.

»Wann wirst du es endlich verstehen?« Er biss noch einmal zu, doch diesmal ließ er mich bluten. Er leckte mit der Zunge über die Wunde und sandte einen Schauer der Erregung über meinen Rücken. Ich liebte dieses Spiel und nur Xai wusste, wie ich es am liebsten spielte.

Ich fuhr mit den Fingern durch sein dichtes Haar und zog kräftig daran, um ihn zu zwingen, mir in die Augen zu blicken. »Ich werde es verstehen, sobald du aufhörst, dich derart rätselhaft auszudrücken.«

Sein Grinsen entfachte eine Flamme tief in meinem Inneren, die nur er entzünden konnte. »Was du ›rätselhaft‹ nennst, würde ich als ›offensichtlich‹ bezeichnen.«

Ich festigte den Griff um sein Haar, bis er zusammenzuckte. »Du bist ein Arschloch.«

»Und genau das liebst du an mir«, knurrte er, bevor er mir einen Kuss gab, der unsere Seelen miteinander verband. Mit einem einzigen Streich seiner Zunge ergriff er von mir Besitz, doch das hielt mich nicht davon ab, mich gegen ihn zu wehren.

Er erzürnte und erregte mich zugleich, wie kein anderer es je vermocht hatte. Meine Brustwarzen erhärteten sich, bis sie schmerzten, während mein Unterleib vor Verlangen pulsierte.

Verdammt.

Ich konnte mich weder daran erinnern, mit wem ich das letzte Mal geschlafen hatte, noch wann es geschehen war. Es war mir egal. In diesen Momenten zählte nur eine Person.

Xai.

Ich spannte die Schenkel um seine Taille an, womit ich ihn anflehte, mich so zu nehmen, wie nur er es konnte. Er drückte mich jedoch weiter gegen die Wand, während er mich mit seinem Mund förmlich verschlang.

Ich stöhnte seinen Namen immer und immer wieder, gab den stummen Forderungen seiner Zunge nach und erklärte ihn zum Sieger unseres Spiels, doch es war nicht genug. Er wollte mehr und schien wild entschlossen, es sich zu nehmen.

Seine harte Männlichkeit fühlte sich wie ein Brandzeichen zwischen meinen Schenkeln an.

Heiß, dick und ganz und gar mein.

Ich versuchte, mich ihm entgegenzuwölben, aber er hielt meine Hüften unnachgiebig fest. Ich ließ die Fingernägel protestierend über seinen Rücken gleiten, womit ich ihm ein tiefes Glucksen entlockte. Sein Knurren ließ meine schmerzenden Brüste vibrieren und jagte mir einen erregenden Schauer über den Rücken.

Ich biss ihm in die Zunge, um seine Aufmerksamkeit zu erregen. »Fick mich, Xai.«

»Mm.« Er warf mich auf die Marmorbank und ich landete mit einem dumpfen Knall. Mein Kopf befand sich jetzt auf Höhe seiner Leistengegend. Das hatte ich zwar nicht im Sinn gehabt, doch ich hatte ihm auch nicht deutlich zu verstehen gegeben, wie er mich ficken sollte.

Voller Erwartung befeuchtete ich die Lippen. Der Mann hatte nicht unrecht gehabt, als er seinen Schwanz als sein bestes Merkmal bezeichnet hatte.

Er umfasste seine harte Männlichkeit und presste die Eichel an meinen Mund, um mich zu reizen. Ich streckte die Zunge heraus, um stöhnend einen Tropfen Sperma aufzufangen, bevor er zu Boden fiel.

Verdammt, sein würziger Geschmack hatte mir gefehlt.

Er machte mich süchtig.

Ich brauchte mehr.

Offenbar hatte er jedoch etwas anderes im Sinn, als er

vor mir auf die Knie ging und den Kopf zwischen meine Schenkel schob.

»Entspann dich einfach, Liebes. Jetzt geht es nur um dich«, flüsterte er an der Innenseite meines Schenkels.

»Was machst du nur mit mir?«, fragte ich stöhnend, denn nichts davon passte zu seiner üblichen Handlungsweise. Normalerweise würden wir bereits ficken.

»Ist das nicht offensichtlich?« Die Antwort ließ meinen feuchten Unterleib vibrieren und jagte mir einen erregenden Schauer über den Rücken. »Ich habe dich vermisst, Evangeline. Mehr als du je ahnen wirst.«

»Xai …« Ich stieß einen Fluch aus und verstummte, als er seine Zunge wieder mit meinem empfindsamen Unterleib vertraut machte.

Der Mann definierte mit seinem Mund die Bedeutung von Sünde neu. Wasser und Seifenschaum strömten an uns herab und erinnerten mich daran, wie das alles begonnen hatte. Er hatte mich gründlich gewaschen und jetzt badete er meine Klitoris mit seiner Zunge.

Ich ließ den Kopf nach hinten gegen das Glas fallen, als er meine Hüften vorzog und meine Beine über seine Schultern legte. Es hätte mich ärgern sollen, dass er mich derart unsanft herumschob, doch ich brachte es nicht über mich, ihm Einhalt zu gebieten.

Meine Haut entbrannte und eine Gänsehaut breitete sich auf meinen Armen aus. Ich war nur noch ein zitterndes Nervenbündel, während er mit seinen warmen Händen meine Hüften packte. Er hielt mich fest, als ich mich rühren wollte, und leckte meine Lustperle mit beherrschten Bewegungen seiner Zunge.

Xai dominierte mich auf subtile Weise und brachte damit mein Blut in Wallung.

Genau danach hatte ich mich gesehnt.

Nach diesem Moment, in dem ich einem anderen die totale Kontrolle über mich überließ.

Ich musste keine Entscheidungen treffen.

Hatte keine Sorgen.

Musste nicht denken.

Ich empfand nichts als Lust.

Mir war nicht bewusst gewesen, dass ich die Erleichterung so dringend brauchte, doch eine Flut der Empfindungen braute sich in meinem Unterleib zusammen. Meine Gliedmaßen begannen zu zittern, als ich die Schenkel anspannte.

»Komm für mich, Evangeline. Ich will deine Lust schmecken. Sofort.« Xai biss sanft in meine geschwollene Lustperle und starrte durch seine dichten Wimpern zu mir auf. In seinen dunklen Augen lag ein verruchter Ausdruck, der mich über den Abgrund stieß. Mit seinem verheißungsvollen Blick gab er mir ein Versprechen auf mehr und ich brauchte ihn mehr als die Luft zum Atmen, denn niemand konnte mich so ficken wie Xai.

Ich stieß einen Schrei aus, der sich während der letzten Tage in mir aufgestaut hatte. Lust vermischte sich mit Schmerz und Reue und vor allem Wut. Ich war sowohl wütend auf ihn als auch auf mich selbst und die ganze beschissene Situation, in der wir uns befanden.

Aber vor allem empfand ich Frieden und ein Gefühl von Zugehörigkeit und Richtigkeit, welches nur Xai mir geben konnte. Für einen Moment erinnerte ich mich daran, warum ich ihn liebte.

»Ich werde dich ficken, bis du nicht mehr laufen kannst.« Xai küsste die Innenseite meines Schenkels mit offenem Mund und stand auf. »Aber zuerst will ich, dass du dich bei mir revanchierst.«

Er streckte mir ein Stück Seife entgegen, um mir zu verstehen zu geben, was er von mir wollte, und präsentierte mir dann seinen muskulösen Rücken. Zwei dünne weiße Narben verunstalteten seine ansonsten makellose Haut. Ich hatte die gleichen Markierungen auf meinen Schulterblättern.

Eine Erinnerung an unsere Vergangenheit.

Ich schob den Gedanken jedoch beiseite, als ich von der Bank rutschte.

»Du zögerst deine Befriedigung hinaus?«, fragte ich. »Das ist normalerweise nicht dein Stil.«

Er zuckte mit seinen breiten Schultern. »Vielleicht will ich einfach etwas Neues ausprobieren.«

»Etwas Neues?«, wiederholte ich, als ich ihm den gebräunten Rücken einseifte. »Ist das bei uns überhaupt möglich?«

»Das hoffe ich«, antwortete er mit sanfter Stimme. »Mehr als du ahnst.«

Bei diesen Worten hielt ich inne. »Was meinst du damit?«

Er drehte sich um und zog eine Augenbraue in die Höhe. »Habe ich dir erlaubt aufzuhören?«

»Lass das«, sagte ich. »Wechsle jetzt nicht das Thema.«

»Ich habe nichts weiter zu sagen.« Er packte meine Handgelenke und legte meine Hand, in der ich die Seife hielt, an seinen Bauch, während er die andere an seinen Schwanz führte. »Meine Geduld ist am Ende, Evangeline.«

»Du wolltest doch, dass ich mich revanchiere.« Ich streichelte seine erregte Männlichkeit, weil ich es konnte, und genoss den zischenden Laut, der ihm über die Lippen kam. »Soll ich dich langsam waschen, Xai? Wäre das neu genug für dich?«

Sein Schaft pulsierte in meiner Hand.

Ich fuhr fort, seinen Unterleib und seine Brust einzuschäumen, während ich die andere Hand an seiner beeindruckenden Länge auf- und abgleiten ließ. Eigentlich bräuchte ich dafür beide Hände, doch er hatte darauf bestanden, es auf diese Weise zu tun.

»Evangeline …« In seinem Knurren lauerte ein warnender Unterton.

Ich ignorierte ihn.

»Tut mir leid, wolltest du, dass ich langsamer vorgehe?« Ich gab ihm eine Kostprobe, indem ich meine Finger um seinen Schaft langsam nach oben gleiten ließ und dann seine empfindsame Eichel ein wenig zu fest drückte. »Ist das neu genug für dich?«

Er schob mich gegen die Wand und fing meinen Aufschrei mit seinem Mund auf. Die Seife fiel mir aus der Hand, während ich mich um Halt bemühte. Er schloss die Finger brutal um meinen Nacken und packte mit der anderen Hand meine Hüfte.

Das würde gleich wehtun.

Ich konnte es kaum erwarten.

Ich hielt mich an Xais Schultern fest, als er mich einhändig in die Luft hob. Doch im Gegensatz zum letzten Mal presste er seinen harten Schaft nicht gegen meinen Unterleib, sondern drang mit einem einzigen Stoß in mich ein, der meiner Kehle einen Schrei entlockte.

Zu viel, zu schnell.

Und das wusste er.

Ich war mir nicht sicher, ob er mich auf diese Weise bestrafen wollte oder einfach die Kontrolle über sich verloren hatte. Wahrscheinlich war es eine Mischung aus beidem.

Verdammt.

Ich ließ den Kopf keuchend an seinen Hals fallen. Es war egal, ob ich darauf vorbereitet war oder nicht, beim ersten Mal tat es immer weh. Meistens lag es daran, dass wir uns lange nicht mehr gesehen hatten und ich nur selten mit anderen Männern schlief. Es ergab keinen Sinn, denn niemand konnte mich auf dieselbe Weise befriedigen wie Xai.

Er ließ die Lippen sanft über meine Schläfe und mein Ohr gleiten. Er entschuldigte sich zwar nicht direkt bei mir, doch ich wusste, dass er mit dieser Geste sein Bedauern ausdrückte. Als Zeichen der Vergebung drückte ich seine Schultern, denn ich war selbst nicht imstande, auch nur ein Wort über die Lippen zu bringen.

Mit seiner Grobheit würde Xai eine Sterbliche zerbrechen, doch mich konnte er nicht verwüsten, denn ich akzeptierte diesen Teil von ihm nicht nur, sondern genoss ihn auch.

Ich schob ihm meine Hüften entgegen und erschauderte, als er mich ganz ausfüllte. Es fühlte sich richtig an. Perfekt. Als wäre ich zu Hause angekommen.

Ich presste die Lippen auf die seinen und formte dann die Worte, von denen ich wusste, dass er sie hören wollte: »Fick mich.«

Er überraschte mich jedoch, indem er antwortete: »Nein.«

Er ließ seine Zunge in meinen Mund gleiten, bevor ich etwas erwidern konnte. Damit verwirrte er mich einmal mehr und brachte mich noch um den Verstand. Für gewöhnlich würde er sich jetzt seiner Erregung hingeben und mir dieselbe verschaffen, doch stattdessen begann er, sich langsam zu bewegen.

Er reizte mich.

Auf eine liebevolle Art.

Dann küsste er mich ebenso sanft.

Mit der Hand an meinem Nacken zog er meinen Kopf zurück, um die Zunge noch tiefer in meinen Mund gleiten zu lassen und den Kuss zu vertiefen, während er mich weiterhin auf langsame und sinnliche Weise fickte.

Er drang so tief in mich ein.

Und traf mit jedem Stoß die empfindsame Stelle in meinem Inneren.

Mit seinen Bewegungen erzeugte er ein langsames Brennen zwischen meinen Schenkeln, das sich ganz und gar auf diese lustvolle Stelle konzentrierte.

Ich hob die Hüften an, als er das Tempo steigerte.

»Ich brauche mehr, Xai.«

»Ich weiß«, erwiderte er. »Aber noch nicht.«

Ich biss ihm auf die Unterlippe, bis sie blutete.

Er lächelte nur. »Willst du mich etwa provozieren, Liebling?«

»Ich versuche nur, dich zu ermutigen«, entgegnete ich.

»Vielleicht mag ich dieses Tempo.«

Ich vergrub die Fingernägel in seinen Schultern. »Ich weiß, dass das nicht stimmt.«

»Hm, ich würde behaupten, dass du nicht so viel weißt, wie du glaubst, Evangeline.« Er strich mit seinen blutigen Lippen über die meinen, bevor er sich mit seinen Zähnen bei mir revanchierte. »Ist es das, was du wolltest?«

»Es ist immerhin ein Anfang«, flüsterte ich, während er über die Wunde leckte, die er gerade verursacht hatte. Sie würde in ein paar Sekunden verheilt sein, aber der stechende Schmerz schürte das Feuer, das sich in mir zusammenbraute. »Nimm mich, Xai. Bitte.«

»Du bettelst sogar«, murmelte er mit einem beifälligen Unterton. »Ich will mehr hören.«

»Ich brauche dich«, stöhnte ich, als er mit kraftvolleren Stößen in mich eindrang. »Ja, hart und schnell. Bitte, Xai.« Ich ließ den Kopf zurück gegen die Wand fallen, als er noch härter in mich stieß. »Genau so, aber noch schneller.«

»Du wirst dich verletzen.« Er flüsterte die Worte an meiner Kehle.

»Die Wunden werden heilen.«

»Mm, in der Tat.« Er presste einen Kuss auf meine Halsschlagader und fügte hinzu: »Ich könnte dir nie etwas verwehren, Evangeline. Selbst wenn ich wollte.«

Ich klammerte mich an ihn, als er hart und tief in mich stieß und mein Rücken gegen die Wand scheuerte. Der Erzengel tief in seinem Inneren zeigte sich, um mit mir zu spielen, und der Engel in mir blühte auf.

Genau das brauchte ich und genau das hatte ich am meisten vermisst.

Ich wollte nur Xai.

Immer nur Xai.

Unsere gemeinsame Erregung ging über die einfache Ekstase hinaus und existierte in einer anderen Welt.

In einem Land, das in weißes Licht und Wärme getaucht war.

Meine Gedanken füllten sich mit Erinnerungen der letzten Jahrhunderte und trieben mir Tränen in die Augen.

Und ich liebte jede einzelne Minute.

Meine Glieder zitterten, mein Rücken schmerzte und mein Herz pochte wild in meiner Brust.

Ich wurde von einer Glückseligkeit erfüllt, die mit nichts vergleichbar war und die mich von innen heraus durchdrang, als ich über den Abgrund fiel. Er folgte mir, wobei ihm mein Name wie eine Segnung über die Lippen kam.

Ich wusste, dass dies nur der Anfang war. Denn sobald wir diesen Weg eingeschlagen hatten, konnten wir nicht mehr aufhören.

Es war wie eine Sucht, die uns beide lähmte.

Und die wir nicht bekämpfen konnten.

»Mehr«, verlangte er.

»Ja.«

SIEBZEHN

SELBST ARSCHLÖCHER HABEN HIN UND WIEDER EIN DANKESCHÖN VERDIENT

Iᴄʜ ᴇʀᴡᴀᴄʜᴛᴇ, als Xai die Narbe an meinem Schulterblatt mit dem Finger nachzeichnete. Obwohl sie schon vor Jahrtausenden verheilt war, war sie immer noch empfindlich. Auf meinen Armen breitete sich eine Gänsehaut aus, allerdings lag das nicht an seinen Streicheleinheiten, sondern an meiner Erfahrung.

So fing es immer an.

Mit einer Erinnerung an unsere gemeinsame Vergangenheit, die damit endete, dass Xai sich wie ein Arschloch verhielt.

Er drückte mir einen Kuss in den Nacken und liebkoste meine zarte Haut.

»Ich habe dich vermisst, Evangeline«, flüsterte er.

Ich runzelte die Stirn. »Tatsächlich?«

Er gab mir noch einen Kuss, diesmal knapp unter meinem Ohr.

»Ja«, hauchte er und schmiegte seinen härter werdenden Schwanz an meinen Hintern. »Ich bin noch nicht ganz fertig damit, unsere Körper wieder miteinander vertraut zu machen, doch wir haben noch eine Menge Arbeit vor uns.«

Ich hätte diese Worte zwar nicht von ihm erwartet, aber sie waren mir willkommen. Ich schob meinen Hintern zurück und rieb ihn an seinem steifen Schwanz.

»Was schwebt dir denn vor, Liebling?«, fragte ich mit gespielter Unschuld.

Er rollte mich auf den Rücken und schob ein muskulöses Bein zwischen meine Schenkel. Seine Augen funkelten vor Erregung und bedachten mich mit einem glühenden Blick. »Tax hat mir vor ein paar Minuten eine Nachricht geschickt. Streator befindet sich wieder im Hotel.«

Ich grinste. »Willst du damit sagen, dass ich ihn zur Abwechslung um eine Verabredung bitten soll?«

»Nur wenn du mich auch einlädst, Liebes. Du weißt, wie gern ich dir bei der Arbeit zusehe.«

»Ein flotter Dreier also?« Ich gab vor, darüber nachzudenken. »Ich denke, ich kann dir den Wunsch erfüllen, doch diesmal werde ich mein Spielzeug benötigen.«

»Ich hatte deine Waffen beim letzten Mal dabei, aber du hast dich ohne mich an die Arbeit gemacht.«

»Ich dachte, du hättest mich wieder verlassen.« Er hatte mir schon vor langer Zeit beigebracht, nicht auf ihn zu warten.

Etwas blitzte in seinen Augen auf, doch es war wieder verschwunden, bevor ich es fassen konnte. »Nur weil du jemanden nicht sehen kannst, heißt das nicht, dass er nicht da ist.« Er strich mit den Lippen über meinen Mund. »Ich werde uns etwas vom Zimmerservice bestellen, während du dich vorbereitest. Ich vermute, wir haben eine lange Nacht vor uns.«

Xai schlüpfte aus dem Bett und streckte die Arme über

den Kopf. Als ich sah, wie sich seine Bauchmuskeln anspannten, verzog ich die Lippen zu einem Lächeln. Er wirkte entspannt und befriedigt, doch auch mehr als bereit, mich wieder zu nehmen.

»Ich habe diesen Anblick vermisst.«

»Gleichfalls, Liebes.« Er ließ den Blick aus seinen ebenholzfarbenen Augen über jeden Zentimeter meines nackten Körpers wandern, bevor er sich zu mir herabbeugte, um mir einen Kuss voller dunkler Verheißungen zu geben. »Mm, momentan ist es das Wichtigste, dich zu entlasten, denn uns bleiben nur noch vier Tage. Aber danach ...« Er begegnete meinem Blick und starrte mir in die Augen. »Danach, Evangeline, gehörst du mir. Und dieses Mal werde ich dich nicht mehr gehen lassen.«

Er richtete sich auf und schlenderte ins Badezimmer, um einen Bademantel zu holen. Dann verschwand er durch die Schlafzimmertür, um uns vermutlich etwas zu essen zu bestellen.

Ich starrte ihm hinterher und war mir nicht sicher, was ich sagen oder tun sollte.

In seiner Stimme hatte ein verheißungsvoller Unterton mitgeschwungen, der viel zu aufrichtig geklungen hatten, doch es waren vor allem seine Worte, die mich reglos in seinem Bett gefangen hielten. Es hatte den Anschein, als hätte er gerade einen Anspruch auf lange Sicht auf mich erhoben. Und für uns bedeutete das die Ewigkeit.

In meinem Herzen breitete sich ein Gefühl der Hoffnung aus, während mein Verstand bemüht war, den Trick zu durchschauen. Xai liebte es zu spielen, doch diesmal hatte ich nicht das Gefühl, dass er mich verhöhnte.

Nichts, was er in dieser Woche getan hatte, passte zu seinem Verhalten in der Vergangenheit, und seine abstrusen Bemerkungen darüber, dass er immer da sein würde, ließen mich an meinen Erinnerungen zweifeln. Entweder meinte er es ernst und ich hatte etwas Offensichtliches übersehen, oder er plante die hinterhältigste List seines Lebens.

Denn wenn er sich weiterhin so verhielt, würden meine Schutzmauern endgültig zerbröckeln und er hätte die Möglichkeit, mein Herz ein für alle Mal zu zerschlagen.

Ich kämmte mit den Fingern durch mein Haar und seufzte. Jetzt war nicht der richtige Zeitpunkt, um darüber nachzudenken. Wir mussten uns auf wichtigere Dinge konzentrieren, wie zum Beispiel auf Streator.

Es gab nichts Besseres als die Aussicht, ein unmoralisches Wesen zu foltern, um ein Mädchen zum Aufstehen zu motivieren.

Ich zog mir Jeans, Stiefel und ein schwarzes Trägerhemd an und ging in mein Schlafzimmer, um ein paar Werkzeuge zu holen. Ich traf Xai im Wohnzimmer an. Er hatte den Bademantel gegen eine Hose und ein marineblaues Hemd eingetauscht, das er bis zu den Ellbogen hochgekrempelt hatte. Es war nicht gerade ein passendes Outfit für unsere Mission, aber ich würde schließlich die ganze Arbeit machen.

Denn Streator gehörte mir. Ich war diejenige, die ihn verstümmeln und töten würde.

Xai legte meine Haarstäbchen und drei Dolche auf den Küchentisch. »Remy hat sie aus dem Klub geholt und ich habe sie gründlich gereinigt, als du vorhin geschlafen hast.«

»Remy?«, wiederholte ich, während ich mit dem Finger zärtlich über die silbernen Gegenstände strich. Sie sahen aus wie neu.

»Er ist ein Portalhüter, der mit Tax befreundet ist.« Er ging zur Tür und öffnete sie, als eine Hotelangestellte gerade anklopfen wollte. »Sie können es dort drüben abstellen.« Xai zeigte auf den Tisch, doch die Blondine mit dem Kurzhaarschnitt konnte ihre glasigen Augen nicht von dem Profil meines dunklen Engels losreißen. Sie öffnete den Mund in unverhohlener Ehrfurcht, während ihre Beine ihr scheinbar nicht mehr gehorchten.

»Ja, er ist atemberaubend«, stimmte ich zu. »Aber ich bin am Verhungern. Wenn es Ihnen also nichts ausmacht?«

Xai schmunzelte, als er den ungeduldigen Tonfall in meiner Stimme hörte, den er zweifellos als Eifersucht auffasste. Wohl kaum. Ich war es durchaus gewohnt, dass Frauen ihn anstarren.

Die Blondine setzte sich in Bewegung, wobei ihre Wangen hochrot anliefen.

Tax trat durch die offene Tür, nickte Xai zur Begrüßung zu und schnappte sich ein Stück Toast vom Servierwagen der Blondine. Er zwinkerte ihr zu und ließ sich auf einen der Stühle fallen.

»Remy ist damit beschäftigt, das Chaos zu beseitigen, das du in seinem Haus hinterlassen hast«, sagte er mit vollem Mund. »Er ist nebenbei bemerkt verdammt sauer.«

»Es ging nicht anders.« Xai reichte der Frau ein beträchtliches Trinkgeld, als sie sich duckte, um unter seinem Arm hindurch zurück zur Tür zu gehen. »Danke, meine Liebe.«

»G-gern geschehen«, stammelte sie, als sie mir noch einen Blick zuwarf. Ich winkte ihr zu, indem ich mit den Fingern wackelte, dann nahm ich mir einen Apfel und biss hinein. Es schien eine angemessene Wahl zu sein, wenn man meine Namensvetterin bedachte.

Ich streckte ihn meinem dunklen Geliebten entgegen und zog eine Augenbraue in die Höhe. »Möchtest du abbeißen?«

Er schloss die Tür und schlenderte auf mich zu, um

einen Bissen von der Frucht in meiner Hand zu essen. Nur er war in der Lage, etwas so Einfaches wie das Essen eines Apfels sexy erscheinen zu lassen.

»Köstlich wie immer, Eve«, murmelte er und warf mir einen verruchten Blick zu.

»Bitte töte mich«, sagte Tax mit ausdrucksloser Stimme, als er seinen Stuhl auf den Hinterbeinen balancierte und gegen die Wand lehnte.

»Mit Vergnügen.« Ich legte den Apfel auf den Tisch und griff nach einem der frisch gereinigten Haarstäbchen, um es spöttisch zwischen meinen Fingern zu drehen, bevor ich es gemeinsam mit dem anderen Stäbchen benutzte, um mein Haar hochzustecken. Er zuckte nicht einmal mit der Wimper.

Für einen dürren Dämon ist er ziemlich selbstbewusst.

»Aber im Ernst, Remy sagt, das ist das letzte Mal.« Tax deckte einen der Teller auf und rümpfte die Nase. »Omelette. Nein danke.«

»Gut, denn es ist für Evangeline und nicht für dich.« Xai schob den Teller in meine Richtung, bevor er den Platz neben Tax einnahm. »Und ich werde mich um Remy kümmern.«

Ich nahm den Teller und das Besteck und hüpfte auf den Tisch, um mich neben meine Schmuckstücke zu setzen. Schinken, Käse und Tomaten verhöhnten meine Sinne. Ich wusste nicht, wie er die Küche überzeugt hatte, um elf Uhr abends ein Frühstück zuzubereiten, aber ich war verdammt dankbar. Im Gegensatz zu dem Fährtensucher liebte ich alle Eierspeisen.

»Ich verstehe es trotzdem nicht, Kumpel.« Tax starrte Xai an. »Warum hast du sie alle gerettet?«

»Weil es richtig war«, antwortete er, während er begann, sein Steak zu schneiden. Xai liebte ein gutes Filet und dieses hier schien ganz nach seinem Geschmack gegart zu sein.

»Was wirst du jetzt mit ihnen anstellen?«, drängte der Fährtensucher voller Neugierde. »Willst du dir einen Harem schaffen?«

Meine Augenbrauen schossen in die Höhe, als ich den ernsten Unterton in seiner Stimme hörte. »Wovon zum Teufel redet ihr beiden nur?«

Tax runzelte die Stirn, als er zwischen Xai und mir hin- und herblickte. »Hast du es ihr nicht gesagt?«

»Wir hatten noch nicht viel Gelegenheit, uns zu unterhalten«, murmelte Xai, bevor er einen Bissen aß und sich in seinem Stuhl zurücklehnte. »Er spricht von den menschlichen Frauen aus dem Klub. Ich habe sie alle in Remys Wohnung untergebracht, und das gefällt ihm offenbar nicht.«

Einen Moment mal. Wie bitte?

Tax ergriff das Wort, bevor ich den Gedanken zu Ende führen konnte. »Oh, er ist mehr als unzufrieden. Sie sind hysterisch«, sagte er.

Xai zuckte mit den Schultern. »Wenigstens sind sie in Sicherheit.«

»Bis er sie in die Hölle teleportiert, womit er übrigens gerade droht.«

Xai zog eine Augenbraue in die Höhe und zog ein Handy aus seiner Tasche. »Einen Moment.« Er drückte auf die Kurzwahltaste und hörte zu, während jemand am anderen Ende in die Leitung brüllte.

Was für eine angenehme Begrüßung.

»Bist du jetzt fertig? Ich rufe nur an, um dich zu fragen, ob du dich noch an das eine Mal erinnerst, als Lord Zebulon dich seinen dargarianischen Schoßhündchen vorgestellt hat.« Er hielt inne und die Stimme am anderen

Ende der Leitung war plötzlich merklich leiser. »Ja, das sehe ich. Wenn du also noch vierundzwanzig sterbliche Stunden warten könntest …« Er verstummte, als der Mann ihm ins Wort fiel. Sein Gesichtsausdruck verriet mir, dass das Gesagte ihn zufriedenstellte.

»Ausgezeichnet. Danke Remy.« Er legte das Telefon beiseite und aß weiter, als wäre nichts geschehen. »Er wird die Mädchen nicht in der Hölle abliefern.«

»Großartig«, erwiderte ich. »Aber wie hast du die Frauen aus dem Klub geholt?«

»Leider nicht alle.« Er tupfte sich mit der Serviette den Mund ab und zeigte auf meinen noch vollen Teller. »Iss und ich werde es dir erklären.«

Ein Befehl. Großartig.

Doch mein Magen schien mit ihm einer Meinung zu sein, also gab ich nach.

»Ich bin dir und Streator zu diesem geschmacklosen Ort am Strand und dann in den Nachtklub gefolgt. Es kostete mich einiges an Mühe, den Mann nicht sofort zu töten, vor allem nachdem er dich betäubt und sich danach gewisse Freiheiten herausgenommen hatte …« Er ballte die Hand zur Faust, während mir der Mund offen stand.

Du bist nie allein, Evangeline.

Meine himmlische Seele lächelte freudig. *Er meint es ernst.*

»Wie dem auch sei«, fuhr er fort, »ich habe mir das Innere des Klubs genauer angesehen, die Anwesenheit der Dämonen bemerkt und Remy um einen Gefallen gebeten. Als er ankam, um mich in die Zellen zu teleportieren, warst du schon weg. Also habe ich die Wachen ausgeschaltet und ihn angewiesen, sich um die Frauen zu kümmern, während ich mich auf die Suche nach dir machte. Und zum Glück habe ich dich noch rechtzeitig gefunden.«

»Vergiss nicht, dass du das Gebäude mit all den Menschen darin abgefackelt hast«, fügte Tax voller Schadenfreude hinzu. »Du musst mir nicht dafür danken.«

Xai warf dem Dämon einen zweifelnden Blick zu. »Du willst, dass ich mich bei dir bedanke, weil ich dir die Erlaubnis gegeben habe, etwas zu zerstören?«

»Ich will damit nur sagen, dass es mich einige Mühen gekostet hat und eine Menge Geschick dafür nötig war«, erwiderte er. »Natürlich behaupte ich nicht, dass ich es nicht auch genossen habe.«

Ich ignorierte das Geplapper des Dämons und konzentrierte mich auf die wichtigen Einzelheiten. »Du hast die sterblichen Frauen gerettet und dann den Klub niedergebrannt.«

»Während sich die Käufer noch im Gebäude befunden haben«, erklärte Xai. »Ja.«

»Warum?«, wollte ich wissen.

»Wegen der Quarantäne, Evangeline. Der Pestilenzdämon hat eine Seuche in diesem Klub entfesselt und ich wollte nicht riskieren, dass sie auf die menschliche Bevölkerung übergreift. Also habe ich sie alle bei lebendigem Leib verbrannt, obwohl es ein zu milder Tod für sie war.«

Mein Herz setzte einen Schlag aus. Seine Erklärung deutete an, dass er versucht hatte, die Erde vor dem Ausbruch einer Krankheit zu schützen.

Ich schüttelte den Kopf, um wieder einen klaren Gedanken fassen zu können. Das Feuer hatte mich eigentlich weniger interessiert. »Ich habe die unschuldigen Frauen im Keller gemeint. Warum hast du sie gerettet?«

»Siehst du!«, rief Tax aus. »Genau das würde ich auch gern wissen. Das Massengemetzel habe ich ja verstanden, aber welchen Zweck erfüllt ein Haufen traumatisierter Sterblicher?«

Das hatte ich damit eigentlich nicht andeuten wollen, doch ich hätte von Xai erwartet, dass er in dieser Situation nicht anders reagieren würde. Dennoch hatte er alle Mädchen in diesem Keller gerettet.

»Warum?«, wiederholte ich. Es musste einen selbstsüchtigen Grund für sein Verhalten geben. Der Mann hatte seine Menschlichkeit schon vor Äonen verloren.

Er schlug die Hände über einem Knie zusammen und betrachtete mich. »Wäre es dir lieber gewesen, ich hätte sie dort sterben lassen?«

»Natürlich nicht.«

»Warum fragst du mich dann überhaupt danach, Evangeline?«

»Weil es keinen Sinn ergibt«, warf Tax ein.

Ich sah Xai direkt in die Augen, als ich ihm die Wahrheit sagte. »Weil ich noch nie erlebt habe, dass du dich für jemand anderen als dich selbst einsetzt.«

Seine Augen verdunkelten sich. »Und doch sitze ich hier und setze mein Leben aufs Spiel, um dir zu helfen. Sag mir doch bitte, was ich davon habe. Abgesehen von dem Vergnügen, deine endlosen Anschuldigungen und Angriffe auf meinen Charakter über mich ergehen zu lassen, meine ich.«

Ich schnaubte, als ich die letzten Worte hörte. »Was hast du denn erwartet, Xai? Dass ich dich anhimmele? Dass ich den Boden anbete, auf dem du gehst?«

»Nein, aber ein Hauch von Dankbarkeit wäre schön gewesen. Du scheinst zu glauben, dass wir eine Partie Schach spielen, doch du hast immer noch nicht verstanden, dass ich nicht dein Gegner, sondern dein Verbündeter bin.« Er stieß sich vom Tisch ab und griff nach seinem Handy. »Ich muss einen alten Freund bei der Strafverfolgung anrufen. Wegen der Sterblichen, die ich offenbar hätte verbrennen lassen sollen. Danach werden wir beide uns mit Streator unterhalten. Vergiss dabei bitte nicht, dass er derjenige ist, den du foltern und töten willst, Liebes. Das erspart uns beiden viel Zeit und Mühen.«

Es hatte mir die Sprache verschlagen.

Und den Atem geraubt.

Wow.

Ich hatte Xai verärgert. Nein, das stimmte nicht ganz. Ich hatte ihn verletzt. Ich hatte nicht einmal gewusst, dass so etwas überhaupt möglich war.

Tax pfiff durch die Zähne und warf mir einen flüchtigen Blick zu. »Bisher habe ich nur Gerüchte gehört, aber es ist wahr. Er verhält sich dir gegenüber tatsächlich anders.«

Ich beäugte ihn von meinem Platz auf dem Tisch aus. »Du bist wohl lebensmüde, nicht wahr, Dämon?«

Meine Worte schienen ihn zu belustigen. »Und das ausgerechnet aus dem Mund der Frau, die nur noch vier Tage in dieser Dimension zu leben hat. Ich würde sagen, dass du selbst lebensmüde bist, denn du schaffst es immer noch nicht, dem einzigen Wesen, das dir helfen will, Respekt entgegenzubringen.« Er hielt inne und warf mir einen nachdenklichen Blick zu. »Du musst wirklich unglaublich im Bett sein, wenn man bedenkt, was er alles für dich durchgemacht hat.«

Ich hatte genug. Zuvor hatte ich den Fährtensucher gemocht, doch jetzt verspürte ich den Drang, meine Wurfkünste mit den Klingen an meinem Ellbogen an ihm zu üben.

»Was denn?«, fragte er und zog eine dünne blonde Augenbraue in die Höhe. »Haben dich meine Worte etwa verärgert? Das tut mir leid.« Der Scheißkerl klang ganz und gar nicht reuevoll. »Aber Xai hat recht. Du könntest ihm ein wenig mehr Dankbarkeit entgegenbringen.«

Ich griff nach einem meiner Messer und drehte es

warnend zwischen den Fingern. »Das sind gewagte Worte für einen Mann, der nichts über unsere Vergangenheit weiß.«

Er schnaubte. »Mann, du bist schon viel zu lange unter Menschen. Du musst über die Vergangenheit hinausblicken, Engel.«

»Rede nur weiter so«, forderte ich ihn heraus.

Der Idiot fasste es als Einladung statt als Warnung auf.

»Ich will damit nur sagen, dass dieser Mann für dich buchstäblich durch die Hölle gegangen ist, und bisher habe ich noch keinen Funken Anerkennung aus deinem undankbaren Mund gehört. Als er letzte Woche mit leeren Händen zurückgekehrt ist, nachdem Lord Zebulon deine sofortige Anwesenheit gefordert hatte, glaubte ich schon, mein Lord würde Xai töten. Aber er hat die Strafe auf sich genommen – für dich, wie ich hinzufügen möchte – und den Lord schließlich zur Vernunft gebracht.« Er schüttelte den Kopf. »Xai ist um einiges toleranter, als ich es bin.«

Ich hörte auf, das Messer in meiner Hand zu drehen, als mein Herz einen Schlag aussetzte. »Erzähl mir, wie Zeb Xai bestraft hat. Was hat er getan?«

Tax verengte seine hellen Augen. »Was glaubst du wohl? Er hat ihn in die Hölle gebracht und seine Wut an ihm ausgelassen. Er hätte ihn sogar fast mit der Klinge getötet, doch irgendwie hat Xai es ihm ausreden können. Es hat allerdings ein paar Wochen gedauert.«

Mir lief ein eiskalter Schauer über den Rücken, als Bilder von der Dimension des Teufels vor meinem geistigen Auge aufblitzten. Hitze. Folter. Und das mit einer Waffe, die dazu geschaffen war, himmlische Wesen zu ermorden.

»Wie lange?« Ich wollte es wissen, denn die Zeit zwischen den Dimensionen verlief unterschiedlich. Ein Jahr in der Hölle entsprach einem Tag auf Erden. Und der

Fährtensucher hatte bereits von Wochen gesprochen …

»Wie lange war er in der Unterwelt?«

»Zwei Monate«, antwortete er leise.

Ich brauchte einen Moment, um nachzurechnen, weil mir die Zeitunterschiede immer wieder ein Rätsel waren.

Zwei Monate entsprachen nur vier Stunden auf der Erde, doch so hatte es sich für ihn sicher nicht angefühlt. Himmlische Wesen, die für längere Zeit dem Bösen ausgesetzt waren, liefen Gefahr, dem Wahnsinn anheimzufallen. Doch nicht Xai. Seine Seele gedieh in chaotischer Umgebung, während meine verwelkte.

Die Dunkelheit zu meinem Licht …

»Lord Zebulon hat ihn außerdem gezwungen, in der Hölle zu heilen«, fügte Tax hinzu. »Und du kannst dir vorstellen, dass das eine Weile gedauert hat.«

Xai wählte ausgerechnet diesen Moment, um den Raum zu betreten, und der Blick, den er dem Fährtensucher zuwarf, verriet mir, dass er unsere Unterhaltung nicht guthieß.

Ich rutschte vom Tisch und stellte mich zwischen die beiden, um den Dämon hinter mir zu beschützen. Ich kannte den Ausdruck auf dem Gesicht meines dunklen Engels. Tax' Erzählung hatte Xai in eine destruktive Stimmung versetzt und der Fährtensucher war der Grund für seine Verärgerung.

»Du solltest mich zu Zeb bringen, doch das hast du nicht getan«, flüsterte ich.

Xai verschränkte die Arme vor der Brust. »Soll ich diese überflüssige Aussage etwa bestätigen?«

»Du hast mir nur gesagt, dass er mich sehen wollte.«

Er zuckte mit den Schultern. »Und ich habe ein Treffen arrangiert. Mehr gibt es nicht zu sagen.«

Das stimmte nicht. Es gab so viel mehr zu sagen.

»Warum hast du mir nichts davon gesagt?«, fragte ich

mit gedämpfter Stimme.

»Was hätte das gebracht?«, entgegnete er. »Es hat keinerlei Relevanz für die uns bevorstehende Aufgabe. Außerdem hättest du mir ohnehin nicht geglaubt.«

Dieser Mann war ein einziges Rätsel.

Dieser gefährliche, unmögliche, arrogante Engel war für mich durch die Hölle gegangen. Buchstäblich.

Er war grausam, überheblich und sadistisch, doch wenn ich ihn am meisten brauchte, war er immer da. Und dann stieß er mich von sich, wenn er fertig damit war, mir zu helfen.

Jedes.

Verdammte.

Mal.

»Wenn du mich diesmal wieder verlässt, bringe ich dich um«, sagte ich drohend, während ich auf ihn zuging. »Wir tanzen seit Jahrtausenden um dieses Thema herum, Xai. Ich bin müde. Ich bin alt. Und ich bin es leid.«

Meine Geduld war am Ende.

Und die Mauern um mein Herz waren endgültig zerbröckelt.

Als ich ihm nahe genug war, packte er meine Hüften. »Du musst noch so viel lernen, Eve.«

Ich packte ihn am Kragen und zog ihn an mich. »Halt die Klappe und küss mich.«

»Wir müssen zuerst einen unartigen Menschen foltern, Liebes.« Mit jedem Wort strich er mir mit dem Mund über die Lippen, um mich zu reizen. »Betrachte es als Vorspiel.«

»Du willst mich bestrafen.« Und laut Tax hatte ich es mehr als verdient. Doch Xai ebenfalls. Sein bisheriges Verhalten hatte mich an seinem Charakter zweifeln lassen, auch wenn ich mich dabei selbst hin und wieder wie ein trotziges Gör benommen hatte.

»Ich setze nur Prioritäten«, korrigierte er mit einem

zaghaften Lächeln.

Ich gab ihm einen zärtlichen Kuss, der die elektrisierende Energie, die zwischen uns herrschte, Lügen strafte. Er wollte mich genauso sehr wie ich ihn, doch seine Selbstkontrolle war stärker. »Xai?«

»Ja, Eve?«

Ich presste noch einmal die Lippen auf die seinen, bevor ich den Kopf zurückzog, um ihm ins Gesicht zu blicken, während ich daran dachte, die Worte auszusprechen, die ich in seiner Gegenwart nie zum Ausdruck gebracht hatte. Zumindest nicht ernsthaft.

Als ich ihm jedoch tief in die Augen blickte, sah ich es endlich. Die Besorgnis, die Skepsis und die Aufrichtigkeit, die er so gut hinter seiner Mauer der Gleichgültigkeit verbarg.

Liebe.

Mein Herz setzte einen Schlag aus und ein warmes Gefühl breitete sich in meinem Inneren aus.

Ich hätte schwören können, dass meine himmlische Seele in diesem Moment lächelte. Sie wusste immer, was Xai fühlte, selbst wenn jeder andere Teil von mir an ihm zweifelte. Wir hatten immer noch verdammt viele Probleme aufzuarbeiten und er war mir einige Erklärungen schuldig, aber vielleicht würde es dieses Mal anders sein.

Hoffnung.

Sie war eine gefährliche Emotion, die dazu bestimmt war zu töten, und letztendlich würde sie das vielleicht tun. Doch das war mir mittlerweile völlig egal.

Der verdammte Fährtensucher hatte recht gehabt, doch das war im Moment nicht wichtig.

Xai war der Einzige, der meine Gedanken und vor allem meine Dankbarkeit wert war.

»Danke.«

ACHTZEHN

WIE MAN EINEN AUFTRAGSKILLER ZU SICH EINLÄDT: MAN SCHLIESST DIE TÜR NICHT AB

»Er ist da drin«, bestätigte Tax. »Und er stinkt nach Dämon.«

Ich saß auf dem Balkongeländer und neigte den Kopf zur Seite. »Ist das nicht ein bisschen so, als würde ein Esel einen anderen Langohr schimpfen?«

Der Fährtensucher runzelte die Stirn. »Hast du dir auf dem Weg hierher etwa den Kopf gestoßen?«

»Es ist eine menschliche Redewendung, die noch gar nicht so alt ist«, erklärte Xai. »Sie macht sich über dich lustig, weil du deinesgleichen kritisierst.«

»Indem sie mich als …« Er verstummte und schüttelte seinen blonden Kopf. »Schon gut. Braucht ihr mich noch oder kann ich mir den Rest der Nacht freinehmen?«

»Kannst du erkennen, welche Dämonenaura ihn umhüllt?«, wollte Xai wissen.

»Nein, aber sie ist frisch aus der Hölle und mir nicht bekannt.«

»Dann genieße deinen freien Abend«, antwortete Xai.

Tax salutierte uns und sprang dann mit einem Salto rückwärts vom Balkon. Ich grinste, als er zwei Stockwerke tiefer mit den Füßen auf dem Boden landete. »Der Dämon hat tatsächlich einige Fähigkeiten, die nicht zu verachten sind.«

»Warum glaubst du wohl sind wir miteinander befreundet?« Xai fuhr sich mit den Fingern durch sein vom Wind zerzaustes Haar und warf mir einen belustigten Blick zu. »Wie willst du vorgehen, Liebling?«

Ich dachte schon, er würde nie fragen. »Mit einer Überraschungsparty.«

»Durch die Glasscheibe?«

»Aber natürlich.«

Er zeigte auf den Balkon über uns. »Ladies first.«

Ich stellte mich auf den Rand der Brüstung vor unserem Zimmer und sprang hoch, um mich am Balkon über mir nach oben zu ziehen. Xai war eine halbe Sekunde später neben mir und schien freudig erregt zu sein.

»Genießt du die Aussicht?«, flüsterte ich ihm zu.

»Aber immer.«

»Dann wird dir das hier gefallen.« Ich gab ihm einen Kuss auf seinen stoppeligen Kiefer und schlenderte über die Marmorfliesen hinüber zu den Glastüren.

Ich verbarg mich in den Schatten, die die helle Innenbeleuchtung warf. Streator saß am Tisch mit einem teuer gekleideten Geschäftsmann zu seiner Rechten. Sie schienen in eine hitzige Diskussion verwickelt zu sein, während Streators unaufmerksame Leibwächter einige Meter entfernt auf der Couch saßen und fernsahen.

Ich seufzte, als ich bemerkte, dass die Tür nicht einmal abgeschlossen war.

Keine sonderliche Herausforderung.

Wie langweilig.

Ich schlenderte zur gegenüberliegenden Seite des überdimensionalen Balkons und spähte in das dunkle

Schlafzimmer. Es war leer und die Tür war ebenfalls unverschlossen.

Ich schüttelte angewidert den Kopf.

Streator sollte sich wirklich um effizientere Handlanger bemühen. Die Tatsache, dass er im fünfundzwanzigsten Stock wohnte, bedeutete noch lange nicht, dass er hier oben sicher war. Selbst ein dürrer Sterblicher war in der Lage, einen Balkon zu erklimmen. Idioten.

Ich schob die Tür auf und trat ein, während Xai sich mit gekreuzten Beinen und den Händen in den Hosentaschen an das gemauerte Geländer des Balkons lehnte. Er zwinkerte mir zu, als ich die Schiebetür wieder schloss. Es war seine Art, mir zu sagen, dass er für mich da sein würde, wenn ich ihn brauchte. Wir beide wussten jedoch, dass das nicht nötig sein würde.

Das große Schlafzimmer war mit dem zu vergleichen, das Xai und ich letzte Nacht geteilt hatten, doch der Gestank von Zigarrenrauch verdarb die elegante Atmosphäre. Der Geruch von Sex lag in der Luft, was mich vermuten ließ, dass Streator letzte Nacht oder vielleicht sogar heute hier mit einer Frau geschlafen hatte.

Ein würziger und vertrauter Duft stieg mir in die Nase, doch ich konnte ihn nicht zuordnen. Ich nahm an, dass es sich um ein weibliches Parfüm handelte, das blumig und geradezu erdrückend war.

Ich erkundete die anderen beiden Schlafzimmer der Suite und fand eine Reihe von Waffen, die ich unbrauchbar machte. Die Leibwächter würden zwar keine Gelegenheit haben, sie zu holen, aber es hatte noch nie jemandem geschadet, Vorsichtsmaßnahmen zu ergreifen.

Als ich alles gesichert hatte, schnappte ich mir ein paar plüschige Handtücher aus dem großen Schlafzimmer und schlenderte den Flur entlang auf meine Beute zu. Niemand hörte oder sah, wie ich mich ihnen näherte, denn sie saßen mit dem Rücken zu den Schlafzimmern und der Fernseher übertönte meine Schritte.

Wirklich schade. Ich hatte schon immer einen dramatischen Auftritt genossen.

Ich legte die Handtücher auf dem Tresen ab und lehnte mich dagegen. »Ihr schmälert meine Vorfreude, Jungs.«

Streator und sein Geschäftspartner wirbelten die Köpfe herum, während die beiden Leibwächter stumpfsinnig von der Couch aufblickten.

Es dauerte einige Sekunden, bis sie begriffen, was vor sich ging, dann sprangen sie auf die Füße, zogen ihre Waffen und zielten in meine Richtung.

»Ausgezeichnet«, murmelte ich. »Wer von euch will zuerst sterben?« Ich warf einen Blick auf den nun stehenden Streator und seinen gut gekleideten Freund. »Diese Frage gilt übrigens nicht euch beiden, also rührt euch nicht von der Stelle.«

»Violet?« Streator ließ den Blick aus seinen haselnussbraunen Augen interessiert über meinen Körper wandern. »Was zum Teufel tust du hier?« Der Trottel klang nicht einmal besorgt, sondern eher verwirrt.

Also gut. Vielleicht würde es ja doch Spaß machen.

»Ich möchte eine Beschwerde über unsere Verabredung einreichen. Sie war furchtbar.«

»Dein Akzent …«

»Gehörte nur zur Show«, sagte ich, bevor ich den Piefke neben ihm betrachtete. »Du bist nicht zufällig Compton?« Denn das wäre hervorragend.

Der Scheißkerl lachte und sah mich an, als hätte ich den Verstand verloren. »Sehe ich für dich wie eine Schlampe aus?«

Ein einfaches Nein hätte gereicht, aber die zusätzliche Information erwies sich als nützlich. Compton als

Schlampe zu bezeichnen deutete darauf hin, dass der berüchtigte Auktionator eine Frau sein könnte und kein Mann, wie ich ursprünglich angenommen hatte.

Interessant.

Die beiden Leibwächter waren während meiner kleinen Ansprache um die Couch herum gegangen und schienen sich zu überlegen, wie sie mich zur Strecke bringen sollten. Ihre Augen funkelten erwartungsvoll. Wahrscheinlich freuten sie sich sogar darauf. Wie niedlich.

»Ihr habt meine Frage nicht beantwortet, Jungs. Wer von euch möchte zuerst sterben? Ich verspreche, es weitgehend schmerzlos zu machen.« In ihren Auren spiegelte sich das Böse wider, was ihren Tod rechtfertigte, doch ihre dunklen Seelen waren nicht mit der meiner Zielperson an diesem Abend zu vergleichen.

»Okay, Kleiner.« Der blonde Rohling reichte seine Waffe dem anderen Leibwächter und grinste. »Ich kümmere mich um sie.«

Sein glatzköpfiges Gegenüber zuckte nur mit den Schultern, als der Typ seine eigene Waffe wieder ins Holster steckte und die andere seitlich an seinem Körper hielt. »Tu dir keinen Zwang an.«

»Hat euch noch nie jemand gesagt, dass man eine Person nicht nach ihrem Aussehen beurteilen sollte?«, fragte ich, wobei ich die Ellbogen auf dem Tresen hinter mir abstützte.

Der Schwachkopf, der gerade seine Waffe abgegeben hatte, musterte mich von oben bis unten. »Oh, wenn ich dich so ansehe, denke ich, dass meine Chancen ziemlich gut stehen.«

»Wie bist du hier hereingekommen?«, wollte Streator wissen.

»Das ist doch endlich mal eine intelligente Frage.« Ich

erwog, ihm zu applaudieren, doch ich wollte seinem Ego nicht noch mehr schmeicheln.

Leibwächter Nummer eins nahm offensichtlich an, dass ich abgelenkt war, denn er wählte diesen Moment, um sich auf mich zu stürzen. Mit seinen langen Beinen hatte er die Distanz in nur vier Schritten überwunden, doch mir blieb genügend Zeit, um eines meiner Messer hervorzuholen und mich seinem Griff zu entziehen.

Mit einem gezielten Wurf rammte ich ihm die Klinge in die Brust. Es war zwar kein sonderlich ausgefallener Handgriff, doch er zwang den ersten Riesen in die Knie und tötete ihn auf der Stelle.

»Was zum …« Leibwächter Nummer zwei fasste sich an die Kehle und schloss die Finger um den Dolch, den ich gerade in seinem Hals versenkt hatte, während er sich auf das Ableben seines Kumpels konzentriert hatte.

Mein drittes Messer landete im Arm des Piefkes, als er nach seiner Waffe griff. Ich trat sie ihm aus der Hand, bevor ich ihm einen Tritt in den Unterleib versetzte. Er fiel gegen die Rückenlehne der Couch und landete mit einem dumpfen Aufprall auf dem Boden.

Streator versuchte, nach seiner eigenen Waffe zu greifen, doch er war zu langsam. Xai hatte sich durch die unverschlossene Tür in den Raum geschlichen, während ich den Geschäftspartner außer Gefecht gesetzt hatte, und hatte sich hinter den viel zu selbstsicheren Sterblichen gestellt.

»Scheiße!«, schrie Streator, als Xai ihm das Handgelenk brach und die Waffe an sich nahm.

»Überraschung«, erwiderte ich, als Xai den Trottel zurück auf den Stuhl am Tisch bugsierte.

»Brauchst du etwas, um ihn zu fesseln, Liebling?«, fragte Xai, während er die Schusswaffe zerlegte. Daraufhin sammelte er die Pistolen des bewusstlosen

Geschäftsmannes und der toten Leibwächter ein und nahm sie mit dem Geschick eines Mannes auseinander, der häufig Waffen reinigte.

Ich schenkte ihm ein Grinsen. »Du weißt, dass ich es vorziehe, wenn sie sich wehren.«

Er zuckte mit den Schultern. »Der Gentleman in mir wollte es dir nur anbieten.«

»Wer zum Teufel seid ihr?«, blaffte Streator, während er sich das Handgelenk hielt. Er zeigte keinerlei Angst, sondern war nur wütend. Ich ließ den Blick an ihm auf und ab schweifen, um ihn nach weiterer Waffen abzusuchen. Nur ein Mann, der sich seiner Stellung sicher war, würde mir in dieser Situation einen derart finsteren Blick zuwerfen.

Xai ließ sich mit der Fernbedienung in den übergroßen Sessel fallen und suchte nach einem passenden Sender, während ich mir meine gerade benutzten Klingen zurückholte. Nachdem ich sie auf den Handtüchern ausgebreitet hatte, wandte ich mich wieder Streator zu.

»Hast du schon einmal etwas von Azrael gehört?«, fragte ich mit unverhohlener Neugierde.

»Wie bitte?« Er klang verärgert. Noch eine Reaktion, die mich faszinierte.

Warum bist du nur so gelassen, Scott Streator?

»Er ist der Engel des Todes«, murmelte ich. »Klingelt da etwas?«

Er kniff die Augen zu dünnen Schlitzen zusammen. »Stehst du unter Drogen?«

Ich lachte. »Du verkehrst täglich mit Dämonen und zweifelst die Existenz von Engeln an?« Ich schüttelte missbilligend den Kopf. »Aber da du schon fragst, ich bin Evangeline, Tochter des Todes, und das meine ich wörtlich. Und das«, sagte ich und zeigte auf meinen umwerfenden Partner, »ist Xai, Sohn des Chaos.«

Endlich geriet Streator ins Wanken.

»Aha, dann hast du also doch schon von uns gehört. Ausgezeichnet.« Das würde die Sache wesentlich einfacher machen. Ich zog einen Stuhl heran, drehte ihn um und ließ mich rittlings darauf nieder. »Wer ist der Affe im Anzug?« Ich zeigte mit dem Kinn in Richtung des Geschäftsmannes auf dem Boden. Falls Streator es mir nicht verraten wollte, würde ich den Mann einfach nach einer Brieftasche durchsuchen.

»Carl DeFleur«, antwortete Streator.

»Der Klubbesitzer«, fügte Xai hinzu. Er hatte den Kopf auf einem Arm abgestützt und die Beine auf die Fußstütze gelegt, während er den Blick weiter auf den Fernseher gerichtet hatte. Er schien sich durch den Filmkanal zu zappen. »Ich nehme an, sie haben sich getroffen, um über das Feuer von letzter Nacht zu sprechen.«

»Das wart ihr?« Streator klang wütend. »Scheiße.«

»Das kommt davon, wenn du deine Verabredungen nicht gründlich überprüfst, Streator«, tadelte ich ihn. »Am Ende könnten sie viel mehr Ärger machen, als du dir vorstellen kannst. Und in diesem Fall kann ich es dir sogar garantieren.«

Ich sprang von meinem Stuhl auf und kniete mich neben DeFleur. Sein graumeliertes Haar und die Falten auf seinem Gesicht ließen darauf schließen, dass er auf sechzig Menschenjahre zuging.

»Brauchen wir ihn lebend?«, fragte ich, wobei ich dem Arschloch die Klinge an die Kehle setzte.

»Er war nur der Besitzer der Immobilie«, antwortete Xai. »Ich bezweifle, dass er uns noch von Nutzen sein wird.«

»Aber er wusste, wozu sie den Klub benutzt haben.« Es war weniger eine Frage als vielmehr eine Feststellung. Ich hatte die Fähigkeit, die bedrohliche Aura anderer wahrzunehmen, und in seinem Fall war sie besonders ausgeprägt. Carl DeFleur war kein guter Mensch.

»Er wusste nicht nur davon, sondern hat sich auch an den Aktivitäten beteiligt.« Xai wählte einen dieser kitschigen Horrorfilme und legte die Fernbedienung auf den Tisch. »Ich habe seinen Namen auf der Kundenliste gesehen. Er hatte eine Vorliebe für Mädchen unter sechzehn, wenn ich mich recht erinnere.«

Streator verzog das Gesicht und bestätigte damit den Verdacht.

»Diese Erklärung ist für mich ausreichend.« Ich durchschnitt Carls zarte Haut und nahm mir einen Moment Zeit, um die Richtigkeit seines Todes zu genießen. Ich hatte der Menschheit ein Geschenk gemacht und sie von einer abscheulichen Seele befreit. Zu schade, dass der Mann, der nur eineinhalb Meter von mir entfernt saß, noch niederträchtiger war als alle anderen zusammen.

Ich legte das blutige Messer neben die anderen auf den Tresen und setzte mich wieder vor Streator. Er begegnete meinem Blick, ohne mit der Wimper zu zucken. Seine Selbstsicherheit hatte bisher noch keinen Schaden genommen.

»Wen erwartest du?« fragte ich.

Sein Grinsen bestätigte meinen Verdacht. »Ihr müsst nur warten, dann werdet ihr es herausfinden.«

»Oh, das werden wir. Aber wie kommst du darauf, dass sie rechtzeitig eintreffen werden, um dich zu retten?« Ich ließ meinen Blick wieder an ihm auf und ab schweifen. »Ihr Sterblichen verletzt euch viel zu leicht. Genauso wie Becks. Ich war ein bisschen zu eifrig und habe aus Versehen ihre Luftröhre zerdrückt. Das Gleiche könnte ich dir auch antun.«

Er zuckte mit den Schultern. »Dann wirst du gar nichts von mir erfahren.«

»Wie zum Beispiel den Namen deines Arbeitgebers?«, fragte ich.

Er grinste wieder. »Fahr zur Hölle und finde es heraus.«

»Oh, das wird ein Riesenspaß.« Ich griff hinter meinen Rücken, um den Beutel herauszuholen, den ich in meiner Tasche verstaut hatte. Ich streckte ihn ihm entgegen. »Der sieht ziemlich unscheinbar aus, nicht wahr? Er ist aus Samt und misst nur sieben mal sieben Zentimeter.«

Ich klappte die Lasche auf und enthüllte die scharfen Gegenstände darin. Der Beutel enthielt über ein Dutzend Splitter aus Silber in der Größe von Nähnadeln, die mit einem Gift durchtränkt waren, das nicht von dieser Erde stammte.

Xai hatte sie mir vor einigen Jahrhunderten geschenkt.

»Sie wecken wunderbare Erinnerungen«, murmelte er von seinem Sessel aus, wobei ihm seine Überraschung deutlich anzuhören war. Ihm war offenbar nicht bewusst gewesen, dass sie sich immer noch in meinem Besitz befanden. Wahrscheinlich hatte er angenommen, dass ich sie schon vor langer Zeit weggeworfen hatte. Als würde ich jemals derart wertvolle Werkzeuge zerstören.

Ich zog einen der Splitter aus dem Beutel und rollte ihn zwischen den Fingern. Streator wirkte überhaupt nicht beeindruckt, was ich in Kürze ändern würde.

»Dargarianer sind böse kleine Scheißkerle«, sagte ich mehr zu mir selbst als zu meinem Opfer. »Sie sind Feuerspucker, falls du es noch nicht wusstest, aber vor allem ihr Blut ist besonders wirkungsvoll. Wenn es mit sterblichem Blut in Berührung kommt, setzt es den Blutkreislauf in Brand. Zumindest habe ich das gehört.«

Ich stand auf, um mich hinter Streator zu stellen, und fuhr mit der Nadel über seinen Hals.

»Auf den ersten Blick sieht er vielleicht harmlos aus, aber ich kann dir versichern, dass das Gegenteil der Fall ist. Hättest du gern eine Demonstration?«

Ich wartete nicht auf eine Antwort, sondern stach sofort zu. Männer wie Streator brauchten die richtige Motivation, um mürbe zu werden. Und diese kleinen Nadeln würden genau das bieten.

Sieben Sekunden.

Auf Streators Stirn brach Schweiß aus.

Zwanzig Sekunden.

Seine Fingerknöchel wurden weiß.

Dreißig Sekunden.

Er begann zu schreien, also stach ich ihn mit einem weiteren Splitter und sah zu, wie er zu meinen Füßen zusammensackte.

Jetzt bist du wohl nicht mehr so selbstsicher.

»Ich werde dir jetzt ein paar Fragen stellen. Wenn du sie alle zu meiner Zufriedenheit beantwortest, gebe ich dir das Gegenmittel.« Ich ließ den Beutel wieder in meine Tasche gleiten und kniete mich neben ihn. »Für wen arbeitest du?«

»Für mich selbst«, keuchte er. Es freute mich unendlich, ihn leiden zu sehen, doch seine knappe Antwort genügte mir nicht.

»Das ist nicht die Antwort, die ich hören will, Streator.« Es wäre reine Materialverschwendung, wenn ich ihm mit noch mehr Nadeln drohen würde. Zwei würden völlig ausreichen. Ich massierte den Splitter in seinem Nacken und entlockte ihm einen Schrei, der von dem Film im Fernsehen übertönt wurde. »Versuch es noch einmal.«

»Das ist die Wahrheit, du verdammtes Miststück!«,

schrie er, während er versuchte, sich noch fester zusammenzurollen. Als würde ihn das retten.

Ich löste meine Hand von seinem Nacken. »Also, dann sind du und Compton Partner?«

»Ja.«

»Und ihr seid niemandem sonst unterstellt?«

»Nein«, knurrte er, wobei er heftig zitterte. Dargarianisches Blut brannte buchstäblich wie Feuer. Ich wusste es, denn ich war schon mehrmals damit gequält worden. Doch im Gegensatz zu Streator hatte ich nie nachgegeben. Mein Körper war so gebaut, dass er auch die schlimmste Folter überstehen konnte. Es war ein Segen und ein Fluch zugleich.

»Für wen beschafft ihr dann die Dämonen?«

»Für einen ihrer Geschäftspartner«, sagte er und bestätigte damit, dass Compton eine Frau war.

»Welcher Geschäftspartner?«, fragte ich, obwohl ich die Antwort bereits ahnte.

»Geier«, knurrte er.

Und da hatten wir den Namen.

»Ist Geier ein Dämon?«

Er stieß ein Lachen aus, das eher schmerzverzerrt als belustigt klang. »Nein.«

Nicht das, was ich zu hören erwartet hatte, es sei denn, Geier hatte sich nicht als Dämonischer Lord zu erkennen gegeben. Zeb ähnelte äußerlich einem Menschen. Er sah aus wie ein Sterblicher mit unnatürlich attraktiven Gesichtszügen. Ein gewöhnlicher Mensch würde ihn für einen Sterblichen halten. Geier könnte dasselbe tun.

»Wie sieht Geier aus?«

Streator biss die Zähne aufeinander, als sein ganzer Körper von einem Beben erfasst wurde. »Ich habe ihn nie gesehen.«

»Woher weißt du dann, dass er kein Dämon ist?«

»Sie würde nicht mit einem Dämon zusammenarbeiten«, stieß er hervor. »Sie hasst sie. Deshalb …« Er kniff die Augen zusammen, als ihn ein weiteres Beben durchzuckte. »Sch-scheiße.« Seine Zähne begannen zu klappern, was bedeutete, dass das zweite Stadium seiner Folter eingesetzt hatte. Das Gift erhitzte das Blut des Opfers bis zu einem Punkt, an dem es zu frieren begann. Es war ein furchtbares Gefühl, das ich ihm nur zu gern zufügte.

»Sie h-hat den Job mit den D-Dämonen angenommen, weil sie sie hasst.«

»Woher weiß sie überhaupt von deren Existenz?«, fragte ich mich laut.

»S-sie haben ihre Mutter getötet.«

Ich seufzte. Das würde genügen. »Ich nehme an, dass du damit Compton meinst?«

»J-ja.«

Ich wandte mich Xai zu, der mich mit einem neugierigen Blick bedachte. »Ich glaube, wir sollten uns mit Miss Compton unterhalten.«

»Ich habe in den Akten nichts über sie gelesen«, erwiderte Xai. »Ich nehme an, du hast den Namen gehört, als du dich unbewaffnet im Klub herumgetrieben hast.«

Oh, natürlich. Wir hatten seit dem Vorfall nicht die Gelegenheit gehabt, uns gegenseitig auf den neuesten Stand zu bringen. Ich bereute es jedoch nicht, denn die Erinnerung an die leidenschaftliche Nacht mit Xai pulsierte immer noch durch meine Venen.

»Die drei Handlanger, die mich zu der Ärztin gebracht haben, damit sie meine Jungfräulichkeit überprüft, waren so freundlich, mir ihren Namen zu geben«, erklärte ich, bevor ich mich wieder auf mein zitterndes Opfer konzentrierte. Es war erstaunlich, was zwei winzige Nadeln mit dem Selbstbewusstsein eines arroganten Mannes anstellen konnten. »Wo können wir sie finden?«

Er kniff die Lippen zu einer dünnen Linie zusammen, obwohl er das Gesicht unter Schmerzen zu einer Grimasse verzog.

Keine Antwort.

Das weckte mein Interesse.

Bisher hatte er mir sonst jede Frage beantwortet, doch er zog es vor zu schweigen, wenn es um Comptons Aufenthaltsort ging.

»Du willst nicht, dass wir sie finden«, murmelte ich, während ich seine Reaktion beobachtete. Sein angespannter Kiefer sagte mir alles, was ich wissen musste. Ich kannte diesen Ausdruck. Xai reagierte ähnlich, wenn ich von jemandem bedroht wurde.

Er schützt sie.

Streator und Compton waren zweifellos mehr als nur Geschäftspartner. Wahrscheinlich waren sie sogar Liebhaber, doch er hatte auch Kalida gevögelt. Und das würde die meisten Frauen wütend machen. Sterblich oder nicht, wir zogen es vor, wenn unsere Männer uns treu blieben.

Aber Compton war keine gewöhnliche Sterbliche. Sie hatte Verbindungen zu Dämonen und möglicherweise sogar zu einem ehemaligen Dämonischen Lord.

Und daher hatten sie eine Vereinbarung getroffen.

Comptons Dienste im Menschen- und Dämonenhandel im Austausch dafür, dass er ihre Konkurrentin Kalida beseitigte.

Und dazu wäre nur ein mächtiger Dämon fähig, da Kalida aufgrund ihrer Blutlinie nicht leicht zu töten war.

Aber wie hat Compton es geschafft, eine Partnerschaft mit der Unterwelt einzugehen? Die Hölle gab sich nicht mit Menschen ab, es sei denn, sie waren von Nutzen. Außerdem war sie aufgrund der Tatsache, dass sie Unschuldige beschaffte und verkaufte, noch lange nicht dazu qualifiziert, mit bösartigen Kreaturen zu handeln.

Zebs Mutmaßung darüber, dass möglicherweise überzeugende Kräfte im Spiel waren, kam mir in den Sinn. Er hatte sich gefragt, ob Streator andere seinem Willen unterwerfen konnte, doch vielleicht war es Compton, die diese Fähigkeit besaß.

»Ich glaube, wir haben unsere Spur«, sagte ich und begegnete Xais wissendem Blick. Er war zu demselben Schluss gekommen.

»Ja.« Er stand auf. »Aber ich würde gern noch eine Sache klären, wenn du gestattest.«

Ich winkte ihn zu mir. »Aber gern.«

Im Vorbeigehen drückte er mir einen Kuss auf die Schläfe. »Danke, Liebes.« Er hockte sich neben Streators verkrampften Körper. »Sag mir, Scott, warum waren die Dämonen im Nachtklub?«

Eine gute Frage. Im Gegensatz zu den Frauen im Keller waren sie nicht gefangen gehalten worden und der schlangenartige Dämon schien eher neugierig als besorgt wegen meiner Anwesenheit gewesen zu sein. Und seine Kumpane hatten erst reagiert, nachdem ich ihn getötet hatte.

»Fick dich«, fauchte Streator.

Autsch. Falsche Antwort.

Xai ergriff die verwundete Hand des Idioten und schüttelte das gebrochene Handgelenk. Ein schriller Schrei hallte durch die Luft und jagte mir einen Schauer über den Rücken. Wenn das Arschloch auf dem Boden nicht bald anfangen würde zu reden, würde es noch schlimmer kommen.

»Ich bin ein besitzergreifender Mann, Scott, und du hast das einzige Wesen verletzt, das mir wirklich etwas bedeutet.« Xais unterkühlte Stimme war durch das Wimmern des anderen Mannes kaum zu hören. »Du kannst dir nicht einmal ansatzweise vorstellen, auf wie viele Arten ich deine Verfehlungen bestrafen möchte.«

Er gab dem Scheißkerl keine Gelegenheit zu antworten und brach ihm einen seiner Fingerknochen wie einen Zweig. Streator heulte laut auf. Ich wusste aus Erfahrung, dass mein Geliebter unbarmherzig war, besonders denjenigen gegenüber, die ihn verärgert hatten. Und dieser Mann hatte ihn mehr als verärgert.

»Du hast noch vier weitere«, sagte Xai mit einem tiefen Flüstern. »Und das war nur dein kleiner Finger. Stell dir vor, wie sich der Daumen anfühlen wird.«

»Besprechung!«, brüllte Streator. »Eine v-verfluchte Besprechung!«

Ich runzelte die Stirn. Warum sollte sich ein Haufen illegal beschaffter Dämonen in einem öffentlichen Nachtklub treffen?

»Ein Treffen setzt voraus, dass sie frei waren«, murmelte Xai. »Doch das erscheint mir ziemlich seltsam, da du behauptet hast, dass die Dämonen alle für Geier besorgt worden waren.«

»Nicht alle«, keuchte Streator. »Einige w-waren Freunde.«

»Von Compton?«, fragte ich.

»J-ja.«

»Gerade eben hast du noch behauptet, dass sie Dämonen hasst«, sagte Xai, bevor ich die Gelegenheit dazu hatte. »Das musst du uns schon näher erklären.«

»Die meisten«, brummte Streator. »Sie hasst … die meisten von ihnen.«

»Und die anderen waren ihre Freunde.« Es war weniger eine Frage als vielmehr eine Feststellung. Ein unsicheres Gefühl nagte an mir. Dämonen freundeten sich nicht mit Menschen an.

Xai sah zu mir auf und ich konnte an seinem Blick erkennen, dass ihm derselbe Gedanke gekommen war. Dann weiteten sich seine Augen plötzlich und er konzentrierte sich wieder auf den Mann auf dem Boden.

»Wie lautet ihr Vorname?«, wollte er wissen.

Oh verdammt.

Wie hatte ich diesen Zusammenhang übersehen können?

Ich hatte angenommen, Compton sei eine verschmähte Liebhaberin, die ihre Konkurrentin durch ihre unerklärlichen Verbindungen zur Unterwelt hatte ausschalten wollen. Aber diese Theorie war nicht mehr haltbar.

Eine Zusammenarbeit mit den Dämonen wäre vielleicht glaubhaft gewesen, aber eine Freundschaft sicher nicht. Selbst diejenigen, die seit Jahrhunderten in dieser Dimension lebten, zogen es vor, sich unter ihresgleichen zu mischen. Es war ausgeschlossen, dass ein Wesen aus der Unterwelt mit einem Sterblichen Freundschaft schließen würde.

Was bedeutete, dass Compton kein Mensch war.

Sondern ein Dämon, der die meisten anderen aus ihrer Welt hasste.

Weil sie ihre Mutter getötet hatten.

»Kalida«, keuchte ich.

Streator wurde bleich und bestätigte somit meinen Verdacht.

Verdammt.

Das Miststück war noch am Leben.

NEUNZEHN

PORTALHÜTER SIND NÜTZLICHE KLEINE SCHEISSKERLE

»Es ist unmöglich, es mit Sicherheit zu wissen«, sagte Tax, während er durchs Wohnzimmer schritt. »Wenn Kalida den Dämon getötet hat, dann hätte sich ihre Essenz mit der Asche vermischt, wodurch die Überreste fälschlicherweise als ihre identifiziert werden könnten. Doch ich hätte auch die Aura des anderen wahrnehmen müssen.«

Ein furchterregendes Knirschen ertönte aus dem Essbereich. Xai hatte ein paar Ghule herbeordert, damit sie sich um die Leichen kümmerten, und sie hatten sichtlich Freude an ihrer Arbeit.

»Verdammt noch mal, Mann.« Der Fährtensucher blieb stehen und bedachte Xai mit einem flehenden Blick. »Können wir bitte nach oben gehen?«

Xai überprüfte Streators Puls. »Nein. Sein Herz schlägt immer noch.«

Tax warf die Hände in die Luft. »Dann bring ihn endlich um!«

Die Augen des sterbenden Mannes waren in seinen Kopf zurückgerollt, nachdem er das Bewusstsein verloren hatte. Die einzige Möglichkeit, das dargarianische Gift zu überleben, war mittels einer Bluttransfusion, andernfalls fraß es sich langsam und schmerzhaft durch den Körper, bis alle Organe versagten.

Es war ein passendes Ende für ein so erbärmliches Leben, doch er hatte wohl genug gelitten. Wahrscheinlich konnte er in seinem komatösen Zustand ohnehin nichts mehr spüren.

Ich nahm eines meiner frisch gereinigten Messer vom Tresen und sah Xai mit einer hochgezogenen Augenbraue an. *Darf ich?*

Er antwortete mit einem Nicken. *Er gehört dir.*

»Streator, mögest du in der Hölle schmoren.« Ich ließ die Klinge über seine Kehle gleiten. Ein leises Gurgeln war das einzige Anzeichen dafür, dass er nach Luft rang, dann wurde ich von Erleichterung übermannt. Ich hatte die Welt von einem weiteren bösartigen Wesen befreit.

Xai schlang einen Arm um meinen Rücken und ich schmiegte mich an ihn. Er verstand meine Zwangslage besser als jeder andere.

»Den solltet ihr nicht essen«, warnte Xai über meine Schulter hinweg. »Er ist voller dargarianischem Gift.«

»Ekelhaft«, erwiderten die Ghule im Chor.

»Sicher, aber es ist äußerst appetitlich, den Oberschenkel dieses alten Mannes zu verschlingen«, sagte Tax mit ausdrucksloser Stimme.

»Da ist viel Fleisch dran«, erwiderte einer von ihnen.

»Und saftig ist er auch«, fügte der andere hinzu.

Tax würgte und ging in den Flur. »Ich werde unten warten. Gebt mir Bescheid, wenn ihr bereit seid weiterzumachen.« Er wartete nicht auf eine Erlaubnis, sondern verließ die Suite und schlug die Tür hinter sich zu.

»Unhöflich«, brummte einer der Ghule.

Ich spürte, wie etwas an Xais Bein zu vibrieren

begann. Er hatte immer noch den Arm um mich geschlungen, als er mit der anderen Hand das Handy aus seiner Tasche fischte und das Gespräch annahm.

»Wer ist da?«, fragte er.

»Du weißt verdammt gut, wer hier ist, du dunkler Scheißkerl. Wo zum Teufel ist Eve?«

Ich zog die Augenbrauen in die Höhe, als die vertraute Stimme meiner besten Freundin durch den Lautsprecher ertönte. *Woher hat sie seine Nummer?*

»Guinevere, charmant wie immer«, antwortete Xai trocken.

»Fick dich.«

»Soll das etwa ein Angebot sein, meine Liebe? Denn ich fürchte, ich muss aus Respekt vor Evangeline ablehnen.« Bei diesen Worten zog er mich noch fester an sich, woraufhin ich die Augen verdrehte. Ich öffnete den Mund, um etwas zu sagen, doch Gwen kam mir zuvor.

»Erstens würdest du nicht mit mir fertigwerden und zweitens, ich will sofort mit Eve sprechen.«

Ich streckte ihm meine Hand entgegen, aber er ignorierte mich mit einem Lachen. »Liebe Guinevere, du scheinst fälschlicherweise der Auffassung zu sein, dass ich in dir eine höhere Autorität sehe, doch das ist nicht der Fall.«

Ich konnte Gwens Knurren durch die Leitung hören. »Falls Eve etwas zugestoßen ist, werde ich deine Eier in einen Schraubstock spannen, wenn ich dich das nächste Mal sehe.«

»Wann habe ich jemals zugelassen, dass etwas oder jemand ihr Schaden zufügt?«

»Oh, ich weiß auch nicht. Wie wäre es zum Beispiel mit damals, als du sie in der Unterwelt zurückgelassen hast?«

Seine Belustigung war auf einmal wie weggeblasen und

wich einer dunklen Emotion, die mir einen Schauer über
den Rücken jagte. Meine beste Freundin hatte
offensichtlich einen Nerv getroffen. »Sie ist unversehrt
entkommen.«

»Tatsächlich? Du warst nicht derjenige, der sie danach
drei verdammte Wochen lang wieder gesund pflegen
musste.«

»Okay, gib mir das Telefon«, verlangte ich, aber Gwen
kam erst so richtig in Fahrt.

»Und das waren nur die körperlichen Wunden, du
Arschloch. Nach außen gibt sie sich zwar unbeeindruckt,
aber ich weiß, dass dein Verhalten sie verfolgt. Genauso
wie die Albträume, die sie wegen all der Scheiße durchlebt,
die sie deinetwegen im letzten Jahrtausend durchmachen
musste. Ich schwöre bei allem, was mir heilig ist, wenn ich
die richtige Waffe hätte, würde ich sie dir in dein
verschrumpeltes, schwarzes Herz rammen, nur um sie vor
dir und deinen beschissenen Spielchen zu schützen. Und
jetzt hol sie verdammt noch mal ans Telefon!«

Xai hatte sich von Kopf bis Fuß versteift, während er
Gwens Schimpftirade über sich ergehen ließ. Er strahlte
eine Gefahr aus, bei der sogar die Ghule aufgehört hatten
zu essen.

»Xai«, flüsterte ich.

»Du solltest dir wirklich gut überlegen, wem du drohst,
kleiner Dämon«, antwortete er. »Nicht jeder ist so
nachsichtig wie ich.«

»Ich habe keine Angst vor dir«, schnauzte Gwen.

»Das ist nicht dein erster Fehler«, erwiderte er leise.

»Sag mir einfach, dass es ihr gut geht.« Als ich Gwens
besorgten Tonfall hörte, verkrampfte sich mir der Magen.
Ich hatte vergessen, mich vorhin bei ihr zu melden, und sie
glaubte offenbar, dass etwas Schlimmes passiert war.
Andernfalls hätte sie Xai nie angerufen.

»Allein schon die Tatsache, dass du mich nach ihrem Wohlbefinden fragen musst, verrät mir, dass du nichts über ihre oder meine Fähigkeiten weißt.«

»Im Gegenteil, ich bin viel zu vertraut mit deiner Fähigkeit, Eve zu quälen, und aus diesem Grund mache ich mir Sorgen. Sie mag zwar äußerlich unzerstörbar sein, doch innerlich ist sie verletzlich, und genau da triffst du sie am meisten.«

Ich kniff mir in den Nasenrücken. Offenbar musste ich mit meiner besten Freundin darüber reden, wie man ein angemessenes Gespräch führte.

»Es tut mir leid, dass du so denkst, Guinevere«, murmelte Xai. »Einen Moment.«

Er reichte mir das Handy und ging nach draußen auf den Balkon, um den Nachthimmel zu bewundern. Für den Bruchteil einer Sekunde huschte ein Ausdruck der Sehnsucht über sein Gesicht, bevor sich seine Miene verfinsterte. Dann lehnte er sich mit dem Rücken gegen das Geländer und steckte die Hände in die Hosentaschen. Er durchbohrte mich mit seinem Blick, als ich das Telefon an mein Ohr führte.

»Wir werden uns lange unterhalten müssen, wenn ich wieder zu Hause bin«, brummte ich. Sie hatte zwar die richtigen Absichten, doch ihr Verhalten ließ einiges zu wünschen übrig.

»Du hast versprochen, dich bei mir zu melden, Eve.« Ich konnte einen Anflug der Erleichterung in ihrer wütenden Stimme hören. »Nachdem du den ganzen Tag lang nicht ans Telefon gegangen bist, dachte ich schon, er hätte dich wieder irgendwo zurückgelassen.«

Ich ließ die Schultern hängen. »Es tut mir leid. Die Zeit ist mir davongelaufen und ich habe mein Telefon im Zimmer vergessen.« Ich hatte es seit meiner Verabredung mit Streator nicht mehr in der Hand gehabt.

»Danny hat mich angerufen, nachdem er dich nicht erreichen konnte, was mich zu Tode erschreckt hat. Ich weiß, wie viel dir der Sterbliche bedeutet.« Sie klang frustriert.

Xai zog eine Augenbraue in die Höhe. Er belauschte immer meine Gespräche. Er war nicht auf den Balkon gegangen, um mir meine Privatsphäre zu gewähren, sondern um sich zu beruhigen. Es schien funktioniert zu haben, denn er wirkte jetzt eher neugierig als verärgert.

»Ich hatte mein Handy nicht bei mir«, antwortete ich Gwen. »Sag Gleason, ich rufe ihn an, wenn der Fall erledigt ist. Er soll seinen Urlaub genießen.«

»Welcher Fall?«, wollte sie wissen. »Was genau hat Lord Zebulon von dir verlangt?«

Ich legte mir eine Hand in den Nacken und stieß den Atem aus. »Ich kann jetzt nicht näher darauf eingehen.« Nicht solange eine Leiche neben meinen Füßen lag und die beiden Ghule hinter mir Körperteile zersägten. Sie hatten damit begonnen, sich »Essen« für später einzupacken.

»Raus mit der Sprache«, flüsterte sie. »Bitte. Ich muss wissen, dass es dir gut geht.«

Die Worte *Ich kann auf mich selbst aufpassen* lagen mir auf der Zunge, aber ich schluckte sie herunter. Wir wussten beide, dass meine Sinne nicht wie gewöhnlich funktionierten, sobald Xai ins Spiel kam. Und der durchdringende Blick, den er mir jetzt zuwarf, bestätigte es.

»Es geht mir gut«, versicherte ich ihr. »Xai hilft mir, Gwen. Und ich vertraue ihm in dieser Sache.«

Für einen langen Moment herrschte Schweigen am anderen Ende der Leitung.

»Er ist dir wieder unter die Haut gegangen«, sagte sie

schließlich. Der enttäuschte Unterton in ihrer Stimme versetzte mir einen Stich im Herzen.

»Ja.« Es hatte keinen Sinn, es zu leugnen.

Sie schnalzte missbilligend mit der Zunge, was mir verriet, dass sie sich langsam beruhigte. »Du weißt, dass ich weder ihn noch die ganze Situation mag.«

»Ja, das weiß ich.«

»Und ich bin versucht, nach Miami zu fliegen, um ihm in den Arsch zu treten.«

Ich lächelte sowohl über Xais Schnauben auf dem Balkon als auch über die Vehemenz in ihrer Stimme. »Ich weiß.«

»Aber ich vertraue dir«, fügte sie hinzu. »Auch wenn ich denke, dass du den Verstand verloren hast.«

»Und dafür liebe ich dich.« Ich meinte es ernst.

»Gut. Ich werde Danny ausrichten, dass er im Ausland bleiben soll.«

Xai zog wieder die Augenbrauen in die Höhe. Jetzt würde er sich definitiv nach Gleason erkundigen. Großartig.

Ich räusperte mich. »Ich danke dir.«

»Verliere nicht den Verstand, Eve. Und ruf mich an.«

»Ganz bestimmt«, flüsterte ich.

»Ich hab dich lieb.«

»Ich dich auch«, erwiderte ich und beendete das Gespräch.

Xai fixierte mich für einen langen Moment, bevor er sich vom Geländer abdrückte und zurück ins Zimmer schlenderte. Ich reichte ihm das Handy und erschauderte, als er mit einem Finger über mein Handgelenk strich. Es war eine so zarte, verführerische Geste, die so vielversprechend war wie der Ausdruck in seinen Augen.

Doch als er das Wort ergriff, ging er wieder zum Geschäftlichen über.

»Wir müssen unsere nächsten Schritte besprechen.«

Ich nickte zustimmend. Uns lief die Zeit davon. Zeb würde ohne ausreichende Beweise niemals glauben, dass seine Tochter noch am Leben war. Mit einer bloßen Vermutung würde er sich nicht zufriedengeben. Um mich zu entlasten, mussten wir Kalida finden.

»Ich erwarte, dass dieser Raum blitzsauber ist, wenn ihr fertig seid«, sagte Xai zu den Ghulen.

Der Dämon mit den Dreadlocks grinste. »Das dürfte kein Problem sein.«

»Gut.« Xai begegnete meinem Blick und zeigte in Richtung Tür. »Lass uns gehen.«

Er hatte bereits einen Freund mit technischem Knowhow angeheuert, um die Sicherheitsvideos des Hotels zu löschen, was bedeutete, dass wir den Aufzug nach unten nehmen konnten, statt über die Balkone zu klettern. Xai mochte ein Arschloch sein, aber er war effizient.

Ich machte noch einen Abstecher in die Küche, um mein kostbares Silber zu holen. Die Klinge, mit der ich Streator getötet hatte, ließ sich leicht reinigen. Ich trocknete sie mit einem Handtuch ab, bevor ich die anderen einsammelte und sie an den gewohnten Stellen verstaute.

Xai blieb offensichtlich belustigt in der Tür stehen. Ich zwinkerte ihm zu, als ich an ihm vorbeimarschierte und den Flur entlangging, während ich die ganze Zeit über seinen Blick auf meinem Hintern spürte.

Als wir den Aufzug betraten, lief mir ein elektrisierender Schauer über den Rücken. Das Gefühl kam nicht nur von der Anspannung, die Xai ausstrahlte, sondern auch von dem hungrigen Blick, den er mir zuwarf, als er auf den Knopf drückte, um die Türen zu schließen.

»Xai …«, warnte ich ihn.

Aber es war ihm egal.

Er fuhr mit den Fingern durch mein Haar, als er mich mit dem Rücken gegen die verspiegelte Wand drückte und meinen Mund mit dem seinen bedeckte, um mich leidenschaftlich zu küssen. Er ließ seine Zähne über meine Unterlippe gleiten und biss hinein, um dann mit seiner Zunge darüber zu streichen. Es war seine nicht ganz subtile Art, mich als sein Eigentum zu markieren. Ich revanchierte mich, indem ich meine Fingernägel in seinem Nacken vergrub. Er zuckte nicht zurück, doch er packte mein Haar und zog meinen Kopf zurück, um meinen Hals zu entblößen.

»Gleason ist nicht mein Liebhaber«, flüsterte ich, während Xai mit der Zunge über meine Halsschlagader strich.

»Ich weiß«, erwiderte er. »Hier geht es nicht um deinen Silberlieferanten.«

Mein Herz setzte einen Schlag aus. »Du weißt über Gleason Bescheid?«

Er liebkoste meine zarte Haut und summte zustimmend. »Mach dir keine Sorgen. Dein Geheimnis ist bei mir sicher, Liebes.«

Mit einem fordernden Kuss brachte er mich zum Schweigen. Seine Zunge versuchte, meine zu dominieren, aber ich wehrte mich, bis wir beide keuchend in dem unbeweglichen Aufzug standen. Ich wusste nicht, auf welchen Knopf er gedrückt hatte, damit er sich nicht bewegte, oder warum er sich ausgerechnet für diesen Ort entschieden hatte, aber ich war dankbar für die kurze Ablenkung, bevor wir uns wieder der Realität stellen mussten.

»Du bist meine einzige Schwäche und meine größte Stärke«, flüsterte er an meinen Lippen. »Ich konnte dir nie widerstehen, Evangeline, egal wie sehr ich es versucht habe.«

»Dann hör auf, es zu versuchen.« Es erschien mir so einfach. Wir waren wie füreinander geschaffen. Warum sollten wir dagegen ankämpfen?

Er streckte die Hand aus und drückte auf einen Knopf, woraufhin sich der Aufzug in Bewegung setzte. »Ich werde auf das Angebot zurückkommen, sobald wir dich entlastet haben.«

Xai verlieh dem Versprechen mit seinem Mund Nachdruck. Ich schlang die Arme um seinen Hals und ließ mich rückwärts von ihm zurück auf die Etage führen, nachdem sich die Türen geöffnet hatten. Er verschlang mich weiter, bis wir die Tür zu unserer Suite erreichten.

Entflammbar.

Unersättlich.

Mächtig.

Wenn wir nicht einen Dämon hätten verfolgen müssen, dann hätte ich ihn gezwungen, mich auf der Stelle zu nehmen. Xai hatte schon immer Gefallen an ein wenig Exhibitionismus gefunden, aber wir würden später spielen müssen.

Ich spürte seinen Atem an meinem Ohr und bekam eine Gänsehaut. Ich wölbte mich ihm entgegen und sehnte mich nach seiner Nähe, doch er biss mir leicht in den Hals und zog dann den Kopf zurück.

»Benimm dich, Liebes.«

Ich blickte durch halb geschlossene Lider zu ihm auf. »Das klingt fast wie eine Aufforderung, unartig zu sein.«

»Da hast du recht«, murmelte er, bevor er die Tür öffnete. Ich folgte ihm in den Wohnbereich, in dem Tax es sich auf der überdimensionalen Couch gemütlich gemacht hatte. Er hatte eine Hand in eine Schüssel Popcorn gesteckt, während sein Blick auf den Fernseher gerichtet war.

Ich zog eine Augenbraue in die Höhe, als ich sah, für

welche Art Film er sich entschieden hatte. Eine kichernde Frau beobachtete gerade einen Mann, der in der Küche stand und sich mit dem Schneiden von Paprikaschoten abmühte. »Eine romantische Komödie?«

»Ja.« Es war eine direkte Antwort, in der weder Scham noch Besorgnis mitschwangen. Er hielt den Film an und sah zu Xai auf.

»Also, wie ich vorhin schon sagte, ist es möglich, dass sie lebt und ich ihre Energie in der Asche gespürt habe, weil sie den Dämon getötet hat. Doch ich bin so oft um Streator und seine Bande herumgeschlichen, dass ich frische Spuren ihrer Aura hätte wahrnehmen müssen, doch das war nicht der Fall. Was nur drei Möglichkeiten übrig lässt. Irgendjemand hilft ihr, sich zu verstecken, sie ist tatsächlich tot oder ich verliere mein Gespür. Da letztere Option nicht plausibel ist, kommt nur eine der anderen infrage. Ich tippe auf Ersteres, vor allem, wenn sie mit Geier zusammenarbeitet.«

Er stellte die Füße auf den Boden und stellte das Popcorn beiseite, um dann die Unterarme auf den Oberschenkeln abzustützen. »Und damit bleibt mir nur, das Offensichtliche auszusprechen. Es sind nicht annähernd genügend Informationen, um Lord Zebulon zu überzeugen. Selbst ich habe noch meine Zweifel.«

»Sie lebt«, sagte ich. Ich war mir sicher. Nicht nur, weil Streator auf den Namen reagiert hatte, sondern weil sich damit alle Puzzleteile zusammenfügten. »Sie verkehrt unter einem Decknamen oder hat einen Nachnamen angenommen und ist mit Streator in den Menschenhandel eingestiegen. Dadurch stehen ihr sowohl beträchtliche finanzielle Mittel zur Verfügung als auch ein endloser Nachschub an Nahrung. Für einen Sukkubus ist es eine perfekte List.«

»Ich stimme dir zu, aber das heißt nicht, dass sie noch

lebt«, erwiderte Tax. »Vielleicht hat jemand gemerkt, was sie vorhatte, und sie deshalb getötet.«

»Warum sollten sie dann weiter Dämonen schmuggeln?«, fragte ich und spielte des Teufels Advokat. »Womit ich zum zweiten Punkt komme. Die Hölle mischt sich nicht unter Menschen, was bedeutet, dass Compton selbst ein Dämon sein muss, um mit jemandem wie Geier ins Geschäft zu kommen.«

»Ausgehend von der Annahme, dass es sich bei ihm tatsächlich um den ehemaligen Lord handelt«, argumentierte der Fährtensucher. »Diese Vermutung haben wir ebenfalls noch nicht bestätigt.«

Xai lehnte sich entspannt gegen die Wand und verschränkte die Arme lässig vor der Brust. »Es ist nicht schwer zu beweisen, dass Kalida und Compton ein und dieselbe Person sind. Vielleicht können wir dabei auch nachweisen, dass sie noch am Leben ist.«

Ich begegnete seinem dunklen Blick und ahnte schon, dass mir sein Vorschlag nicht gefallen würde. Dennoch fragte ich ihn: »Wie?«

»In Remys Wohnung befinden sich eine Menge Zeugen. Einer von ihnen hat wahrscheinlich irgendwann einmal Streators Partner getroffen.«

Seine Worte zerschlugen die Hoffnung, die ich im Herzen verspürt hatte. Ich hatte gewusst, dass es einen logischen Grund dafür geben musste, warum er sich dafür entschieden hatte, die Frauen zu retten, und jetzt hatte ich ihn. »Du hast sie am Leben gelassen, um an Informationen zu kommen.«

Seine Augen funkelten voller Emotionen. »Die Vermutung liegt nahe, dass ich sie nur aufgrund ihres praktischen Nutzens gerettet habe, doch das schmälert nicht die Tatsache, dass meine Entscheidung die richtige gewesen ist.«

Tax sprang zwischen uns auf die Füße. »Ich werde Remy anrufen und ihn bitten, uns abzuholen.«

Ich ignorierte den Fährtensucher und konzentrierte mich weiterhin auf Xai. »Du hast sie gerettet, weil es das Richtige war, stimmt das?«

»Spott hat dir noch nie gut zu Gesicht gestanden, Evangeline«, tadelte er. »Aber da du so versessen darauf zu sein scheinst, meinen Charakter infrage zu stellen, solltest du dir vielleicht zuerst überlegen, warum ich statt der Frauen nicht ein oder zwei der männlichen Klubbesucher mitgenommen habe. Sie hätten uns sicher dieselben Informationen liefern können.«

Ich schüttelte den Kopf. »Der Pestilenzdämon hat eine Seuche verbreitet, wodurch sie nutzlos waren.«

Er bedachte mich mit einem Grinsen, das jedoch nicht sonderlich freundlich wirkte. »Möglicherweise, aber ich habe die Frauen aus dem Keller geholt, lange bevor er seine Essenz im Klub freigesetzt hat. Ich hätte mir genauso gut einfach nur die Wachen unten schnappen können.«

Er strahlte sowohl Aufrichtigkeit als auch einen Anflug von Verärgerung aus, denn ich hatte seine Integrität einmal mehr infrage gestellt.

»Dieses Spiel ist alt, Evangeline. Entweder du siehst mich so, wie ich bin, oder du lässt es bleiben.«

»Ich versuche es ja«, gab ich leise zu. Aber unsere Vergangenheit verzerrte alles. Nach all dem Mist, den er mir angetan hatte, schien es mir unmöglich, diese Vergangenheit einfach zu vergeben und zu vergessen. Und die Tatsache, dass er mich mit Vorliebe hinters Licht führte, machte die Sache auch nicht leichter. »Ich möchte an dich glauben, aber ich weiß nicht wie.«

Er streichelte meine Wange. »Dein Herz kennt die Wahrheit, Liebes. Nur dein Verstand muss noch überzeugt werden.«

»Gott sei Dank, ich brauche Schlaf«, verkündete eine tiefe Stimme und ließ uns aus unserer Umarmung aufschrecken. »Ich setze euch bei mir in der Wohnung ab, dann werde ich hier ein Nickerchen machen. Hier ist es ruhig und ich muss mir kein Geheule anhören.«

Mitten im Wohnbereich war plötzlich ein muskulöser Dämon erschienen, der nichts als eine kurze Sporthose trug. Mit so einem Körper konnte ich es dem Kerl nicht verübeln, dass er ohne Hemd herumlief. Er war zwar nicht Xai, aber der hochgewachsene Dämon zog sicher die Blicke der Frauen auf sich. Sein gemeißelter Kiefer, die markanten Wangenknochen und die smaragdgrünen Augen …

»Ich kenne dich.« Die Worte kamen mir völlig unbedacht über die Lippen, doch ich konnte sie mir nicht verkneifen.

»Du gehörst nicht hierher.«

Kein Wunder, dass ich seine Stimme erkannte … Ich hörte sie jedes Mal, wenn ich von der Unterwelt träumte.

Und diese Augen … Zwei leuchtend grüne Kugeln, die in den dunkelsten Ecken der Unterwelt aufgetaucht waren, als ich sie am wenigsten erwartet hatte, und mich zurück auf die Erde gebracht hatten.

»Was du nicht sagst.« Der Portalhüter grinste und schüttelte den Kopf, als wollte er mir die Leviten lesen. »Du scheinst den Ärger ja förmlich anzuziehen, Engel, aber es ist schön, dich zur Abwechslung im Vollbesitz deiner geistigen Kräfte zu sehen. Zumindest scheinst du mehr bei Sinnen zu sein als die letzten beiden Male, an denen wir uns begegnet sind.« Er blickte Xai mit hochgezogener Augenbraue an. »Vielleicht solltest du es im Schlafzimmer etwas ruhiger angehen lassen, Kumpel. Ich glaube, du hast ihr das Hirn ein bisschen zu wörtlich rausgefickt.«

»Nur gut, dass du für mich von Nutzen bist, sonst hätte ich dich schon längst umgebracht«, erwiderte Xai trocken.

»Woher kennt ihr beiden euch?«, wollte ich wissen.

Der Portalhüter legte sich verlegen eine Hand an den Nacken. »Vor ein paar Jahrhunderten habe ich einmal in der Klemme gesteckt und Xai hat mir geholfen.«

»Das ist eine Untertreibung«, murrte Tax. »Er hat Lord Zebulon erzürnt und wurde zur Strafe an einen Felsen in der Hölle gebunden. Xai hat um sein Leben gefeilscht.«

»Warum?«, fragte ich neugierig.

»Weil er unschuldig war«, antwortete Xai schlicht. »Falls ihr es schon vergessen habt, wir müssen eine Frist einhalten. Sollen wir gehen?«

Ich betrachtete sein Profil und den angespannten Kiefer, als ich es plötzlich begriff. Die Erkenntnis raubte mir den Atem und ließ mich schwindeln.

Vor Jahrhunderten …

Sie hatten sich schon gekannt, als Xai mich schutzlos in der Unterwelt zurückgelassen hatte.

Aber er hat mich nicht verlassen.

»Du bist nie allein, Evangeline.«

»Ich bin immer bei dir.«

»Du bist der Grund dafür, dass der Portalhüter mich geholt hat«, flüsterte ich.

Statt einer Antwort fixierte Xai mich mit seinen schillernden Augen. *Das ist wohl wahr,* schienen sie zu sagen.

»Der Portalhüter hat übrigens einen Namen«, warf der Mann mit nacktem Oberkörper ein. »Ich heiße Remy, falls du es wissen möchtest. Und ja, er hat mich geschickt. Sollen wir jetzt gehen? Denn wer weiß, was diese Mädchen gerade in meiner Wohnung anstellen.«

»Ja«, antwortete Xai, der den Blick nicht von mir

abwandte. Ich wusste nicht, ob er mit dem einen Wort meine Aussage bestätigen oder Remy zustimmen wollte.

Aber das war auch nicht wichtig.

Ich kannte die Antwort in meinem Herzen.

Er hatte mich zwar an jenem Tag verlassen, aber ich war nie allein.

Denn es war genau so, wie er gesagt hatte …

Xai war immer bei mir.

ZWANZIG

OFFENBAR IST DIE HÖLLE NICHT DIE EINZIGE SPHÄRE VOLLER GEHEIMNISSE

Elf Mädchen hatten sich in Remys Gästezimmer zusammengekauert. Sie alle trugen unterschiedliche Männerkleidung, denn er hatte ihnen seinen Kleiderschrank überlassen. Die meisten von ihnen hatten Sweatshirts und Jogginghosen angezogen. Nicht gerade die passende Kleidung für Miami Beach.

Ich saß in der Mitte des Bettes im Schneidersitz und wartete darauf, dass die Sterblichen die Cheeseburger und Pommes aufaßen, die ich ihnen mitgebracht hatte.

Xai hatte den Abstecher zu einem Fast-Food-Restaurant vorgeschlagen.

»Betrachte es als Vernehmungstaktik«, hatte er auf seine trockene Art gesagt. Ich hatte ihn jedoch durchschaut. Hinter der kalten Fassade verbarg sich ein Mann, dem das Wohl der Menschen am Herzen lag.

»Danke«, flüsterte eines der Mädchen. Einige andere stimmten mit ein, doch das Mädchen in der Ecke blieb stumm. Sie hatte die Knie an die Brust gezogen und den Blick auf den Boden gerichtet. Ich erkannte sie als das nackte Mädchen, das sich in ihrer Zelle zu einer Kugel

243

zusammengerollt hatte. In den Kleidern sah sie nicht viel gesünder aus.

Bei ihrem Anblick brannte mein Herz vor Wut.

Ihr war die Unschuld auf so grausame Weise genommen worden …

»Es tut mir leid, dass ich nicht mehr tun konnte«, sagte ich mit gedämpfter Stimme und meinte es ernst. »Aber ich verspreche euch, dass diese Männer euch nicht mehr wehtun werden.«

Ich hatte mich bereits als eine der Guten vorgestellt, als ich den Raum betreten hatte. Sie glaubten, ich wäre Agent O'Hara vom FBI. Es war nur eine Notlüge, um sie nicht zu beunruhigen. Laut Xai würden die echten Behörden bald eintreffen. Er hatte auch gesagt, dass qualifizierte Agentinnen sich um die Mädchen kümmern würden, nachdem ich gegangen war.

»Haben Sie sie verhaftet?«, fragte eine zierliche Brünette, deren große haselnussbraune Augen neugierig funkelten. Sie konnte nicht älter als vierzehn Jahre alt sein. Ihre Naivität war ein Hoffnungsschimmer in dem sonst so dunklen Raum. Niemand hatte der Kleinen etwas angetan.

»Im Klub ist ein Feuer ausgebrochen.« Ich bemühte mich um eine sanfte und beruhigende Stimme. »Die Männer, die sich im Inneren befunden haben, sind dabei ums Leben gekommen, einschließlich des blonden Kerls, der das Sagen hatte. Scott Streator.«

Nur eines der Mädchen reagierte auf meine Beschreibung und seinen Namen – das Mädchen in der Ecke.

»Wir haben Grund zu der Annahme, dass eine Frau an der Sache beteiligt war«, fügte ich hinzu und beobachtete ihre Reaktionen. »Aber wir wissen nicht viel über sie. Erkennt jemand den Namen Compton oder kann sich eine von euch daran erinnern, außer der Ärztin noch eine andere Frau gesehen zu haben?«

Die meisten starrten mich nur an, doch das Mädchen in der Ecke erblasste. Als sie zu zittern begann, ließ ich mich vom Bett gleiten. Ich setzte mich einige Zentimeter von ihr entfernt an die Wand und sorgte dafür, dass sie genügend Platz hatte, um bei Bedarf zu entkommen. In einer derartigen Situation war es nie hilfreich, ein Opfer zu bedrängen oder zu berühren.

»Sie werden euch sagen, dass es hilft, wenn ihr darüber redet, aber so wird es sich nicht anfühlen. Zumindest nicht zu Anfang.« Ich sprach laut genug, damit alle Mädchen mich hören konnten, während ich mich um einen beruhigenden Tonfall bemühte. Es war ein Trick, den meine Mutter mir schon in jungen Jahren beigebracht hatte. *Die Stimme eines Engels,* hatte sie gesagt. Die meisten meiner Eigenschaften hatte ich von meinem Vater geerbt, doch mein tief sitzendes Bedürfnis, Unschuldige zu retten, hatte ich der heilenden Natur meiner Mutter zu verdanken.

»Ich erwarte nicht, dass du mir vertraust oder mir erzählst, was sie dir angetan haben, aber ich muss mehr über Compton in Erfahrung bringen. Nur so kann ich sie fangen und sie davon abhalten, anderen wehzutun.« In meinen Worten schwang sowohl ein aufrichtiger Unterton als auch die Wahrheit mit. Ich musste das Mädchen dazu bringen, mich zu hören, mir zu glauben und sich mir anzuvertrauen. »Alles, was du mir über sie erzählen kannst, wird mir helfen.«

»Sie hat dichtes braunes Haar«, flüsterte eine der anderen. »Es reicht ihr bis zur Mitte ihres Rückens.«

»Und gespenstische Augen«, fügte ein weiteres Mädchen hinzu und erschauderte. »Sie leuchten.«

»Ich dachte, sie wäre meine Freundin.«

»Ich auch.«

»Sie hat mich in den Klub eingeladen. Ich dachte, wir würden tanzen gehen.«

»Sie hat gelacht …«

»Es klang eher wie ein Gackern.«

»Ich hasse sie.«

»Miststück.«

Vier der Mädchen erzählten abwechselnd ihre Geschichten in gedämpftem Tonfall, der mit jedem Wort lauter wurde. Bis schließlich das Mädchen in der Ecke das Wort ergriff und ihre Erfahrung schilderte.

»Sie hat zugesehen.« Sie hielt inne, um zu schlucken, und schloss die Augen, als bereitete es ihr Mühe, sie offen zu halten. »Der b-blonde Mann … er hat mir D-Dinge angetan, und … und es hat ihr gefallen. Sie w-wollte, dass er ihren Namen rief.«

»Compton?«, fragte ich leise.

Ihr zerzaustes Haar wippte hin und her, als sie den Kopf schüttelte. »N-nein.« Sie schluckte wieder. »K-Kalida.« Eine Träne rann ihr über die Wange. »W-wieder und wieder. Ich werde diesen N-Namen n-niemals vergessen.« Sie wischte sich die Träne wütend von der Wange, bevor sie die Augen öffnete. »Ich habe mich so schwach gefühlt …«

Die Verwirrung, die in ihren letzten Worten mitschwang, war Bestätigung genug. Ein Sukkubus entzieht seinem Opfer die Energie. Selbst wenn sie sich von Streators Lust genährt hatte, hätte sie zwangsläufig auch das Mädchen erschöpft.

Es bestätigte meine Theorie, dass Kalida mit Streator Geschäfte gemacht hatte, um ihren Hunger als Sukkubus zu stillen. Als Hybriddämon konnte sie nur von der Lust leben, was ihre Vorliebe für die Versteigerung von Unschuldigen erklärte. Allein die sexuelle Energie, die das männliche Publikum ausgestrahlt hatte, hätte sie wochenlang befriedigen können.

Gwen, die ein reinrassiger Sukkubus war, brauchte die vollständige Erfahrung, aber zumindest versuchte sie, ihre Opfer zu retten. Allerdings war sie nicht gerade typisch für ihre Art, was auch der Grund dafür war, warum wir miteinander befreundet waren.

»Kannst du dich erinnern, wann du Compton zuletzt gesehen hast?« Ich hasste es, sie danach fragen zu müssen, aber wir brauchten die Bestätigung, dass Kalida noch am Leben war.

Ihre Schultern hoben und senkten sich, als sie ein herzzerreißendes Seufzen ausstieß. »Die Zeit hatte k-keine Bedeutung mehr.«

»Hat sie sonst noch jemand gesehen?«, fragte ich die anderen.

»Am Montag«, antwortete das junge Mädchen, das auf dem Bett saß. Sie überraschte mich, indem sie mir zur Verdeutlichung auch das Datum nannte. Es war derselbe Tag, an dem ich Streator am Schwimmbecken getroffen hatte. »Miss Compton hat mir angeboten, mich nach der Schule nach Hause zu bringen, doch da sind wir nicht hingefahren.«

Das war überaus interessant. »Kanntest du Miss Compton?«

Das Mädchen nickte, wobei ihre schokoladenbraunen Locken auf und ab wippten. »Sie ist eine Freundin von Mr. Geier.«

»Mr. Geier?«, fragte ich mit höflich interessierter Miene. Innerlich kochte ich vor Wut.

Das Mädchen nickte wieder. »Mein Nachbar.«

Scheiße. »Besucht Miss Compton ihn oft?«

»Ein paarmal die Woche«, antwortete sie. »Sie hat mir immer gesagt, dass ich hübsch bin, also dachte ich, wir wären Freundinnen. Aber dann nahm ihre dunkle Seite überhand.« Der unschuldige Tonfall in ihrer Stimme veranlasste mich dazu, ihr Alter neu einzuschätzen. Sie sah aus wie ein Teenager, aber die Menschen reiften heutzutage schnell. Darüber hinaus schien sie nicht sonderlich verängstigt zu sein, was ich nur einer gewissen Naivität zuschreiben konnte. Alle anderen Mädchen im Raum strahlten eine angsterfüllte Energie aus, nur nicht diese Kleine.

Das Mädchen war wahrscheinlich in einem behüteten Zuhause mit fürsorglichen Eltern aufgewachsen, was sie zu einer unlogischen Wahl für eine Entführung machte. Ganz zu schweigen von der Tatsache, dass das Kind Geiers Nachbarin war.

Sie passte nicht ins Profil. Die anderen Mädchen waren zwar jung, aber mindestens achtzehn, und nicht annähernd so jungfräulich wie das Mädchen, das auf dem Bett saß.

Warum hat Kalida dich also ausgewählt?

»Wo gehst du zur Schule?«, fragte ich.

Sie nannte einen Ort, von dem ich noch nie gehört hatte, aber ich vermutete, dass es eine private Einrichtung war. Und dann erzählte sie mir, in welche Klasse sie ging.

Sechste Klasse.

Elf, vielleicht zwölf Jahre alt.

Inakzeptabel.

Der Drang, Vergeltung zu üben, überwältigte mich und schoss wie Flammen durch meine Adern.

Ich würde Kalida schwere Schmerzen zufügen, wenn ich sie fand.

Scheiß auf die Konsequenzen.

Ich unterdrückte meine Wut und bemühte mich um einen neutralen Gesichtsausdruck. »Wohnst du in der Nähe der Schule?«

»Ja«, antwortete sie und nannte mir die Adresse.

Sie schien mir zu vertrauen, doch das hatte nichts mit meinem gefälschten Ausweis zu tun, sondern war vielmehr der ihr innewohnenden Güte zu verdanken. Sie erinnerte mich an einen unberührten Engel.

Ich runzelte die Stirn. *Hat Kalida sie deshalb mitgenommen?* Hatte sie vorgehabt, ihr die Unschuld auszutreiben?

Meine Finger juckten und ich hatte das Bedürfnis, nach einem Messer zu greifen, doch ich ignorierte den Impuls. Diese Mädchen hatten schon genug durchgemacht. Sie musste nicht auch noch Zeugin werden, wenn meine rachsüchtige Seite zum Vorschein kam.

Als ein leises Klopfen an der Tür ertönte, brach im Raum sofort Hektik aus. Mehrere Frauen gesellten sich zu mir auf den Boden und sogar das Mädchen in der Ecke rückte näher. Sie alle waren scheinbar davon überzeugt, dass ich sie beschützen würde, und bei dieser Erkenntnis wurde mir warm ums Herz.

Einige von ihnen berührten mich, als wollten sie sich vergewissern, dass ich immer noch in ihrer Mitte war. Die meisten von ihnen waren während ihrer kurzen Gefangenschaft nicht körperlich angegriffen worden, aber die Vertrautheit überraschte mich dennoch. Es deutete darauf hin, dass sie mich als fürsorglich ansahen, was angesichts meiner Vorliebe für Gewalt ein wenig ironisch war.

»Hättet ihr etwas dagegen, wenn mein Freund sich kurz zu uns setzt?« Meine Stimme war leise und beruhigend. »Er wird euch nicht wehtun.«

Einige der Frauen warfen sich unbehagliche Blicke zu, während das junge Mädchen zustimmend nickte. Sie war eine der wenigen, die sich nicht bewegt hatte, sondern mit einem zufriedenen Ausdruck im Gesicht im Schneidersitz auf dem Bett sitzen geblieben war.

»Er ist ungefährlich«, verkündete sie mit einem entschiedenen Nicken.

Dieses Kind überraschte mich immer noch. »Du kennst meinen Freund?«

Sie zog die Nase kraus. »Irgendwie schon. Er ist derjenige, der uns gerettet hat.«

Ich warf einen Blick auf die geschlossene Tür. *Wie kann sie das nur wissen?*

»Der Dunkle?«, fragte eine Brünette neben mir.

»Ja«, antwortete das seltsame Mädchen und klang dabei selbstbewusst und kein bisschen aufgebracht.

Darauf folgte ein zustimmendes Gemurmel und Xai öffnete langsam die Tür. Er entdeckte mich inmitten der Mädchen und in seinen Augen blitzte ein Ausdruck der Bewunderung auf.

»Mein Kontaktmann ist hier«, sagte er in einem viel sanfteren Tonfall als gewöhnlich. »Er hat ein paar Sanitäter mitgebracht.« Das Kind rutschte vom Bett, während er sprach, und schlang die Arme um ihn. Xai blickte auf sie herab, erwiderte die Umarmung jedoch nicht.

»Ja?«, fragte er. Sie war mindestens dreißig Zentimeter kleiner als er, schien aber völlig unbeeindruckt von der tödlichen Aura, die ihn umgab.

Sie ist viel zu naiv.

»Danke«, sagte sie.

Er tätschelte ihr den Kopf, als wäre sie ein Hündchen, aber in seiner Stimme lag ein Hauch von Emotionen. »Gern geschehen, Kleines.« Er blickte zu mir auf und schenkte mir ein Lächeln. *Ich bin nicht völlig herzlos,* schien er damit sagen zu wollen.

Ich weiß.

»Bist du hier fertig?« Mit diesen Worten wollte er im Grunde wissen, ob ich auf unsere Spur gestoßen war oder nicht, was bedeutete, dass er ausnahmsweise nicht gelauscht hatte. Das faszinierte mich fast so sehr wie seine Hand auf dem Kopf des kleinen Mädchens. Bisher hatte er noch nicht versucht, sie von sich zu stoßen, und seine Körpersprache deutete auch nicht darauf hin, dass er es wollte. Die Umarmung wirkte auf mich sogar väterlich und ich hätte in einer Million Jahren nicht geglaubt, dass er zu einer solchen Geste überhaupt fähig war.

Ich räusperte mich. »Ja. Ich denke, wir können jetzt fortfahren.« *Und das Mädchen, das du gerade umarmst, ist der Schlüssel.*

»Ausgezeichnet. Ich werde Shane Bescheid geben.« Er senkte den Blick und lächelte auf das Mädchen hinab. »Willst du mich begleiten?«

Sie nickte.

Er streckte ihr die Hand entgegen und sie ergriff sie, ohne zu zögern. Ich starrte den beiden verblüfft hinterher. An der Reaktion des Mädchens war absolut nichts normal gewesen. Einige der anderen Mädchen schienen ebenso verwirrt zu sein wie ich.

Ich stand mit einiger Anstrengung auf und wäre fast zusammengebrochen, als eine Welle der Angst das Zimmer erfüllte. Sie zerrte an meiner Seele und verlangte von mir, dass ich mich den Mädchen zuwandte und ihnen ein Gefühl des Friedens vermittelte. Dieser Teil meines Wesens war über die Jahre stärker geworden und lag in der mütterlichen Seite meiner Familie – ein Drang zu heilen.

»Das Schicksal hat euch allen übel mitgespielt«, sagte ich mit gedämpfter Stimme. »Aber es hat euch auch eine weitere Chance gegeben. Einige von euch wollen sich vielleicht davor verstecken oder die Vergangenheit nicht mehr loslassen, und ich kann euch deshalb keinen Vorwurf machen. Aber das Leben ist kürzer, als ihr denkt. Die Menschen da draußen wollen euch helfen, und sie haben die geeigneten Mittel dazu. Es wird nicht leicht sein, ihnen zu vertrauen. Vielleicht wird es sogar noch schwieriger sein als die Erfahrung, die ihr bereits durchgemacht habt, aber es ist die Mühe wert. Ich verspreche euch, dass ihr es schaffen könnt. Und wisst ihr, warum ich so zuversichtlich bin?«

Ich wartete, bis das Mädchen in der Ecke meinen Blick erwiderte, denn sie brauchte diese Worte am meisten. Die anderen waren von den Männern nicht angerührt worden. Sie waren für die Auktion aufbewahrt worden, die nie stattgefunden hatte. Sie waren die Glücklichen, die mithilfe einer Therapie zu ihrem Leben zurückkehren konnten. Doch die Frau, die Kalida mit ihren Sukkubus-Methoden gequält hatte, würde sich nicht so leicht davon erholen. Es würde Jahre und vielleicht sogar Jahrzehnte dauern, bis sie wieder ein einigermaßen normales Leben führen könnte, und selbst dann würde sie immer noch unter Albträumen leiden.

Sie blickte durch ihre dichten Wimpern zu mir auf. Ihre Miene war angespannt, doch ich konnte eine Kämpferin in ihren Augen erkennen. Sie war der Grund dafür, dass sie mir ihre Geschichte erzählt hatte, obwohl sie mich noch nicht lange kannte.

Es gibt Hoffnung für dich, drückte ich mit einem Blick aus.

»Ihr seid Überlebenskünstler«, sagte ich dann laut. »Das ist kein Begriff, den man auf die leichte Schulter nehmen sollte, und ihr dürft nicht zulassen, dass ihn jemand kleinredet.«

Xai erschien im Türrahmen hinter mir. Ich spürte, wie seine Wärme und Hingabe mich einhüllten und mein Bedürfnis nach Vergeltung besänftigten. *Schon bald, Liebes*, gab er mir zu verstehen. Er wusste, wie sehr ich mich danach sehnte, Kalida dafür zu bestrafen, und er würde mir dabei helfen.

»Die Sanitäter warten auf dem Flur. Sie sind hier, um euch zu helfen«, sagte er zu den Mädchen. »Sie werden sich auch ausweisen.«

Ich brachte es nicht über mich zu lächeln, also nickte ich nur und verließ den Raum. Im Flur traf ich auf die Krankenschwestern, die darauf warteten einzutreten. Immerhin war sein Freund von der Bundesbehörde intelligent genug gewesen, Frauen zum Einsatz zu rufen. Ich bezweifelte, dass auch nur eines der Mädchen von einem Mann berührt werden wollte.

»Wo ist die Kleine?«, wollte ich wissen, als die Krankenschwestern die Tür zum Schlafzimmer hinter sich schlossen.

Er grinste. »Bei Tax. Sie ist fasziniert von ihm.«

»Du hast sie mit einem Dämon allein gelassen?« Ich setzte mich in Bewegung und ging in Richtung Wohnzimmer. »Hast du den Verstand verloren?«

»Entspann dich, Liebes. Sie kann auf sich selbst aufpassen.«

»Sie ist ein Kind!« *Und sie ist allein mit einem Dämon. Verdammt noch mal.*

Doch Xai behielt recht. Das Mädchen saß neben dem blonden Fährtensucher und hielt die Hände vor sein Gesicht. Sie schien … belustigt zu sein.

»Was tut sie da?«, flüsterte ich verblüfft.

Ein breitschultriger Mann, von dem ich annahm, dass er Shane war, stand schweigend in der Mitte des Wohnzimmers. Er blickte nicht einmal in unsere Richtung, denn er schien ganz von dem seltsamen kleinen Menschenkind auf der Couch eingenommen zu sein.

»Sie fühlt seine Aura«, antwortete Xai. »Ich glaube, sie fasziniert sie.«

Ich blinzelte. »Wie bitte?«

Xai neigte den Kopf zur Seite und musterte mich.

»Kannst du sie denn nicht spüren?« Offenbar war mein erwidernder Blick Antwort genug, denn er lachte leise. »Ach, Liebling, komm schon. Es sollte offensichtlich sein. Ich habe es sofort bemerkt. Deshalb haben wir sie auch vor dem Feuer aus dem Büro gerettet. Der Pestilenzdämon hat ihr überhaupt nichts anhaben können.«

»Sie war in dem Büro mit den Dämonen?« Das erklärte, warum ich mich nicht an sie hatte erinnern können, obwohl ich nicht gerade alle Opfer in meinem Gedächtnis katalogisiert hatte. »Warum?«

Das Mädchen lächelte strahlend und meldete sich zu Wort. »Sie hatten recht, Mr. Xai. Ich mag ihn.«

Tax lachte leise. »Das liegt daran, dass ich dich nicht fressen will.«

Sie versetzte ihm spielerisch einen Klaps, woraufhin sich ein Grinsen auf den Gesichtern der drei Männer im Raum ausbreitete. Und dann sah ich es.

Die Güte, die sie ausstrahlte.

Sie erinnerte mich an meine eigene.

Ein Leuchtfeuer der Hoffnung hatte ich es genannt.

Ich schlug mir die Hand vor den Mund.

Nein.

Unmöglich.

Aber sie strahlte so hell.

Sie ähnelte einem Cherub.

»Ein Nephilim«, hauchte ich. Kein Wunder, dass Kalida sie mitgenommen hatte. Sie waren in der Tat seltene Wesen. »Aber wessen Kind ist sie?«

Xai zuckte mit den Schultern. »Da bin ich genauso überfragt wie du.«

»Aber wir müssten doch von ihrer Existenz wissen. Wir hätten sie auf der Erde spüren müssen.« Allerdings war Xai der einzige Engel, dem ich hier über den Weg gelaufen bin. Sonst hatte ich auf Erden nie ein anderes himmlisches

Wesen aus der Heimat angetroffen. Dennoch hatte jemand dieses Kind gezeugt, und obendrein vor nicht allzu langer Zeit.

»Es sei denn, derjenige ist nach Hause zurückgekehrt«, murmelte Xai. »Sie kommen und gehen ständig.«

Ich runzelte die Stirn. »Wie bitte?« Das ergab keinen Sinn.

Xai legte eine Hand an meine Wange und strich mit dem Daumen über meine Lippen. »Genau das hast du nie verstanden, Liebling.« Er wandte sich mir ganz zu und umfasste mein Gesicht mit beiden Händen, sodass ich keine andere Wahl hatte, als ihm tief in seine feurigen Augen zu blicken. »Dämonen können sich jeden Tag in diese Dimension hinein- und wieder hinausteleportieren. Was macht dich so sicher, dass unseresgleichen nicht auch in der Lage dazu ist? Dieses Kind, Evangeline, ist der Beweis. Und es gibt außer ihr noch mehr.«

Ich war noch nie einem Nephilim begegnet und hatte angenommen, dass sie reine Fantasiegespinste waren. Doch dieses Kind bewies, dass ich damit falschgelegen hatte.

Es gibt sie wirklich …

»Ich bin übrigens Shane«, fügte der Bundesagent hinzu, als er mich mit seinen hellgrünen Augen ansah.

Seine Anwesenheit war wie ein Schlag in mein Bewusstsein und ließ mich zusammenzucken. Xai schlang den Arm um mich, um mich festzuhalten, während ich den Mann unverhohlen anstarrte, den ich zwar noch nie zuvor getroffen hatte, aber trotzdem erkannte.

»Nun, das hat nicht lange gedauert«, sinnierte er und blickte Xai über meine Schulter hinweg an.

»Du bist deinem Vater wie aus dem Gesicht geschnitten«, erwiderte Xai. »Nathaniel ist in unserer Dimension durchaus berüchtigt.«

Zwei Nephilim in einem Raum.

»Ich brauche frische Luft.« Ich wartete nicht auf eine Erlaubnis, sondern verließ die Wohnung und ging geradewegs auf die Treppe zu, wobei ich jeweils zwei Stufen auf einmal bis zum Dach hinauf erklomm.

EINUNDZWANZIG

EMOTIONEN SIND SCHEISSE

Ich stürzte nach draußen und atmete gierig die Nachmittagsluft ein.

Ich schlang die Hände um meine Knie, als ich zu Boden sackte und mich zu einer Kugel zusammenrollte.

Die Wahrheit schmerzte.

Ich hatte sie all die Jahrhunderte lang direkt vor der Nase gehabt, doch sie war hinter einer Wolke aus Fantasiegespinsten verborgen gewesen.

Sehen heißt glauben.

Ich hatte mir diese Worte zu Herzen genommen. Die Nephilim waren ein Mythos, der von Engeln erschaffen worden war, die auf der Erde Unzucht treiben wollten. Zumindest hatte ich das gedacht. Doch es war wahr, und wahrscheinlich war ich sogar anderen begegnet, ohne es zu bemerken.

All diese schönen, unschuldigen Seelen … Wie viele von ihnen waren die Nachkommen meiner Art?

Dämonen können sich jeden Tag in diese Dimension hinein- und wieder hinausteleportieren. Was macht dich so sicher, dass unseresgleichen nicht auch in der Lage dazu ist?

Hatte er recht damit? Gab es eine Möglichkeit für uns, nach Hause zurückzukehren? Warum hatte er mir nichts davon gesagt? Während all der Jahrhunderte hatte er es kein einziges Mal erwähnt …

»Weil du diese Dimension nicht verlassen hättest«, murmelte er über mir. »Du kannst nur zurückkehren, wenn es dein Herz begehrt, Evangeline. Und bisher habe ich dich noch nicht davon überzeugen können, so sehr ich es auch versucht habe.«

Mir traten Tränen in die Augen. »Du weißt doch gar nicht, was ich will.«

»Oh doch, das tue ich, Liebes. Mehr als du ahnst.« Er kniete neben mir nieder, berührte mich jedoch nicht. »Falls du wirklich gehen wolltest, würdest du es tun. Aber du bist stur und weigerst dich zu sehen.«

Meine Brust wurde von Schmerzen durchzuckt und ich konnte kaum atmen.

In diesem Moment hasste ich ihn.

Ich verachtete jede List, jede Wunde, die er mir je zugefügt hatte, und jeden verletzenden Satz, den er mir je an den Kopf geworfen hatte.

Ich wollte ihn nur noch vom Dach stoßen und ihn fallen sehen.

Und doch zersprang mein Herz fast bei dem Gedanken, ihm etwas anzutun.

Es machte mich wütend.

Ich wollte ihn schlagen.

Wollte ihn zu mir herunterziehen und ihn küssen.

Ich wollte ihn beschimpfen, toben und schreien.

Aber ich war zu einer Kugel erstarrt, als die Emotionen und der Schmerz in Wellen über mich hereinbrachen. Denn er hatte recht.

Ich war so blind gewesen.

So naiv.

Ich war so schrecklich verliebt in ihn, dass ich mich trotz allem immer noch weigerte zu sehen, was sich direkt vor meiner Nase befand. Weil ich ihn nicht verlassen wollte. Ich wollte nicht ohne ihn leben.

Unsere Beziehung war schädlich, beschissen und erbärmlich, doch ich war nicht in der Lage, die Gefühle zu ignorieren, die er tief in meinem Inneren hervorrief.

»Ich hasse die Tatsache, dass ich dich so sehr liebe«, flüsterte ich, während ich die Hände zu Fäusten geballt hatte. »Ich hasse es.«

»Ich weiß.« Er legte mir besitzergreifend die Hand in den Nacken. Die Geste spendete mir auf eine seltsame Art Trost und zwang mich, ihm in die Augen zu blicken, um den gequälten Ausdruck darin zu sehen. »Du glaubst, dass ich egoistisch bin, doch seit deinem Fall war ich nichts anderes als selbstlos. Denn dich davon zu überzeugen, mich nicht zu lieben, war das Schwerste, was ich je tun musste, aber es ist der einzige Weg für dich, nach Hause zu gehen, Evangeline. Du hast nie hierhergehört.«

»Das war nie deine Entscheidung«, entgegnete ich wütend. »Du hast immer versucht, mich in eine Richtung zu drängen, obwohl ich nur für immer an deiner Seite sein wollte. Wie viele Jahrtausende hast du damit verschwendet, mich wegzustoßen, Xai? Und wofür? Um mich zu überzeugen, mit gebrochenem Herzen nach Hause zu gehen? Was wäre das für ein Leben?«

»Ich habe dich nicht verdient, Evangeline.«

»Noch eine Entscheidung, die du ohne mich getroffen hast!« Ich entzog mich seinem Griff und warf ihm einen finsteren Blick zu. »Meine Seele kennt ihren Gefährten, und du hast nie etwas anderes getan, als es zu leugnen. Vielleicht hast du recht, Xai. Vielleicht verdienst du mich nicht, denn der Himmel weiß, wie sehr ich versucht habe, dir das Gegenteil zu beweisen, während du mich immer nur wie ein Stück Dreck weggeworfen hast.«

»Evangeline ...« Er streckte die Hand nach mir aus, aber ich sprang auf und trat einen Schritt zurück.

»Keinen Schritt weiter.« Ich hielt eine Hand in die Höhe, als er auf mich zukam. »Wir können uns jetzt nicht darüber unterhalten. Wir müssen einen Fall lösen, denn mein Leben steht auf dem Spiel. Ich weiß jetzt, dass dies der Grund ist, warum du in den letzten Tagen darauf bestanden hast, mir zu helfen. Du hast erkannt, dass Zeb mich zerstören könnte, und verstehst endlich, wie ein Leben ohne mich wäre.«

»Und das macht dir Angst. So große Angst, dass du bereitwillig all deine Schilde fallen gelassen hast und zu dem Mann geworden bist, in den ich mich vor so langer Zeit verliebt habe. Allerdings sollte nicht mein bevorstehender Tod nötig sein, damit du erkennst, dass wir füreinander bestimmt sind und dass du ohne mich unglücklich wärst, weil ich die andere Hälfte deiner Seele bin. Genau diesem Schicksal hast du mich vor Tausenden von Jahren ausgesetzt, als du die ›selbstlose‹ Entscheidung getroffen hast, mich von dir zu stoßen. Vielleicht hast du ja genau das verdient.«

Oder wir beide haben es verdient.

Ich ging auf die Tür zu, doch er stellte sich mir in den Weg. In seinen schwarzen Iriden spiegelte sich ein Sturm der Emotionen wider, während er versuchte, mich mit seinem Blick festzuhalten.

»Aus dem Weg«, forderte ich.

»Zwing mich doch dazu.«

Seine herausfordernden Worte schürten die unbändigen Flammen, die tief in meinem Inneren loderten. Die vergangenen Tage hatten die dunkelsten

Abgründe meiner Seele aufgewühlt. Ich sehnte mich mehr nach Blut und Tod als nach der Luft zum Atmen.

»Glaub mir, du willst jetzt nicht mit mir tanzen, Xai.«

»Ganz im Gegenteil, Liebes. Ich will immer mit dir tanzen.«

Ich versuchte, ihm auszuweichen, aber er bewegte sich mit mir. Ich holte zu einem Tritt gegen das Brustbein aus, den er mit Leichtigkeit abblockte.

Die Wut strömte durch meine Adern direkt zu meinem Herzen und meine Instinkte übernahmen die Kontrolle über meinen Körper. Ich stürzte mich auf ihn und schlug mit meinen müden Gliedern auf ihn ein, wobei ich versuchte, eine Schwachstelle zu finden.

Xai war jedoch bestens mit meinem Kampfstil vertraut.

Vielleicht wollte ich ihn auch nicht wirklich verletzen.

Ich wusste nicht mehr, was die Wahrheit war, und das brachte mich nur noch mehr in Rage.

»Du gibst nicht alles«, knurrte er, wobei er mir ein Bein stellte und ich auf dem Hintern landete. »Hör auf zu denken und kämpfe.«

Ich blickte vom Boden aus zu ihm auf.

Engel brauchten keinen Schlaf, um zu überleben, aber der Mangel an Schlaf schwächte uns. Offensichtlich beeinträchtigte es mich jedoch mehr als ihn. Er strotzte nur so vor Elan, während ich zu seinen Füßen keuchte.

Meine Klinge flog mir aus der Hand, bevor ich merkte, was ich getan hatte, und Xai fing sie am scharfen Ende auf.

»Das kannst du besser, Evangeline.« Er schloss die Faust um das Messer, bis aus seiner Hand Blut tropfte, dann warf er die Klinge neben meinem Kopf zu Boden. »Tu mir weh.«

»Ich hasse dich«, schnauzte ich, als ich aufsprang, um es noch einmal zu versuchen.

»Ich weiß«, antwortete er, als er meinen Knöchel packte und ihn verdrehte.

Diesmal hatte ich absichtlich nach ihm getreten und gehofft, dass er wie erwartet reagieren würde. Während er mich dazu brachte, mich um die eigene Achse zu drehen, zog ich ein weiteres Messer und schnitt damit über seine Wange. Er zuckte nicht einmal, sondern packte nur mein Handgelenk und drehte mich, bis ich mit dem Rücken gegen seine Brust prallte.

Die Klinge fiel mir aus der Hand und schlug klirrend auf dem Beton auf. Daneben lag mein anderes Messer, das Xai weggeworfen hatte. Ich trug nur noch zwei weitere Klingen am Körper, doch sie waren nicht annähernd so zugänglich wie die ersten. Doch das spielte keine Rolle.

»Kannst du es nicht verstehen?« Er streifte mit den Lippen mein Ohr und ich verabscheute die Tatsache, dass mir dabei ein erregender Schauer über den Rücken lief. »Meine schlimmste Strafe ist es, ohne dich zu leben. Und genau das habe ich verdient, da du meinetwegen gefallen bist. Dein Tod würde mich jedoch zerstören. Und das macht mir Angst, Evangeline. Ich habe immer gewusst, dass das Leben ohne dich qualvoll sein würde, aber zumindest wärst du am Leben und in Sicherheit.«

Ich rammte den Absatz meines Schuhs in sein Schienbein, woraufhin er zusammenzuckte und ich mich aus seinem Griff befreien konnte. Ich wich zurück und warf ihm einen finsteren Blick zu. »Und was ist mit mir? Du hast mich zu einem Leben in Einsamkeit verurteilt.«

»Besser als ein Leben mit mir in dieser Dimension.«

Ich warf frustriert die Hände in die Luft. »Was glaubst du, wer du bist, dass du diese Entscheidung für mich treffen kannst?«

Mit seiner blutigen Hand umklammerte er meinen Nacken und zwang mich, ihm in die Augen zu blicken.

»Dein Gefährte«, knurrte er. Ich versuchte, ihn von mir zu stoßen, aber er schlang den anderen Arm um meine Taille und hielt mich fest. »Es ist meine Pflicht, dein Glück und Wohlbefinden über das meine zu stellen. Immer.«

»Indem du mich verlässt, nachdem ich gefallen bin? Indem du mich zwingst, als Auftragskillerin zu arbeiten? Indem du mich in der Hölle zurücklässt?« Ich stieß unwillkürlich ein hysterisches Lachen aus. Diese Unterhaltung bot eine völlig neue Definition des Wahnsinns. Unsere unbeständige Beziehung hatte endlich die Grenzen der Belastbarkeit erreicht. Und ich war mir nicht sicher, ob wir uns je wieder davon erholen würden. »Oh, Xai, kannst du nicht verstehen, dass mich all diese Dinge fast zerstört hätten?«

»Ich wollte dich immer nur zurück nach Hause schicken, denn ich wusste, dass du dort in Sicherheit sein und mich irgendwann vergessen würdest.«

»Du verstehst es einfach nicht«, erwiderte ich gebrochen. »Du bist mein Zuhause. Hass war nie die Antwort, denn er hat uns nie wirklich voneinander fernhalten können, Xai. Nur der Tod könnte die Bindung zwischen uns durchtrennen.«

Ich packte seine Schultern, um ihn wegzustoßen, aber meine Gliedmaßen weigerten sich. Er hatte mich zum letzten Mal erschöpft. Es hatte noch nie zu etwas geführt, wenn ich gegen ihn gekämpft habe.

»Ich habe mich schon vor langer Zeit mit dem Gedanken abgefunden, dass du mich irgendwann in dieser Dimension allein lassen würdest, doch nicht, indem du stirbst.« Er presste die Stirn gegen meine und stieß ein Seufzen aus, das mich vermuten ließ, dass ich ihn ebenso erschöpft hatte. Zumindest auf emotionaler Ebene. »Ich kann ohne deine Seele nicht leben, Evangeline. Du bist meine bessere Hälfte und die Liebe meines Lebens. Ohne dich werde ich aufhören zu existieren.«

Er sprach die Worte so leise aus, dass ich sie kaum verstehen konnte, doch in ihnen schwang ein kraftvoller Unterton mit, der die Schutzmauern um mein Herz zum Einsturz brachte und mir den Atem raubte.

»Ich kann meinen Job auf der Erde nicht erledigen, solange du hier bist. Mir ist nichts so wichtig wie deine Sicherheit in dieser Dimension, die dazu bestimmt ist, von der Hölle zerstört zu werden.« Er klang so gebrochen, wie ich mich fühlte. Ich war sprachlos.

Xai hatte mir seine verwundbare Seite gezeigt.

Vielleicht war es schon immer so gewesen und er hatte sich nur hinter einer undurchdringlichen Mauer der Selbstsicherheit versteckt, oder vielleicht hatten die jüngsten Ereignisse seine unerschütterliche Kontrolle ins Wanken gebracht.

»Du weißt, ich kann auf mich selbst aufpassen.«

»Oh, Evangeline, das weiß ich, aber du bist mein Herz. Dich zu beschützen ist für mich so wichtig wie das Atmen.« Er strich sanft mit den Lippen über die meinen, als er fortfuhr.

»Du bist das stärkste, sturste Wesen, das ich je getroffen habe, und ich würde es nicht anders haben wollen. Aber das hält mich nicht davon ab, mir Sorgen zu machen, Liebes. Ich verabscheue dieses irrationale Gefühl und ich habe alles in meiner Macht Stehende getan, um dich an einen sicheren Ort zu schicken, damit ich mich konzentrieren kann, aber du weigerst dich einfach, mir zu gehorchen. Und dieser Ungehorsam macht mich wütend und fasziniert mich zugleich. Ich kann bei dir nie gewinnen und ich bin es so leid, dagegen anzukämpfen.«

Er presste den Mund auf meine Lippen und gab mir einen Kuss, mit dem er mich den Schmerz, der seinen

Worten innewohnte, fühlen ließ. Ich klammerte mich an ihn, als er mir alles offenbarte – die Sorgen, Frustration, Liebe, Wut. Meine Beine gaben nach, doch er hielt mich wie immer fest in seinen Armen.

Mein Anker.

Meine Liebe.

Meine andere Hälfte.

Diese Umarmung fühlte sich anders an. Jede Berührung entsprang einer Aufrichtigkeit und Ehrlichkeit und war so wunderbar intensiv.

Frieden …

Ich wurde von einem Gefühl der Einigkeit übermannt, als er mit der Zunge in meinen Mund eindrang, um sich mit meiner zu paaren. Es ging nicht mehr um Dominanz und Unterwerfung, sondern um ein Versprechen zwischen zwei verbundenen Seelen.

Ja …

Xais Blut hinterließ eine Spur auf meinem Nacken, als er die Hand wegzog. Er packte mit beiden Händen meine Jeans, öffnete den Knopf und den Reißverschluss und schob sie gemeinsam mit meinem Höschen bis zu den Füßen hinunter.

Ich streifte sie zusammen mit meinen Schuhen ab, sodass ich von der Taille abwärts nackt war. Die einzige Ausnahme bildeten die Klingen, die an den Innenseiten meiner Oberschenkel befestigt waren. Xai hatte sie nicht entfernt. Er genoss es, unserem Liebesspiel einen Hauch von Risiko beizumischen, und es gab nichts, das gefährlicher war als ein bewaffneter Engel.

Die feuchte Luft erinnerte mich daran, dass wir uns draußen auf dem Dach befanden und für jeden in den umliegenden höheren Gebäuden zu sehen waren, doch das war mir egal. Sollten sie doch alle zusehen. Xai gehörte mir und ich wollte, dass die Welt es erfuhr.

Er strich mit einem Finger über meine feuchte Spalte, wobei er die Lippen zu einem Grinsen an meinem Mund verzog. »Das Kämpfen hat dich schon immer erregt«, murmelte er mit einem beifälligen Tonfall.

Ich schob ihm meine Hüften entgegen und genoss das Gefühl seiner erregten Männlichkeit. »Ich bin nicht die Einzige, die es genießt.«

»Nur mit dir, Evangeline.«

Ich verwob die Finger in seinem dichten Haar, wobei ich ihn zwang, mich weiter zu küssen, bis wir beide auf dem Boden lagen. Der Beton kratzte durch mein dünnes Hemd über meinen Rücken und erdete mich in der Gegenwart.

Süßer, köstlicher Schmerz, auf den die Ekstase folgt.

Er löste die Hände von mir, um seinen Gürtel zu öffnen und die Hose zu lockern, während er mich weiterhin küsste. Dann legte er beide Hände an meine Wangen und neigte meinen Kopf leicht zurück, um seinen Besitzanspruch mit seiner Zunge geltend machen zu können, während er in meinen heißen Unterleib eindrang. Mit einem kräftigen Stoß glitt er tief in mich hinein und drückte meine Hüften unter sich auf den Boden.

»Ich liebe dich, Evangeline«, flüsterte er. »So sehr, dass es wehtut.«

»Ich liebe dich auch.« Ich wölbte mich ihm entgegen, um seinen Anspruch geltend zu machen, und stöhnte in seinen Mund. »Fester, Xai.«

Ich musste alles fühlen.

Ich wollte, dass er mich zum Schreien brachte.

»Immer«, versprach er. Und ich wusste, was er meinte.

Was immer ich wollte, wann immer ich es wollte, er würde da sein, so wie er es immer gewesen war. Ich hatte ihn vielleicht nicht gesehen oder war mit seinen Methoden oder sogar mit seinen Plänen einverstanden gewesen, aber er hatte mich nie verlassen, selbst wenn er den Anschein erweckt hatte. Er liebte mich auf seine eigene Art und versuchte, mich zur Rückkehr in eine Dimension zu zwingen, die sich ohne ihn leer anfühlen würde. Und deshalb würde ich ihn nie verlassen. Mein Platz war an seiner Seite, auch wenn er glaubte, meiner nicht würdig zu sein.

Er schlang einen Arm um meine Schultern, um mich zu halten, während er mich fast bis zur Besinnungslosigkeit fickte. Lust mischte sich mit Schmerz, als der Beton ein Muster in meinen Rücken und Hintern ätzte. Ich würde die Male noch tagelang spüren, selbst nachdem sie verheilt waren, doch das war mir egal, denn er gab mir alles von sich – sein Herz, seinen Körper und seine Seele.

»Ich werde dich verfolgen«, drohte ich ihm und meinte es ernst.

»Und ich werde mich von dir einfangen lassen«, erwiderte er, bevor er mich leidenschaftlich küsste und die Versprechen besiegelte, die wir einander gaben.

Eine unbändige Hitze durchströmte mich, als ich ihn mit jedem Teil meines Wesens willkommen hieß.

Kein anderer war imstande, derartige Empfindungen in mir hervorzurufen.

Und es würde nie einen anderen geben.

Nicht nach dieser Erfahrung.

Ich vergrub die Fingernägel in seiner Kopfhaut und hielt mich fest, während er mich im Nu zum Höhepunkt trieb. Er explodierte in meinem Inneren und schoss durch meine Gliedmaßen, bis ich seinen Namen stöhnte.

Verdammt.

Ich wurde von heißer Energie durchströmt, als mein Körper unter ihm erbebte.

Ich wusste, dass er noch lange nicht mit mir fertig war, obwohl uns eigentlich keine Zeit blieb.

Aber die Zeit konnte zur Hölle fahren.

Und diese Mission ebenfalls.

Es zählte nur noch dieser Moment mit ihm.

Ich küsste ihn mit einer Leidenschaft, der nur er standhalten konnte, und schlang die Beine um seine Taille. Er rollte sich auf den Rücken, wobei er mich mit sich zog, dann richtete er sich auf, während ich rittlings auf ihm saß. Er zog mir das Hemd über den Kopf und befreite mich von meinem BH, sodass ich ganz und gar nackt war. Xai dagegen war voll bekleidet und hatte nur die Hose weit genug geöffnet, um mit seiner erregten Männlichkeit in meinen heißen Unterleib eindringen zu können. Ich hatte nur noch die beiden silbernen Dolche am Körper, die an meinen Oberschenkeln befestigt waren.

Ich drückte den Rücken durch, als er ohne Vorwarnung den Mund um eine meiner steifen Brustwarzen schloss. Er saugte so heftig daran, dass ich erschauderte. Mein Gott, ich liebte es, wenn er mich behandelte, als wäre ich unzerbrechlich. Er hielt sich nie zurück und gab mir immer, was er wollte, während er genau wusste, was ich brauchte. Er presste den Daumen auf meine Klitoris, als er die Zähne in meiner Brust vergrub.

Ich krallte mich in seine Kopfhaut und zog ihn an mich, als er den Schmerz mit seiner Zunge linderte. Sein harter Schwanz pulsierte in mir, doch er bewegte sich nicht so, wie ich es wollte, während er mich weiter mit seinem Mund und seiner Hand quälte. Meine Erregung steigerte sich bis ins Unerträgliche, wobei ich ihn fast anflehte, mich noch einmal zu nehmen, damit er mich weiter als die Seine brandmarken und meine Begierde stillen konnte.

Aber er ignorierte mein Verlangen und konzentrierte sich darauf, sich meine Kurven mit seinen Lippen ins Gedächtnis einzuprägen.

»Xai«, knurrte ich frustriert. Ich spannte meinen Unterleib um seinen harten Schwanz an und versuchte, mich zu bewegen, doch er hielt mich mit einer Hand an meiner Hüfte fest. »Fick mich.«

»Das tue ich doch«, flüsterte er an meiner geschundenen Brustwarze. Ich liebte es, wie sie an seinen Lippen pulsierte und ich sowohl nach mehr als auch nach weniger verlangte. Es war ein so grotesker Widerspruch, der der Natur unserer Beziehung entsprach. Gemeinsam waren wir entflammbar und verloren uns in einer Explosion epischen Ausmaßes, die in keiner Dimension beherrschbar war. Ich würde es nicht anders wollen.

Er stieß mich von sich und drehte mich auf die Knie, um mich ihm zu unterwerfen. »Hände aufs Geländer«, forderte er, während er sich hinter mich in Position brachte.

Ich versuchte nicht einmal, mich zu wehren. Ich griff nur nach dem Geländer und spreizte die Beine, um mich für ihn bereit zu machen. Er legte die Hände auf meine, als er von hinten in mich eindrang.

So leidenschaftlich und roh, und genau das, was ich wollte.

Meine Knie würden danach zerkratzt und blutig sein, aber ich spürte nichts außer seinem Schwanz, der immer wieder diese empfindsame Stelle tief in mir traf, während er mit dem Mund meinen Nacken liebkoste. Worte der Anbetung kamen ihm über die Lippen, während ich seinen Namen stöhnte.

Falls wir tatsächlich Zuschauer hatten, boten wir ihnen eine verdammt gute Show, und dieses Wissen steigerte nur meine Erregung. Xai definierte die Bedeutung von Exhibitionismus völlig neu, und ich liebte ihn dafür.

Er umfasste meine beiden Hände mit einer Hand und ließ die andere auf meine empfindsame Knospe gleiten. Ich wurde von allerlei Empfindungen überwältigt, als er meine Klitoris zwischen seinen Fingern kreisen ließ und gerade genügend Druck ausübte, um mich gleichzeitig zu quälen und zu befriedigen. Die verwirrende Mischung der Gefühle sandte mich mit Wucht über den Abgrund und ich stieß einen Schrei aus, den man wahrscheinlich im ganzen Gebäude hören konnte.

»Du warst schon immer mein«, knurrte Xai an meinem Nacken, während er das Tempo steigerte. »Und ich werde immer der Deine sein.«

»Ja«, hauchte ich, als ich die Wahrheit anerkannte und ihm meinen Hintern entgegenschob.

Genau diese Antwort hatte er gebraucht, um sich gehen zu lassen und sich mit mir in eine Welt zu erheben, in der nur wir beide existierten. Stöhnen war Musik in meinen Ohren, als er seinen Saft tief in mir ergoss und mich auf die intimste Weise brandmarkte.

Er schlang einen Arm fest um meine Brüste und zog mich vom Geländer weg, um mit einer Hand meinen Kopf nach hinten zu drehen und mich zu küssen. Sein Schaft pulsierte in meinem Inneren, während er mich festhielt, wobei ich meinen Rücken an seine Brust schmiegte und wir beide auf dem Boden knieten. Wir gaben ein so erotisches Bild ab, welches ich für immer in Ehren halten würde.

»Ich verdiene dich immer noch nicht«, sagte er, wobei er mit den Lippen meinen Mund streifte. »Aber ich kann auch nicht ohne dich leben. Das konnte ich nie.«

»Ich wollte nie etwas anderes als dein Eingeständnis, dass wir zusammengehören, Xai.«

»Natürlich gehören wir zusammen«, flüsterte er. »Ich habe jedoch nie den Sinn darin gesehen, das Offensichtliche zuzugeben.«

»Du hast Jahrtausende damit verbracht, es zu leugnen.«

»Nein, Evangeline.« Er packte meine Haare und zog meinen Kopf zurück, um mir in die Augen zu blicken. »Es besteht ein Unterschied zwischen Leugnen und Ablenkung. Alles, was ich je gesagt oder getan habe, geschah aus einer bestimmten Absicht heraus.«

Ich versuchte, den Kopf zu schütteln, doch er hielt mich fest. »Aber du hast mich nie gewählt, weißt du noch? Du hast mich nie gewollt. Du hast behauptet, Liebe sei ein naives Konzept, das ich nicht von dir erwarten sollte.«

»Mm, das waren alles sorgfältig formulierte Worte und Fragen, die dazu gedacht waren, dich von mir zu stoßen, während jedoch ein Funke Wahrheit darin mitschwang.« Ich zuckte zusammen, als ich die grausamen Worte hörte, doch er grinste nur an meinen Lippen. »Ich habe dich nicht gewählt, Evangeline, doch meine Seele hat es getan. Und die Liebe ist ein Konzept, das nicht einmal annähernd beschreiben kann, was ich für dich empfinde. Außerdem habe ich dich nie so sehr gewollt, wie ich dich begehrt habe.«

»Du bist ein Arschloch«, sagte ich verärgert, weil er imstande war, die Bedeutung seiner Worte im Handumdrehen ins Gegenteil zu verkehren.

»Das bin ich«, stimmte er zu. »Aber ich gehöre dir, Liebes. Für immer.«

Ich erschauderte, als er sich plötzlich zurückzog und hinter mir aufstand. Er streckte mir eine Hand entgegen und blickte mich fragend an. *Akzeptierst du mich?*

Als hätte ich jemals eine andere Wahl gehabt.

Ich ließ meine Finger in seine Hand gleiten und gestattete ihm, mir beim Aufstehen zu helfen. »Ich bin immer noch wütend auf dich.«

»Gut.« Er schlang die Arme um mich und presste seine

Stirn an meine. »Du weißt, wie sehr ich wütenden Sex liebe.«

»Mach nur weiter so und ich werde die Messer hervorholen.«

»Mm, ich liebe es, wenn du mit mir flirtest.« Er ließ die Lippen über meinen Mund gleiten. »Aber wir müssen zuerst einen Dämonischen Lord jagen und töten.«

»Du hast doch damit angefangen«, bemerkte ich.

»Und ich werde es auch zu Ende bringen«, versprach er, »nachdem wir Kalida an ihren Vater ausgeliefert und dich entlastet haben.« Er gab mir einen flüchtigen Kuss und dann einen Klaps auf den Hintern. »Jetzt zieh dich wieder an und denke nicht einmal daran, dich zurechtzumachen. Ich mag den frisch gefickten Look an dir. Er bietet eine gewisse Motivation, die wir beide brauchen werden.«

Ich schüttelte den Kopf. »Du bist unausstehlich.«

»Die Zeit rennt, Evangeline«, sagte er nur und wandte sich dann der Treppe zu. Er hatte bereits seine Hose zugeknöpft und den Gürtel festgeschnallt, während ich immer noch nackt hinter ihm stand.

Typisch.

Ich zog mich an, während er mich von der Tür aus mit einem feurigen Blick beobachtete. Seine Augen verfinsterten sich verheißungsvoll, als ich die weggeworfenen Messer einsammelte und sie zurück in die Ärmel meines Hemdes steckte.

Der Mann war unersättlich.

Er hielt mich auf, indem er mir eine Hand auf die Schulter legte. Ich erwartete, eine süffisante Bemerkung von ihm zu hören, doch er überraschte mich, indem er mein zerzaustes Haar zu einem Pferdeschwanz zusammennahm und es mit einem schwarzen Armband fixierte, das er von seinem Handgelenk zog. Es war zwar kein Haargummi, doch es funktionierte.

»Ich liebe dich, Evangeline«, murmelte er, als er mit den Fingerknöcheln über meine Wange strich. »Und da es dir gefällt, wenn ich das Offensichtliche ausspreche, werde ich mich bemühen, es ab jetzt häufiger zu tun.«

»Was in deinen Augen offensichtlich erscheinen mag, ist für andere nicht immer ersichtlich, Mr. Rätselhaft«, erwiderte ich mit einem Grinsen und biss ihm zärtlich ins Kinn, um meinen Worten Nachdruck zu verleihen. »Aber ich liebe dich auch. Und nur damit du es für die Zukunft weißt, du musst mich nicht mit deinem Blut markieren, damit jeder weiß, dass ich dir gehöre.« Denn genau aus diesem Grund hatte er mein Haar hochgebunden und meinen Hals entblößt. Er wollte, dass jeder den Abdruck sehen konnte.

Er zuckte mit den Schultern. »Ich werde es später abwaschen, wenn wir fertig sind.«

»Ja«, stimmte ich zu. »Das wirst du.«

ZWEIUNDZWANZIG

DIE LIEBE IST EIN SPIEL, DAS SO ALT IST WIE DIE ZEIT SELBST

»Das hat Spaß gemacht. Wir sollten es so schnell nicht wiederholen«, sagte Remy, nachdem er uns auf dem Hotelparkplatz abgesetzt hatte. »Bis dann.« Er verschwand, bevor wir etwas erwidern konnten.

Ich starrte Xai über die Motorhaube seines Sportwagens hinweg an. »Ich stimme mit dem Dämon überein.«

»Dir ist doch nicht etwa übel vom Teleportieren, oder, Liebes?«, neckte er, als er die Tür auf der Fahrerseite öffnete.

»Mir ist nicht nur übel, ich empfinde auch eine Menge anderer Dinge«, gab ich zu, als ich neben ihm auf dem Beifahrersitz Platz nahm. Nicht nur die Gefühle, die er auf dem Dach in mir hervorgerufen hatte, sondern auch die, die ich danach im Wohnzimmer empfunden hatte. Der Nephilim Shane hatte mir ein wissendes Lächeln zugeworfen und Xai zugezwinkert. Ihre Offenheit verwirrte mich genauso sehr wie die Situation im Allgemeinen.

»Wie hast du Shane kennengelernt?« Es schien mir

eine gute Frage für den Anfang, wobei mir noch unzählige weitere durch den Kopf schwirrten.

»Er hat versucht, mich zu töten«, antwortete Xai, als er den ersten Gang einlegte. »Er hatte damit keinen Erfolg«, fügte er mit einem Grinsen hinzu.

»Und du hast ihn am Leben gelassen?« Natürlich wusste ich, dass er noch lebte, doch das schmälerte meine Überraschung nicht im Geringsten.

Xai zuckte mit den Schultern. »Er hat mich für einen Dämon gehalten, weil ich mich in den einschlägigen Kreisen herumgetrieben habe, und es stellte sich heraus, dass er im Umgang mit einer Silberkugel viel Geschick an den Tag legte. Sehr zu seinem Leidwesen wachte ich jedoch verärgert und mit Kopfschmerzen auf. Aber wir haben unsere Differenzen geklärt. Es wäre eine Verschwendung gewesen, einen so guten Scharfschützen zu töten.«

»Eine Silberkugel?«, wiederholte ich. »Du meinst aus reinem Silber?«

»In der Tat. Seine Organisation ist ziemlich angetan von ihnen.« Die Sonnenbrille verdeckte zwar seine Augen, konnte aber nicht seine Belustigung verbergen. Er drückte sich absichtlich vage aus.

»Du kannst das nicht einfach so in den Raum stellen und dann nicht weiter ausführen, Xai.«

Er grinste. »Deine Unwissenheit ist charmant, Evangeline.«

»Tatsächlich? Nun, ich werde gleich nicht mehr so charmant sein.«

»Ich liebe es, wenn du mich reizen willst.« Er ließ seine Hand vom Schaltknüppel auf meinen Oberschenkel gleiten und drückte ihn leicht. »Sie bezeichnen sich selbst als die Genesiden. Es ist eine Anspielung auf die vorherrschende gängige Religion, die ihresgleichen eher undeutlich darstellt.«

»Ich habe noch nie von ihnen gehört.« Doch das war nicht verwunderlich, wenn man bedachte, dass ich die Nephilim bis heute für einen Mythos gehalten hatte.

»Ich hatte nur die Gerüchte gehört, aber Shane lieferte mir die ersten Beweise. Es scheint, dass die Nephilim seit Jahrhunderten miteinander vernetzt sind, aber nur um sich gegenseitig zu beschützen. Sie haben erst kürzlich zur Gewalt gegriffen, was auch der Grund dafür ist, dass ich ihrer Organisation gewahr wurde.« Er ließ seine langen Finger an der Innenseite meiner Schenkel bis zu meinem Knie und wieder zurück gleiten. »Kannst du dir vorstellen, warum sie ihre Methoden während des letzten Jahrzehnts geändert haben?«

Ich musterte sein Profil. Seine Haut schimmerte golden in der Nachmittagssonne und verlieh ihm dieses engelsgleiche Aussehen, das ich so sehr bewunderte. Mein Herz schlug höher, als er den Mund zu einem verruchten Schmunzeln verzog und ich die tiefere Bedeutung seiner Worte verstand. »Willst du damit etwa andeuten, dass mein Ruhestand der Grund dafür war?«

»Hm, nein, nicht ganz.« Er zog die Hand zurück, um einen anderen Gang einzulegen, als wir auf die Schnellstraße fuhren. Das sanfte Schnurren des kraftvollen Motors passte zu dem Mann am Steuer. Beide waren elegant, geschmeidig und sündhaft sexy.

»Es ist so«, fuhr er fort, »die Genesiden halten sich für die Beschützer der Menschheit, und ich denke, das ist eine angemessene Bezeichnung. Aus diesem Grund sind wir beide schließlich hier, nicht wahr?« Er lächelte belustigt, während ich über seine beiläufige Bemerkung nachdachte.

Xai hatte mir nie erklärt, warum er gefallen war. Ich hatte immer angenommen, dass es einen schändlichen

Grund dafür gegeben hatte, doch sein Verhalten in letzter Zeit zeichnete ein ganz anderes Bild.

Er gewährte mir nur selten einen Einblick in das Gute in seinem Inneren, doch ich wusste, dass es existierte. Ich hatte es heute an seinem Umgang mit dem Kind gesehen und zuvor von Tax davon gehört. Xai war buchstäblich für mich in die Hölle und zurück gegangen, und das hätte er nicht tun müssen. So handelte kein selbstsüchtiger Mann, sondern einer, der mich beschützen wollte.

Was für ein launenhaftes Wesen du doch bist, dunkler Engel.

Du bringst ständig meine Ansichten und meinen Glauben ins Wanken.

»Du bist zwar gut darin, abtrünnige Dämonen zu vernichten«, fuhr er fort, »aber ich mache deinen Ruhestand nicht dafür verantwortlich, dass die Genesiden zur Gewalt gegriffen haben.«

»Unglaublich«, verbesserte ich ihn. »Du wolltest doch sicher sagen, dass ich unglaublich gut darin bin, abtrünnige Dämonen zu vernichten …«

Ein perfektes Grübchen zierte seine Wange. »Und unglaublich überheblich.«

»Hättest du gern eine Kostprobe meiner Kunst?«, fragte ich in freundlichem Tonfall. »Denn ich bin gern bereit, dir diesen Wunsch zu erfüllen.«

»Immer gern«, murmelte er. »Aber alles zu seiner Zeit, Liebes.«

Er legte die Hand wieder auf mein Bein und streichelte über die Klinge, die unter meiner Jeans an der Innenseite meines Schenkels befestigt war. Es war zwar nicht die zugänglichste Stelle, um eine Waffe zu ziehen, aber eine der letzten, die bei einer Leibesvisitation abgetastet wurde.

»Die Mitglieder der Genesiden haben sich überall auf der Welt strategisch positioniert. Shane zum Beispiel ist ein hochrangiger Beamter im Ministerium für Innere Sicherheit.«

Interessantes Detail. »Das erklärt, warum du ihn wegen des Mädchenhandels angerufen hast.«

»Das ist richtig, aber ich habe ihn auch wegen Trudy angerufen.«

»Trudy?«, wiederholte ich.

»Die junge Nephilim.« Der zärtliche Unterton in seiner Stimme versetzte mir einen Stich im Herzen. Xai war normalerweise nicht sonderlich gut im Umgang mit so jungen Wesen, doch die Kleine schien es ihm wirklich angetan zu haben. »Remy hat sie im Büro vorgefunden, in dem sich die Dämonen getroffen hatten. Er hat behauptet, dass sie auf dem Schreibtisch gesessen und auf ihn gewartet hat, als er zurückkam, um den von Krankheiten befallenen Klub abzufackeln. Als er mich angerufen hat, um mich zu fragen, was er mit ihr anstellen sollte, gab ich ihm die Anweisung, das Mädchen zu den anderen zu stecken und den Job zu beenden.«

»Wusste er, dass sie ein Nephilim ist?«, fragte ich neugierig. Engel besaßen Auren, die Dämonen jedoch nicht wahrnehmen konnten. Daher hatte Zeb nicht wissen können, ob ich seine Tochter getötet hatte oder nicht, denn weder ein Fährtensucher noch ein anderes Wesen aus der Hölle war imstande, meine Präsenz zu spüren. Es war einer der Gründe, warum ich so gut in meinem Job war. Die Unterwelt konnte mich nicht wahrnehmen.

»Nein, aber sie hat keinerlei Reaktion gezeigt, als der Pestilenzdämon sein tödliches Gift im Klub versprühte, was mich vermuten ließ, dass sie etwas Besonderes ist. Als ich sie dann getroffen habe, habe ich diese Vermutung bestätigen können.«

Ich runzelte die Stirn. »Aber du hast Shane angerufen, bevor du mit ihr gesprochen hast.«

»Nein, ich habe die Kleine getroffen, während du dich ausgeruht hast«, murmelte er. »Erst dann habe ich Shane angerufen.«

Ich brauchte einen Moment, um mich daran zu erinnern, wann ich das letzte Mal geschlafen hatte.

Gestern Nachmittag, nach dem Sex.

»Ich habe das Gefühl, als sollte ich beleidigt sein, dass du noch genügend Energie hattest, dich zu unterhalten, nachdem ich eingeschlafen war.« Er war zwar ein Erzengel, aber ich hatte ihn hart rangenommen.

Er lachte leise und ließ die Hand höher gleiten, um sie an meinen heißen Unterleib zu legen. »Oh, Evangeline, darf ich jetzt zur Abwechslung überheblich sein?«

»Du bist immer überheblich.«

»Mm«, erwiderte er, während er mit der Hand meinen Unterleib erkundete, »aber in diesem Fall lege ich sogar noch etwas mehr Arroganz an den Tag.«

Ich biss mir auf die Zunge, um ein Stöhnen zu unterdrücken. Mein Unterleib schmerzte, nachdem er mich vorhin auf dem Dach derart heftig gefickt hatte. Unglücklicherweise hatte der Sex mit dem Erzengel blaue Flecke hinterlassen und meine übernatürliche Fähigkeit zur Selbstheilung schien damit leider nicht fertigzuwerden. Wäre ich ein Mensch gewesen, hätte er mich gebrochen.

Ich begann, mich zu winden, doch hielt mich mit seiner kräftigen Hand fest. »Du hattest mir etwas erzählen wollen«, brachte ich heraus.

»Das stimmt.« Er festigte seinen Griff, bis ich zusammenzuckte. Ständig mischten sich Schmerz und Lust in meinem Inneren. Ich bebte am ganzen Körper, als er die Hand zurückzog, um sie auf mein Knie gleiten zu lassen. Ich fühlte mich sowohl erleichtert als auch seiner Berührung beraubt, doch ich wollte jetzt nicht darüber nachdenken. Wir mussten uns auf unsere

Aufgabe konzentrieren und hatten keine Zeit für Emotionen.

»Ich nehme an, du erzählst mir das alles, weil du eine Theorie hast.« Xai machte nie grundlos große Worte. Er liebte es, mich zu reizen und seine Spielchen mit mir zu spielen, doch eine jede seiner Handlungen hatte eine tiefere Bedeutung. Wie auch der dominante Griff um mein Bein. Es war seine Art, mich daran zu erinnern, dass mein Platz an seiner Seite war. *Als könnte ich das jemals vergessen.*

»Ja. Wie bereits erwähnt, haben sich die Genesiden innerhalb der Gesellschaft strategisch platziert. Sie sind eine kleine, aber mächtige Organisation, deren Mitglieder alle eine militärische Ausbildung erhalten haben. Und damit meine ich nicht die Grundausbildung, sondern intensive, elitäre Fähigkeiten, die sie sich bei Spezialeinheiten und anderen geheimen Regierungsabteilungen aus der ganzen Welt angeeignet haben.«

»Du klingst beeindruckt.« Ich konnte seine Bewunderung nachvollziehen, aber ich hoffte, dass er endlich irgendwann auf den Punkt kam.

»Das bin ich«, gab er zu. »Ich habe Shane erst wahrgenommen, als die Kugel meine Brust traf, und da war es schon zu spät, um zu reagieren.«

Ich stieß einen leisen Pfiff aus. Um sich an Xai anzuschleichen, musste man besondere Fähigkeiten an den Tag legen, über die nur sehr wenige Wesen verfügten. »Also schön, du hast meine volle Aufmerksamkeit.«

»Als wäre das etwas Neues«, erwiderte er, wobei er wieder mein Bein streichelte. Diese kokette Seite an ihm kam nur selten zum Vorschein, aber ich freute mich immer, wenn sie sich zeigte. Selbst wenn er dadurch noch überheblicher wirkte. Als eine Geste der Zusammengehörigkeit legte ich die Hand auf die seine.

»Hör auf, mich zu necken, und fahre fort. Ich weiß, dass du mir das alles aus einem bestimmten Grund erzählst.«

Er drehte seine Hand mit der Handfläche nach oben, um unsere Finger ineinander zu verschränken, dann führte er mein Handgelenk an seinen Mund, um es zärtlich zu küssen. Die Geste war dazu gedacht, mich für meine Ungeduld zu tadeln. Doch wenn er nicht schon bald anfing zu reden, würde ich ihn mit der tieferen Bedeutung des Wortes vertraut machen.

»In den letzten zehn Jahren gab es einen Zuwachs an abtrünnigen Dämonen in dieser Dimension. Ich hatte anfangs geglaubt, die Unterwelt hätte beschlossen, sich in deiner Abwesenheit etwas auszutoben, doch ich fand schnell heraus, dass noch mehr dahintersteckte.« Er ließ meine Hand wieder los, um die Gangschaltung zu betätigen, als wir uns der Ausfahrt näherten.

»Du meinst, die Nephilim haben es ebenfalls bemerkt?«, schlussfolgerte ich.

»Ja, das haben sie, und sie haben es auf sich genommen, den Schlamassel zu beseitigen. Überraschenderweise sind sie ziemlich gut darin, aber sie werden nicht in der Lage sein, mit dem fertigzuwerden, was uns bevorsteht.«

Im Inneren des Wagens herrschte Schweigen, als wir von der Schnellstraße auf eine Hauptstraße abbogen, die von Palmen und teuren Geschäften gesäumt war. Die Gegend strotzte vor Wohlstand und Status.

»Wie lautet also deine Theorie?«, fragte ich, wobei ich mich auf den Zuwachs der Dämonenpopulation auf der Erde bezog. »Glaubst du, dass Geier durch den Einsatz von Abtrünnigen sein Territorium zurückerobern will?«

»Es wäre eine Möglichkeit«, antwortete er leise, als wir in eine Seitenstraße einbogen. Trudys Nachbarschaft war nicht mehr weit entfernt. »Aber warum sollte man etwas zerstören, das man besitzen will? Diese Dämonen, die wir neulich gesehen haben, deuten auf etwas viel Schlimmeres hin. Ich vermute …«

Xais Körper versteifte sich und versetzte meine Sinne in höchste Alarmbereitschaft.

Die Härchen auf meinen Armen stellten sich auf, als eine elektrisierende Energie die Luft erfüllte.

Dämonen.

Eine Menge.

»Ein Hinterhalt«, flüsterte ich.

»Ja«, stimmte Xai zu.

Das Adrenalin beschleunigte meinen Puls und brachte mein Blut in Wallung.

Kämpfe, spornte meine Seele mich an.

Idiotin, tadelte mein Verstand. Denn warum sollten sie uns nicht in eine Falle locken? Ich war so mit Trudy und Shane beschäftigt gewesen, dass ich das Offensichtliche nicht bedacht hatte.

»Es ist der Pestilenzdämon«, sagte ich. »Er muss nach Hause gelaufen sein, um uns zu verpetzen, nachdem wir sein kleines Unterwelttreffen im Klub gestört hatten.«

Nach dem Kampf mit seinen dämonischen Kumpanen war unsere Identität, oder zumindest unsere Herkunft kein Geheimnis mehr gewesen. Er hatte Kalida sicher alles darüber erzählt, wodurch sie ohne Zweifel wusste, dass wir Trudy hatten und dass das Mädchen uns hierherführen würde.

»Wir hätten es vorhersehen müssen«, fuhr ich irritiert fort. Wir hatten weder Verstärkung noch ausreichend Waffen. Meine Sinne verrieten mir, dass wir zahlenmäßig und waffentechnisch mehr als unterlegen waren.

Xai sagte nichts, als wir tiefer in das Viertel eindrangen und uns auf das Zentrum ihres

Wirkungskreises zubewegten, statt ihm den Rücken zu kehren.

Ich öffnete den Mund, um ihn zur Umkehr zu bewegen, doch Übelkeit überkam mich mit der Wucht eines Güterzugs.

Die Hölle.

Verflucht.

So etwas dürfte auf der Erde gar nicht geschehen.

Es fühlte sich an, als stünden wir kurz vor dem Eintritt in die Unterwelt, als hätte Xai uns durch ein Portal direkt vor die Pforten der Hölle gefahren. Dabei waren wir immer noch von kleinen Villen und Palmen umgeben.

»Wir müssen umdrehen«, brachte ich heraus. Mein Innerstes krampfte sich zusammen, während sich mein Herzschlag beschleunigte. In dieser Verfassung wäre ich auf keinen Fall fähig zu kämpfen. »Xai …« Sein Name klang wie ein erbärmliches Flehen auf meinen Lippen.

Aber er ignorierte mich und fuhr weiter. Er schien wesentlich entspannter als noch vor einer Minute zu sein, was mich verwirrte. Jedes einzelne meiner Nervenenden war zum Zerreißen gespannt, während er völlig ruhig wirkte.

»Sie werden uns gefangen nehmen«, sagte er nur.

»Wie bitte?« Das konnte nicht sein Ernst sein. Er hatte sicher gemeint, dass sie uns entführen würden, sollten wir nicht von hier verschwinden. Und genau das sollten wir tun. Und zwar sofort.

»Es ist die einzige Möglichkeit, mehr zu erfahren, aber es könnte ein bisschen wehtun.« Er klang um einiges resignierter, als mir lieb war.

Die Dunkelheit durchzog meine Gedanken. Es war ein weiteres Anzeichen dafür, dass wir uns etwas oder jemandem näherten, der das Böse ausstrahlte. Xai hatte diese Empfindungen schon immer besser verarbeiten können als ich, was sich jetzt in seiner natürlichen Gelassenheit zeigte, während er weiterfuhr.

Ich kratzte mich an den Armen, als ich das Gefühl hatte, dass Käfer daran hochkrabbelten, während ich um Vernunft rang. »Dreh den Wagen um.«

Der kleine Sportwagen war im Hinblick auf Geschwindigkeit und Manövrierfähigkeit gebaut.

Er musste sie nutzen.

»Dafür ist es zu spät«, murmelte er. »Du wirst mir einfach vertrauen müssen, Eve.«

Die berühmten letzten Worte, dachte ich und lachte innerlich auf.

Jedes Mal wenn ich ihm vertraute, tat er mir weh.

Und immer zum ungünstigsten Zeitpunkt.

Gerade als ich geglaubt hatte, dass wir in unserer Beziehung endlich vorankommen würden …

Mir ging ein Licht auf, als die Wahrheit mir ins Gesicht schlug und einen Dolch durch mein Herz trieb.

»Du hast es gewusst.« Meine Stimme war nur noch ein Flüstern, weil meine Kehle sich anfühlte wie Watte. »Du hast unsere Verstärkung weggeschickt …« Er hatte behauptet, wir würden die anderen für die Aufklärungsmission nicht brauchen und er wollte nicht riskieren, dass ihre dämonischen Auren zu spüren waren. Doch er hatte die ganze Zeit über gewusst, dass es eine Falle war, und hatte uns bereitwillig mitten hineingefahren.

»Es war eine logische Annahme, Evangeline.« Er klang so unbeteiligt, als wäre es ihm völlig egal, dass seine Entscheidung mich innerlich fast zerriss.

»Wir hätten uns auf einen Plan einigen sollen.« Und zwar auf einen, bei dem keine schwarzen Flecke vor meinen Augen tanzten. Er wusste besser als jeder andere, dass die Dunkelheit, die von dieser Gegend ausging, mich kampfunfähig machte.

»Ich dachte, das hätten wir«, antwortete er, als er den Wagen direkt vor unserem Bestimmungsort parkte. Er bemühte sich nicht einmal darum, unauffällig zu bleiben.

»Du bist ein Mistkerl«, flüsterte ich. Er hätte mich warnen können, hätte mich um Erlaubnis bitten können fortzufahren, oder hätte irgendetwas anderes tun können, statt uns beide direkt in ein Nest voller Dämonen zu führen. Aber nein.

»Du bist schwach.« Die Worte waren wie ein heftiger Schlag in meine Magengrube. Seit wir uns kannten, hatte er mich noch nie als schwach bezeichnet.

»Fick dich.« Dank unserer Umgebung war meine Antwort kaum hörbar, was mich nur noch mehr in Rage brachte.

Er stellte den Motor ab und legte den Schlüssel auf das Armaturenbrett, ohne mich eines Blickes zu würdigen. Dabei hatte er einen verärgerten Ausdruck im Gesicht, von Reue war jedoch nichts zu sehen.

Ich wollte ihn erstechen, doch die Vernunft bestimmte mein Handeln.

Xai wollte, dass ich ihm vertraue, aber das konnte ich nicht. Nicht nach allem, was er mir angetan hatte. Nicht noch einmal. Und vor allem nicht, während ich mich derart geschwächt fühlte.

Ich zog mein Handy aus der Tasche und hielt es unauffällig neben meinem Körper, sodass Xai es nicht sehen konnte. Dann tippte ich blind eine Nachricht an Gwen.

Geier ist in Miami. Ich fügte seine Adresse hinzu. *Gib Zeb Bescheid.*

Denn ich konnte an Xais Körperhaltung sehen, dass er nicht vorhatte, mir aus dieser Situation wieder herauszuhelfen, was bedeutete, dass ich keinen Partner mehr hatte.

Vielleicht hatte ich nie einen gehabt.

Ich bin allein.

Schon wieder.

Ich schob das Handy unter den Sitz und hoffte, dass Gwen meine Nachricht verstehen würde. Wenn nicht, könnte sie mithilfe des GPS-Signals meinen letzten Standort ermitteln. Zumindest in dieser Dimension.

Der Gestank der Unterwelt drang in meine Poren und verzehrte auf grausame Weise meine Energie. Die Hölle fühlte sich so nahe an, genau wie in jener Nacht im Containerhafen und danach im Klub.

Unnatürlich.

Un-irdisch.

Unwirklich.

»Es tut mir leid, Liebes«, flüsterte Xai, »aber du wirst deine Kräfte brauchen.«

Ich sah weder, wie er sich bewegte, noch hatte ich es erwartet.

Mit der Hand packte er mein Haar. Doch die Geste war weder zärtlich noch erregend, sondern einfach nur grob. Dann prallte mein Kopf gegen das Armaturenbrett. Zweimal.

Und um mich herum wurde alles schwarz.

DREIUNDZWANZIG

DER ENGEL MEINES HERZENS
ERGREIFT ENDLICH DAS WORT

Jᴀ.

Ich bin ein Arschloch.

Aber ich will Ihnen eine Geschichte erzählen. Es ist keine fröhliche Geschichte, sondern eine, die aus dem Kummer des Herzens heraus entstanden ist. Sie handelt von dem Tag, an dem ich fiel ...

»Dᴜ ʜᴀsᴛ eine Bestimmung auf der Erde, Xai.« Mein Vater verschränkte die Arme auf eine Art vor der Brust, die mich einschüchtern sollte. Vor langer Zeit hatte die Geste funktioniert, doch das war, bevor ich begriffen hatte, dass meine Macht über die von Mietek, dem Erzengel des Chaos, hinausgewachsen war. »Und *ihr* Platz ist hier.«

»Du hast mich für eine Dimension vorgesehen, für die ich mich nicht interessiere. Du willst, dass ich ein Leben in Einsamkeit führe, nur um Wesen zu beschützen, die ohnehin sterben werden.« Diese war nicht die Zukunft, die

287

ich mir gewünscht hatte, nicht, solange sowohl mein Herz als auch der Grund zum Atmen hier waren.

»Es wird der Zeitpunkt kommen, an dem du deine Bestimmung verstehen wirst.« Mein Vater liebte es, in Rätseln zu sprechen.

»Und wenn ich mich entschließe, diese Prophezeiung, die du geschaffen hast, nicht zu erfüllen? Wenn ich mich stattdessen dafür entscheide hierzubleiben?«

Er bedachte mich mit einem traurigen Lächeln. »Dann wird die Unterwelt gewinnen.«

»Indem sie ein unwürdiges Reich übernimmt?« Ich schnaubte. »Ich wüsste nicht, wie das überhaupt möglich sein sollte oder wie meine Anwesenheit sie davon abhalten könnte.«

»Chaos, Xai. Es lebt in deinem Blut, und nur du kannst es nutzen.« Seine Erklärung stand den anderen in nichts nach, denn sie war weder aufschlussreich noch hilfreich. »Aber sie muss hierbleiben.«

»Evangeline befolgt nicht gern Befehle, Vater.« Wegen ihrer starrköpfigen Art hatte ich mich überhaupt erst zu ihr hingezogen gefühlt. Und natürlich wegen ihrer Fähigkeit, mit mir Schritt zu halten. Nur wenige verfügten sowohl über die Begabung als auch den nötigen Antrieb, und ich tanzte so gern mit ihr. Sie war eine Kriegerin mit weiblichen Kurven und einem tödlichen Lächeln, das einen Mann in den Wahnsinn treiben konnte. Und all das goldene Haar. Ich liebte es, es im Rausch der Leidenschaft um meine Faust zu wickeln.

»Richtig, und genau deshalb musst du eure Beziehung beenden.« Die Worte meines Vaters rissen mich aus meinen Tagträumen. »Sie darf nicht fallen. Nicht mit dir.«

»Und wenn sie es doch tut?«, fragte ich neugierig.

»Dann wirst du scheitern.« Diese vier Worte jagten mir einen Schauer über den Rücken. Er hatte sie mit einer

Endgültigkeit ausgesprochen, die an ihrem Wahrheitsgehalt keinen Zweifel ließ.

»Deine Gefühle für sie lenken dich nur ab«, fuhr er fort. »Du kannst es dir nicht leisten, deshalb unaufmerksam zu sein. Nicht in dieser Situation.«

»Und mit ›dieser Situation‹ meinst du, dass die Hölle die Erde beherrschen will. Was genau wäre die Folge davon?« Ich konnte an dem leichten Aufflackern seiner Augen erkennen, dass meine Frage nicht die war, die er erwartet hatte. Vielmehr hatte ich sie stellen müssen.

»Krieg«, sagte er nur.

Ein Krieg zwischen den Dimensionen.

Ein Kampf um die Erde.

Es erschien mir unlogisch, die Herrschaft über eine schwächere Dimension anzustreben, doch die Unterwelt war nicht gerade für ihr gutes Urteilsvermögen bekannt.

»Wie lange?«, wollte ich wissen. Dabei meinte ich nicht die bevorstehende Schlacht, sondern mein vermeintliches Schicksal. »Wann kann ich nach Hause zurückkehren?«

Mein Vater verzog die Lippen wieder zu einem traurigen Lächeln. »Das weiß ich nicht, mein Sohn. Aber es ist deine Bestimmung, die Menschheit zu beschützen.«

»Und einen Krieg zu verhindern«, erwiderte ich spöttisch. »Du setzt eine ganze Menge Vertrauen in mich, Vater.«

»Diese Bürde ist nichts für schwache Nerven, aber ich habe keine Zweifel daran, dass du sie bewältigen wirst.«

»Vorausgesetzt, ich bin nicht abgelenkt«, fügte ich verbittert hinzu. »Und was soll ich dort tun? Soll ich auf der Erde herumziehen und mich mit den lebenden Toten anfreunden?«

»Sie sind Menschen, Xai. Und sie leben länger, als dir bewusst ist.«

»Ihr ganzes Leben steuert nur auf den Tod zu.«

»Und hast du kein Mitleid mit ihnen?«, entgegnete er. »Bedauerst du sie nicht, weil sie nur so wenig Zeit haben?«

Ich stieß den Atem aus und ließ die Schultern hängen. Ich verachtete weniger die Menschheit als vielmehr die Tatsache, dass ich keine andere Wahl hatte, als diesen Pfad zu beschreiten. »Darf ich zu Besuch zurückkommen?«, fragte ich leise.

Er warf mir wieder einen mitleidigen Blick zu. »Du weißt, dass das nicht möglich ist, mein Sohn. Die Zeit verläuft hier anders. Ein Tag in unserer Dimension entspricht einem Jahr auf Erden, und das ist mehr als genügend Zeit für die Unterwelt, um einen Krieg anzuzetteln.«

Er packte meine Schultern, um mir seine Version der Ermutigung zuteilwerden zu lassen, doch in diesem Moment fühlte sich die Geste eher schwach und sogar ein wenig grausam an. Denn dieses Schicksal, das für mich und nicht von mir gewählt worden war, verdammte mich zu einem Leben in Einsamkeit. Doch ich würde mich ihm stellen, weil es das Richtige war. Selbst wenn ich es nicht verstand oder mich für die Notlage der menschlichen Rasse interessierte, glaubte ich doch an die Ehre und Bestimmung. Und meine Bestimmung war es, die Menschheit zu beschützen.

»Sie wird hier glücklich sein«, flüsterte mein Vater.

»Sie wird mich vergessen«, entgegnete ich mit gebrochenem Herzen.

»Manchmal erfordert die Liebe das größte Opfer, mein Sohn. Dein Herz für ihres.« Er zog mich in seine Arme. »Aber du musst es tun, oder du wirst ihr Leben verwirken.«

Bei diesen Worten setzte mein Herz einen Schlag aus. »Wie bitte?«

»Ablenkung bedeutet Krieg, Xai, und Krieg bedeutet

Tod.« Er flüsterte mir die Worte ins Ohr und zog dann den Kopf zurück. »Du musst ihretwegen das Richtige tun.«

EVANGELINE WAR GEFALLEN.

Ihr wunderschöner, geschmeidiger Körper lag ausgestreckt im Gras und ich sehnte mich danach, zu ihr zu gehen. Um sie zu trösten. Um ihr zu sagen, dass alles gut werden und dass das Brennen nachlassen würde … Aber ich blieb reglos stehen und hatte die Hände zu Fäusten geballt, während mein Herz immer wieder brach.

Ich war schuld daran.

Ich hatte in einem Moment der Schwäche zugegeben, dass ich mir wünschte, die Ewigkeit mit ihr zu verbringen, und sie war mir gefolgt.

Meine süße, eigensinnige, starke Frau war meinetwegen gefallen.

Ich gestattete mir, einen selbstsüchtigen Moment des Glücks zu empfinden, bevor ich den Gedanken wieder verdrängte.

Nach nicht einmal zwei Tagen in dieser Dimension wusste ich bereits, dass sie wieder nach Hause zurückkehren musste. Überall hatten sich Dämonen niedergelassen, teilten die Territorien unter sich auf und fanden Wege, mit den Menschen ein symbiotisches Leben zu führen.

Ich verstand endlich, was meine Bestimmung war.

Der Himmel hatte mich als Warnung auf die Erde geschickt, um die Unterwelt daran zu erinnern, dass meinesgleichen ein Auge auf sie hatte. Die Dämonen konnten hier leben, solange sie nicht die Herrschaft über diese Dimension übernahmen. Falls irgendjemand auf die Idee kam, diese Grenze zu überschreiten, würde ich im

Handumdrehen himmlische Gerechtigkeit walten lassen. Die Hölle würde sich an die Regeln halten müssen oder der Himmel würde weitere Vergeltungsmaßen folgen lassen.

Aber Evangeline … Sie hatte diese Existenz nicht verdient. Und mein Vater hatte recht. Durch ihre Anwesenheit war ich bereits abgelenkt, und das konnte ich mir nicht leisten. Es hatte gereicht, ihre Präsenz in dieser Dimension zu spüren, um sofort zu ihr zu eilen und mich von meinen aktuellen Aufgaben ablenken zu lassen.

Wenn ihr hier etwas zustoßen würde, würde ich mir das nie verzeihen.

Was habe ich mir nur dabei gedacht? Der Vorschlag, sie für mich fallen zu lassen, war die egoistischste Tat meines Lebens.

Sie brauchte jemanden, der besser zu ihr war.

Einen neuen Liebhaber, der für sie da sein konnte und sie wertschätzte und anbetete, wie sie es verdiente.

Ich konnte nicht dieser Mann sein. Nicht jetzt und vielleicht niemals. Und ich war es ihr schuldig, sie nach Hause zu schicken, wo sie hingehörte. Wo sie in Sicherheit wäre.

Mein Herz zersprang in tausend Stücke, als mir klar wurde, was ich tun musste. Es war die einzige Möglichkeit.

Sie musste in den Himmel zurückkehren wollen, und das erforderte die Kooperation ihrer Seele. Aber meine Evangeline war stur. Sie würde mich nicht so einfach verlassen. Ich musste ihr einen glaubwürdigen Anstoß geben.

Es würde nicht reichen, ihr einfach zu sagen, wie sie in den Himmel aufsteigen konnte, denn die kostbare Bindung, die zwischen uns bestand, würde sie zurückhalten. Meine geliebte Evangeline konnte nicht fliegen, solange ich sie an die Erde fesselte.

Ich würde sie nur zum Gehen bewegen können, wenn ich sie verletzte und ihren Glauben an unsere Liebe zerstörte. Ich musste sie davon überzeugen, dass ich mich nie für sie interessiert hatte, und das Band zwischen uns vernichten.

Es wäre die schwerste Aufgabe, die ich je würde vollbringen müssen, daran hatte ich keinen Zweifel. Aber ich hatte keine andere Wahl.

Ich weigerte mich, ihr Leben zu verwirken, wie mein Vater es prophezeit hatte.

Denn der Himmel wusste, dass er sich noch nie geirrt hatte.

Und ich würde nicht zulassen, dass das Schicksal mir Evangeline entriss.

Nicht wegen meiner Selbstsüchtigkeit.

Ich ballte abwechselnd die Hände zur Faust und entspannte sie wieder, während sie am Boden lag und krampfte. Sie schien so kalt und einsam zu sein. In diesem Moment war sie wie die Verkörperung meiner Zukunft ohne sie.

Aber wenigstens würde sie in Sicherheit sein. Eines Tages würde sie mich vergessen und ihr Leben weiterleben.

Das würde mein Trost sein.

Denn sie würde für immer in meinem Herzen leben.

⚘

VIELLEICHT HATTE ich mich an jenem Tag geirrt.

Vielleicht hätte ich ihr die Wahrheit sagen und sie selbst entscheiden lassen sollen, aber ich tat, was ich in jenem Moment für richtig gehalten hatte.

Ich habe jeden Tag meines Lebens damit verbracht, Evangeline auf die einzige Art, die ich kenne, zu beschützen und zu lieben. Sie ist mein Herz, der einzige

Grund für mein Handeln, wobei all meine Entscheidungen kalkuliert sind.

Heute bildet keine Ausnahme.

Sie wird es verstehen, wenn sie aufwacht. Sie wird erkennen, warum ich so gehandelt habe, und mich vielleicht dafür hassen. Ich kann damit leben, solange sie noch atmet.

Sie muss stark, lebendig und kampfbereit sein.

Denn ohne sie werde ich aufhören zu existieren.

VIERUNDZWANZIG

EIN BAD IN BLUT IST NICHT ANNÄHERND SO SEXY, WIE MAN VIELLEICHT GLAUBEN KÖNNTE

Eine tiefe Stimme dröhnte in meinen Gedanken. Die Worte waren verschwommen und undeutlich. Es war ein Gefühl, als würde ich unter Wasser schwimmen, während jemand über der Oberfläche mit mir sprach.

Mein Schädel pochte protestierend, als ich versuchte aufzutauchen.

Irgendetwas hatte mich bewusstlos geschlagen. Und zwar mit Wucht.

Mein Instinkt befahl mir, mich nicht zu rühren, während ich versuchte, mir im Klaren darüber zu werden, was geschehen war.

Die Erinnerung an meine letzten wachen Momente durchzuckte mich.

Xai.

Er hatte mich schon wieder getäuscht.

Er hatte irgendetwas davon gesagt, dass ich meine Kraft bräuchte. Damit hatte er verdammt recht, denn ich würde ihn mir schnappen, wenn ich mich erst einmal von diesen Fesseln befreit hatte.

Einen Moment mal …

Mein Verstand überlagerte meine wütenden Gedanken, als ich meine Umgebung wahrnahm. Meine Handgelenke waren mit Handschellen hinter der Rückenlehne des Stuhls fixiert, doch meine Beine waren nicht gefesselt.

Fehler Nummer eins meines Entführers, doch ich wollte mich nicht beschweren.

»Es kling vielleicht logisch«, hörte ich Xai aus der Nähe sagen, »aber es birgt erhebliche Risiken.«

»Jeder große Erfolg erfordert ein noch größeres Opfer«, antwortete ein Mann mit einer tiefen, grollenden Stimme.

Geier, erinnerte ich mich.

Es kostete mich große Mühe, gegen den Schauer anzukämpfen, der drohte mir über den Rücken zu laufen.

Das letzte Mal hatte ich den ehemaligen Dämonischen Lord an dem Tag gesehen, an dem Zeb ihn gestürzt hatte. Ich hatte auf der Seite des Siegers gestanden und Geier hatte geschworen, diesen Umstand niemals zu vergessen. Offensichtlich hatte er seinen Rachedurst gestillt, indem er mir den Mord an Kalida angehängt hatte. Schlauer Scheißkerl.

Und jetzt hatte er mich mit Handschellen an einen Stuhl gefesselt.

Großartig.

»Das ist vielleicht wahr, aber du solltest das Opfer nicht bringen, oder?« In Xais Stimme lag ein Hauch von Verärgerung, der so subtil war, dass die meisten Leute ihn nicht bemerkt hätten. »Aber wie ich schon sagte, es ist ein verlockendes Angebot.«

»Heißt das, du bist dabei?« Als ich das vertraute feminine Schnurren hörte, verkrampfte sich mir der Magen, während ein Adrenalinstoß meine Adern durchzuckte.

Kalida.

Ihre Anwesenheit stellte Jahrtausende meiner Geduld auf die Probe. Ich durfte mich nicht rühren, während ich nichts lieber wollte, als meine Fesseln zu sprengen, um sie zu erwürgen.

Ich sehnte mich nach ihrem Blut.

Genauso wie nach Geiers.

Ich spürte, wie mir jemand mit warmen Fingern über den Wangenknochen strich, bevor er die Hand über meinen Nacken gleiten ließ. Ich wusste, wessen Hand mich berührte, noch bevor er etwas sagte.

»Mm«, murmelte Xai. »Darf ich mich von ihr verabschieden?«

Mit dem Daumen strich er über das getrocknete Blut auf meiner Haut und ich hatte das Gefühl, dass er mir etwas sagen wollte, doch wahrscheinlich war das nur Wunschdenken.

Das Arschloch hatte mich bewusstlos geschlagen, nachdem er mich überlistet hatte, ohne Verstärkung hierherzukommen.

Und ich hatte geglaubt, dass er mich liebte.

Am liebsten hätte ich laut losgelacht. Ich hätte es wissen müssen.

Es war nur eine weitere Falle gewesen. Eine weitere Lüge. Ein weiterer Verrat. Typisch Xai.

»Solange du nichts gegen Publikum einzuwenden hast«, antwortete Kalida.

»Es heißt, dass Vertrauen die Grundlage für eine zuträgliche Partnerschaft ist.« Auf den ermahnenden Unterton in Xais Stimme folgte ein Zwicken in mein Ohrläppchen. Er wollte mir entweder eine Botschaft übermitteln oder überprüfen, ob ich schon wieder bei Bewusstsein war. Vielleicht auch beides.

»Aber«, fuhr er fort, »da ich zufällig ein wenig

Voyeurismus genieße, werde ich in diesem Punkt nachgeben.«

»Dann tu dir keinen Zwang an.« Geier klang gelangweilt. »Aber wenn du mit ihr fertig bist, kann ich mit ihr machen, was ich will.«

»Natürlich.« Xais lässige Antwort versetzte mir einen Stich im Herzen. Es gab schlimmere Strafen als den Tod, und eine davon war die Auslieferung an einen Dämonischen Lord, um von ihm jahrhundertelang gefoltert zu werden.

Dafür werde ich dich verdammt noch mal umbringen.

Nachdem ich mich um Kalida und Geier gekümmert hatte.

»Öffne die Augen, Liebes«, sagte Xai, als er mit einer Hand meinen Nacken packte. Er legte sie direkt über das getrocknete Blut auf meine Haut, mit dem er mich markiert hatte. Wie passend. »Ich weiß, dass du wach bist.«

Ich tat, wie geheißen, aber nur, weil es nichts gebracht hätte, sich zu verstellen. Mit schwelenden Augen grinste er auf mich herab und ich verabscheute die Tatsache, dass dieser dunkle Blick meinen Puls in die Höhe trieb. Doch nicht aus Angst, sondern aus Erregung. Ich wusste, was für gewöhnlich auf dieses unausgesprochene Versprechen folgte, und er enttäuschte mich nicht, als er die Lippen auf die meinen presste und mir einen zärtlichen Kuss gab. Es war eine grausame Geste, die in Anbetracht unseres Publikums und des Ortes, an dem wir uns befanden, umso erotischer war.

Als Reaktion auf die Mischung aus Gefahr, Verführung und Lügen geriet mein Blut in Wallung. Wut vermischte sich mit Lust, als meine Seele aus Liebe heftig erbebte. Es war ein so verworrenes Netz der Emotionen.

»Mach den Mund auf.« Der Befehl war kaum mehr als

ein Flüstern und er verlieh ihm Nachdruck, indem er mit der Zunge über meine Lippen strich und Einlass begehrte.

Ich ließ ihn kurz gewähren und biss dann fest zu.

Er murmelte zustimmend, bevor er seine verwundete Zunge noch weiter in meinen Mund schob und ihn mit Blut füllte. Er verwob die Finger in meinem Haar und zog meinen Kopf zurück, sodass mir keine andere Wahl blieb, als seinen Lebenssaft zu schlucken. Xai hatte im Laufe der Jahre eine Menge Dinge mit mir angestellt, aber das hier war neu. Er genoss das Spiel mit Blut während eines Kampfes, doch wir hatten noch nie voneinander getrunken.

Er strich mit dem Daumen über meine Kehle und zeigte mir damit deutlich, was er wollte. Die Position, in der er mich festhielt, zwang mich zum Gehorsam.

Ich schluckte.

Süß und würzig, und ganz und gar Xai.

Eine fremde Energie rauschte durch meine Adern und stand sofort im Widerspruch zu meinem Verstand. Ich wollte ihn hassen, aber sowohl meine Seele als auch mein Herz weigerten sich, das Gefühl zuzulassen. Wenn meine Hände nicht gefesselt gewesen wären, hätte ich ihn vermutlich mit der einen ins Gesicht geschlagen, während ich ihn mit der anderen an mich gezogen hätte.

Nur du bist in der Lage, einen derartigen Zwiespalt in meinem Inneren hervorzurufen, dachte ich verbittert.

Mein Nacken schmerzte, nachdem er meinen Kopf so lange in dieser unbequemen Position festgehalten hatte. Der blutige Fleck in meinem Nacken fühlte sich dicker an, als hätte er noch mehr Blut aufgetragen. Vielleicht hatte er auch mehr geblutet, als mir bewusst war.

Ich zuckte zusammen, als ich auf der Stirn ein ähnliches Empfinden hatte. Die klebrige Konsistenz über meinen Augenbrauen ergab keinen Sinn. Xai hatte meinen

Kopf gegen das Armaturenbrett gestoßen, was einen Bluterguss und keinen Schnitt zur Folge haben sollte. Das bedeutete, dass jemand meine Stirn mit Blut beschmiert hatte, das nicht meines war.

Was zum Teufel versuchst du mir anzutun, Xai?, fragte ich mich und war verwirrter denn je. *Welches Spiel spielen wir jetzt?*

Ich strich zaghaft mit meiner Zunge über die seine und zuckte zusammen, als er die Geste auf unerwartet sanfte Weise erwiderte.

Ich riss die Augen auf und sah, wie er auf mich herabstarrte. Es war ganz anders als die Art, wie wir uns normalerweise küssten.

Endlich, schien er sagen zu wollen.

Ich werde dich umbringen, erwiderte ich mit einem starren Blick.

Versuch es doch. Ich konnte die Belustigung in seinen Augen sehen, doch ich verstand nicht, was er mir sonst noch sagen wollte. Diese Umarmung war wie eine Art Pakt und nicht das Lebewohl, das er den anderen gegenüber vorgegeben hatte.

Engel ließen nie einen anderen von ihrem Blut trinken, denn dadurch fand ein Machtwechsel statt ...

Ich blinzelte.

Oh.

Ja. Seine Pupillen weiteten sich. *Jetzt verstehst du es.*

Mit dem Mal an meinem Hals hatte er nie beabsichtigt, seinen Besitzanspruch auf mich geltend zu machen, es war vielmehr zu meinem Schutz gedacht. Und als er den Kopf zurückzog, damit ich mir unsere Umgebung näher ansehen konnte, wurde mir bewusst, was der Grund für sein unerwartetes Geschenk war.

Wir befanden uns in einem Raum, der an eine mittelalterliche Folterkammer erinnerte, abgesehen von dem gelben Licht, das von der felsigen Decke über uns baumelte. Zu meiner Rechten stand ein Tisch, auf dem schmutzige Werkzeuge aufgereiht waren, und in der Ecke befand sich ein schweres Steintor.

Räume wie diesen kannte ich aus meinen Albträumen.

Denn wir befanden uns in der Hölle.

Buchstäblich.

Doch im Gegensatz zu all meinen vorherigen Besuchen fühlte ich mich gut, und das hatte ich Xai zu verdanken.

Die Blutlinie der Erzengel lebte im Chaos förmlich auf, und es gab keinen chaotischeren Ort als die Unterwelt. Die Blutlinie meiner Mutter, die durch meine Adern floss, brauchte Leben, gesunde Seelen und allgemeines Glück, um zu überleben, was auch der Grund dafür war, dass ich in dieser Dimension funktionsunfähig war. Doch indem er mich mit seinem Lebenssaft getränkt hatte, hatte Xai mich im Wesentlichen mit seiner Aura umhüllt und mich dadurch in der Unterwelt vorübergehend geschützt und gestärkt.

Die Worte »Du bist schwach« bekamen plötzlich eine ganz neue Bedeutung. Auch mit seiner Verärgerung hatte er mich nicht verhöhnen wollen, er hatte lediglich meinen körperlichen Zustand eingeschätzt, der ihm Sorge bereitet hatte …

»Sie werden uns gefangen nehmen … Es ist die einzige Möglichkeit, mehr zu erfahren, aber es könnte ein bisschen wehtun.«

»Du hast es gewusst … Du hast unsere Verstärkung weggeschickt.«

»Es war eine logische Annahme, Evangeline.«

»Wir hätten uns auf einen Plan einigen sollen.«

»Ich dachte, das hätten wir getan.«

Das Gespräch aus dem Wagen durchdrang meine Gedanken und zwang mich, alles noch einmal zu überdenken.

Was für einen Plan hatten wir besprochen?

Ich ging im Geiste noch einmal die Geschehnisse am Morgen durch, das Gespräch mit den Opfern, unser Abenteuer auf dem Dach und wie es geendet hatte.

»Wir müssen zuerst einen Dämonischen Lord jagen und töten … nachdem wir Kalida an ihren Vater ausgeliefert und dich entlastet haben … Ich werde es später abwaschen, wenn wir fertig sind.«

Scheiße.

Xai musste den verständigen Ausdruck in meinem Gesicht gesehen haben, denn er bestätigte meine Gedanken mit einem Lächeln.

Was für ein beschissener Plan.

Ich unterdrückte den Drang, den Kopf zu schütteln, und begnügte mich damit, ihm einen frustrierten Blick zuzuwerfen.

Wir beide werden uns lange unterhalten, wenn das hier erst einmal vorbei ist.

Denn all das hätte er mir auch erklären können, statt es nur durch einen Haufen verwirrender Aussagen anzudeuten. Ganz zu schweigen davon, dass er mich nur niedergeschlagen hatte, um mich mit Blut zu bedecken. Ich würde mich später bei ihm revanchieren, und zwar mit einem Messer.

»Genieße die Hölle, Liebling«, murmelte er. Es waren die Worte, die er mir schon vor so vielen Jahren an den Kopf geworfen hatte und die seither meine Albträume verfolgten. Doch plötzlich verstand ich es. Er hatte mich nie verlassen und er würde mich nie verlassen. Nicht ohne einen Fluchtplan. Warum hätte er sonst den schmerzhaften Prozess auf sich genommen, mich mit seiner Aura zu umhüllen?

»Ich vermute, dass dir einige Vergnügungen bevorstehen«, fügte er mit einem verruchten Lächeln hinzu, während mir klar war, was er unterschwellig damit meinte. *Viel Spaß beim Töten der Dämonen.* »Ich wünschte, ich könnte es mit eigenen Augen sehen, aber ich habe auf der Erde noch etwas Wichtiges zu erledigen.«

Kalidas Kichern deutete darauf hin, dass sie sich auf die Mission freute, doch ich bezweifelte, dass die beiden die gleichen Absichten im Sinn hatten. Xai hatte offensichtlich noch nicht alle Einzelheiten in Erfahrung bringen können, die er brauchte, daher musste er sich als Verbündeter ausgeben.

Großartig.

Er streichelte mit den Fingerknöcheln über meine Wange und ließ dann seine Hand meinen Arm bis zu meinen gefesselten Händen hinter meinem Rücken hinuntergleiten. Außerhalb der Sichtweite der anderen drückte er mir ein schlankes Stück Metall in die Handfläche. *Ein Schlüssel.*

Ich schloss die Faust um den Gegenstand und blickte mit finsterer Miene zu ihm auf. »Ich werde es genießen, wenn ich dich später ersteche.«

Er grinste voller Vorfreude. »Du willst wohl mit mir flirten.«

»Arschloch«, entgegnete ich.

Kalida erschien an Xais Seite und schlang ihre frisch manikürte Hand besitzergreifend um seine Schulter, während sie mit funkelnden schwarzen Augen auf mich herabstarrte. Die Sukkubus-Gene ihrer Mutter verliehen ihr eine kurvenreiche Figur, die geschaffen war zu verführen, während sie den dunklen Teint und das tiefschwarze Haar den Genen ihres Vaters zu verdanken hatte.

Ich lächelte sie an. »Ich kann es kaum erwarten, dich an Zeb zu übergeben.«

Es würde schwer sein, sie nicht vorher zu töten, aber es

gab schlimmere Strafen als den Tod, und ihr Vater kannte sich damit bestens aus. Die Tatsache, dass sie seine Tochter war, bedeutete nicht, dass er ihren Verrat auf die leichte Schulter nehmen würde.

Sie schmiegte sich an Xai und legte eine Hand an seinen Bauch, als er seine Solidarität vortäuschte, indem er einen Arm um sie schlang. Dabei starrte er mich die ganze Zeit über mit einem Ausdruck voller Emotionen an. Und nur ich war in der Lage zu erkennen, was in ihm vorging. *Wut.*

»Arme kleine Evie«, gurrte sie. »Du hast die meiste Zeit über geschlafen, während wir miteinander verhandelt haben, also werde ich dich auf den neuesten Stand bringen.« Sie strich mit den Fingernägeln besitzergreifend über Xais flachen Bauch, was meine weiblichen Instinkte in Rage versetzte. Er mochte ein absoluter Scheißkerl sein, aber er gehörte mir.

»Weißt du«, fuhr sie fort, »Xai hat dich gerade Geier als Geschenk im Austausch für eine neue Partnerschaft dargeboten.« Sie sah bewundernd zu meinem Engel auf, doch er erwiderte ihren Blick nicht. »Er steigt von meinem nutzlosen Vater zu einem stärkeren Spieler auf.«

Ich brach unwillkürlich in schallendes Gelächter aus. In ihren Ohren mochte es hysterisch klingen, doch das lag nur daran, dass ich vergeblich versucht hatte, es zu unterdrücken. Wow. Kalida hatte den Verstand verloren. Sie lag in so vieler Hinsicht falsch mit ihrer Einschätzung, doch ich sprach zuerst das Offensichtliche aus.

»Und der stärkere Spieler ist Geier?«, fragte ich belustigt. »Das ist wirklich niedlich.«

Der ehemalige Dämonische Lord trat vor und stellte sich unter die einzige Lampe im Raum, damit ich ihn und den eisigen Ausdruck in seinen rostroten Augen richtig sehen konnte.

Wie auch Zeb war Geier ein gut aussehender Mann. Er hatte jedoch blasse Haut und hellblondes Haar, das er im Nacken zu einem Pferdeschwanz zusammengebunden hatte. Die Frisur passte zu seiner Vergangenheit, denn das letzte Mal hatte er die Erde im Zeitalter der Wikinger regiert. Offenbar hatte ihn in Sachen Mode niemand auf den neusten Stand gebracht.

»Ich freue mich schon darauf, dir eine Lektion zu erteilen, Evangeline«, murmelte er. Er strotzte vor Gelassenheit und Selbstsicherheit, doch von seinesgleichen hatte ich nichts anderes erwartet. Die Luft war erfüllt von einer bedrohlichen und machtvollen Energie, die mir einen eiskalten Schauer über den Rücken jagte. Xai hatte mir zwar den Schlüssel zu meiner Flucht gegeben, doch selbst bewaffnet würde es nicht leicht werden, diesen Dämon zu besiegen.

»Leider«, fuhr Geier fort, »müssen wir uns zuerst ums Geschäftliche kümmern, wie Xai bereits bemerkt hat. Aber ich habe vor, später mit dir zu spielen. Ein paar Stunden oder Tage hier unten sollten dich ausreichend schwächen und weitgehend wehrlos machen, sodass ich mit dir anstellen kann, was ich will.«

Er trat näher und strich mit dem Daumen über meine Lippen, um deutlich zu machen, auf welche Weise er mich missbrauchen wollte. Die Belustigung, die mich noch vor Kurzem erheitert hatte, war wie weggeblasen, als er mich mit seinem scharfsinnigen, berechnenden Blick musterte.

Geier wäre nicht der erste Dämon mit einem Engelsfetisch. Der Gedanke, etwas so Reines und Gutes zu schänden, übte einen besonderen Reiz auf die dunkelsten Wesen der Unterwelt aus. Und das Wesen, das gerade über mir stand, war eines der abscheulichsten von allen.

Eine unbehagliche Energie ließ meine Haut vibrieren, als er mit der Fingerkuppe über meinen Kiefer strich. Das unangenehme Prickeln verriet seine bösen Absichten und überwältigende Stärke. Selbst wenn ich einen guten Tag hätte und in Topform wäre, würde er eine Herausforderung für mich darstellen. Hier unten hatte ich keine Chance, und das wusste er und weidete sich daran.

»Vielleicht bringe ich dich ab und zu zurück zur Erde, damit du wieder zu Kräften kommen kannst«, sagte er. »Und sobald du dich stark genug fühlst, werde ich dich wieder hierher zurückholen und in die Knie zwingen. Wo du hingehörst.«

Bei diesen Worten hatte Xai ein Schmunzeln im Gesicht und ich hätte ihn am liebsten dafür geohrfeigt. Er wusste, dass er der einzige Mann war, vor dem ich je niedergekniet hatte. Es war ein verdammt unpassender Moment, mich daran zu erinnern, doch genau darum ging es ihm. Er wollte, dass ich mit meinen Gedanken bei der Sache war und mich nicht von der Angst vor den unverhohlenen Drohungen des Dämons lähmen ließ.

Denn trotz des Schlüssels in meiner Hand und des vorübergehenden Schutzes, den Xais Blut mir bot, verunsicherten mich Geiers Worte. Die Vorstellung, ihm über einen längeren Zeitraum hinweg ausgeliefert zu sein, jagte mir Angst ein. Vor allem seine Drohung, mich zwischen den Welten hin und her zu teleportieren, beunruhigte mich zutiefst. Für mich wäre das ein Albtraum und der Ausdruck der Erregung, der in den Augen des Dämons funkelte, machte die Situation nicht besser.

»Mm, ja, ich sehe schon, dass wir eine Menge Spaß miteinander haben werden.« Er senkte die Hand, wobei er mit den Fingerknöcheln kaum merklich über meine Brust streifte, bevor er mit den Fingern schnippte und zur Tür blickte. Zwei Wächter stürmten herein und warteten mit unterwürfigen Mienen darauf, dass Geier ihnen einen

Befehl erteilte. »Ich will, dass sie bis zu meiner Rückkehr nackt an mein Bett gefesselt wird. Ihr werdet sie nicht anrühren. Habt ihr das verstanden?«

»Ja, Sir«, antworteten sie im Chor.

Ich sah Xai über Geiers Schulter hinweg in die Augen. Abgesehen von dem leichten Aufflackern seiner Pupillen wirkte der dunkle Engel gelangweilt. Ihm gefiel nicht, was der Lord mit mir vorhatte, aber er hatte auch nicht vor, ihm Einhalt zu gebieten. Nicht, weil es ihm egal war, sondern weil er wusste, dass es nicht nötig sein würde.

Vertrauen, drückte er mit seinen Augen aus. Er wusste, dass ich auf mich selbst aufpassen konnte, besonders mit dem Schlüssel zu meiner Freiheit und den zwei Messern, die in meiner Jeans versteckt waren. Sie fühlten sich wie Brandzeichen an den Innenseiten meiner Oberschenkel an. Es war ein Fehler gewesen, auf eine Leibesvisitation zu verzichten, und Xai hatte sicher seinen Teil dazu beigetragen.

Wie hat er sie davon abgehalten, das Silber an meinem Körper wahrzunehmen?

Hatten sie ihm erlaubt, bewaffnet einzutreten?

Hatte sich die Wahrnehmung der Unterwelt hinsichtlich des Edelmetalls verändert?

»Wollen wir?«, fragte Xai und zeigte zur Tür. »Es sei denn, wir müssen dabei sein, wenn sie sie wegbringen.«

Geier beäugte mich prüfend, während er nach Anzeichen von Stärke oder Kampfgeist suchte. Ich warf ihm einen finsteren Blick zu, doch ich ließ auch ein wenig Angst, die seine Anwesenheit in mir hervorrief, in meinem Gesichtsausdruck erkennen. Es fiel mir nicht schwer, denn meine Seele rollte sich in diesem Reich zu einer zitternden kleinen Kugel zusammen, während er mit seiner dominanten Aura die Kämpferin in meinem Herzen einschüchterte. Das bedeutete zwar nicht, dass ich mich nicht zur Wehr setzen würde, doch ich wusste, dass Geier mich in der Hölle irgendwann besiegen würde. Und ich wollte ihn sehen lassen, dass ich mir dessen bewusst war.

»Ich mache mir ihretwegen keine Gedanken«, sagte er nach einem Moment. »Wir können gehen.« Er nickte seinen Wächtern zu, während er die anderen zur Tür hinausführte. Eine Portalbewohnerin stand mit ausdrucksloser Miene wartend im Flur. Sie streckte wortlos eine Hand aus, die Geier ergriff, woraufhin Xai und Kalida sich ihm anschlossen.

Kurz bevor die Gruppe verschwand, begegnete Xai noch einmal meinem Blick und ich konnte einen Ausdruck von Liebe in seinen Augen erkennen. Doch er war viel zu schnell wieder verschwunden und wich einem Paar herannahender Wächter.

Hm … Zeit für ein Spielchen.

FÜNFUNDZWANZIG

DIE QUARTIERE DER HÖLLE LASSEN WIRKLICH ZU WÜNSCHEN ÜBRIG

»HALLO, JUNGS«, begrüßte ich die Dämonen.

Diese Arschlöcher hatten sich wirklich den falschen Tag ausgesucht, um meine Bekanntschaft zu machen.

Ich ließ den Schlüssel in die Handschellen gleiten und drehte ihn herum, als die beiden Wächter auf mich zu schlenderten. Das Metall ließ sich mit Leichtigkeit entriegeln und ich fing die Fesseln auf, bevor sie zu Boden fallen konnten.

»Wollt ihr euch erst ein wenig mit mir unterhalten oder gleich zur Sache kommen?«, fragte ich neugierig.

Beide stießen ein gleichgültiges Grunzen aus. Typisch Wächter.

Ich zuckte mit den Schultern. »Also schön, es war einen Versuch wert.«

Ihre Bewegungen waren vorhersehbar und synchronisiert. Ich ließ sowohl die Schultern als auch den Kopf hängen, um Schwäche vorzutäuschen, als einer von ihnen einen Schlüsselbund aus der Tasche zog. Ich nahm an, dass daran der Schlüssel fehlte, den Xai irgendwie gestohlen und mir in die Hand gedrückt hatte. Er hatte schon immer geschickte Finger gehabt.

Dämon Nummer eins packte mich mit mehr Enthusiasmus als nötig an der Schulter und nickte dem anderen zu. »Ich mache das schon.«

»Ach tatsächlich?«, fragte ich, während ich die Handschellen wie einen Schlagring um meine linke Hand legte. »Denn ich bin anderer Meinung.«

Der stumpfsinnige Wächter sah mich erst kommen, als es schon zu spät war. Ich holte aus und traf mit der Faust seine Halsschlagader, womit ich ihm die Luft abdrückte. Er löste die Hand von meiner Schulter und fasste sich damit an die verletzte Kehle, während der andere Dämon das Geschehen verblüfft beobachtete. Ich nutzte den Moment und trat ihm mit Wucht in den Unterleib. Als er sich vornüberbeugte, schlug ich ihm mit der rechten Faust gegen den Hals, woraufhin er eine ähnliche Haltung wie der andere Mann einnahm.

Beide gaben röchelnde Geräusche von sich, während sie nach Atem rangen. Alle humanoiden Dämonen ließen sich durch Schläge gegen den Kehlkopf schwächen. Sie waren für mindestens zwanzig Sekunden außer Gefecht gesetzt, wodurch mir gerade genügend Zeit blieb, um die Messer von meinen Oberschenkeln zu lösen. Es war zwar nicht die eleganteste Art, meine Gegner auszuschalten, doch in der Not frisst der Teufel Fliegen.

»Ich hatte euch gefragt, ob ihr euch zuerst mit mir unterhalten wollt.« Ich drehte die Messer zwischen meinen Fingern und schüttelte missbilligend den Kopf. »Aber ihr habt abgelehnt.«

»Du Mistst…« Ich schnitt dem Dämon, der zuvor meine Schulter gepackt hatte, das Wort ab, indem ich ihm eine Klinge mitten ins Herz warf. Er stand so dicht bei mir, dass ich ihn gar nicht hatte verfehlen können. Ich rammte die andere Klinge Dämon Nummer zwei in die Brust und wartete darauf, dass beide zu Asche zerfielen.

»Eve zwei, Unterwelt null«, murmelte ich, während ich mein Spielzeug wieder einsammelte. Ich wischte die Klingen an meiner Jeans ab, bevor ich die Messer in die Ärmel meines Hemdes schob, um sie an einer zugänglicheren Stelle zu verstauen. »Jetzt muss ich nur noch einen Weg nach Hause finden.«

Leichter gesagt als getan. Xais Blut hatte mich vorübergehend gestärkt, aber ich bezweifelte, dass die Wirkung hier unten lange anhalten würde. Ich musste einen Portalhüter ausfindig machen, und das in einem Reich, welches auf Verwirrung und Chaos ausgelegt war. Es könnte Jahre oder Jahrzehnte dauern, die auf der Erde nur ein paar Tagen oder Wochen entsprechen würden.

Hervorragend.

Ich ließ den Blick auf der Suche nach etwas Brauchbarem durch den Raum schweifen. Die rostigen Folterwerkzeuge auf dem Tisch würden in einem Kampf keinen großen Nutzen haben, und in der Asche der Dämonen befanden sich keine Waffen, die ich benutzen könnte. Das überraschte mich nicht. Wächter verließen sich einzig und allein auf ihre Körperkraft.

Ein Blick in den grauen Steinflur verriet mir, dass der ehemalige Dämonische Lord keine zusätzlichen Wachen bemüht hatte. Wahrscheinlich hatte er angenommen, dass ich zu schwach war, um mich zu wehren, was Xai ihm vielleicht bestätigt hatte.

»Danke, mein Lieber«, murmelte ich.

Vorzugeben, ein Verbündeter zu sein, war sicherlich eine Möglichkeit, an Informationen zu kommen, doch ich hätte es vorgezogen, sie zu foltern, um die Einzelheiten aus ihnen herauszuquetschen. Hätte Xai mich um meine

Meinung gebeten, dann hätte ich es ihm gesagt. Leider hatte er die Entscheidung für mich getroffen.

So wie immer.

Genauso wie er sich entschieden hatte, mich im Wagen bewusstlos zu schlagen und mich mit seinem Blut zu bedecken.

Er hatte die richtigen Absichten, aber er hätte mir entweder ermöglichen sollen, mich selbst zu schützen, oder mich zumindest in sein Vorhaben einweihen sollen. Denn ich weigerte mich, wie eine Spielfigur herumgeschoben zu werden, doch genau das hatte er heute getan. Er hatte mich als Köder benutzt, während er sich selbst als Doppelagent in eine gefährliche Situation gebracht hatte. Es war ein brillanter Plan, ich wünschte nur, er hätte mir davon erzählt. Indem er mich im Dunkeln gelassen hatte, hatte er mich – seine einzige Schwäche – sicher nur beschützen wollen. Und obwohl ich es von einem logischen Standpunkt her verstand, weigerte ich mich, die Vernunft darin anzuerkennen.

Ich betrat den steinigen Flur. Das gelbe Licht, das von der Decke baumelte, verlieh ihm einen unheilvollen Schimmer.

»Wird schon schiefgehen.« Aus keinem bestimmten Grund wandte ich mich nach links.

Sämtliche Türen waren geöffnet und führten in ähnliche Räume wie die Zelle, die ich gerade hinter mir gelassen hatte. Nirgendwo war ein Fenster oder eine Treppe zu sehen, vor mir lag lediglich ein endloser Korridor gesäumt von scharfen Kanten und einer Decke, die schon bessere Tage gesehen hatte.

Xais Blut stärkte mich auch weiterhin und ermöglichte es mir zum ersten Mal, die Hölle zu erleben. Ich war nicht sonderlich beeindruckt. Hier unten konnten sie wirklich ein paar Inneneinrichter gebrauchen und ein wenig

Sonnenlicht hatte auch noch niemandem geschadet. Natürlich gab es in der Unterwelt keine Sonne, sondern nur ein violett und blau gefärbtes Glühen. Es war ihre Version einer feurigen Kugel, die niemals unterging und den Tag endlos erscheinen ließ, was die Zeit in dieser Dimension nur in die Länge zog.

Sämtliche religiösen Texte auf der Erde enthielten einen Hauch von Wahrheit. Folter, Blut und Sünde waren in der Hölle alltäglich, doch wahrscheinlich nicht auf eine Art, die die Menschheit verstehen könnte. Die Seelen wurden hier nicht so sehr gequält als vielmehr verteufelt. Sie genossen ihre gefährlichen Spielchen und tödlichen Aktivitäten. Sie blühten regelrecht auf.

Daher dieser endlose Korridor.

Eine gedankliche Manipulation, erkannte ich, als ich an genau dem Raum vorbeikam, den ich vor Minuten oder vielleicht auch Stunden verlassen hatte. »Scheiße.«

Ich bereute es, die Wächter so früh getötet zu haben. Einer von ihnen hatte wahrscheinlich das geistige Vermögen besessen, um aus diesem buchstäblichen Höllenloch herauszufinden. Irgendein Schlagwort oder eine Bewegung würde wahrscheinlich einen Ausgang offenlegen, vielleicht musste ich auch irgendwo einen Felsen verschieben. Die Wände waren mit einem seltsamen metallischen Gestein durchzogen, für das es in meinem Wortschatz keinen Namen gab. So wie es hier kein Silber gab, existierte dieses Material nirgendwo außerhalb der Hölle. Es war eine graue Mischung aus einer harten Substanz mit subtilen Rissen, die keinerlei Bedeutung hatten.

Ich suchte in den Ecken und Ritzen nach einem Muster, doch ich fand keines.

Alles an diesem Ort war chaotisch und widersinnig.

Es war alles auf den Kopf gestellt …

Ich lachte über die Absurdität des Ganzen.

Verdammte Dämonen.

Ich streckte die Hand über den Kopf, um beim Gehen die Finger entlang der Decke gleiten zu lassen, bis ich den Riegel fand. Mit einem Ruck kam eine Treppe zum Vorschein.

»Verfluchte Dämonen«, murmelte ich, als ich nach oben sprang und nahtlos auf der ersten Stufe landete. Alles drehte sich um mich herum, um sich der neuen Ebene und einem anderen Pfad anzugleichen. Der graue Korridor verschwand unter meinen Füßen und ein neuer offenbarte sich mir. Dieser war von Blau- und Rottönen gesäumt. Glühende Hitze versengte die Luft und warnte mich davor, irgendetwas um mich herum zu berühren. Ich bewegte mich schnell nach oben, während ich nach einem Ausgang Ausschau hielt. Er würde nicht offensichtlich, sondern gut versteckt sein. Wie zum Beispiel ein Knauf in einem Raum, der nicht existieren sollte …

Aha!

Eine schwarze Kerbe auf einer ansonsten glatten Steinstufe.

Ich winkte mit der Hand darüber, um die Temperatur zu testen, und stellte fest, dass sie keine Hitze abstrahlte.

»Und los geht's …« Ich legte die Hand darauf, als sie sich wie eine Flutwelle öffnete.

Buchstäblich.

Überall war Wasser.

Scheiße.

Ich wollte nach oben schwimmen, besann mich aber eines Besseren und wandte mich stattdessen nach unten.

Ich schwamm auf das Nichts zu.

Dann fand ich etwas.

Ich tauchte mit einem Keuchen auf und stieß einen Fluch aus. Als ich das letzte Mal in der Hölle gewesen war, hatte Xai mich in einer Art Labyrinth aus Wänden zurückgelassen. Dort hatte es weder Wasser noch Feuer gegeben, nur eine endlose Suche. Es war mir immer noch lieber als dieser unsinnige Ozean.

Um mich herum brachen überall Wellen, von denen jede mit Portalen zu verschiedenen Bereichen der Hölle versehen war. Zumindest hatten die Menschen Landkarten und Technologien zur Orientierung geschaffen. Dämonen verließen sich dagegen auf den Wahnsinn, um Entscheidungen zu treffen und sich fortzubewegen.

Mit einem Seufzer stürzte ich mich in eine Welle und landete auf den Füßen in einem Feld mit fragwürdigem Grünzeug. Meine Kleidung und mein Haar waren trocken, doch meine Haut fühlte sich klamm an und mein Magen verkrampfte sich. Ich ging in die Hocke, um Atem zu schöpfen und um mich zu sammeln, doch es half nicht. Irgendetwas an dieser Ebene war schmerzhafter als die anderen.

Ich strich mit einer Hand über mein Gesicht und hielt inne, als ich meine Stirn berührte.

»Scheiße …«

Xais Blut war mit den Wellen weggespült worden.

Deshalb fühlte ich mich schwächer. Die schützende Wirkung ließ nach …

Ich tastete den Boden ab. Er war zu spröde und rau, um als Gras bezeichnet zu werden, aber die frisch geschnittenen Halme sahen ähnlich aus. Auch die Hügel und Blumen ähnelten denen auf der Erde, während der violette Himmel eindeutig einer anderen Welt entstammte.

Als ich eine Bewegung zu meiner Linken wahrnahm, spannte ich den Körper an und machte mich auf einen Kampf gefasst.

Zwei humanoide Kreaturen näherten sich mir. Ich

konnte ihre Gestalten verschwommen am Horizont erkennen.

Es gab weder Bäume noch Felsen, hinter denen ich mich hätte verstecken können, noch hatte ich Zeit, einen Durchgang zu finden.

Doch das war ohnehin nicht von Belang, denn ich brauchte einen Dämon, um mich auf dieser Ebene zurechtzufinden und um ein Portal ausfindig zu machen, durch das ich nach Hause gelangen würde. Daher musste ich meine letzten Kräfte zusammennehmen, um einen von ihnen dazu zu zwingen, mir zu helfen.

Trotz meiner schwindenden Energie hatte ich gerade noch genug von Xais Blut in mir, um sicher auf beiden Beinen zu stehen. Die Wirkung würde nicht mehr lange anhalten, aber in der Welt der Dämonen bedeutete das äußerliche Gehabe alles.

Ich hielt meine Dolche kampfbereit in meinen Händen, bis mir klar wurde, wer sich mir näherte.

Der Blonde sah aus, als wollte er mich umbringen, doch ich war viel zu verblüfft, um mich dazu zu äußern. »Was zum Teufel tust du hier?«

»Was glaubst du wohl?«, knurrte Tax gereizt. »Hast du eine Ahnung, wie lange wir schon nach dir suchen und durch wie viele verdammte Bereiche du gereist bist?«

Remy stand neben ihm und grinste. »Kümmere dich nicht um ihn. Ihm ist ein wenig übel vom Teleportieren.«

»Fick dich, Mann«, erwiderte Tax mit einem Schaudern. »Im Moment hasse ich dich.«

»Fährtensucher mögen die Wassergefilde nicht sonderlich«, erklärte Remy achselzuckend. »Es sieht so aus, als wären sie dir auch nicht gut bekommen«, fügte er hinzu, als er meinen erschöpften Zustand bemerkte.

Ich steckte meine Waffen zurück in die Scheide und fuhr mir mit der Hand übers Gesicht.

»Xai hat euch geschickt.«

Was bedeutete, dass ich viel länger herumgeirrt war, als mir bewusst gewesen war, doch das hatte Tax bereits angedeutet. Ich verspürte hier weder das Bedürfnis, zu essen oder zu schlafen, noch kannte ich die Uhrzeit oder das Datum, was meinen Verstand durcheinanderbrachte, sodass nur noch mein Überlebensinstinkt in den Vordergrund trat.

»Er hat uns eine SMS geschickt, kurz bevor ihr beide in der Unterwelt verschwunden seid, und seitdem suchen wir nach dir«, erwiderte Remy.

»Scheiße«, fügte der Fährtensucher mit einem Schaudern hinzu.

»Wie habt ihr mich gefunden?« Tax war nicht in der Lage, meine himmlische Aura wahrzunehmen. Selbst wenn sie mir aus dem Ozean gefolgt waren, war dies keine zufällige Begegnung.

Der schlaksige Dämon zeigte auf seinen Kopf. »Armband.«

Ich starrte ihn an. »Armband?« *Habe ich richtig gehört?*

»Tax meint das in deinem Haar«, erklärte Remy. »Es gehört seiner Schwester.«

»Xai trägt es normalerweise bei sich, damit ich ihn bei Bedarf aufspüren kann«, murmelte Tax. »Und er hat es dir gegeben.« Er sprach die Worte aus, als hätte Xai ein Verbrechen begangen, aber ich war zu sehr mit mir selbst beschäftigt, um darauf einzugehen.

Ich berührte vorsichtig das schwarze Band, das um meinen Pferdeschwanz gewickelt war. Xai hatte es benutzt, um mein Haar nach unserem Abenteuer auf dem Dach zusammenzubinden. Es war eine weitere Bestätigung dafür, dass er gewusst hatte, ich würde hier landen und Hilfe benötigen, um zurück nach Hause zu gelangen.

»Ich werde ihn umbringen.« Oder ihn küssen. Ich

konnte mich nicht entscheiden. Ich wollte beides gleichzeitig tun und ihn obendrein vögeln. Und ihn wahrscheinlich ohrfeigen oder schneiden oder irgendetwas mit ihm anstellen. Aber das musste warten, bis ich wieder bei Kräften war, denn im Moment fühlte ich mich nicht besonders gut.

»Er hat dir das Leben gerettet«, bemerkte Tax. »Aber hey, wenn du lieber in den Feldern der Unterwelt verweilen möchtest, dann machen wir uns wieder auf den Weg.«

»Das würde ich dir nicht empfehlen«, warf Remy ein. »Nachts wird es hier ziemlich kalt und du siehst nicht so aus, als würde dir die Kälte guttun, Engelchen.« In seinen stechend grünen Augen blitzte ein Erinnerungsfunke auf. Er hatte mich vor all den Jahrhunderten in der schlimmsten Phase meines Lebens gesehen, als ich zusammengekauert in einer dunklen Ecke gelegen hatte und mir meiner Umgebung nicht sicher gewesen war. Ich hatte nur noch meine Worte gehabt, um mich zu schützen. Wir wussten beide, dass dies mein Schicksal sein würde, wenn ich hierbliebe.

Ohne Xais Male auf meiner Stirn und meinem Nacken verkümmerten meine Muskeln bereits, doch das Blut, das ich getrunken hatte, sorgte dafür, dass ich noch nicht den Verstand verloren hatte. Zumindest für den Moment. Bald schon würde ich zitternd am Boden liegen und nicht mehr klar denken können, doch uns blieb noch genügend Zeit für eine kurze Unterhaltung.

»Noch eine Frage, bevor wir gehen.«

»Nur eine?« Als der Portalhüter lächelte, kamen ein paar bezaubernde Grübchen zum Vorschein, die ihn mir noch ein wenig sympathischer machten. Immerhin schien er mich im Gegensatz zu dem Fährtensucher zu mögen.

»Wo sind all die Dämonen?« Ich hatte außer den

beiden Männern vor mir und den Wächtern keinen einzigen von ihnen gesehen. Es fühlte sich falsch an.

Alles an diesem Ort fühlt sich falsch an.

»Du bist durch die tiefsten Tiefen der Unterwelt gereist«, antwortete Remy. »Niemand lebt hier.«

Ich sah mich um. »Tatsächlich?« Ich konnte verstehen, dass niemand in einer Flutwelle leben wollte, aber die Ruhe in diesem Feld war gar nicht schlecht.

»Warte eine Stunde und du wirst sehen warum.« Der spöttische Unterton in Tax' Stimme verlieh dem verschmitzten Funkeln in seinen Augen Nachdruck.

Ich schluckte den Köder, weil ich neugierig war. »Was passiert in einer Stunde?« Natürlich hatte ich nicht vor, noch länger hierzubleiben. Meine Hände begannen zu zittern, was ich zu verbergen versuchte, indem ich die Hände in die Hosentaschen steckte.

»Es wird kalt«, murmelte Remy. »Sehr kalt.«

Tax grinste. »Wir können später wiederkommen, wenn du bleiben und die Kälte genießen willst.«

»Du wurdest in den Schlund der Unterwelt gebracht«, fuhr Remy fort und ignorierte die grausame Andeutung des Fährtensuchers. »Zumindest hat uns das Armband zuerst dorthin geführt, und seitdem ziehst du umher. Du kannst mir glauben, wenn ich dir sage, dass du nicht hierbleiben willst.«

»Umherziehen«, wiederholte ich. »So würde ich das nicht gerade beschreiben.« Ich konzentrierte mich auf den immer noch lächelnden Fährtensucher, als mir eine Idee kam. »Hast du Kalidas Präsenz wahrgenommen, als du mich aufgespürt hast?«

Sein Lächeln erstarb. »Du hast Kalida gesehen?«

»Das ist also ein Nein.« Verdammt. Wir hatten immer noch keinen physischen Beweis, den wir Zeb überbringen konnten. »Was ist mit anderen dämonischen Auren in der

LEXI C. FOSS

Nähe deines Ausgangspunktes? Hast du irgendjemanden oder irgendetwas anderes als das Armband deiner Schwester gespürt?«

In seinen haselnussbraunen Augen blitzte Erkenntnis auf, doch er ging nicht näher darauf ein, sondern antwortete nur mit: »Ja.«

»Bist du in der Lage, diese Auren aufzuspüren?«

Er verschränkte die Arme vor der Brust. »Ich bin kein Spürhund.«

»Nein, du bist ein dämonischer Fährtensucher.«

»Jetzt spricht sie auch noch das Offensichtliche aus«, murmelte Tax und wandte sich an Remy. »Können wir sie nicht hier zurücklassen und Xai erzählen, dass sie schon erfroren war, als wir eingetroffen sind?«

Ich unterdrückte den Drang, ihm mit der Faust ins Gesicht zu schlagen, und konzentrierte mich auf den Zweck meiner Frage. Mittlerweile zitterten auch meine Arme, was bedeutete, dass ich nicht genügend Energie hatte, um ihm in den Hintern zu treten.

»Kalida ist am Leben und arbeitet mit Geier an einem Plan, um euren derzeitigen Dämonischen Lord zu stürzen. Vielleicht haben sie sogar Schlimmeres vor«, sagte ich mit so fester Stimme, wie ich nur konnte. »Es waren zwei Wächter bei ihnen, die ich bereits getötet habe, aber da war auch eine Portalhüterin. Wenn du sie aufspüren und Zeb aushändigen kannst, dann könnte sie den nötigen Beweis liefern, um ihn davon zu überzeugen, dass seine Tochter noch am Leben ist.«

»Was dich entlasten wird«, führte Remy den Gedanken weiter.

»Ja.«

»Und was ist mit Xai?«, wollte Tax wissen. »Wo ist er?«

»Hat er es euch nicht gesagt?« Es folgte Schweigen, wodurch ich mich ein wenig besser fühlte. Ich war offenbar nicht die Einzige, die Xai im Dunkeln gelassen hatte. »Er hat sich mit Geier und Kalida verbündet, um mehr über ihre Operation in Erfahrung zu bringen.«

Remy stieß einen Fluch aus, während Tax leise durch die Zähne pfiff.

»Idiot«, murmelte der Portalhüter.

»Ganz genau«, stimmte ich zu. »Also brauchen wir jetzt Zeb.« Ich hätte nie gedacht, dass ich diese Worte jemals aussprechen würde, doch dies war keine gewöhnliche Situation. »Kannst du mich zu ihm bringen und dann Tax helfen, die Portalhüterin zu finden?«

»Ich brauche seine Hilfe nicht«, murmelte der Fährtensucher.

»Warum nicht?«, fragte Remy und klang beleidigt.

Tax legte sich eine Hand an den Nacken. »Weil ich bereits weiß, wer sie ist und wo ich sie finden kann.«

»Warum hast du mir das nicht gleich gesagt und mir stattdessen das Leben schwer gemacht?«, wollte ich wissen. Meine Stimme klang so erschöpft, dass ich meiner Verärgerung nicht einmal Ausdruck verleihen konnte.

Ich muss diesen Ort verlassen. Und zwar bald.

»Weil ich dich nicht leiden kann.« Tax' einfache Antwort klang so pragmatisch und steigerte nur meine Frustration. »Aber«, fuhr er fort, »jetzt, da ich weiß, dass sie Xai helfen kann …« Er zuckte mit den Schultern, als wollte er sagen: *Nun, dann ist es wohl in Ordnung, wenn ich behilflich bin.*

Verdammte Dämonen und ihre verkorkste Logik.

»Ganz schön dreist«, sagte Remy belustigt. »Also gut. Sollen wir gehen?«

»Ja.« Tax legte eine Hand auf die Schulter des anderen Dämons. »Ich bin bereit.«

»Nicht so schüchtern, Engel.« Remy winkte mich zu sich.

»Ihr scheint euch beide den Tod zu wünschen«, sagte ich mit gedämpfter Stimme.

»Das sagst du ständig«, murmelte der Fährtensucher. »Aber bisher hast du dieses Versprechen noch nicht in die Tat umgesetzt, Eve.«

»Mach nur weiter so und du wirst schon sehen.« Mir lief ein Schauer über den Rücken, der die unterschwellige Drohung meiner Worte zunichtemachte. *Es ist definitiv Zeit zu gehen.*

»Immer nur leere Versprechen«, gurrte er.

Seine Überheblichkeit machte mich sprachlos. Der Dämon wusste, dass ich ihn selbst in meinem geschwächten Zustand mit nur einer Handbewegung töten konnte, aber er hatte keine Skrupel, mich zu verspotten.

Ich verstand plötzlich, warum Xai sich mit diesen Männern angefreundet hatte. Es lag nicht daran, dass sie ihm nützlich waren, obwohl das sicher ein Anreiz gewesen war, sondern vielmehr daran, dass sie Hierarchien generell missachteten. Es war erfrischend.

»Lasst uns gehen«, sagte ich und ergriff den Arm des Portalhüters.

Remy wackelte spöttisch mit den Augenbrauen, als er sagte: »Halt dich fest, Engel.«

SECHSUNDZWANZIG

BEI EINEM DÄMON ZU HAUSE IST ES AM SCHÖNSTEN

Ich wickelte mein feuchtes Haar in ein Handtuch und betrachtete mein Spiegelbild. Meine Wangen hatten wieder Farbe bekommen, doch mir war die Erschöpfung noch deutlich anzusehen.

Die Hölle hatte mir viel abverlangt. Engel brauchten keinen Schlaf, aber er half, unser Energieniveau wiederherzustellen. Und ich hatte während der letzten Wochen nicht viel Ruhe gefunden. Daher hatte ich das Bedürfnis nach einer Dusche gehabt, als wir ins Hotel in Miami zurückgekehrt waren. Ich hatte sie genutzt, um wieder Energie zu tanken, während Tax die Portalhüterin aufspürte.

Ich streckte meine Arme über den Kopf, um meine steifen Muskeln zu lockern, bevor ich mein Haar trocknete und es mit Xais schwarzem Band zu einem Pferdeschwanz zusammenband. Normalerweise wäre ich dagegen, einen Peilsender irgendeiner Art bei mir zu tragen, doch an unserer Situation war nichts Gewöhnliches.

Nachdem ich mir Jeans, ein Trägerhemd und Stiefel angezogen und mehrere Messer eingesteckt hatte, verließ ich das Badezimmer und begegnete Remy, der an die Wand gelehnt im Flur stand. Er hielt seine Hand in die Höhe, um mich davon abzuhalten, das Wohnzimmer zu betreten, in dem Tax wartend auf der Couch lag.

Ein zischendes Geräusch hallte durch die Luft, als ein weiterer Dämon erschien und meine Frage hinfällig machte.

»Du hast vielleicht Nerven, mich zu dir zu rufen«, fauchte der weibliche Dämon. Sie hatte Remy und mir den Rücken zugewandt und die Hände in die Hüften gestemmt, während sie mit dem Fährtensucher auf der Couch sprach.

»Oh, Clarissa, sei doch nicht so«, erwiderte Tax. »Wir beide hatten doch viel Spaß zusammen.«

Ich unterdrückte ein Schnauben. Er klang ziemlich arrogant für einen dürren Mann, obwohl ich zugeben musste, dass er nicht schlecht aussah. Die vollen Lippen, der rauchige Blick und das dichte helle Haar trugen zu seinem Charme bei. Ich bevorzugte meine Männer jedoch groß, dunkel und tödlich.

»Du bist ein verdammter Scheißkerl«, knurrte Clarissa, als sie sich auf ihn stürzte.

Remy grinste und genoss die Show, während Tax sein Bestes tat, um den wütenden Dämon abzuwehren.

»Und plötzlich weiß ich wieder, warum ich die Beziehung beendet habe«, murmelte Tax. »Wenn es dir nichts ausmacht.«

»Wenn mir was nichts ausmacht?«, wollte die Frau wissen, deren rote Mähne zu ihrer feurigen Persönlichkeit passte. »Als würde ich dich je wieder ficken nach allem, was du getan hast!«

»Ich meinte nicht …« Er verstummte und packte ihre Faust, als sie ihn damit fast am Kiefer getroffen hätte. Er sprang von der Couch und bemühte sich, sie zu bändigen.

Remys Grinsen verwandelte sich in unverhohlene Belustigung, während er beobachtete, wie sich die Frau jedes Mal um den Fährtensucher herum teleportierte, wenn er versuchte, sie zu packen.

»Oh, verdammt noch mal!«, schrie Tax. »Steh nicht einfach nur rum, sondern tu etwas!«

Ich warf ein Messer nach der Frau, als sie gerade in unsere Richtung blickte. Es bohrte sich zwischen ihre Rehaugen und ließ sie erschrocken zu Boden fallen. Die silberne Klinge würde sie zwar nicht töten, es sei denn, ich würde sie ihr ins Herz bohren, aber das Metall würde sie solange in einem komatösen Zustand halten, bis ich sie wieder herauszog.

Remy pfiff durch die Zähne. »Mit dir würde ich nicht auf Kriegsfuß stehen wollen, Engel.«

Tax musterte die Frau zu seinen Füßen mit einem irritierten Blick. »Wir hätten versuchen können, mit ihr zu reden.«

»Sie schien nicht in der Stimmung für eine Unterhaltung zu sein, Tax«, erwiderte ich, während ich mich von der Wand abstieß, um mich zu ihm ins Wohnzimmer zu gesellen. »Was auch immer du getan hast, du hast sie damit ziemlich verärgert.«

»Du hast ihr einen Höllenritt beschert, stimmt's?«, stichelte Remy und schüttelte den Kopf. Als er sah, wie ich ihn ungläubig anstarrte, fuhr er fort: »Du weiß schon, wie ein guter Fick, nur eben in der Hölle. Da dauert alles ein bisschen länger als auf der Erde.«

»Ist das dein Ernst?« Von allen seltsamen Redewendungen, die ein Dämon erfinden konnte, musste er ausgerechnet so etwas von sich geben? »Können wir jetzt zu Zeb gehen?«

Remy schenkte mir ein Lächeln, wobei seine Grübchen

wieder zum Vorschein kamen. »Nur Arbeit und kein Vergnügen, nicht wahr, Engel?«

»Hör auf, mit Eve zu flirten, und bring uns zu Lord Zebulon.«

»Wenn du das für Flirten hältst, dann verstehe ich, warum die arme Clarissa so verärgert war«, erwiderte Remy. Er wich einem Schlag von Tax aus, indem er sich auf die andere Seite von mir teleportierte.

Ich verdrehte die Augen und blickte gen Himmel. »Ich habe das Gefühl, als würde ich mit ein paar Kleinkindern zusammenarbeiten. Ihr könntet mir zumindest jemanden schicken, der etwas umgänglicher ist.« Natürlich hörte mir weder jemand zu noch scherte sich der Himmel um meine Probleme. Das hatten sie schon vor Jahrhunderten bewiesen.

Eine warme Hand legte sich um mein Handgelenk und der Raum verschwand. Mir drehte sich der Magen um, als eine dämonische Energie meine Haut zum Vibrieren brachte. Das Gefühl der sich verschiebenden Welten und der verzerrten Zeit erinnerte mich ans Fliegen, und doch fühlte es sich falsch an.

Ich wich vor Remy zurück, als sich ein vertrauter Raum mit maskulinen Farben und raumhohen Fenstern um uns herum materialisierte. Er kommentierte meine schroffe Geste nicht, doch in seinen funkelnden Augen lag ein Hauch von Belustigung. Natürlich amüsierte ihn mein Unbehagen. Ich hatte das Gefühl, dass dieser Mann nur selten etwas ernst nahm.

»Legt die Waffen ab«, ertönten zwei Stimmen zu meiner Linken.

Nun, damit haben wir wohl die Bestätigung, dass wir uns in Zebs Haus befinden. Aber ich hatte nicht daran gezweifelt, dass wir hier landen würde. Tax hatte sich bisher als ziemlich geschickter Fährtensucher erwiesen.

»Ganz ruhig, ihr dargarianischen Schoßhündchen«, sagte ich, während ich auf die große Treppe zuging. Ich kannte Zebs Haus in Chicago besser als mein eigenes, schließlich hatte ich hier einmal gewohnt. »Ich bin nicht hier, um eurem Herrn etwas anzutun, Jungs. Aber ich muss mit ihm reden, und wenn ihr glaubt, dass ich euch mein Silber gebe, dann kennt ihr mich wirklich nicht besonders gut.«

Ich spürte die Hitze auf meinen Armen, als einer von ihnen einen Warnschuss in meine Richtung blies. Er war zwar nicht heiß genug, um mich zu verbrennen, aber warm genug, um die Härchen auf meinen Armen zu versengen. Ich zog ein Messer und drehte mich um.

»Glaub mir, du willst dich jetzt nicht mit mir anlegen.«

»Drew, sie ist in Ordnung«, sagte Remy, als er sich dem rothaarigen Dämon zuwandte, der seine tiefschwarzen Augen zusammengekniffen hatte.

»Wo ist Xai?«, fragte er mit gedämpfter Stimme.

»Deshalb sind wir hier.« Der Portalhüter legte Drew eine Hand auf die Schulter und lenkte den Dargarianer von mir ab. »Ich werde dir alles erzählen, während sie sich mit unserem Lord unterhält.«

»Sie kann Lord Zebulon nicht gegenübertreten, solange sie bewaffnet ist«, erklärte der andere Rotschopf.

»Entweder du lässt mich zu ihm oder dir wird es so ergehen wir ihr.« Ich zeigte auf die Portalhüterin in Tax' Armen. »Du hast die Wahl.«

»Sie wagt es, uns zu drohen?«, zischte der Dargarianer.

Ich ignorierte seine aufgebrachten Worte und ging weiter. Normalerweise würde ich warten, bis Zeb herunterkam, aber wir hatten schon genügend Zeit vergeudet. Xai befand sich in einer heiklen Lage und musste vielleicht Gott weiß was durchstehen.

Mit leisen Schritten steuerte ich auf Zebs persönliche

Gemächer zu. Ich ließ Remy zurück, damit er sich an meiner statt mit den Dargarianern auseinandersetzte, und nickte den Wächtern zu, die sich mir am oberen Ende der Treppe in den Weg stellten.

»Ihr solltet mir aus dem Weg gehen«, sagte ich ihnen. Sie blickten sich gegenseitig an und wandten sich dann wieder mir zu. »Ich werde nicht noch einmal bitten.«

»Lasst sie vorbei«, ertönte Zebs Stimme am Ende des Flurs. Seine Schoßhündchen eilten davon, während ich der Stimme ihres Herrn bis zu seinem Schlafzimmer folgte.

Ich verschwendete keine Zeit und ergriff das Wort, als ich eintrat.

»Wir haben …« Mein Herz machte einen Satz und ließ mich verstummen.

Zeb stand neben einem Himmelbett in einer maßgeschneiderten schwarzen Hose und einem geöffneten Hemd, während Gwen zu seinen Füßen kniete. Sie hatte ihr dunkles Haupt an sein Bein geschmiegt und er streichelte ihr sanft über den Kopf. Sie würdigte mich keines Blickes, als ich eintrat, denn ihre Ehrfurcht vor dem Dämonischen Lord schien wichtiger zu sein.

»Evangeline«, murmelte Zeb. »Guinevere hat mich darüber informiert, dass Geier sich in Miami befindet und dass du möglicherweise Hilfe brauchst. Würdest du mir das bitte näher erklären?«

Er streichelte weiter das Haar meiner besten Freundin auf eine beruhigende Weise, die mich in Alarmbereitschaft versetzte. Sein aufgeknöpftes Hemd gewährte einen Blick auf seinen gemeißelten Körper, den die meisten Frauen bewundern würden, aber mein Herzschlag beschleunigte sich aus einem ganz anderen Anlass. Es gab nur einen Grund, warum ein halb bekleideter Mann neben einem Sukkubus stehen würde, besonders einem so schönen und lieblichen wie Gwen.

Es wäre falsch gewesen, darauf zu reagieren oder Fragen zu stellen. Die dämonische Hierarchie hatte für mich keinerlei Geltung, doch für sie galt sie zweifellos. Ich hatte gehofft, dass Zeb seine Position niemals ausnutzen würde, doch im Grunde wusste ich, dass er es tun würde und offensichtlich auch getan hatte.

»Evangeline.« Als ich den ungeduldigen Tonfall in seiner Stimme hörte, hob ich den Kopf und blickte in seine ebenholzfarbenen Augen.

Ich schluckte. *Deine Tochter ist am Leben,* war nicht gerade der Satz, den ich aussprechen wollte, während sich seine Hand so nahe an Gwens Hals befand.

»Geier erschafft eine Armee«, sagte ich stattdessen. »Und zwar eine illegale.«

Er zog eine dunkle Augenbraue in die Höhe. »Tatsächlich? Und was hat das mit Kalida zu tun?«, fragte er, während er mit den Fingern durch Gwens Haar fuhr. Sie seufzte offenbar zufrieden, während sie sich an ihn schmiegte, und ich fragte mich, wie viel davon nur gespielt war.

»Unten ist jemand, mit dem du reden sollst.« *Vorzugsweise außer Reichweite meiner besten Freundin.*

»Clarissa?«, fragte er belustigt. »Kannst du mir erklären, warum dein Silber durch ihr Blut fließt?«

»Sie wäre nicht freiwillig mitgekommen«, antwortete ich. »Aber das weißt du ja bereits.«

Mir lief ein kalter Schauer den Rücken hinunter, als ich eine machtvolle Energie verspürte, die mich daran erinnerte, dass der Mann vor mir zwar ruhig und gefasst wirkte, seine Wahrnehmung und seine Fähigkeiten die eines normalen Dämons jedoch bei Weitem übertrafen. In einem Kampf wäre er ein würdiger Gegner und könnte mich sogar töten. Nur wenige Wesen auf der Erde besaßen eine solche Gabe.

Zebs Wahrnehmung und seinem strategischen Gesicht war es zu verdanken, dass er die Herrschaft über dieses Territorium gewonnen hatte, und im Laufe der Jahrhunderte war er nur noch stärker geworden. Die Tatsache, dass er Clarissa im unteren Stockwerk spüren konnte, war nichts im Vergleich zu seinen anderen Fähigkeiten. Er spielte auf einem Niveau, das nur wenige andere nachvollziehen konnten.

All diese Drehungen und Wendungen …

Und meisterhaften Pläne …

Er hatte Gwen nicht ohne Grund zu seinen Füßen zwischen uns positioniert. Er wollte sich dadurch selbst schützen und mich gleichzeitig daran erinnern, wer hier das Sagen hatte. Es war ein Schachspiel, bei dem er der mächtigste Spieler auf dem Brett war, während der Rest von uns nur als Bauern agierte.

So war es von Anfang an gewesen.

»Du weißt bereits, warum ich hier bin«, erkannte ich.

Als er nichts erwiderte, wusste ich, dass ich mit meiner Vermutung richtiglag.

Ich schüttelte den Kopf und stieß ein freudloses Lachen aus. »Wann hast du es herausgefunden?«

»Ich hatte den Verdacht nach eurem Besuch im Containerhafen.« Er sah meine beste Freundin liebevoll an, während er ihr den Nacken kraulte. »Guinevere hat meine Vermutung bestätigt, als sie mir von Geier erzählte. Kalida hat diesen Scheißkerl immer bewundert.«

Er strich mit den Fingerknöcheln über Gwens Wange, bevor er ihr die Hand vor die Nase hielt und die Handfläche nach oben drehte. »Bist du in der Lage aufzustehen, Schätzchen?«

»Ja, mein Herr«, flüsterte sie, als sie seine Hand ergriff und sich beim Aufstehen helfen ließ. »Danke.«

DIE TOCHTER UND DER TOD

Er drückte ihr einen Kuss auf die Schläfe und flüsterte ihr etwas ins Ohr, das sie erröten ließ.

Es war nicht verwunderlich, dass sie vernarrt in den Dämonischen Lord war. Mit seinen gemeißelten Bauchmuskeln und hohen Wangenknochen war er zweifellos attraktiv und seine Kondition kam sicher auch im Schlafzimmer zum Tragen. Ihre wackeligen Beine ließen genau das vermuten, als sie sich an ihn klammerte, um sich aufrecht zu halten, während er einen Arm um ihre Taille schlang.

Also was soll das? Bist du hierhergekommen, um mich zu retten, und bist dann mit dem Mann im Bett gelandet? Ist das dein Ernst, Gwen?

»Wo ist Xai?«, fragte Zeb und riss mich aus meinen Gedanken.

»Er hat mein Leben gegen einen Posten in Geiers Team eingetauscht.« Als ich die Worte laut aussprach, wurde ich von Rachegefühlen gepackt, die mein Selbstvertrauen stärkten, während ich unwillkürlich den Rücken durchdrückte. »Es war eine Scharade, um sein Vertrauen zu gewinnen, und es hat funktioniert.«

Gwen begegnete meinem Blick und ich konnte das Feuer in ihren himmelblauen Augen sehen, das ich liebte und bewunderte. Sie sagte nichts, wahrscheinlich aus Respekt vor ihrem Vorgesetzten, doch dieser Ausdruck in ihren Augen erleichterte mich. Meine beste Freundin war nicht dem Willen und Charme des Dämonischen Lords erlegen.

»Er ermittelt verdeckt?«, fragte Zeb. »Das wundert mich nicht.«

Die Tatsache, dass er Xais Absichten nicht einmal infrage stellte, sagte viel über ihre Beziehung zueinander aus. »Du bist dir so sicher, dass er kein doppeltes Spiel mit dir treibt, nachdem du ihn erst letzte Woche in der Hölle gefoltert hast?« Ich konnte mir den tadelnden Unterton nicht verkneifen.

Zeb zuckte nur mit den Schultern. »Er hat mir geholfen, etwas Frust abzubauen, der sonst gegen dich gerichtet gewesen wäre.«

»Du bist ein Arschloch.«

Gwen zuckte bei meinen Worten zusammen, während der Mann neben ihr nur leise lachte. »Das mag ja sein, aber es ist im Moment völlig unerheblich. Warum hast du Clarissa mitgebracht?«

Er wusste es nicht? Faszinierend. »Sie arbeitet für Geier und Kalida.«

Er nickte. »Ich verstehe. Und du hast sie hierhergebracht, um den Beweis zu erbringen, dass meine Nachkommin noch lebt.«

»Ja.«

»Dann haben meine Männer die Erlaubnis, sie zu töten.« Er sprach die Worte wie beiläufig aus, doch ich wusste, dass seine Schoßhündchen unten es hören und den Befehl ausführen würden. »Ich brauche keine Beweise, Evangeline. Du scheinst zu vergessen, dass ich auf dein Urteilsvermögen vertraue, genauso wie auf Xais.«

»Oh, das tut mir leid. Du meinst also, dass du mich deshalb fälschlicherweise beschuldigt hast, einen Mord begangen zu haben?«

»Wenn ich dich wirklich für schuldig gehalten hätte, dann hätte ich dich sofort bestraft.«

»Das hast du«, entgegnete ich. »Indem du mich gezwungen hast, mit Xai zusammenzuarbeiten.«

Er grinste. »Du kannst mir später noch dafür danken, dass ich euch wieder miteinander vereint habe.«

»Soll ich dir etwa auch dafür danken, dass du ihn in der Hölle gefoltert hast?« Ich konnte mich nicht davon abhalten, es noch einmal zur Sprache zu bringen. Der

Scheißkerl kotzte mich an mit seinen archaischen Spielchen.

Gwen zuckte bei meinen schroffen Worten zusammen. Zeb mochte zwar ihr Herr sein, aber ich unterstand ihm nicht. Und mein Respekt für ihn hing in diesem Moment an einem seidenen Faden.

Er knöpfte sein Hemd zu, bevor er mich mit seinen schokoladenbraunen Augen fixierte. »Meine Freundschaft mit Xai ist älter als jegliche Formalitäten. Ich brauchte ein Ventil und er hat es mir geboten, aber ich vermute, dass dich weniger meine Methoden stören als vielmehr die Tatsache, dass er sich geopfert hat, um dich zu beschützen.«

Ich verschränkte die Arme vor der Brust. »Ob du nun recht hast oder nicht, du hast ihn für ein Verbrechen bestraft, das keiner von uns beiden begangen hat.«

»Dabei ging es nie um Bestrafung«, erwiderte er. »Aber genug von der Vergangenheit. Unsere Zukunft ist viel dringlicher. Jemand ist im Begriff, das Gleichgewicht zu verschieben und die Mauern zwischen unseren Reichen auszudünnen. Und ich nehme an, dass dieser jemand Geier ist.«

Xai hatte mich Anfang der Woche gefragt, ob ich die Machtverschiebung gespürt hätte, bevor er die heilige Klinge erwähnt hatte. Bei der Erinnerung daran, dass Zeb eine Waffe besaß, die mich töten konnte, lief mir ein eiskalter Schauer über den Rücken. *Wir müssen sie ihm entwenden.*

»Du scheinst nicht überzeugt zu sein, Evangeline.« Für einen kurzen Moment umspielte ein belustigtes Lächeln die Lippen des Dämons. »Warum, glaubst du, hat sich Xai vor Jahrtausenden mit mir angefreundet? Warum hat er an meiner Seite statt an Geiers gekämpft?«

Äh … Er hatte mein Zögern missverstanden, aber ich ging nicht darauf ein. »Weil du das geringere Übel warst?«

Xai hatte mir nie einen Grund genannt, er hatte nur seine Absichten erklärt und dementsprechend gehandelt. Das war schon immer so gewesen. Ich hatte schon früh in unserer Beziehung aufgegeben, ihn danach zu fragen, weil er es mir nie erklärt hatte.

Zeb lächelte. »Wir vertreten dieselben Interessen, Evangeline. Wir wollen beide diese Dimension vor einem Krieg bewahren, doch genau dazu wird es kommen, wenn wir das Missverhältnis der Kräfte nicht beheben.«

»In der Tat«, ertönte eine tiefe Stimme hinter mir. Sie jagte mir einen vertrauten Schauer über den Rücken, während Zeb sich überrascht aufrichtete. »Ich schlage vor, wir fangen sofort an.«

»Und du bist?«, wollte der Dämon wissen, während er mit seiner Stimme zum Ausdruck brachte, dass er derjenige war, der die Kontrolle über dieses Territorium hatte.

Aber das Wesen hinter mir setzte sich über alle Gesetze hinweg.

Genau wie ich.

Ich drehte mich langsam zu dem Engel um, den ich seit über zweitausend Jahren nicht mehr gesehen hatte. Er sah genauso aus, wie ich ihn in Erinnerung hatte, mit einem Schopf weißblonder Haare, strahlend blauen Augen und einem Gesicht, das nicht älter war als meines.

»Dad«, brachte ich hervor.

Sein kalter Blick brachte mein Herz zum Schmelzen und ließ es gleichzeitig erstarren. »Hallo Eve.«

SIEBENUNDZWANZIG

DU WEISST, DASS DIE SITUATION SCHLIMM IST, WENN PLÖTZLICH EIN ERZENGEL AUFTAUCHT

Mir fehlten die Worte.

Was sollte man einem Vater auch sagen, nachdem man ihn mehrere Jahrtausende nicht gesehen hatte?

Wie geht es dir?

Ich habe dich vermisst.

Willkommen auf der Erde.

Er nahm mir die Entscheidung ab, indem er mich die Arme zog und mich mit Wärme, Liebe und auch einem Hauch von Tadel überhäufte. Es war die Art von Umarmung, zu der nur ein Vater fähig war, während die ganze Zeit über eine tödliche Energie mitschwang. Immerhin war er der Engel des Todes.

»Warum jetzt?«, flüsterte ich. »Nach all diesen Jahren … Warum bist du jetzt hier?«

»Weil du mich brauchst.« Er sprach die Worte wie beiläufig aus, als wäre es das Offensichtlichste der Welt.

»Eigentlich uns beide.« Erzengel Mietek erschien im Raum, woraufhin Gwen nach Luft schnappte und ich sofort in Alarmbereitschaft versetzt wurde.

Eine machtvolle Energie erfüllte die Luft, als die beiden

männlichen Engel auf nicht gerade subtile Weise ihre Überlegenheit gegenüber Zeb bekundeten. Ich löste mich aus der Umarmung meines Vaters und sah, wie der Dämonische Lord meine beste Freundin schützend hinter sich schob.

Die Tatsache, dass bisher noch keine Wachen in den Raum gestürmt waren, verriet mir, dass entweder mein Vater oder Mietek sie auf irgendeine Weise entwaffnet hatten. Ich hoffte, dass sie sie nicht alle getötet hatten. Remy hatte Besseres verdient und der Fährtensucher auch, trotz seiner abweisenden Haltung mir gegenüber.

»Du weißt, warum wir hier sind«, sagte der Erzengel neben mir.

Der Dämon blickte Mietek kühn in die Augen und ich konnte an seinem Gesicht sehen, dass er genau wusste, wer ihn angesprochen hatte. »Ich weiß«, antwortete er nur.

»Dann hat mein Sohn seine Aufgabe erfüllt.« Mieteks Statur und sein dunkles Aussehen waren dem von Xai so ähnlich. Selbst die gemeißelten Gesichtszüge waren dieselben.

Ich verspürte einen Stich im Herzen, als mir klar wurde, warum er hier war. Nur eines würde den Erzengel dazu bewegen können, seine Pflichten im Himmel zu vernachlässigen, und das wäre die Rettung seines Sohnes.

»Xai ist in Schwierigkeiten«, sagte ich gequält.

»Das seid ihr alle«, entgegnete mein Vater. »Jemand versucht, ein Tor zu öffnen.«

Meine Augenbrauen schossen in die Höhe. »Ein Tor zur Hölle?«

»Das haben Xai und ich nach eurem Besuch im Containerhafen vermutet«, antwortete Zeb, während Gwen hinter seinem Rücken hervorlugte. »Wir haben jahrhundertelang versucht, es zu verhindern, aber wir wussten beide, dass es unausweichlich sein würde.«

Die Luft wurde von einer elektrisierenden Spannung durchzogen, Sekunden bevor ein Mann auf Zebs Chaiselongue in der Ecke erschien. Mit dem leuchtend saphirblauen Gewand, den violetten Augen, dem weißgoldenen Haar und allgemein unnatürlichen Aussehen hob er sich eindeutig von den anderen ab. Kein Wesen auf der Erde besaß eine so perfekte Haut, einen so starken Mund oder ein so schönes Gesicht.

Denn genau das war er: schön.

Er war nicht unbedingt gut aussehend oder übermäßig männlich im herkömmlichen Sinne, doch er war auf eine Weise schön, die sich dem Verständnis entzog. Mein Herz schmerzte, wenn ich ihn nur ansah.

Gwen fiel ehrfürchtig zu Boden, während Zeb den Kopf senkte, doch das Wesen würdigte ihn keines Blickes. Stattdessen konzentrierte es sich auf Xais Vater.

»Ich dachte, wir hätten eine Abmachung, Mietek.« Sein lyrischer Tonfall jagte mir eine Gänsehaut über die Arme. *Pure, unverfälschte Macht.* »Du bleibst in deinem Reich, ich bleibe in meinem.« Eine Schale mit Erdbeeren erschien auf seinem Schoß und er steckte sich eine in den Mund. Sein Gesicht erhellte sich. »Mm, ich muss sagen, ich habe die Süße in dieser Dimension vermisst. Sollen wir hierbleiben und uns ein wenig vergnügen?«

Mietek verschränkte die kräftigen Arme vor der Brust und stemmte die Beine in den Boden. »Vorsicht, Ashmedai. Ich könnte sonst glauben, dass du dein Reich absichtlich schlecht verwaltet hast.«

Ashmedais Lächeln raubte mir den Atem. Xai besaß meine Seele, aber dieses Wesen übte eine tödliche Anziehungskraft auf mich aus. Er strahlte genau die Art von Aura aus, die die meisten Frauen und Männer voller Verehrung in die Knie zwang.

Genau wie Gwen …

Ein Erzdämon, erkannte ich. Er war das unterweltliche Gegenstück zum himmlischen Erzengel, wobei er aufgrund seiner sündhaften Neigungen um einiges gefährlicher war. Bael war der Einzige, dem ich je begegnet war, und ich erinnerte mich nur ungern daran. Erzdämonen waren anmaßend, verführerisch und rätselhaft.

»Ich soll mein Reich schlecht verwaltet haben?«, fragte Ashmedai. »Wir werden ja sehen. Ich spüre«, sagte er und hielt dann nachdenklich inne, »einen Riss in der Umhüllung. Ich glaube, es ist deine Aufgabe, mich über solche Dinge zu informieren, Zebulon. Willst du mir das näher erklären?«

»Ja, mein Fürst. Die Störung ist neu, und ich glaube, sie wurde von Geier verursacht.« Die Formulierung war kurz und bündig, doch mit einem Anflug von Ehrfurcht unterlegt. Die dämonische Hierarchie war eine bizarre Angelegenheit. Zeb blickte kein einziges Mal vom Boden auf, während er mit seinem Vorgesetzten sprach. Ein Mann in seiner Position war nur selten zu einer so unterwürfigen Haltung gezwungen.

Im Himmel herrschte nicht die gleiche Regelstruktur. Wir respektierten unsere Ältesten, aber auf eine liebenswürdige Art und Weise.

Ashmedai stand auf, wobei er seinen fast zwei Meter großen, muskulösen Körper zur Schau stellte, und konzentrierte sich auf Gwen. »Du wusstest darüber Bescheid, doch du hast dich entschieden, zuerst deine niederen Bedürfnisse zu befriedigen, bevor du mich benachrichtigt hast?«

Der Mann hat nicht ganz unrecht, Zeb.

»Guinevere hat mir Evangelines Nachricht überbracht, kurz bevor der Engel selbst mit zusätzlichen Informationen eingetroffen ist. Es ist nichts weiter geschehen.« In seiner

Stimme schwang ein aufrichtiger Tonfall mit, doch Dämonen waren hervorragende Lügner.

Der Erzdämon ging vor Gwen in die Hocke und legte einen Finger unter ihr Kinn, um ihren Kopf anzuheben, damit sie ihm in seine glühenden Augen blickte. »Ist das wahr, junger Sukkubus?«

»Ja, mein Fürst«, hauchte sie.

Ich wartete ab, während ich mich bereit machte, dem Arschloch eine Klinge in den Leib zu rammen, falls er versuchte, Gwen etwas anzutun, doch er streichelte nur über ihre Wange und stand dann auf, um sich Mietek zuzuwenden. »Ich habe gehört, in Miami ist es wärmer als in Chicago.« Seine Robe verwandelte sich in Schwimmshorts und ein Paar Flipflops. »Ist das besser?«

Ich konnte nichts gegen das Lächeln tun, das sich auf meinem Gesicht ausbreitete. Mietek und mein Vater waren beide in Berufskleidung gekommen, die Xais Outfit ähnelte. Ashmedais Wahl erinnerte mich jedoch an meine eigene.

»Du brauchst ein Hemd, mein Prinz«, flüsterte Gwen. »Die Menschen werden sonst … abgelenkt sein.«

Mit einem Achselzucken blickte er an seinem gemeißelten Körper hinunter. »Richtig.«

Ein weißes Hemd, das wenig der Fantasie überließ, kam zum Vorschein, und er blickte Gwen um Zustimmung heischend an. Sie nickte nur, doch die Röte in ihren Wangen sagte alles. Sein Aussehen in Kombination mit seiner unverhohlenen Macht hatte den Sukkubus zum Spielen hervorgelockt.

Vielleicht hatte sie sich doch nicht von Zeb ernährt. Sie sah zu hungrig aus.

Worum ging es dann bei dieser Szene vorhin?

»Wollen wir?«, fragte der Erzdämon an Mietek gewandt.

»Du hast noch nie gern Pläne geschmiedet«, antwortete der Erzengel trocken. »Es gibt verschiedene Faktoren, die wir berücksichtigen müssen, einschließlich dem Schutz menschlicher Leben.«

»Du schlägst also vor, dass wir unsere Schritte planen, während der Bruch zwischen den Welten immer größer wird?« Ashmedai breitete die Hände aus und ließ sich wieder auf die Chaiselongue fallen, bevor er dem Engel mit einem Wink zu verstehen gab, dass er fortfahren sollte. »Aber bitte, dann fahre fort, meine Zeit zu verschwenden.«

Oh, ich mochte ihn. Er war überheblich und legte einen Anflug von Humor an den Tag. Außerdem hatte er meine Freundin mit Respekt behandelt. Genau der Typ Dämon, der mir gefiel.

Als hätte er meine Gedanken gelesen, zwinkerte er mir zu und wandte sich dann mit stoischer Miene wieder dem Erzengel neben mir zu.

Mietek begann, ihm die Einzelheiten darzulegen, die er kannte, und bewies damit, dass der Himmel die Aktivitäten auf Erden im Auge behielt. Er erwähnte Geiers Aufenthaltsort in Miami, sprach den Dämonenhandel an und informierte uns über den aktuellen Aufenthaltsort seines Sohnes.

»Er projiziert«, erklärte er, als ich ihn bei den letzten Worten fragend anblickte. »Wenn ihr euren Geist öffnen würdet, könntet ihr es ebenfalls spüren. Er hat immense Schmerzen.«

»Schmerzen?«, wiederholte ich. Mein Mund war plötzlich wie ausgetrocknet. »Was meinst du damit?«

»Wie glaubst du wohl öffnet Geier das Tor?« Mit seinem herablassenden Tonfall traf er einen Nerv bei mir.

»Ich weiß es nicht, Mietek. Ich laufe nicht herum und versuche, Durchgänge zur Hölle zu schaffen.«

Sein Gesichtsausdruck verriet mir, dass er meinen Sarkasmus nicht sonderlich amüsant fand. So ein Pech.

»Engelsblut, Evangeline«, erwiderte mein Vater. »Mit einer heiligen Klinge.«

Ich sah Zeb an. »Du hast Geier die heilige Klinge gegeben?«

Seine eiserne Selbstbeherrschung entglitt ihm, als er beide Augenbrauen ruckartig in die Höhe zog. »Glaubst du, ich bin lebensmüde? Die Klinge befindet sich immer noch in meinem Besitz. Und bevor du wieder auf meinen Aufenthalt mit Xai in der Hölle zu sprechen kommst, solltest du vielleicht zuerst den Zweck dieses Ausflugs bedenken. Wir mussten beide wissen, dass er in der Lage sein würde, es zu überleben. Allerdings musste ich zuerst in der richtigen geistigen Verfassung sein, um ihn richtig zu prüfen.«

»Du wusstest also, dass das passieren würde?« Ich spürte, wie die Wut in mir hochkochte, als ich mir ihrer Täuschung bewusst wurde. »Und keiner von euch beiden hat je daran gedacht, es mir zu erzählen? Schließlich könnte es mein Blut sein, das gerade dazu benutzt wird, ein Tor zur Hölle zu öffnen!«

»Was glaubst du wohl, warum Xai einen Posten in Geiers Team angenommen hat?« Zeb legte den Kopf auf eine herablassende Art schief, als würde er mit einem Kind sprechen. »Geier auszuspionieren war nur zum Teil der Grund, Evangeline. Er hat sein Blut statt deinem geopfert. Das hatte er immer vorgehabt, falls es nötig sein würde, und es war nötig.«

»Ja, du hast schon immer ein Problem für ihn dargestellt«, murmelte Mietek. »Zuerst lenkst du ihn ab und jetzt steht er kurz davor, das ultimative Opfer zu bringen.«

»Du sagst das gerade so, als hätten sie jemals eine Wahl

gehabt.« Der ruhige Tonfall meines Vaters zog mich wie immer in seinen Bann. »Wir beide wissen doch, dass das nie der Fall war, Mietek. Sie sind dazu bestimmt, diesen Weg gemeinsam zu gehen.«

Der Erzengel warf meinem Vater einen vernichtenden Blick zu. »Das Geflüster der Schicksalsgöttin ist nicht gleich Bestimmung, Azrael.«

»Vielleicht solltest du versuchen, mehr mit ihr zu reden«, schlug mein Vater vor. »Immerhin ist sie deine Gefährtin.«

»Verzeihung, aber kommt ihr jetzt endlich bald auf den Punkt? Ich sterbe hier vor Langeweile.« Ashmedai hielt eine weitere Schale auf seinem Schoß. Diesmal befanden sich darin Brombeeren. Er steckte sich eine in den Mund und fügte dann hinzu: »Ich warte immer noch darauf, dass ihr mir euren Plan offenbart. Es sei denn, ihr habt vor, den Sohn des Chaos sterben zu lassen.«

»Sie werden ihn töten?« In meiner Stimme schwang ein Anflug von Hysterie mit.

Ich konnte Xai nicht verlieren.

Nicht nach allem, was wir durchgemacht hatten.

Ich hasste ihn zuweilen, aber ich liebte ihn mehr.

Immer.

Meine Seele konnte ohne ihn nicht überleben.

Ashmedai stellte die Schale beiseite und stand wieder auf. »Der Nachkomme des Erzengels wird sterben, wenn wir weiterhin unsere Zeit verschwenden, indem wir darüber diskutieren, was wir bereits wissen. Wir können das Tor mit unserem Blut wieder versiegeln, Mietek. So wie wir es vor Jahrtausenden getan haben. Danach können Zebulon und die anderen in diesem Reich das Durcheinander aufräumen. Ich wüsste nicht, was es da noch zu ›planen‹ gäbe.«

»Wenn wir nicht vorsichtig sind, werden wir mit dem

Schließen des Portals Unschuldige töten«, erwiderte Mietek.

»Bevor wir die Unterwelt wieder versiegelt haben, werden noch eine Menge Unschuldige sterben«, entgegnete Ashmedai. »Aber wie immer liegt die Entscheidung bei dir.« Bei den letzten Worten nahm seine Stimme einen scharfen Unterton an. Die beiden hatten eindeutig eine gemeinsame Vergangenheit.

»Er hat recht«, sagte ich, bevor Mietek widersprechen konnte. »Sie haben bereits damit begonnen, Kreaturen auf dieser Ebene zu entfesseln, die nicht hierhergehören. Ich bin während der vergangenen Woche einigen von ihnen begegnet, darunter einem Pestilenzdämon, der immer noch hier ist.«

Ashmedai wirkte ganz und gar nicht erfreut. »Geier wird dafür mit seinem Leben bezahlen.«

Ich warf Zeb einen erwartungsvollen Blick zu. Falls er den anderen Schuldigen in dieser Sache nicht nennen würde, so würde ich es tun. Denn ich war Kalida nichts schuldig.

»Es hat den Anschein, dass meine Tochter auch in diesen Schlamassel verwickelt sein könnte«, gestand er. »Sie hat ihren eigenen Tod vorgetäuscht und Evangeline die Schuld in die Schuhe geschoben, doch es scheint, dass sie sehr wohl am Leben ist und mit Geier zusammenarbeitet.«

»Ich verstehe«, erwiderte Ashmedai nur, doch er gab Zeb mit seiner Miene zu verstehen, dass sie später noch darüber sprechen würden. Zeb bestätigte das Urteil mit einem Nicken.

»Wir müssen gehen«, sagte mein Vater, während in seinem Tonfall ein Anflug von Dringlichkeit mitschwang, die sich in Mieteks und Ashmedais Gesichtsausdruck widerspiegelte.

Irgendetwas ist passiert, dachte ich, *aber ich habe nicht …*

Ein stechender Schmerz durchzuckte meine Brust, als ich rückwärts gegen die Wand prallte.

Er kam aus dem Nichts und war überall gleichzeitig. Er durchflutete meine Gedanken mit einem unheilbringenden Gefühl, das mich erzittern ließ.

Ich nahm kaum wahr, dass Gwen meinen Namen schrie, inmitten des Chaos, das meinen Verstand gepackt hatte.

Die Realität zersplitterte und setzte sich wieder zusammen.

Schwarz und weiß.

So kalt.

Ich bin allein.

Ich zitterte.

Es brennt.

Eis vermischte sich mit Lava in meinen Adern.

»… um Energie zu ziehen …«, hörte ich Mietek sagen. Die Stimme war gebrochen. Die Worte ergaben keinen Sinn. »… jetzt.«

Die Dunkelheit verdrängte das Licht.

Mein Magen verkrampfte sich.

Es tut mir leid … Xais Stimme.

Bildete ich sie mir ein oder war sie echt?

Ich liebe dich.

Immer.

Bis in alle Ewigkeit.

Alles erschien mit einem Mal und verdrängte die Stimmen und Empfindungen.

Mein Körper wurde warm.

Heiß.

Zu heiß.

Der Schmerz ließ nach.

Ich sah verschwommen, bevor sich der Nebel lichtete

und ich meine Umgebung wahrnahm. Es dauerte einige Sekunden, bis ich begriff.

Ich war nicht mehr in Zebs Schlafzimmer, sondern in Miami.

Wir befinden uns wieder im Containerhafen.

Und die Hölle war losgebrochen.

Buchstäblich.

ACHTUNDZWANZIG

DER TOD HAT MIR MEINEN SARKASMUS GERAUBT

Rauch.

Feuer.

Schwefel.

Dämonen.

»Scheiße«, flüsterte ich.

Ich war inmitten des Chaos auf einem Schiffscontainer gelandet. Mein Vater, Mietek und Ashmedai waren nirgends zu sehen. Doch auf dem Boden wimmelte es von Dämonen, die gegen Menschen kämpften.

Nein.

Keine Menschen.

Nephilim.

Ich konnte Shanes blonden Haarschopf in dem Durcheinander ausmachen. Er schien auf die Dämonen zu schießen, wobei er überaus treffsicher war. Die Wesen explodierten beim Eintritt der Kugel zu Asche, was darauf hindeutete, dass seine Waffen Silber enthielten. Wäre ich bei klarem Verstand gewesen, hätte ich dieses Detail vielleicht hinterfragt, aber die Kopfschmerzen, die mir förmlich den Schädel spalteten, zwangen mich, meine Energie auf etwas anderes zu konzentrieren.

Ich ließ den Blick über die Menge schweifen, während ich versuchte, die Balance wiederzugewinnen. Irgendetwas hatte mich aus dem Gleichgewicht gebracht und irgendjemand hatte mich dabei hier fallen lassen.

Der Schmerz war ganz plötzlich durch meinen Körper geschossen, das Gefühl war so verwirrend und herzzerreißend, und … »Xai!«

Ich sprintete los, wobei ich mich von meiner Seele lenken ließ. Ich ergriff meine Messer und zerschnitt einen Dämon nach dem anderen, während ich instinktiv durch den Containerhafen lief.

Es konnte nicht zu spät sein.

Er durfte mich nicht verlassen.

Doch selbst als ich mit aller Kraft in seine Richtung lief, wusste ich es bereits.

Meine Seele spürte, wie er mir entglitt.

Tränen rannen mir über die Wangen, als ich mich noch schneller bewegte. Ich würde später Schmerzen haben, doch das war mir egal. Er brauchte mich.

Flammen züngelten an meiner Haut.

Der Schwefelgestank drohte mich vom Weg abzubringen und mich zu bremsen, doch ich weigerte mich, mich von ihm verzehren zu lassen.

Ich stach zweimal auf etwas ein und lief weiter, selbst als mich ein Würgereiz überkam und mein Verstand erbebte.

Es würde nicht zu spät sein.

Da vorn.

In der Ferne konnte ich eine blau-violette Kugel aus geschmolzenem Tod erkennen.

Das Tor.

Dämonen strömten in Scharen heraus, verteilten sich

auf der Erde wie eine Armee von Ameisen und liefen direkt in eine Art Kraftfeld, das mein Vater geschaffen hatte. Es schleuderte sie zu Boden, wo sie sich qualvoll krümmten. Ich nährte mich von dem Schmerz und ließ zu, dass er mir gerade genügend Kraft gab, um durch das Portal in die Dimension hineinzustürmen, die ich hasste.

Xais sterbende Gestalt lag direkt hinter dem Tor auf einem schwarzen Felsen. Kalida und Geier waren nirgends zu sehen. Doch ich suchte nicht wirklich nach ihnen. Mein Blick war starr auf meinen Geliebten gerichtet. Ich fiel neben ihm auf die Knie und umfasste sein blutüberströmtes Gesicht. Die heilige Klinge hatte sein Handgelenk durchbohrt und war in die Erde gerammt worden. Ich nahm all meine verbleibende Kraft zusammen und riss sie heraus, um sie in die Scheide an meinem Unterarm zu stecken.

»Wach auf«, flehte ich, wobei mir die Tränen übers Gesicht strömten. »Du kannst mich nicht einfach so verlassen, verdammt!«

Nichts.

Keine Reaktion.

Kein Herzschlag.

Ich wollte ihn gerade in Richtung Tor ziehen, doch etwas traf mich mit Wucht an der Schulter. Es gab beim Aufprall ein zischendes Geräusch von sich und verteilte sich dann schmerzhaft in meinem Arm.

»Ich hätte es wissen müssen«, sagte Geier, als er aus dem Schatten hervortrat. »Selbstverständlich habe ich es geahnt, denn Xai hat dich über Jahrtausende hinweg geliebt. Allerdings konnte ich sein Opfer nicht ablehnen. Als Erzengel ist sein Blut mächtiger als deines.«

Ich duckte mich gerade noch rechtzeitig, um seinem nächsten Wurf auszuweichen. »Es wird mir ein großes Vergnügen sein, dich zu töten«, flüsterte ich.

Eine Welle von Energie durchströmte mich, als meine Seele voller Rachedurst zum Leben erwachte.

Er hat meinen Gefährten getötet.

Er muss sterben.

Ich stieß einen Schrei aus.

All der aufgestaute Schmerz, die Frustration und die Liebe wurden darin entfesselt, und mit ihnen kam eine Seite von mir zum Vorschein, die ich nur selten überhandnehmen ließ.

Der Tod.

Mein Verstand schaltete sich aus und ich hatte nur noch ein Ziel vor Augen. Geier.

Rache.

Schmerz.

Das Böse.

Ich stürzte mich mit gezückten Waffen auf ihn und ignorierte den Schmerz in meiner Schulter, als ich auf sein Gesicht, seine Hände und Arme einstach. Er war nicht so schwach wie die meisten Dämonen, sondern kämpfte erbittert und hart, um sich zu schützen.

Blut, Schweiß und Tränen bedeckten mein Gesicht, während jede himmlische Zelle meines Körpers sich darauf konzentrierte, ihn zu Fall zu bringen.

Und er lachte.

Er genoss meinen geschwächten Zustand auf dieser Ebene und gurrte belanglose Nichtigkeiten, die nur ein Sadist ohne Gewissensbisse über die Lippen bringen würde.

Er presste ein Messer an meine Kehle, als er mich zu Boden drückte. Ich blieb reglos liegen. Nicht aus Angst oder Erschöpfung, sondern um ihm in die Augen zu sehen. Ich wollte ihn sterben sehen.

Denn jemand hatte sich mir angeschlossen.

Und er würde es zu Ende bringen.

»Dein Leben ist verwirkt«, knurrte ich.

»Tatsächlich?« Er grinste bedrohlich.

»Ja, tatsächlich«, antwortete mein Vater, als er eine Klinge von oben in Geiers Kopf trieb.

Ich versuchte zu lächeln, als ich den entsetzten Ausdruck auf dem Gesicht des Mannes sah, doch meine Seele weigerte sich. Selbst als sein Körper von dem Silber, das sein Gehirn durchbohrte, erstarrte, schob ich ihn von mir, um zurück zu Xai zu kriechen.

So blass.

Er atmete nicht.

Und sein Herz schlug immer noch nicht.

Ich vergrub mein Gesicht an seinem Nacken und schluchzte. »Nein!« Wenn er mich verließ, würde ich ihn im Jenseits noch einmal töten.

Ich schloss die Fäuste um sein zerrissenes Hemd und nahm all meine Kraft zusammen, um ihn in Richtung Tor zu ziehen. Überall wurde gekämpft. Mein Vater hatte seinen Posten vor dem Tor verlassen, um mir zu helfen, und die Dämonen hatten den Moment genutzt. Aber er bekämpfte sie mit einer Präzision, um die ich ihn beneidete, und verschaffte mir die Zeit, die ich brauchte, um Xai zurück auf die Erde zu ziehen. Ich warf mich auf ihn, um ihn auf die einzige Weise zu schützen, die ich ihm bieten konnte.

»Verdammt noch mal!«, schrie ich und schlug vergeblich auf seine Brust ein.

Keine Reaktion.

Nicht einmal ein Schmunzeln.

Die heilige Klinge hatte Xais Körper auch den letzten Tropfen Blut entzogen.

Sich davon zu erholen …

Nein. Ich weigerte mich, daran zu denken.

Ich konnte es nicht.

Nicht jetzt.

»Wir müssen es schließen!«, hörte ich Ashmedai rufen.

»Geh hinein!«, verlangte Mietek, als er an meiner Seite erschien und den Erzdämon fixierte.

Mein Vater tauchte wieder auf und war von oben bis unten mit Dämonenblut bedeckt, während er vom Kampf wie berauscht war. Ich weinte noch heftiger.

Noch nie hatte ich mich so schwach gefühlt.

So gebrochen.

So allein.

»Wir brauchen dich, Evangeline«, sagte mein Vater mit sanfter Stimme über mir. »Du musst uns helfen, das Tor zu schließen.«

Ich starrte zu ihm auf. »Ich kann nicht.«

»Doch, du kannst.«

»Xai …«

»Hat das höchste Opfer gebracht, doch es wird alles umsonst gewesen sein, wenn du dich nicht sofort aufraffst und uns hilfst.« Sein strenger Tonfall ließ mein Herz in zwei Hälften zerbrechen. Eine Hälfte gehörte Xai, die andere der Pflicht und der Ehre. »Es ist deine Bestimmung, mein Kind.«

Ich schüttelte den Kopf. Ich war verwirrt, verletzt und hin- und hergerissen zwischen zwei Welten. Ich hatte immer nur den Engel gewollt, der unter mir lag. Alles andere war nur belangloses Vergnügen gewesen. Egoistische Schwelgerei.

Der Tod beherrschte den Containerpark und drohte sich darüber hinaus auszubreiten.

Die menschliche Dimension ist in Gefahr.

Es war die Aufgabe eines Engels auf Erden, die Menschheit vor Schaden zu bewahren.

Und mit jedem Moment, in dem ich trauerte, enttäuschte ich sie weiter.

Ich presste noch einmal die Lippen auf Xais und gab ihm einen flüchtigen Kuss, als ich seine Wange mit einer letzten Träne benetzte. Dann richtete ich mich auf und spürte die Entschlossenheit durch meine Adern rauschen.

Mietek und mein Vater kämpften weiter, während Zeb und Ashmedai in der Hölle verschwanden. Ich packte mit jeder Hand eine Klinge und nährte mich von der tödlichen Energie, die in der Luft lag, während ich alles, was sich mir in den Weg stellte, niedermetzelte.

»Jetzt!«, brüllte Mietek über den tosenden Lärm hinweg. Er drückte die blutigen Hände auf die Erde, statt sie an das Kraftfeld zu legen. Mein Vater und ich taten es ihm gleich, während der Erzengel etwas in einer uralten Sprache murmelte.

Elektrische Spannung und ätherische Energie vermengten sich in der Luft und erzeugten Regen und Eis, die vom Himmel fielen. Jeder Tropfen Feuchtigkeit schwächte die feurige Kugel vor uns und ließ das klaffende Loch schrumpfen, bis es nur noch einem kleinen Ball glich, der Funken sprühte und dann verebbte.

Eine Ranke aus violettem Rauch schlängelte sich heraus, als das Loch einen Knall von sich gab und dann endgültig verschwand.

Mietek und mein Vater brachen erschöpft zusammen, doch ich fühlte nichts.

Keinen Schmerz.

Keine Müdigkeit.

Nur Leere.

Er ist tot.

Zeb und Ashmedai erschienen mit zwei leblosen Dämonen in den Armen, die sie kurzerhand zu Boden fallen ließen.

»Sammelt sie alle ein«, befahl Ashmedai. Er hatte seine Schwimmshorts gegen die saphirfarbene Robe eingetauscht, was ihm ein königliches und respektheischendes Flair verlieh.

»Mein Prinz«, ertönten die Stimmen der Dämonen im Chor, die wie aus dem Nichts auftauchten.

Die Königliche Garde, erkannte ich. Eine Eliteklasse von Dämonen, die die Prinzen der Hölle beschützten. Sie waren bekannt für ihre tödliche Präzision, und er hatte sie gerufen, um bei den Aufräumarbeiten zu helfen.

Ich rutschte zu Xai, um über seinen Körper zu wachen, während die Lakaien verwundete Dämonen zu Ashmedai schleppten. Einige der Nephilim gingen ebenfalls hinüber. Shane entdeckte mich und wollte gerade in meine Richtung eilen, doch er hielt inne, als er sah, wer zu meinen Füßen lag. Bei dem Anblick breitete sich ein gequälter Ausdruck auf seinem Gesicht aus, der mir das Messer noch weiter durch mein lebloses Herz trieb.

Er ist tot.

»Weck sie auf«, befahl Ashmedai an Zeb gerichtet.

Der Dämonische Lord gehorchte, riss die Silberdolche aus Kalidas und Geiers Schädeln und reichte die Waffen dem Erzdämon. Sie zischten nicht einmal in seiner offenen Hand, womit er seine Macht zur Schau stellte. Wie auch den Engeln konnte das Silber den Höllenfürsten nichts anhaben.

»Die Erde steht unter der Herrschaft des Hohen Rates, einem Gremium, das sich aus Königen beider Reiche zusammensetzt. Heute sind wir Zeugen eines schweren Verrats geworden. Die Verletzung der Hülle zwischen den Welten wird aufs Höchste bestraft.« Ashmedai fuhr in der Sprache der Hölle fort und wandte sich an die verwundeten Dämonen, während er darauf wartete, dass Kalida und Geier das Bewusstsein wiedererlangten.

Ich kniete neben Xai, sehnte mich nach seiner Berührung und zuckte zusammen, als ich sah, wie sein

Körper von Eis überzogen wurde. In all meinen Jahren hatte ich noch nie den Tod eines Engels miterlebt. Die Tatsache, dass es ausgerechnet Xai sein musste …

Ein erstickter Laut entfuhr meiner Kehle und ich dämpfte ihn, indem ich mein Gesicht an seinen Hals presste und seinen verbliebenen Duft einatmete, als wollte ich ihn für immer festhalten.

Die Welt um mich herum schmolz dahin.

Meine Seele verlor sich in Erinnerungen.

Gestohlene Küsse.

Liebesspiele im Himmel.

Wir beide, die wir uns im Kreis jagten.

Endlose Streitereien.

Ich würde alles geben, um dorthin zurückkehren zu können, um seine rätselhaften Worte zu hören und mich mit ihm über Nichtigkeiten zu streiten. Wie zum Beispiel, für Zeb zu arbeiten.

Scheiße.

Wir hatten so viel Zeit vergeudet. So viele Jahre, in denen wir uns über Belanglosigkeiten gestritten hatten. Sein selbstherrliches Verhalten spielte keine Rolle mehr.

Wie konnte ich auf eine Leiche wütend sein?

Ich krallte meine Fäuste in sein Hemd und bekämpfte das Zittern, das meinen Körper heimsuchte.

Auf diese Weise an ihn zu denken …

Wie konntest du mir das antun? Ich wollte den Himmel anschreien, wie unfair das alles war, doch er hatte sich sein Schicksal selbst zuzuschreiben. Weil er mich beschützt hatte, wie er es immer getan hatte. Er hatte nie begriffen, dass ich seinen Schutz nicht brauchte, nicht einmal am Ende. Alles, was ich je wollte, war seine Liebe.

Und ich hatte sie erfahren. Für eine kurze Zeit hatte er sie mir offenbart, aber es war nicht genug. Ich brauchte mehr.

Der Engel in meinem Inneren flatterte hilflos. Ich gab sie frei, damit sie trauern und zu den Sternen fliegen konnte, um nach dem einen zu suchen, den sie nie finden würde.

In diesem Moment starb ein Teil von mir.

Er war für immer verloren.

Und zur ewigen Ruhe gebettet.

»Bitte …« Die Stimme einer Frau durchdrang meine Gedanken wie Nägel auf einer Kreidetafel. Kalida war ihrem Vater zu Füßen gefallen, um ihn um Gnade anzuflehen.

»Meine Tochter ist gestorben«, antwortete er kalt. »Ich weiß nicht, wer du bist, aber du bist auf keinen Fall meine Nachkommin.« Die herablassende Art seiner Worte regte etwas in mir an.

»Du«, flüsterte ich, woraufhin sich die Blicke aller auf mich richteten. »Du hast das getan.« Ich stand auf und schritt mit gezücktem Messer auf sie zu. Ich hatte meine Selbstbeherrschung schon lange verloren und scherte mich einen Dreck um Formalitäten oder Recht und Unrecht. »Wessen Idee war es, mir die Schuld an dem Mord in die Schuhe zu schieben? Deine oder die von Geier?«

Ich blickte in zwei Sterne, als sie mich mit ihren Sukkubusaugen anstarrte. Sie waren so verführerisch und doch so tödlich. Ich wollte sie aus ihrem hübschen kleinen Kopf herausschneiden und sie unter meinen Stiefeln zerquetschen. Sie warf Ashmedai einen sittsamen Blick zu.

»Du brauchst ihn gar nicht anzusehen. Ich habe dich etwas gefragt.« Ich zog sie an den Haaren, um sie zu zwingen, mir in die Augen zu blicken. »Sag es mir.«

Sie schluckte.

Gut.

Sie sollte nervös sein.

»M-meine«, flüsterte sie. Ihre Antwort ließ Adrenalin

durch meine Adern rauschen, doch ich unterdrückte den Drang, ihr Gewalt anzutun. Zumindest für den Moment.

»Warum?«, wollte ich wissen. Ich verstand ihre Absicht, Zeb zu verletzen. Er hatte ihre Mutter getötet und sie wollte sich eindeutig rächen. Aber warum ich und warum Xai?

»Eifersucht«, murmelte Ashmedai, als er für den zitternden Dämon antwortete. »Wie menschlich von dir, Kalida, die Beziehung eines Engels zu deinem Vater zu beneiden.«

Kalidas Augen rollten in ihrem Kopf zurück, während er tief in ihre Psyche eindrang. Wahrscheinlich schmerzte es, wenn ein Höllenfürst ihr den Verstand auf diese Weise aufriss. Sie hatte so viel Schlimmeres verdient.

»Du hast eine rostige alte Klinge benutzt und einen unsauberen Tatort hinterlassen.« Ein manischer Teil meiner selbst schüttelte missbilligend den Kopf, dann stieß ich ein Lachen aus, das ganz und gar nicht nach mir klang. Denn das alles war nur noch wahnsinnig. »Und du dachtest, du kämst damit durch? Indem du deinen Vater gegen mich aufhetzt? Er kennt meine Fähigkeiten besser als du.«

Ich schob sie von mir und trat einen Schritt zurück. Sie zu töten war weder meine Zeit noch meine Mühe wert. Meine Klinge in ihrem Herzen wäre eine ehrenvolle Art zu sterben, und das hatte sie nicht verdient.

Geier kniete ein paar Schritte entfernt mit gesenktem Kopf und gekrümmten Schultern auf dem Boden.

»So ein trauriges Bild«, sagte ich, mehr zu mir selbst als zu den anderen. »Ein Dämonischer Lord, der in die Knie gezwungen wurde. Du warst dieses Territoriums nie würdig, geschweige denn dieser Dimension. Ich hoffe, du verrottest bis in alle Ewigkeit in der Hölle.«

So viel zu meinem mir innewohnenden Wunsch, Rache zu üben.

Ich konnte sie nicht auf diese Weise ehren.

Niemals.

Mein Vater nickte verständnisvoll, während Mietek von der Entscheidung hin- und hergerissen schien.

Ich kehrte zu meinem Geliebten zurück und legte meine Stirn an seine, während ich mir mit aller Macht wünschte, dass er wieder atmete. Meine himmlische Seele war noch nicht wieder zurückgekehrt.

Vielleicht war mit ihr auch mein Verlangen zu töten verschwunden.

Vielleicht spielte sich das alles auch nur in meinem Kopf ab.

Mein gesamtes Wesen war zerschmettert.

Ich hätte nie gedacht, dass ich einmal eine Frau sein würde, die sich auf einen Mann verließ, doch meine Bindung zu Xai übertraf jede Vernunft. Wir waren auf einer Existenzebene miteinander verbunden, die nur wenigen vorbehalten war, und ihn zu verlieren … Damit hatte ich mein Recht zu atmen verwirkt.

Ich vergrub mein Gesicht wieder an seinem Hals, als meine Arme sich um ihn schlossen.

Nach Hause.

Das war es, was ich wollte, was ich brauchte.

Ich wollte ihn nach Hause bringen. Ein letztes Mal. Auf das Feld der Blumen und der Wärme, wo unsere Flügel sich vereinten.

Ich sehnte mich danach zu fliegen.

Nur noch ein einziges Mal …

NEUNUNDZWANZIG

EIN LETZTER TANZ AM WOLKENLOSEN HIMMEL

Die Sonne liebkoste meinen Rücken und wollte mich wärmen, doch ich ignorierte das Gefühl zugunsten des eiskalten Körpers unter mir. Ich klammerte mich mit aller Kraft an ihn, während ich am ganzen Körper zitterte.

In gewisser Hinsicht war mir klar, dass ich den Verstand verloren hatte und nach außen hin unkontrolliert schluchzte, während ich mich in einer Welt einschloss, die nicht mehr existierte.

Ich versank in den Tiefen dieses Traums, während ich nach dem einen Ort strebte, der mich immer glücklich gemacht hatte.

Und als ich die Augen wieder öffnete, war ich von den Gold- und Bronzetönen umgeben, an die ich mich erinnerte.

Ich blickte zu dem wunderschönen azurblauen Himmel auf, während Blumen um mich rankten und violette Federn meinen Rücken polsterten. Xai ruhte neben mir, wobei seine mitternachtsschwarzen Flügel silberfarben umrandet waren.

Ich rollte mich auf ihn, bedeckte seinen Kiefer mit

Küssen und sehnte mich danach, nur einen letzten erinnerungswürdigen Moment mit ihm zu verbringen. Selbst wenn er nicht real war.

»Ich liebe dich«, flüsterte ich. »Die Zeit wird daran niemals etwas ändern können.«

Onyxfarbene Augen blinzelten benebelt zu mir auf. »Eve?« Seine heisere Stimme versetzte mir einen Stich im Herzen.

»Sch…« Ich liebkoste seinen Wangenknochen und seufzte, als sich seine Brust unter mir hob. »Ich brauche das. Ich werde bald zurückgehen. Aber jetzt noch nicht.«

Oder auch nie, sagte meine Seele mahnend.

Möglicherweise.

Der Himmel könnte einen anderen Engel zur Erde schicken, um die Menschheit im Auge zu behalten. Xai hatte seinen Zweck mehr als erfüllt und ich hatte schon so viel von meinem eigenen Leben aufgegeben. Mein Vater hatte erwähnt, dass die Menschheit meine Bestimmung war, doch vielleicht wollte ich diese Bestimmung gar nicht erfüllen?

Das ist selbstsüchtig.

Ich weiß.

Gib mir einfach ein paar Minuten Frieden.

Xais Fingerspitzen glitten über meine Flügel und jagten mir einen Schauer über den Rücken. Es fühlte sich so echt an.

»Ich habe sie vermisst«, sagte er staunend. »Du bist so schön, Eve.«

Eine Träne rann mir über die Wange. Denn nichts von alledem geschah wirklich. Und seine Worte waren der Beweis dafür.

Er fing die Träne mit dem Daumen auf und saugte daran, bevor er mich auf den Rücken rollte und sich auf mich legte. »Was ist passiert, Liebes? Warum sind wir hier?«

Meine Augen füllten sich mit noch mehr Tränen, die mir über die Wangen kullerten. Er leckte sie mit der Zunge auf und drückte mir einen zärtlichen Kuss auf die Schläfe. »Sag es mir, Schätzchen.«

»Du bist gestorben«, flüsterte ich. »Du bist tot.«

Sein Lachen vibrierte in meiner hohlen Brust. »Ich fühle mich nicht sonderlich tot.«

»Weil ich träume.« Ich erbebte unter dem Ansturm der Emotionen und befürchtete, dass er mich aus meinen letzten Momenten der Glückseligkeit reißen könnte.

Er schob die Zunge zwischen meine Lippen und versuchte auf die Art, die ich so liebte, in meinen Mund einzudringen.

Ich gab nach und erlaubte ihm, meinen Geist, meinen Körper und meine Seele zu besitzen, und ich verabschiedete mich von dem Gedanken, meine eigene Herrin zu sein. Er würde mich immer besitzen und es war mir egal. Denn ich hatte die gleiche Macht über ihn.

Wir waren gleichberechtigte Partner.

Geliebte.

Gefährten.

»Evangeline …« Er umfasste mein Gesicht mit beiden Händen, um meinen Kopf nach hinten zu neigen und noch tiefer mit der Zunge in meinen Mund einzudringen. Ich ließ ihn gewähren. Ich schlang die Schenkel um seine Hüften und schmiegte mich an seinen harten Körper.

Nur noch ein einziges Mal.

Ich ignorierte die leise Stimme in meinem Kopf, die versuchte, Vernunft walten zu lassen, und steckte jedes Quäntchen Energie in den Kuss. Er löste die Lippen von meinem Mund und ließ sie auf mein Kinn wandern, bevor er an meinem Hals entlang bis zum oberen Rand meines Trägerhemdes glitt.

Er verlangsamte das Tempo und zeichnete mit der Zunge die Wölbung meines Dekolletés nach. Er schob den Stoff beiseite, der bereits von den Flügeln an meinem Rücken zerrissen worden war – doch darüber würde ich später noch nachdenken –, und saugte meine Brustwarze tief in seinen Mund. Ich wölbte mich ihm entgegen und sehnte mich nach mehr, wobei ich mich fragte, warum er die Zähne nicht benutzte.

»Was tust du da?«, fragte ich, verwirrt von dieser sanften Seite an ihm.

Er presste zärtliche Küsse auf meine Haut, als er die Lippen zu meiner anderen Brust wandern ließ.

»Ich bete dich an …« Er küsste meine steife Brustwarze mit offenem Mund und liebkoste sie leidenschaftlich, bevor er nach unten glitt und mir die Jeans auszog.

»Ich verehre dich …« Er leckte einen Pfad von meinem Bauchnabel bis zu der empfindsamen Stelle zwischen meinen Schenkeln. Er zog mir die Jeans bis zu meinen Knöcheln hinunter und schob sie mir dann zusammen mit meinem Höschen über die Füße.

»Ich vergöttere dich«, flüsterte er an meinem empfindsamen Unterleib. Sein heißer Atem war Vorbote eines intimen Kusses, der Wellen der Lust durch meine Gliedmaßen sandte. Mir entfuhr ein gequältes Stöhnen.

Keiner kannte meinen Körper so wie Xai.

Niemand würde ihn jemals ersetzen.

Und oh, diese Stelle …

Er war mit einem Finger in mich eingedrungen, während er sich mit der Zunge meine Weiblichkeit einprägte. Ich lag wie im Delirium unter ihm und konnte mich auf nichts anderes konzentrieren als auf seine Liebkosungen.

Eine Vielzahl von Empfindungen rief ein Kribbeln in meinem Unterleib hervor.

Es war wie eine sinnliche Folter, die sich unglaublich anfühlte.

»Ich liebe dich«, sagte er mit einem leisen Murmeln, das mein empfindsames Fleisch vibrieren ließ. Ich konnte nicht mehr klar denken.

Ich stand kurz davor, von etwas Mächtigem gepackt zu werden.

Etwas Elektrisierendem.

Und Orgastischen.

»Mm, ja, genau so.« Er knabberte an meiner Spalte, bevor er mit der Zunge darüber leckte und dort innehielt, wo ich ihn am meisten brauchte. »Lass dich gehen, Evangeline.«

Er versenkte die Zähne genau in dem Moment in meiner Klitoris, als die Ekstase in meinem Unterleib explodierte und ich mich aufwölbte. Er legte eine Hand auf meinen Bauch und drückte mich zurück aufs Gras, während er meine Erregung mit seinem Mund verzehrte. Ich bebte unter ihm, sowohl von der Erkenntnis, dass so etwas nie wieder geschehen würde, als auch von der Intensität des Augenblicks.

Er entledigte sich seiner Kleidung und entblößte seinen Körper, der viel blasser war als sonst, doch immer noch so kraftvoll, wie ich ihn in Erinnerung hatte.

»Ich will fliegen, Evangeline.« Er zog mich auf sich und vergrub seinen Schwanz in meinem bebenden Unterleib, während ich meine Beine um ihn schlang. »Flieg mit mir.«

Meine Flügel reagierten auf den Befehl und wir erhoben uns in die Lüfte. Seine kräftigen Federn trieben uns himmelwärts, während meine für einen stabilen Aufstieg sorgten. Er küsste meinen Hals, wobei er mit seiner Glückseligkeit mein Innerstes brandmarkte.

Wir hatten uns schon so lange nicht mehr auf diese Weise geliebt … Ich hatte fast vergessen, wie intensiv und wunderbar es sich anfühlte. Wir schwebten durch den wolkenlosen Himmel und scherten uns um nichts und niemanden, während unsere Seelen sich auf die hingebungsvollste Weise miteinander verbanden.

»Ich habe das vermisst«, flüsterte er an meinem Mund.

»Ich auch.« Diesmal kämpfte ich gegen die Tränen an und genoss nur diesen Moment voller Liebe und Frieden mit ihm. Ich schlang die Arme um seinen Hals und verwob die Finger in seinem dichten Haar, während ich die Zunge in seinen Mund gleiten ließ. Er ließ zu, dass ich unseren Kuss bestimmte, während er mit sanften Stößen in mich eindrang.

Es ging nicht mehr nur um Lust, sondern um Leidenschaft.

Und um eine Ewigkeit voller Versprechen und Liebe.

Für einen Moment erlaubte ich mir zu glauben, dass es real war, und verlor mich in seiner Umarmung.

Stunden, vielleicht sogar Tage, vergingen, während wir in aller Ruhe durch die Lüfte glitten.

Ich konnte die Höhepunkte nicht mehr zählen, die wir einander bescherten.

Es spielte keine Rolle.

Denn das Band zwischen uns hielt uns zusammen und ließ unsere Seelen aufblühen.

»Ich will nicht, dass es endet«, gestand ich.

»Dann lassen wir es nicht enden«, antwortete er.

Ich sehnte mich danach, es glauben zu können.

Er brachte meine Gedanken an die Realität mit einem leidenschaftlichen Kuss zum Schweigen, der unendlich lange andauerte. Ich wand mich und rieb meinen Körper an ihm und kam später in dieser Nacht unter den Sternen zum Höhepunkt. Er folgte mir über den Abgrund und zitterte vor Erregung und voller Emotionen, während wir immer noch durch die Luft flogen.

Irgendwann gingen die Monde des Himmels unter und die Sonne kam wieder zum Vorschein. Xai presste die Stirn gegen die meine. »Sie beordern uns zu sich.«

Ja, das hatte ich erwartet. Sie würden mir nicht ewig erlauben zu träumen.

»Ich wünschte, wir könnten sie einfach ignorieren«, flüsterte ich. »Für immer.«

Er lachte leise, als wir unseren Abstieg in die Realität begannen. »Wir werden immer Momente finden, um sie zu ignorieren.«

»Versprochen?« Meine Stimme klang vor Rührung erstickt.

»Immer«, wiederholte er. »Ich werde dich nie wieder verlassen, Evangeline. Ich schwöre es.«

Ich wünschte, ich könnte ihm glauben, aber tief im Inneren kannte ich die Wahrheit. »Ich liebe dich, Xai. Ich werde dich immer lieben.«

»Und ich liebe dich, mein Schatz.« Er presste die Lippen auf die meinen, bevor er uns auf dem Feld absetzte, auf dem alles begonnen hatte.

Wir waren zwanzig Engelsjahre alt gewesen, als wir uns zum ersten Mal geküsst hatten. Genau hier. Genau an dieser Stelle. Und als er mit dem Mund den meinen liebkoste, musste ich unwillkürlich daran denken, dass es der perfekte Ort für unseren letzten Abschied war.

Ich klammerte mich fest an ihn und fürchtete mich vor dem Moment, in dem ich ihn nicht mehr spüren würde, doch er verließ mich nicht. Er fühlte sich so warm und echt an. Es war so ein grausamer Streich, den meine Fantasie mir spielte.

»Du zitterst ja, Evangeline.«

Ich nickte. »Ich will mich nicht verabschieden.«

Er fuhr mit den Fingern über die empfindliche Stelle zwischen meinen Schulterblättern, aus der meine Flügel ragten. »Ich auch nicht, aber wir müssen es irgendwann tun.«

»Ich weiß«, flüsterte ich.

»Aber vielleicht können wir mit ihnen verhandeln, damit sie uns noch ein paar Wochen zu Hause gewähren, bevor wir zur Erde zurückkehren.« Sein Vorschlag klang so aufrichtig und so wunderbar echt, dass es mir einen Stich im Herzen versetzte. Ich bebte am ganzen Körper, als ich nicht mehr imstande war, die Fassung zu bewahren. Nur seine starken Arme hielten mich davon ab zusammenzubrechen.

»Ich kann das nicht ohne dich tun. Das kannst du nicht von mir verlangen.« Ich gewährte mir einen Moment wahrer Schwäche, den ich so lange unterdrückt hatte, doch ich konnte mich nicht mehr davor verstecken. Ohne ihn würde ich nie vollständig sein. »Ich schaffe es einfach nicht.«

»Was redest du da bloß?« Er hob mein Kinn an und zwang mich, seinem Blick zu begegnen. Ein verständiger Ausdruck erhellte plötzlich sein Gesicht. »Du denkst, das ist alles nur ein Traum.«

»Es ist ein Traum. Ein wunderschöner Traum, aus dem ich nicht mehr aufwachen möchte. Ohne dich wird nichts mehr so sein wie früher.«

»Du wärst immer noch meine mächtige, starke, unverwüstliche Evangeline.« Er strich mit den Fingerknöcheln über meine Wange und lächelte. »Die Evangeline, die es geschafft hat, uns beide in einem

Moment der Trauer an den Ort unserer schönsten Erinnerung zu teleportieren. Ich habe all die Jahrtausende versucht, dich dazu zu bringen, nach Hause zurückzukehren, doch ich musste fast sterben, um endlich Erfolg zu haben.« Er lächelte und schüttelte den Kopf. »Ich hätte es wissen müssen.«

»Was meinst du damit?« Mein vernebelter Verstand wollte seine Worte verstehen, doch mein Herz weigerte sich. Es war nicht in der Lage, noch ein Trauma zu verkraften.

»Ist mein Körper versteinert worden, Liebes?«

Ich nickte. »Du warst so kalt.«

»Aber habe ich mich in Marmor verwandelt?«

Ich zog den Kopf zurück und sah ihm in die Augen. »Mach dich nicht lächerlich.« Sogar in meinen Träumen sprach der Scheißkerl in Rätseln.

»Engel verwandeln sich in Marmor, wenn sie sterben. Es kommt nicht häufig vor und offenbar hast du es noch nie gesehen, doch auf diese Weise verarbeiten unsere Körper den Tod. Geier hat mich zwar fast getötet, doch die Bindung zwischen uns hat mich zurückgeholt.« Er legte eine Hand an meinen Nacken.

»Ich muss mich für meine Methoden bei dir entschuldigen. Ich habe meine letzten Energiereserven gebraucht, um deine Mauern zu durchbrechen und dir genügend Kraft zu entziehen, um zu überleben.« Er verzog das Gesicht. »Außerdem schulde ich dir wohl eine Entschuldigung dafür, dass ich mit dir nicht offen über meine Pläne gesprochen habe.«

»Wenn du mich davon überzeugen willst, dass das hier real ist, dann stellst du dich nicht sonderlich geschickt an. Der Xai, den ich kenne, entschuldigt sich nie.« Auf gewisse Weise ärgerte es mich, dass der Xai in meinen Träumen dazu in der Lage war. Er hätte mir zumindest etwas Wut lassen können, an die ich mich in meiner Trauer klammern konnte.

»Das liegt daran, dass ich normalerweise recht habe, doch in diesen beiden Fällen lag ich falsch. Ich dachte, du verstehst meine Absichten, aber ich habe zu spät erkannt, dass es nicht so war. Zu diesem Zeitpunkt konnte ich nichts anderes tun, als weiterzumachen, sehr zu unserer beider Leidwesen. Und dann habe ich mich in deinen Verstand hineingezwungen …« Er presste die Stirn an meine. »Ich möchte es bedauern, aber ich bin zu dankbar, um mich von ganzem Herzen zu entschuldigen. Habe ich dir wehgetan?«

»Du hast sie gegen eine Wand geschleudert«, erklärte eine schroffe Stimme, die ganz aus der Nähe zu kommen schien. »Sie war bewusstlos, doch sie ist noch rechtzeitig aufgewacht, um uns im Kampf beizustehen.«

Xai festigte den Griff um meinen Nacken. »Vater«, stieß er durch zusammengebissene Zähne hervor. »Ich nehme an, du bist gekommen, um mich wieder zu maßregeln.«

»Nein, aber ich habe euch ein paar Kleider mitgebracht«, antwortete der Erzengel, und ich hätte schwören können, ein Lächeln in seiner Stimme zu hören.

Xai löste sich von mir, um die Roben entgegenzunehmen, die Mietek für uns bereithielt. Wir zogen uns die gold-weißen Gewänder schweigend an, während ich darüber nachdachte, was geschehen war, unser Gespräch im Geiste noch einmal durchspielte und versuchte, die neuesten Ereignisse zu verarbeiten.

Ist er wirklich am Leben?

Nein.

Vielleicht doch.

Die Hoffnung schmerzt zu sehr.

»Und, wie fühlst du dich?«, fragte Mietek, als er seinem Sohn auf den Rücken klopfte.

»Als wäre ich fast gestorben«, antwortete Xai trocken.

»Das bist du.« Sein Vater kniff die Augen zusammen. »Es war eine dumme Idee, Geier zu helfen.«

»Es gab sonst keine andere Möglichkeit.«

»Möglicherweise. Doch es war ein guter Einfall, die Genesiden zu rufen. Sie haben sich für unsere Sache mehr als bewährt.« Mietek schien erfreut darüber zu sein.

Xai warf ihm einen vielsagenden Blick zu. »Ja, ihr habt alle perfekte kleine Soldaten gezüchtet.« Er schlang einen Arm um meine Schultern und drückte mich fest an sich. »Willst du mir jetzt etwa sagen, dass ich zurückgehen muss?«

»Nein. Azrael hat zugestimmt, zu bleiben und die Situation zu überwachen, während du dich erholst. Es scheint ihm Spaß zu machen, die Nephilim in der Kunst des Krieges und des Todes zu trainieren«, bemerkte Mietek. »Dein Vater hat einen Narren an Trudy gefressen. Sie ist ziemlich begabt.«

Ich runzelte die Stirn. »Er hat sie nicht zu ihrer Familie zurückgebracht?«

Mietek wurde plötzlich ernst. »Kalida hat einen Schrubber eingesetzt, um das Mädchen aus der Erinnerung seiner Familie zu löschen. Shane hat sie bei sich aufgenommen, doch Azrael besteht darauf, ihre Ausbildung zu übernehmen. Du weißt ja, wie er ist, wenn er jemanden mit Potenzial wittert.«

»Sie hat eine interessante Erziehung vor sich«, erwiderte Xai mit einem Grinsen.

Mir schossen die Gedanken wie Blitze durch den Kopf.

Es muss real sein.

Du bist zwar kreativ, aber das übersteigt deine Fähigkeiten.

Vielen Dank dafür.

»Wie viel Zeit bleibt uns hier?«, fragte Xai mit ernstem Tonfall.

»Drei Wochen«, antwortete er. »Ich schlage vor, ihr genießt sie.«

»Wenn du damit andeuten willst, dass Eve danach hierbleibt, dann solltest du das noch einmal überdenken. Du hast gesehen, wozu sie fähig ist. Gemeinsam sind wir viel mächtiger.«

Mietek beäugte mich neugierig. »Ja, wie hast du es geschafft, dich und Xai aus eigener Kraft wieder hierher zu teleportieren? Wir mussten den Portalhüter wecken, um dich von Chicago nach Miami zu bringen, aber du hast es geschafft, ohne Hilfe hierher zurückzukehren. Und du hast obendrein Xais Heilungsprozess beschleunigt.«

Das heißt, er ist am Leben. Es sei denn, mein Gehirn hat sich diese ganze Unterhaltung ausgedacht.

Soll ich es wagen, daran zu glauben?

Ich fröstelte trotz der Hitze und konzentrierte mich auf Mieteks Frage. Ich hätte nicht in der Lage sein sollen, uns ohne Antrieb von außen hierherzubringen. Zumindest hatte ich nicht gewusst, dass ich diese Fähigkeit besaß. Vorausgesetzt, das alles war real.

Es muss real sein.

Xai strich mit seinen Flügeln die meinen, um mir wortlos seine Unterstützung zuteilwerden zu lassen.

Ein Zeichen der Solidarität.

Liebe.

Ich räusperte mich, aber meine Stimme klang rau, als ich antwortete: »Ich habe davon geträumt, nach Hause zurückzukehren, um eine letzte Nacht mit Xai zu verbringen.«

»Ah, weil du ihn für tot gehalten hast. Engel sterben nicht so leicht, obwohl Xai dem Tod bewundernswert nahegekommen ist.«

»Bewundernswert«, spottete Xai. »So hätte ich das nicht gerade ausgedrückt.«

Mietek ignorierte seinen Sohn und fuhr fort: »Ich bin froh, dass ich es jetzt etwas besser verstehe, denn ich habe mich über dein bizarres Verhalten auf der Erde gewundert, Evangeline. Ashmedai hätte dir erlaubt, sowohl Kalida als auch Geier zu töten, und doch hast du es nicht getan.« Er zuckte mit den Schultern. »Nun ja, im Grunde hast du sie dadurch einem schlimmeren Schicksal durch die Hand eines wütenden Erddämons ausgesetzt, und Ashmedai kann ziemlich erfinderisch sein, wenn er Gerechtigkeit walten lässt. Ich vermute, nach ein paar Jahrhunderten der Folter werden sie einfach irgendwann sterben.«

»Das ist mehr, als sie verdient haben«, fügte Xai mit ausdrucksloser Stimme hinzu. »Hätte Geier mir bei meiner Ankunft in Miami nicht sofort eine heilige Klinge in den Körper gerammt, hätte ich den Scheißkerl selbst getötet. Doch unter den gegebenen Umständen konnte ich gerade noch genügend Energie aufbringen, um Shane eine SMS mit meinem Standort zu schicken.«

Deshalb waren die Nephilim also im Containerhafen. Der gerissene Mistkerl hatte jeden Winkel des Plans bedacht.

Vorausgesetzt, das hier ist echt.

Das ist es.

»Oh, das erinnert mich an etwas.« Mietek zog eine der besagten Waffen aus seiner Tasche. »Die hier habe ich bei Eves Kleidung gefunden, die ihr ihr auf dem Feld ausgezogen habt, und die andere habe ich mir von Zebulon zurückgeholt. Dennoch müssen wir herausfinden, wie sie sich die Waffen beschafft haben.«

»Eine Aufgabe, der ich mich widmen soll, wenn ich wieder zur Erde zurückkehre?«, mutmaßte Xai.

»Oder du überträgst den Auftrag an die Genesiden.«

Xai zog eine Augenbraue in die Höhe. »Wie bitte?«

»Oh, jetzt sag mir nicht, dass du es immer noch nicht begriffen hast.« Sein Vater grinste. »Es ist deine Bestimmung, sie anzuführen. Genauso wie deine, Evangeline.«

»Du klingst wie meine Mutter«, sagte Xai belustigt.

Der Erzengel lächelte wieder. »Da hast du wohl recht. Jemand hat mir gesagt, dass ich mich öfter mit ihr unterhalten sollte, und das habe ich getan. Apropos, sie würde sich später gern mit dir zum Essen treffen.« Mit diesen Worten wandte er sich zum Gehen. »Genießt eure drei Wochen. Azrael wird bis dahin sehnsüchtig auf eure Rückkehr warten, aber ich nehme an, er und die Nephilim werden in der Zwischenzeit alle Hände voll damit zu tun haben, das Chaos auf der Erde zu beseitigen, das Geier angerichtet hat.«

Das entlockte Xai und mir ein Lachen, das Mietek durch das Rascheln seiner Flügel schon nicht mehr hörte. Er flog in einem Wirbel aus schwarzen und braunen Federn davon und ließ uns allein auf unserem Feld zurück.

»Glaubst du immer noch, dass ich tot bin, Liebes?«, fragte Xai, als er mich zu sich drehte. »Oder muss ich noch mehr tun, um dich zu überzeugen?«

Ich starrte in seine mitternachtsschwarzen Iriden, während mein Herz in einem ungesunden Rhythmus in meiner Brust schlug. Die Wärme, die in Wellen von ihm ausging, liebkoste meine Haut und besänftigte meinen Geist. Der Engel in meinem Inneren gab sich mit der Wahrheit zufrieden, während mein Verstand noch mit der Vernunft haderte.

»Wenn das alles ein Traum ist, werde ich wütend sein, wenn ich erwache«, gestand ich.

Er schmunzelte. »Gut, denn dein Temperament ist im Schlafzimmer sehr willkommen.«

»Du bist so ein Arsch.« Allerdings war das eine Antwort, die ich von ihm erwartet hatte. *Er lebt.*

»Daran wird sich nie etwas ändern, Liebling.«

»Gut. Denn dein abscheuliches Verhalten weckt in mir den Wunsch, dich abstechen zu wollen, und du weißt, wie sehr ich das genieße.«

Er grinste. »Jetzt flirtest du wieder mit mir.«

Ich strich mit den Lippen über sein Kinn und genoss das Gefühl seiner Bartstoppeln auf meiner Haut.

Ein Schauder durchzuckte meine Federn, als mich die Erkenntnis überkam, dass ich ihn nicht verloren hatte. Welche Probleme wir auch immer gehabt hatten, sie lagen in der Vergangenheit. Es würde für unsere Beziehung nur hinderlich sein, wenn wir weiterhin einen Groll hegten. Das Leben war zu wertvoll, um sich über alte Wunden den Kopf zu zerbrechen. Wir mussten zwar noch einige Mängel ausarbeiten, doch dafür hatten wir die Ewigkeit vor uns.

Denn er war am Leben.

Und zwar hier.

Im Himmel.

Und er hielt mich in seinen Armen.

Ich zwickte mich selbst in die Seite, um mich davon zu überzeugen, dass ich wirklich nicht träumte, und Xai lachte. Denn meine Zweifel waren lächerlich. Ohne ihn wäre meine Seele verwelkt und gestorben, doch ich spürte, wie sie glücklich in meinem Inneren schwebte und sich ganz in der Zufriedenheit des Augenblicks und der Liebe zu ihrem Gefährten verlor.

Ich habe ihn nicht verloren.

»Mm, wie ich sehe, muss ich noch etwas mehr Überzeugungsarbeit leisten«, neckte er. »Hast du Lust, noch etwas zu trainieren?« Er betrachtete mich mit einem sinnlichen Funkeln in den Augen, als er mich von oben bis unten musterte und keine Fragen offenließ, wie er das Training enden lassen wollte.

»Du bist unersättlich.«

»Nur mit dir, Eve.« Er liebkoste meinen Hals und presste einen Kuss auf meine Halsschlagader. »Ich meine es ernst, Liebling. Ich werde dich nicht verlassen. Niemals.«

»Und was ist damit, dass wir unsere Kommunikationsfähigkeit verbessern sollten?«

»Hm …« Mit den Lippen streifte er mein Ohr. »Es könnte sein, dass du in dieser Hinsicht noch etwas Überzeugungsarbeit leisten musst.«

Ich versuchte, mich von ihm loszureißen, aber er hielt mich fest. »Reicht es nicht, dass du fast gestorben bist?«

»Der Punkt geht an dich.« Er knabberte an meinem Ohrläppchen. »Ich werde an meiner Ausdrucksweise arbeiten und versuchen, nicht immer ›in Rätseln zu sprechen‹, wie du es nennst.«

»Du legst es wirklich darauf an, dass ich dich absteche.«

Er zuckte mit den Schultern. »Ich habe nichts gegen einen etwas raueren Tanz einzuwenden, wenn du ebenfalls dazu bereit bist.«

Ich antwortete, indem ich versuchte, ihm die Beine unter den Füßen wegzuziehen, aber er flog auf und schwebte vor mir in der Luft.

»Fang mich doch, Evangeline.« Er flog in einem Windstoß davon und ich folgte ihm mit einem Lächeln.

DREISSIG

EIN SUKKUBUS UND EIN NEPHILIM – MEINE GÜTE, DAFÜR BIN ICH WIRKLICH LANGSAM ZU ALT

Einundzwanzig Erdenjahre später

GWEN.

Sie konnte mich noch nicht sehen und hatte keine Ahnung, dass ich mich gleich zeigen würde.

Drei Wochen im Himmel schienen kein langer Zeitraum zu sein, doch auf der Erde kamen sie zwei Jahrzehnten gleich.

Sie strahlte immer noch einen Anflug von Güte aus, die mein Herz höherschlagen ließ, doch in ihrer Aura lauerten mittlerweile Geheimnisse und Erinnerungen, die wir nie miteinander teilen würden, weil ich sie verlassen hatte.

Im Leben drehte sich alles immer um Entscheidungen, und ich hatte mich für Xai entschieden, statt bei meiner Freundin zu bleiben und mit ihr zu wachsen. Wie die meisten in solchen Situationen hatte sie ihr Leben ohne mich weitergelebt, doch dank meiner verworrenen Zeitachse fühlte sich unsere Freundschaft für mich immer noch frisch an.

»Glaubst du, sie hat immer noch vor, mir die Eier

abzureißen?«, fragte Xai, der neben mir stand und die Hände lässig in die Taschen seiner schwarzen Hose gesteckt hatte. Er hatte darauf bestanden, einen neuen Anzug zu kaufen, sobald wir uns von unserem Fall zurück zur Erde erholt hatten. Der Übergang war diesmal zwar etwas sanfter verlaufen, doch es hatte trotzdem gebrannt. Zumindest wusste ich jetzt, dass wir jederzeit zurückkehren konnten, wenn wir es wollten. Allerdings würde ich beim nächsten Mal nicht wieder zwei Jahrzehnte verstreichen lassen. So vieles hatte sich in unserer Abwesenheit verändert, einschließlich meiner besten Freundin.

»Was soll ich ihr sagen?«, fragte ich und ignorierte seinen Versuch, einen Scherz zu machen. Immerhin hatte ich sie zu einem entscheidenden Zeitpunkt ohne jede Erklärung verlassen.

Xai legte einen Arm um meine Schultern und gab mir einen Kuss auf die Schläfe. »Sag ihr, dass du sie vermisst hast.«

Gwen lachte herzhaft über etwas, das der rothaarige Mann, der ihr gegenüberstand, gesagt hatte. Er hatte uns den Rücken zugewandt, doch aus ihrer Offenherzigkeit schloss ich, dass er ein Freund und keine gewöhnliche Eroberung war.

»Komm schon, Liebes. Nervosität steht dir nicht gut zu Gesicht.«

»Sie ist meine beste Freundin. Oder war es zumindest.«

»Die Zeit vermag vielleicht, eine Distanz zu schaffen, aber wahre Freundschaften sterben nie, Evangeline.« Er drückte mir einen weiteren Kuss auf die Schläfe und versetzte mir dann einen Klaps auf den Hintern. »Nun geh schon. Wir müssen heute Abend noch zwei weitere Stationen auf unserer Wiedersehenstour besuchen, und du hast darauf bestanden, dass dies unser erster Halt ist.«

Ich starrte ihn mit finsterer Miene an. Das Wort *Arsch*

lag mir auf der Zunge, aber ich schluckte es herunter. Xai würde sein Verhalten niemals ändern. Er war nicht gerade der bezähmbare Typ, doch das würde ich an ihm immer bewundern.

»Gut«, sagte ich stattdessen und öffnete die Tür zu dem kleinen Imbiss in Tennessee. Er lag etwa fünfzig Kilometer von unserem alten Zuhause entfernt, was darauf hindeutete, dass Gwen sich entschieden hatte, über die Jahre in der Gegend zu bleiben.

Die wenigen Gäste blickten alle erwartungsvoll auf, ähnlich wie an jenem ersten Abend, als Xai in meine Kneipe geschlendert war. Die Ironie entzog sich mir nicht. Runde, himmelblaue Augen blickten zu mir auf. Sie flackerten kurz auf, bevor Gwen von ihrem Sitz aufsprang und mir die Arme um den Hals warf.

Ich umarmte sie ebenso stürmisch und erschrak, als ich in der Nische ein paar vertraute grüne Augen erblickte.

Der Mann war nicht einen Tag gealtert.

»Gleason?« Ich hatte vorgehabt, ihn in den nächsten Tagen in irgendeinem Hörsaal aufzuspüren, doch er saß vor mir in einem Imbiss zusammen mit meiner besten Freundin. »Was machst du denn hier?«

Seine Augenbrauen schossen in die Höhe. »Was ich hier tue? Sollte ich dir diese Frage nicht stellen?« Er lächelte, dann nickte er Xai zu. »Es ist lange her.«

»In der Tat«, erwiderte mein dunkler Engel.

Ich löste mich von Gwen und blickte zwischen den beiden Männern hin und her. »Moment mal, woher kennst du Gleason?«

»Euren Silberschmied?«, sagte Xai. »Er ist ein Mitglied der Genesiden, Liebling. Und das schon seit mehreren Jahrzehnten.«

»Wie bitte?« Ich starrte Gleason an. »Warum hast du mir nichts davon gesagt?«

Er zuckte mit den Schultern. »Um ehrlich zu sein, wollte ich sehen, wie lange du brauchst, um es selbst herauszufinden. Und die Antwort ist offenbar mehrere Jahrzehnte.«

»Du bist ein Nephilim.«

»Na also, da hast du's.«

Ich schüttelte den Kopf, als ich seinen herablassenden Tonfall hörte, doch dann hielt ich inne, als mir ein weiterer Zusammenhang klar wurde. »Du hast die Silberkugeln hergestellt, die die Genesiden an jenem Tag im Containerhafen benutzt haben …«

»Ja«, antwortete er.

»Und du bist jetzt mit Gwen befreundet?«

»Er ist sozusagen mein Zimmergenosse.« Gwen schüttelte fast traurig den Kopf. »Es ist viel passiert, seit ich dich das letzte Mal gesehen habe, Eve.«

Schuldgefühle versetzten mir einen Stich im Herzen. »Es tut mir leid …«

»Du musst dich nicht entschuldigen. Lord Zebulon hat mir erklärt, was passiert ist, und ich kann es verstehen. Xai ist die andere Hälfte deiner Seele.« Sie schürzte die Lippen. »Nun, er ist sicherlich der schwärzere Teil, aber wir können uns unsere Partner wohl nicht aussuchen.«

Xai grinste. »Es freut mich zu sehen, dass du mich immer noch genauso anbetest wie früher, Guinevere.«

Sie schnaubte. »Du weißt, ich glaube, Eve hat etwas Besseres verdient, aber wenigstens hast du sie diesmal nicht unter der Erde zurückgelassen.«

»Eigentlich …«, sagte ich und blickte zu ihm auf, »hast du es getan.«

»Nachdem ich dich ausreichend geschützt hatte«, fügte er hinzu.

»Aber du hast mich trotzdem an einen Stuhl gefesselt in der Hölle zurückgelassen.«

Er strich mir über den Nacken. »Mit einem Schlüssel«, murmelte er. »Handschellen und zwei Wächter sind für dich ein Kinderspiel.«

»Stimmt, aber die Höllengefilde waren es nicht.«

»Hättest du auf Tax und Remy gewartet, wäre es kein Problem gewesen. Aber wie immer war deine Ungeduld stärker als dein praktischer Verstand.« Er knabberte an meiner Unterlippe. »Eines Tages wirst du es lernen.«

»Ich werde die Geduld meistern, sobald du die Kunst der Kommunikation beherrschst.«

Er grinste an meinen Lippen. »Einverstanden, Liebes.« Sein Kuss fühlte sich eher wie ein Versprechen an, von dem er sich nur allzu schnell wieder löste.

Ich verkrampfte mich, als außer Gwens dämonischer Präsenz noch eine andere meine Sinne wachrüttelte. »Denkst du, sie sind hier, um uns zu Hause willkommen zu heißen?«, fragte ich und klimperte spielerisch mit den Wimpern.

Xai wirkte belustigt, selbst als sich seine Miene verfinsterte. »Ich glaube, jemand wird uns gleich zu sich beordern.«

»Zeb?«

Er zuckte mit einer Schulter, als wollte er sagen: *Ist das wichtig?* Es war tatsächlich nicht von Bedeutung.

»Sieht so aus, als müsste unser Wiedersehen noch warten, Gwen.« Ich schenkte ihr ein zaghaftes Lächeln. »Ich habe dich vermisst.«

»Ich habe dich auch vermisst, Eve«, sagte sie, als sie mich wieder in ihre Arme zog. »Aber mir ging es gut. Lord Zebulon und Zane haben mir eine Menge über Kontrolle beigebracht, und du wärst stolz auf mich. Ich benutze jetzt die Plastikplanen, wenn es nötig ist, was zum Glück nicht mehr oft vorkommt.«

Trotz des morbiden Gesprächsthemas musste ich lachen. »Tatsächlich? Sind dir etwa die Teppiche ausgegangen?«

Sie biss sich auf die Unterlippe. »Möglicherweise. Aber im Ernst, du hattest recht damit, dass sie nützlich sind. Damit ist es so viel weniger …« Sie verstummte. »Nun, du verstehst, was ich meine. Aber wir müssen uns bald ausführlich miteinander unterhalten. Ich habe sozusagen deine Kneipe und unser Haus verkauft …«

»Das dachte ich mir schon.« Wir hätten ohnehin bald umziehen müssen, um nicht entdeckt zu werden. »Aber ich möchte mehr darüber erfahren, wie Zeb dir geholfen hat, deine Selbstkontrolle zu meistern.« Ich konnte den fragenden Unterton in meiner Stimme nicht unterdrücken, denn ich war viel zu verblüfft.

Ihre Wangen erröteten, als sie den Kopf senkte. »Äh, ja.« Sie räusperte sich. »Nun, eigentlich ist es deinetwegen passiert und wegen dieser SMS, die du mir vor all den Jahren geschickt hast. Für dich ist es wohl erst ein paar Wochen her. Wie dem auch sei, als ich zu ihm ging, um ihm deine Nachricht zu überbringen, hat er bemerkt, dass mit meinem Energieniveau etwas nicht stimmte, und er hat mich für mein Benehmen gerügt, das in dieser Region wohl nicht unbemerkt geblieben war. Offenbar waren wir nicht so verstohlen, wie wir dachten.«

Ich warf Xai einen tadelnden Blick zu, aber er grinste nur. »Du hast es ihm trotzdem verraten?«

»Nein, er wusste es bereits. Aber du kannst dich später bei mir dafür bedanken, dass ich ihn gebeten habe, nicht einzugreifen. Ich habe ihm gesagt, dass du die Situation im Griff hast.«

»Du hast angedeutet, dass du es ihm sagen würdest, wenn ich nicht in Miami erscheine.«

»In der Tat. Es war das perfekte Druckmittel.«

Ich starrte ihn an. »Du bist unfassbar.«

»Danke, Liebes. Sollen wir jetzt gehen? Ich glaube, unsere Eskorte draußen wird langsam ungeduldig, und es wäre eine Schande, ein so angenehmes Etablissement zu gefährden.« Der sarkastische Unterton in seiner Stimme verriet mir, dass er eigentlich nichts dagegen hätte, den Imbiss mit Dämonenblut zu streichen. *Manche Dinge ändern sich nie.*

Ich hatte noch nie jemanden getroffen, der mich so in Rage brachte wie Xai. Doch ich würde ihn mit nichts auf der Welt tauschen wollen.

Ich packte ihn und küsste ihn leidenschaftlich. Entweder ich ließ meiner Wut auf diese Weise freien Lauf oder ich würde ihn erstechen, und Mord war auf der Erde verpönt.

Er verzog die Lippen zu einem Lächeln. »Mm, mir gefällt der Gedanke, wohin das führen wird.«

»Tatsächlich? Aber zuerst müssen wir meiner Waffenkammer einen Besuch abstatten. Vorausgesetzt, sie existiert noch?« Die letzte Frage galt Gleason, der seine schlaksigen Arme auf der gepolsterten Lehne der Nische ausgestreckt hatte.

»Ich habe sie sicher verwahrt und sie sogar vor den Genesiden verborgen. Sie ziehen Kugeln den Messern vor.«

»Ausgezeichnet. Du kannst mir alles in Rechnung stellen.«

»Schon geschehen, Engel.«

Ich lachte. Das wunderte mich nicht. »Gwen, wir werden uns später ausgiebig unterhalten. Wie wäre es mit einem Mädelsabend?«

»Sehr gern.«

»Gut. Bis bald.« Ich umarmte sie noch einmal, bevor ich Xais Hand ergriff. »Wir werden einen Schrubber brauchen«, murmelte ich, als wir an einer Handvoll verwirrter Menschen vorbeikamen. Dank der Stille im Imbiss hatten sie alle unsere Unterhaltung mitgehört.

»Ja, Gleason wird das erledigen.«

Ich hielt an der Tür inne und senkte die Stimme. »Die Genesiden arbeiten jetzt mit den Dämonen zusammen?«

»Nur mit den guten«, antwortete Xai.

Existiert so etwas wie ein guter Dämon überhaupt?, fragte ich mich, verzichtete jedoch darauf, es laut auszusprechen. Ich wusste, dass es in der Unterwelt auch anständige Wesen gab. Gwen war eines von ihnen, genauso wie Remy und Tax. Und vielleicht sogar Zeb, obwohl das noch abzuwarten blieb. Wenn er Gwen tatsächlich geholfen hatte, statt sie zu bestrafen, könnte ich geneigt sein, den Scheißkerl zumindest ein bisschen zu mögen.

Dennoch … »In zwei Jahrzehnten hat sich sicher vieles verändert, Xai.«

»In der Tat, aber ich habe das Geschehen von oben beobachtet. Sie sind gut organisiert und Azrael hat sie in unserer Abwesenheit gut geführt.«

Mein Puls beschleunigte sich bei der Erwähnung meines Vaters. Er würde heute Abend unsere letzte Station sein. Ich hatte während meines Aufenthalts zu Hause einige Zeit mit meiner Mutter verbracht, doch ich hatte ihn schrecklich vermisst. Ich würde immer in erster Linie seine Tochter sein, was daran lag, dass ich die meisten meiner Eigenschaften von ihm geerbt hatte.

Xai winkte mit einer Hand über einen Sensor, der die Tür automatisch öffnete. Während unserer Abwesenheit hatte die Technologie erhebliche Fortschritte gemacht und hatte diese Dimension mittlerweile fest im Griff. Ich konnte es kaum erwarten, das Autofahren neu zu erlernen. Die neuen Gefährte schienen wunderbar schnell zu sein.

»Meine Herren«, grüßte Xai, als wir nach draußen traten. »Welchem Umstand verdanken wir das Vergnügen?«

Niemand erschien oder antwortete, also drehte ich zur Schau ein Messer zwischen den Fingern. »Vielleicht sollten wir uns noch einmal richtig vorstellen«, schlug ich vor.

»Ich hatte gehofft, das würde nicht nötig sein.«

»Lügner.«

Er lachte leise. »Eine Frau ganz nach meinem Geschmack.«

»Aber sicher«, erwiderte ich. »Wollen wir?«

»Immer mit der Ruhe«, ertönte eine vertraute Stimme, als Tax mit gelangweilter Miene erschien. »Warum seid ihr hier?«

Mein dunkler Engel lächelte. »Was ist los? Hast du mich etwa nicht vermisst, alter Freund?«

»Nicht wirklich«, erwiderte Tax, aber sein Grinsen zeugte vom Gegenteil.

»Ich schon.« Remy tauchte mit einem einladenden Lächeln vor uns auf. »Auch Lord Zebulon wird sich über eure Rückkehr freuen. Ich würde euch zu ihm bringen, aber im Moment ist gerade Bestrafungswoche und er befindet sich in der Hölle.«

Xais Lächeln erstarb. »Hat es sich in meiner Abwesenheit so sehr verschlimmert?«

»Wie bitte?« Der Portalhüter blickte verwirrt drein und lachte dann. »Oh nein. Das ist es nicht. Es ist seine Bestrafungswoche.«

»Ich kann dir immer noch nicht ganz folgen«, gestand ich. »Wen bestraft er denn?«

»Kalida«, antwortete Tax gelangweilt. »Jedes

Erdenjahr geht er für eine Woche in die Unterwelt, um zuzusehen, wie Ashmedais Wächter das ehemalige Ōrdinātum bestrafen.«

»Eine Woche in Erdenzeit oder in Höllenzeit?«, fragte Xai. Ein wichtiger Unterschied, wenn man bedachte, wie sehr die Zeit zwischen den Dimensionen variierte.

»Erdenzeit«, murmelte Remy nur mit einem verhaltenen Ausdruck im Gesicht.

Sieben Jahre in der Hölle, um sein Kind leiden zu sehen. »Jedes Jahr?«

Remy nickte und bestätigte damit meine Frage.

»Scheiße«, flüsterte ich. Seine Tochter war ihrer Blutlinie untreu gewesen und hatte ihr Schicksal verdient, aber Zeb? »Warum?«

»Weil seine Vorgesetzten die Schuld an dem Regelverstoß in diesem Territorium dem Dämonischen Lord zuschreiben«, erklärte Xai. »Ich kann mir kaum ausmalen, wie sie mit Geier verfahren.«

Remy und Tax schauderten sichtlich, was mir verriet, dass sie die Antwort darauf bereits kannten.

Ich wollte es nicht wissen.

Manche Dinge waren einfach zu schrecklich, vor allem, wenn die Hölle im Spiel war.

»Was hat es mit der Willkommensparty auf sich?«, fragte ich, um zu einem angenehmeren Thema überzugehen.

»Wir waren nur neugierig«, antwortete Remy.

»Ich habe die Bänder gespürt«, sagte Tax und zeigte mit einem Kopfnicken auf Xais Handgelenke. »Nur eine Person trägt sie.« Er ließ seinen Blick auf meinen Pferdeschwanz gleiten, an dem ein weiteres Band mein blondes Haar zusammenhielt. »Oder auch zwei Personen.« Er schien sich darüber nicht sonderlich zu ärgern.

»Bleibt ihr oder seid ihr nur zu Besuch hier?«, wollte Remy wissen.

»Wir bleiben«, antworteten Xai und ich im Chor. Er verwob seine Finger mit meinen, bevor er hinzufügte: »Unsere Bestimmung ist hier.«

Tax zog eine Augenbraue in die Höhe. »Um was zu tun?«

Xai lächelte. »Dich bei der Stange zu halten, was offenbar nötig ist.«

»Schön zu sehen, dass du deinen Sinn für Humor nicht verloren hast«, erwiderte der Fährtensucher. »Also schön. Bevor du mich mit einer Aufgabe betrauen kannst, die ich nicht erledigen will, werde ich mich wieder auf den Weg machen. Ruf mich an, wenn du etwas trinken gehen willst. Aber ich werde mich sicher nicht in einem verdammten Hotel in Miami mit dir treffen. Ich hasse diese Stadt.«

»Verstanden.« Xai wandte sich an Remy. »Ich nehme nicht an, dass du uns in Virginia absetzen könntest?«

Der Portalhüter lächelte. »Du bist noch keine fünf Minuten zurück und bittest schon um einen Gefallen.«

»Du bist aufgetaucht, bevor ich anrufen konnte. Allerdings habe ich im Moment kein Telefon, doch es steht auf der Liste.«

Remy hielt sein Handgelenk in die Höhe. »Es befindet sich jetzt alles in einer Uhr. Du musst nur den Namen nennen, und ein Bild der Person erscheint auf dem Display … Wie dem auch sei. Wir heben uns die Techniklektion für später auf. Wo in Virginia?«

Xai nannte ihm die Adresse des Anwesens meines Vaters und streckte ihm unsere verschränkten Hände entgegen. Der Portalhüter zögerte nicht und teleportierte uns in Windeseile an den gewünschten Ort. Mir drehte sich der Magen um, denn ich hatte mich gerade erst von unserem Fall zurück auf die Erde erholt, der nur ein paar

Stunden zurücklag. Im Gegensatz zu Mietek und meinem Vater machte es mir zu schaffen, wenn ich meine Flügel verlor. Die Leichtigkeit, mit der sie ihre Federn abwarfen, bewies, dass sie viel mächtiger waren als ich und dass Wesen existierten, die selbst den Stärksten unter uns überlegen waren.

Außer vielleicht Ashmedai.

»Gebt mir Bescheid, wenn ihr bereit für eine Führung durch das Territorium seid. Es hat sich eine Menge verändert, seit ihr beide euch im Himmel vergnügt habt.« Remy zwinkerte uns zu, bevor er verschwand und Xai und mich vor einem bescheidenen Haus in Alexandria stehen ließ.

Die Backsteinfassade und der perfekt gepflegte Garten trugen die Handschrift meiner Mutter. Sie war immer wieder für einige Stunden verschwunden, um mit meinem Vater Wochen auf der Erde zu verbringen. Sie sagte, es gefiele ihr hier, doch sie bevorzugte ihr Zuhause. Er würde bald an ihre Seite zurückkehren, vielleicht schon heute Abend.

Eine Frau mit weichen braunen Locken und einem Messerset in den Händen öffnete die Tür, bevor wir anklopfen konnten. Ich bewunderte die Handwerkskunst der Klingen, bevor ich ihre abwehrende Haltung bemerkte.

»Du musst eine der Nephilim sein«, sagte ich. »Mein Vater hat dir wohl ein paar Tricks beigebracht.«

Sie öffnete überrascht den Mund und erstarrte. »Eve?«

»Das ist mein Name.«

Sie sprang von der Treppe und warf ihre Arme um mich, wobei sie mich fast zu Boden gerissen hätte. Ich konnte Gwens überschwängliche Reaktion verstehen, doch nicht die einer fremden Frau. Als sie sich von mir löste und sich in gleicher Weise auf Xai stürzte, juckte es mich in den Fingern, meine eigenen Waffen zu ziehen. Er lachte jedoch nur und tätschelte ihr unbeholfen den Rücken.

»Wie ich sehe, hat sich an deinem Enthusiasmus nichts geändert, Trudy.«

»Ich nenne mich jetzt eigentlich Tru«, verbesserte sie ihn. »Und es tut mir leid. Das war furchtbar unprofessionell von mir, aber ich kann nicht glauben, dass ihr hier seid! Ich habe euch seit …« Sie zog die Stirn in Falten. »Einundzwanzig Jahren nicht gesehen.«

»Moment mal …« Ich betrachtete ihre athletische Gestalt und ließ dann den Blick nach oben wandern. »Du bist …« *Der Nephilim mit dem Gesicht eines Cherubs.* Doch sie war kein kleines Mädchen mehr, sondern zu einer wunderschönen Frau herangewachsen. Sie hatte braune Locken, subtile weibliche Kurven und lange, wohlgeformte Beine, die in einer Jeans steckten. »Wow.«

Die Zeit verging hier unten wirklich wie im Flug. Sie musste jetzt mindestens dreißig sein, doch ihr altersloses Gesicht erinnerte mich an mein eigenes. Sie hatte keinerlei Falten oder sonst irgendwelche Makel, was für einen Menschen normal sein könnte, doch ich bezweifelte, dass Trudy den Regeln des menschlichen Alterns unterworfen war.

»Wie altern die Nephilim?«, fragte ich neugierig. Gleason hatte auch nicht einen Tag über dreißig ausgesehen.

»Das wissen wir noch nicht genau, aber bisher scheint es so, als hätten sie die Unsterblichkeit von ihren himmlischen Vorfahren geerbt.« Die Stimme meines Vaters drang von der Treppe herab, als er in einem eleganten Anzug hinter der Tür erschien. Offenbar hatte er ebenfalls ein Faible für Herrenmode. Ich bevorzugte Jeans und ein langärmeliges Hemd. Diese Kleidung war weitaus praktischer.

»Hallo, Azrael«, sagte Xai zur Begrüßung. »Danke für den Urlaub.«

»Du hast ihn dir verdient«, erwiderte mein Vater. »Ihr beide.«

Ich lächelte. »Wir sind bereit, uns wieder an die Arbeit zu machen.«

»Gut. Wir haben eine Menge zu besprechen.« Er trat zur Seite, um uns ins Haus zu lassen. »Die Nephilim waren ziemlich damit beschäftigt, sich zu organisieren.«

»Das habe ich bemerkt«, antwortete Xai, als wir uns alle ins Wohnzimmer begaben. »Ich habe die Genesiden von oben beobachtet.«

Mein Vater lachte leise. »Dieses Thema sollten wir wohl zuerst anschneiden.«

Xai setzte sich auf das schwarze Zweiersofa aus Leder und zog mich zu sich hinunter, bevor er fragte: »Was ist damit?«

»Sie heißen nicht mehr Genesiden«, antwortete mein Vater.

»Tatsächlich?« Xai klang belustigt. »Mir hat der Name noch nie besonders gefallen, aber wofür haben sie sich jetzt entschieden?«

Trudy setzte sich auf die Armlehne eines Stuhls gegenüber von uns und kreuzte ihre gestiefelten Knöchel. »Wir haben einen Namen gewählt, der besser zu unserer Herkunft passt, oder besser gesagt zu unserer Existenz als die Kinder der Engel.«

Xai und ich tauschten Blicke aus. Wir hatten beide keine Ahnung.

»Wie heißt die Organisation, die wir hier leiten sollen?«, fragte ich neugierig.

Trudy verzog die Lippen zu einem zaghaften und sinnlichen Lächeln, als sie die Spannung in die Länge zog. Ihre Aufregung war förmlich spürbar.

Dann äußerte sie die Worte, die die Gruppe perfekt beschrieben, denn es handelte sich um die Wesen, die die Zukunft dieser Welt gestalten und die Menschheit für die nächsten Jahrhunderte beschützen würde.

»Auferstanden aus der Dunkelheit.«

EPILOG

ICH SPÜRTE sie in der Dunkelheit. Sie wartete darauf, mich anzuspringen, gab jedoch vor, den Nachthimmel zu bewundern.

Wir hatten dieses Haus in den Bergen gewählt, weil es uns an den Himmel erinnerte. Es war dunkel, friedlich und abgelegen. Perfekt für dieses kleine Spiel, das sie spielen wollte.

Ich wartete darauf, das Geräusch von Metall zu hören, das durch die Luft sauste, und fing die Klinge ab, bevor sie meine Schulter treffen konnte. Immer am scharfen Ende. Mir gefiel die Art, wie ihr Silber mich zum Bluten brachte.

»Willkommen zu Hause, Liebes«, murmelte ich, als ich mich ihr zuwandte. Sie drängte mich mit mehreren beeindruckenden Schlägen und Tritten zurück, bis ich mit dem Rücken gegen das Geländer des Balkons prallte. Ich packte ihren Fußknöchel und versuchte, sie zu Fall zu bringen, doch sie bewegte sich in die andere Richtung und brachte mich aus dem Gleichgewicht.

Evangeline hatte sechs Monate lang regelmäßig mit den Nephilim trainiert, was sowohl ihre Stärke als auch ihre Fähigkeiten sichtlich verbessert hatte.

Sie riss mir den Messergriff aus der Hand und zerschnitt dabei meine Haut. Ich stieß ein zischendes Geräusch aus, doch ich lächelte trotz der Schmerzen.

»Ich habe dich vermisst, Evangeline.« Sie war vor drei

Tagen aufgebrochen, um Guinevere zu besuchen, und die Zeit ohne sie war die reinste Qual gewesen. Doch das würde ich ihr gegenüber natürlich nicht zugeben. Es würde nichts bringen, die Tochter des Todes zu bedrängen. Sie brauchte die Freiheit, um zu fliegen.

»Beweise es«, forderte sie und ließ das blutige Messer durch die Luft gleiten.

So angriffslustig.

Mein härter werdender Schwanz machte es mir schwer, mich zu konzentrieren, doch ich schaffte es, ihr Handgelenk zu packen und sie nach meinem Belieben umzudrehen. Ihre Schulterblätter prallten gegen meine Brust, als ich sie zwang, die Waffe fallen zu lassen. Doch statt sich zu fügen, ließ sie sich fallen und rollte sich zur Seite, wobei sie meinen Fuß packte.

Ich wappnete mich gegen den Sturz und landete mit Leichtigkeit auf dem Rücken. Ich lächelte, als sie sich rittlings auf mich setzte. Falls sie glaubte, dass ich versuchen würde, sie von mir zu stoßen, dann hatte sie sich geirrt.

Ich verwob meine Finger in ihrem Haar, zog sie zu mir hinunter und zwang sie, meinen Kuss zu erwidern, während ich sie mit meinem Mund gebührend willkommen hieß. Sie stöhnte auf und entspannte sich, als ich sie mit meiner Zunge dominierte.

Selbst wenn sie oben saß, unterwarf sie sich mir. Doch ich brauchte ihre Demut nicht, denn es war ihre Kämpferseele, zu der ich mich hingezogen fühlte. Sie schreckte nie vor einem Kampf zurück, was auch die Klinge bewies, die sie mir an die Kehle drückte.

Ich ignorierte sie, während ich weiter ihren Mund verehrte und meinen Arm um ihr Kreuz schlang. Ich hielt sie fest, als sie versuchte, sich gegen mich zu stemmen.

»Wie war Tennessee?«, flüsterte ich, um den Moment in die Länge zu ziehen.

»Interessant.« Sie fuhr mit der Zunge über meine Unterlippe. »Ich glaube, da läuft etwas zwischen Gwen, Zane und Zeb.«

»Tatsächlich?« Es überraschte mich nicht. Der Dämonische Lord hatte eine Schwäche für Sukkuben und Zane war seit über einem Jahrhundert in Guinevere verliebt. Der Inkubus hatte es ihr jedoch nie gestanden, was wirklich schade war, da die Gefühle auf Gegenseitigkeit beruhten.

»Es gefällt mir zwar nicht, aber sie scheint glücklich zu sein.«

»Mm …« Ich rollte sie auf den Rücken und schob meine Hüften zwischen ihre gespreizten Schenkel, bevor ich ihren Hals liebkoste. »Vielleicht ist einer von ihnen ihr Gefährte.« Oder vielleicht sogar beide.

»Ich glaube nicht, dass Dämonen Gefährten haben können«, hauchte sie und wölbte sich meiner harten Männlichkeit entgegen. Eve ließ das Messer sanft über meine Kehle bis auf meinen Rücken gleiten, um mit einer geschickten Handbewegung meinen Pullover zu zerschneiden.

Ich hätte es besser wissen müssen, als ihr ihre Waffen zu lassen. »Vorsichtig, Liebling. Du weißt, dass ich mich immer gern revanchiere.«

»Das will ich doch hoffen«, murmelte sie, als sie mit der scharfen Klinge meinen Gürtel durchtrennte. Ich ergriff ihre Handgelenke und drückte sie beide neben ihren Kopf.

Ihr kokettes Lächeln raubte mir fast den Verstand.

»Ich liebe dich, Evangeline.«

Sie ließ ihre gestiefelten Beine an meinen Waden

hinaufgleiten und hielt an meinen Oberschenkeln inne. »Ich liebe dich auch, Xai.«

»Ich will mich nur vergewissern, dass wir auf derselben Wellenlänge liegen, denn ich werde dich gleich vernichten.« *Natürlich auf eine äußerst lustbringende Art und Weise.*

»Gut«, murmelte sie. »Ich würde dich nicht anders haben wollen.«

Die Geschichte geht weiter mit Die Geliebte und die Sünde

DIE GELIEBTE UND DIE SÜNDE

Eine tote Eroberung.
Das Werk eines Sukkubus.
Ein Edikt, das die Schuldige in die Hölle verbannt.

Wobei ich die Schuldige wäre.

Ich heiße Gwen und ich bin ein Sukkubus mit einem
Kontrollproblem. Nur, dass ich dieses Chaos nicht
angerichtet habe.

Und nun habe ich zwölf Tage Zeit, um meine Unschuld
zu beweisen.
Kein Problem.
Nun, mal abgesehen von einer Kleinigkeit – den beiden
heißen Dämonen, die sich nicht davon abbringen lassen,
mir bei diesem Fall zu helfen.

Lord Zebulon bringt mich mit nur einem einzigen Blick dazu, vor ihm auf die Knie fallen zu wollen.
Und Zane hat mir erst vor Kurzem das Herz gebrochen.

Eine Verbindung, die der Teufel persönlich gesegnet hat.

Ich habe also zwölf Tage, um mich nicht zu verlieben.
Zwölf Tage, um nicht mit Zane und Lord Zebulon ins Bett zu gehen.
Und zwölf Tage, um herauszufinden, wer mir diesen Mord anhängen will.

Meine Güte, manchmal nervt es echt, ein Sukkubus zu sein.

»Die Geliebte und die Sünde« ist ein unabhängiger paranormaler Liebesroman mit einem dämonischen Herrn mit einer Vorliebe für Blut, einem leicht verdrehten Inkubus, der gern schmutzige Spielchen spielt, und einem eigensinnigen Sukkubus, bekannt für ihre tödliche Berührung. Das Buch enthält außerdem MM-, MF- und MMF-Szenen.

Amazon

USA Today Bestsellerautorin Lexi C. Foss ist eine Schriftstellerin, verloren in der Welt der Computer. Sie lebt in Chapel Hill, North Carolina mit ihrem Mann und ihren haarigen Gesellen. Wenn sie nicht gerade schreibt, ist sie mit Sicherheit auf Reisen. Viele der Orte, die sie schon besucht hat, lassen sich in ihren Büchern wiederfinden, einschließlich der mystischen Welt von Hydria, die auf der griechischen Insel Hydra basiert.

Lexi ist ein bisschen verschroben, trinkt viel zu viel Kaffee und schwimmt gern.

Würden Sie gern über Neuerscheinungen informiert werden? Dann tragen Sie sich für ihren Newsletter ein:
https://www.lexicfoss.com/deutschen-newsletter

Besuchen Sie Lexi im Netz!
https://www.lexicfoss.com/aktuell
www.facebook.com/LexiCFoss
twitter.com/LexiCFoss
www.instagram.com/LexiCFoss
E-Mail: lexicfoss@gmail.com

BÜCHER VON LEXI C. FOSS

Akademie der Mitternachtsfeen:

Buch Eins

Buch Zwei

Buch Drei

Buch Vier

Ellas Mitternachtsmärchen

Auferstanden aus der Dunkelheit:

Die Tochter und der Tod (Buch 1)

Die Geliebte und die Sünde (Buch 2)

Die Erbin von Bael (Buch 2.5)

Die Prinzessin von Bael (Buch 3)

Der Sohn und das Chaos (Buch 4)

Gefangene der Hölle (Buch 5)

Die Blutallianz:

Chastely Bitten – Keuscher Biss (Buch 1)

Royally Bitten – Königlicher Biss (Buch 2)

Regally Bitten – Majestätischer Biss (Buch 3)

Rebel Bitten – Rebellischer Biss (Buch 4)

Kingly Bitten - Royaler Biss (Buch 5)

Cruelly Bitten - Grausamer Biss (Buch 6)

Ewiger Biss (Buch 7)

Eigenständige Die Blutallianz:

Crave Me - Verlangen des Schicksals

Blood Day - Bluttag

Das Noir Reformatorium:

Das Noir Reformatorium: Die Ankunft (Buch 1)

Das Noir Reformatorium: Erster Verstoß (Buch 2)

Das Noir Reformatorium: Zweiter Verstoß (Buch 3)

Das Noir Reformatorium: Dritter Verstoß (Buch 4)

Das Noir Reformatorium: Vierter Verstoß (Buch 5)
(demnächst erhältlich)

Die Wölfe des V-Clans

Blutsektor

Nachtsektor

Die Wölfe des X-Clans

Der Ursprung

Andorra Sektor

Das Experiment

Pfeil des Winters

Bariloche Sektor

Königin der Elemente*:*

Buch Eins

Buch Zwei

Buch Drei

Königin der Elementefeen: Die nächste Generation

Eigenständige Fee-Romane

Königin der Winterfeen

Unsterblich verflucht:

Blood Laws – Blutgesetze (Buch 1)

Forbidden Bonds – Unsterblich entfesselt (Buch 2)

Blood Heart – Blutige Unschuld (Buch 3)

Blood Bonds – Unsterblich geboren (Buch 4)

Angel Bonds – Himmlische Bande (Buch 5)

Blood Seeker – Die Fährte des Blutes (Buch 6)

Blood Burden – Himmlische Bürde (Buch 7)

Wicked Bonds - Himmlisch verrucht (Buch 8)

Blood King - Herrscher des Blutes (Buch 9)

Unterweltfeen

Gefangene der Unterweltfeen

Wärter der Unterweltfeen

Kommandant der Unterweltfeen

Prinz der Unterweltfeen

König der Unterweltfeen

Eigenständiger dunkler Liebesroman

Insel der dunkelsten Begierden

Mit der Wahrheit spielt man nicht

Eigenständiger paranormaler Liebesroman

Rotanev – Eine Poseidon-Erzählung

Carnage Island: Wolfsklauen und verbotene Bisse

Beanspruche mich

Violet – Dynastie der Vampire

www.ingramcontent.com/pod-product-compliance
Lightning Source LLC
Chambersburg PA
CBHW030800260626
47169CB00001B/132